KB138255

고잉
빈티지

고잉 빈티지

린지 레빗 글 | 유수아 옮김

내인생의책

레이첼에게
누이여, 자매여, 세상에 더는 없을 헌신적인 이름이여.
(언젠가는 나머지 가사도 알게 되길.)

사랑을 잃는다는 건 가슴에 창이 하나 뚫린다는 것.
다들 보고 있지, 그 가슴 창이 찢어지는 걸.
다들 보고 있지, 그 가슴 창으로 휑하니 바람이 드나드는 걸.

−폴 사이먼

차례

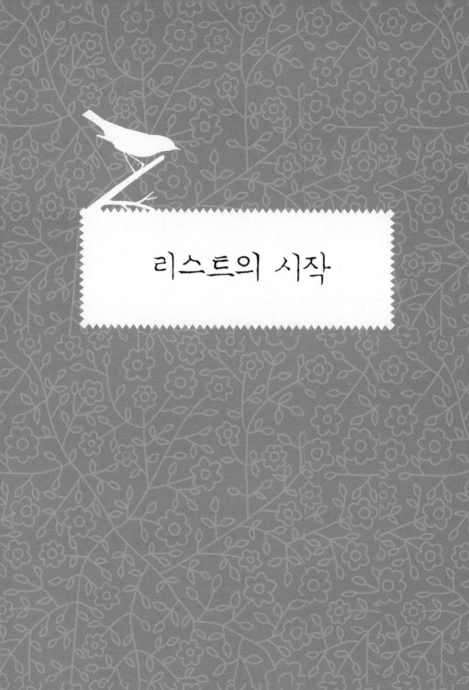

리스트의 시작

01

자꾸 키스하자며 들러붙는 제러미를 떼어 낼 만한 핑곗거리들

1. "나 화장실 좀 갔다 올게."

2. "참, 내가 말했었나?" 하면서 웃긴 얘기를 조잘조잘 늘어놓는다. 이때 얘기는 꼭 재미있어야 한다. 자칫하다 이 순간에 내 마음이 딴 데 가 있다는 걸 제러미가 알아챌지도 모르니까. 근데 아무리 키스 중이라도 머리가 완전히 멈추는 게 가능한가? 하긴 엄마가 말했었지. 남자들은 머리가 작동을 멈추고 다른 특정 부위가 작동한다고. 그 부위가 어딘지는 메스꺼워서 내 입으로는 도저히 못 말하겠다.

3. "나 배고파."

4. "그만하고 싶어." 하고 솔직하게 말한 적도 있다. 제러미는 내 말을 헤어지자는 뜻으로 오해하고는, 내 마음을 되돌리겠다며 평소보다 더 들러붙었다. 사실 제

러미도 내가 정한 스킨십 기준을 알고 있었다. 하지만 매일 스킨십을 밀어붙이는 제러미와 더 진한 스킨십을 하게 될까 봐 도망 다니는 나 사이의 추격전은 계속됐다. 이쯤 되면 얼마나 피곤한 상황인지 누구라도 알겠지. 엄마는 늘 나에게 충고했다. 누군가에게 한 번 허락한 '부분'은 영원히 그 사람이 차지하게 된다고. 부분이라는 엄마의 말이 '처녀성'을 의미하는 건지는 잘 모르겠다. 어쨌거나 그날 제러미와 나는 키스를 멈출 수 없었다. 아주 황홀했지만 나는 정말로 화장실이 급해졌고, 어쩔 수 없이 1번 핑계를 대고 나서야 제러미에게 벗어날 수 있었다.

오늘은 3번 핑계를 댔다. 정말 배가 고팠던 데다, 다른 핑계는 이번 주만 해도 두 번씩 돌려썼기 때문이다. 잦아지는 키스 타임을 끝내려면 더 많은 핑곗거리가 필요했지만, 어쩐 일인지 핑계를 대는 빈도는 매주 줄어들고 있었다.

제러미의 방은 우리 공부방이나 다름없었다. 우리 부모님이 내 방에 남자 친구를 들이는 걸 용납할 리 없었기 때문이다. 설사 그 목적이 공부라고 해도, 그저 방에 진열된 메이저리그 야구 선수 피규어를 자랑하고 싶을 뿐이라고 해도 말이다. 하긴 부모님이 그런 규칙을 세운 건 현명한 처사였다. 어느새 '제러미의 방에서 공부하기'는 키스 타임으로 통했고, '무언가'를 하자는 말은 거의 키스를 뜻했다. 그렇다고 우리가 스킨십에만 집착하는 애들은 아니다. 종종 제러미의 친구들과 어울리기도 하고, 영화나 하키 게임을 보러 가기도 한다. 어떨 때는 해변에서 놀기도 하고. 뭐, 가끔이지만.

우리가 이토록 키스 타임을 자주 갖는 건 제러미가 키스를 정말 좋아하는 데다, 공식적인 의미에서 제러미가 내 '첫 남자 친구'라서 그런 것뿐이다. 솔직히 졸업 앨범에 기록하지 못할 만한 일이 제일 즐거운 법 아닌가. 우리는 둘만 있게 되면 서로 잡아먹을 듯이 키스를 퍼부었다.

"배가 고프다고? 피자헛에 갔다 왔는데도?"

제러미가 놀란 표정으로 물었다.

"그건 점심때였잖아."

"두 조각이나 먹어 놓고?"

"세 조각이야."

나는 배를 두드리며 말을 이었다.

"당연히 지금은 소화 다 됐지."

제러미가 침대에서 일어나 앉았다. 제러미의 침대에는 열두 살 때부터 사용했을 법한 캐릭터 침구가 깔려 있었다. 나는 침대에서 몸을 일으키고는 흐트러진 스웨터 조끼를 내리며 옷매무새를 가다듬었다. 지난달 굿윌 중고 매장에서 구입한 조끼였다. 가을 옷장을 80년대 프레피 스타일로 채워 보려고 결심했지만, 오글거리는 아가일 무늬와 촌스러운 무릎 길이 스커트 때문에 생각이 바뀌려고 했다. 거기다 무릎 양말은 끔찍하기까지 했다.

"그래서 뭐가 먹고 싶은데?"

제러미가 물었다.

"나초. 살사 소스는 조금 넣고, 크림치즈는 많이 넣어서 갖다 줘. 혹시 매운 소스밖에 없다면 우유도 한 잔 부탁해."

제러미는 검은 머리카락을 손으로 부드럽게 쓸어 넘겼다. '멋쟁이 액션'이다. 그 어떤 스타일링이나 헤어 제품으로도 따라잡지 못할 사랑스러운 액션 아닌가. 물론 나 말고는 아무도 그렇게 생각 안 하겠지만.

"그렇게 먹어 대다간 주말 내내 씨름 선수보다도 많이 먹겠어."

"나흘은 조심하고 사흘은 맘껏 먹는 거야. 그게 바로 여신들의 다이어트 식단이지."

"여신들은 피자에 손도 안 댈걸? 페퍼로니에 뭐가 들어 있는지 나 알아?"

"지금 내가 뚱뚱하다는 말이야?"

"아니."

제러미는 손을 뻗어 내 배를 살짝 꼬집었다.

"다 알면서. 네가 얼마나 예쁜데. 모든 게 사랑스럽다고."

제러미가 나른하게 미소 짓자, 당장이라도 제러미한테 몸을 전부 내맡기고 싶어졌다. 늘 핑곗거리를 찾아 고민하던 나였지만 이 순간만큼은 제러미에게 먼저 입술을 내밀 수밖에 없었다. 이 순간 가장 사랑스러운 사람은 제러미였다. 나는 우리 둘만 존재하는 이 시간을 좋아했다. 우리에게는 말이 필요 없었다. 이미 상대의 생각을 잘 아는 사이니까.

오 분의 키스 타임이 지나자 제러미가 슬며시 나를 밀어내며 물었다.

"맬러리, 우리 슬슬 리포트 숙제 시작하는 게 어때?"

"네 숙제겠지. 난 철학 수업 안 듣잖아."

"너도 같이 쓰는 거니까 우리 숙제지."

"좋아. 그렇다고 해 두지, 뭐. 정말이지 오랫동안 염원했던 일이야. 남자애랑 같이 리포트 쓰는 거!"

나는 손뼉을 짝 치며 말을 이었다.

"그 남자애 이름이 헌터면 나는 그 애를 '리포트 소년, 헌터'라고 부를 거야. 리포트를 쓰며 친해진 헌터에게 스웨디를 떠서 선물하고, 헌터의 데이트 상대에게 창피한 어릴 적 사진을 보여 주면서 훼방 놓는 거지. 축구하고 있을 때는 찾아가서 막 비명을 지르며 응원하고 말이야."

제러미가 나를 지그시 쳐다보았다. 제러미가 이렇게 바라볼 때면 짜릿한 기분마저 들었다. 세상에 그 어떤 눈길도 이렇게 나를 무장해제시킬 수는 없을 터였다.

"가끔 널 이해 못 하겠어."

"뭐? 넌 항상 그렇잖아!"

나는 방문을 나서는 제러미를 향해 소리를 빽 질렀다. 무장 해제는 무슨 무장 해제!

내가 웃자고 이야기한 걸 제러미가 이해하지 못할 때면 짜증이 치솟았다. 내가 이상한 건가 싶어 똑같은 농담을 여동생 지니에게 문자 메시지를 보내기도 하는데, 84%의 확률로 "언닌 세상에서 제일 웃긴 사람이야!"라는 답장이 왔다. 온갖 이모티콘까지 덤으로 붙어서 말이다. 지니와 내가 친자매 간이어서 그럴 수도 있지만, 어쨌든 남자 친구가 된 지 일 년이 넘었는데 예의상으로라도 웃어 줄 수 있는 거 아냐?

이번에도 시험 삼아 '헌터'에 대한 이야기를 지니에게 문자 메시지로 보냈더니, 일 분도 안 돼서 "언닌 천재!"라는 답이 왔다. 고마움은 바로 표시해야겠다 싶어 지니에게 답장을 보내려는데, 한 시간 만에 휴대 전화를 확인해서인지 답장 보낼 문자 메시지가 몇 개 보였다. 별로 중요한 내용도 아니라 제러미랑 함께 있으니 나중에 다시 연락하자고 대충 찍어 보냈다. 이런 식으로 문자 메시지를 보낼 때면 왠지 기분이 좋았다. 나는 제러미의 것이고 제러미는 나의 것이라는 말이니까. 행간에 흐르는 친밀한 소속감이 느껴지지 않는가. 제러미와 사귀기 전에는 결코 느껴 보지 못했던 감정이었다.

방 안을 이리저리 돌아다니다 제러미의 컴퓨터 앞 회전의자에 앉아서 어지러울 정도로 빙글빙글 돌았다. 나는 제러미의 철학 숙제와 화학 숙제를 도와주었고, 제러미는 나에게 스페인어와 역사를 가르쳐 주었다. 제러미는 늘 나보다 성적이 좋았지만, 머리가 좋다기보다 노력형인 것 같았다. 앗, 내가 말했다는 건 비밀!

나는 예전에 제러미가, 아니지 내가 칸트 도덕 철학에 대해 *끄적*여 놓은 파일을 찾아보려고 마우스를 클릭했다. 화면에는 제러미의 프렌드 스페이스 프로필 창이 열려 있었다. 프로필 사진을 보니 나도 모르게 미소가 지어졌다. 작년 3월 내 열다섯 번째 생일에 찍은 사진이었다. 제러미가 내 다리를, 제러미의 사촌 형인 올리버가 내 팔을 잡은 채 나를 수영장에 던지려는 순간이 담겨 있었다.

나는 올리버에 대해 잘 모른다. 하긴 누가 알겠는가? 올리버는 이상할 만큼 무심한 성격이었다. 그래도 내 생일이라고 이십 달러짜리 아웃백 상품권과 생일 카드를 건넬 만큼 친절하기는 했다. 아무렴, 사촌의 여자 친구와 사이좋게 지내는 덴 그만한 선물이 없지. '나의 제러미'는 루비 반지를 선물했다. 아빠 선물 살 돈을 구해 보려고 산타아나의 전당포에 물건을 맡기러 갔을 때 함께 봤던 반지여서 더 감동이었다. 나는 사연이 있는 보석을 좋아하는데, 이 루비 반지는 전당포에 맡겨질 만큼 절박한 사연이 담긴 완벽한 선물이었다. 추억을 떠올리며 루비 알이 뜨끈해질 때까지 손가락으로 반지를 쓰다듬었다.

이럴 게 아니라 뭔가 귀여운 짓이라도 해 둘까? 제러미 프렌드 스페이스 계정의 '요즘 어때?' 코너에다 '내 여자 친구 맬러리는 여신이다.'라고 적어 놓는다든지 말이다. 하지만 제러미는 귀여운 짓을 오글거리는 짓으로 생각하는 남자애였다. 창을 닫으려고 클릭하려던 찰나, 제러미의 방문 기록이 눈에 띄었다. 어젯밤 아홉 시면 제러미가 농구하고 있었을 때 아닌가?

나로 말하자면, 남자 친구의 문자 메시지를 훔쳐보거나 졸업 앨범 속 낙서의 숨겨진 의미를 알아내려고 이리저리 머리를 굴리는 스토커 같은 여자애하고는 거리가 멀다. 하지만 지금은 진실이 숨겨져 있기는커녕 눈앞에 버젓이 드러난 상태였다. 제러미가 자유 투 라인에서 인터넷에 접속하지 않은 이상, 나에게 거짓말한 게 틀림없었다. 도대체 왜 거짓말을 한 거지? 제러미에게 묻기도 전에 나는 그 이유를 알아 버렸다.

진짜 인생

프렌드 스페이스 속의 게임 이름이었다. '진짜 인생'에서는 자신과 닮은 캐릭터를 만든 다음, 가상의 직업을 가지고 가상의 친구들을 사귀며 그럴듯한 가상의 집을 꾸밀 수 있었다. 가상의 애완견이 소파에 볼일을 보지 않도록 주의를 기울이면서 말이다. 게임 내에서 휴가를 계획하거나 스포츠 활동을 하거나 아이를 기를 수도 있었다. 게다가 일정한 레벨에 이르면 꿈 같은 세계를 실현할 수도 있었는데, 괴물 고블린의 딸이 되어 쇼핑을 즐기고 싶었다거나 올림픽에서 컬링으로 금메달에 도전해 보고 싶었다면 이 가상 게임은 꽤 좋은 기회였다.

난 흥미를 못 느꼈지만 '진짜 인생' 게임은 진짜 인생보다 훨씬 더 재미있는 모양이었다. 가상 공동체 생활에 빠진 사람은 제러미 말고도 많았다. 요즘 온라인 게임의 새로운 트렌드라면 트렌드고, 유명 연예인들조차도 아바타 하나씩은 갖고 있으니 말이다.

현대인이라면 누구나 인터넷 중독 현상을 겪지 않는가. 인터넷 세상 여기저기에서 잠깐씩 머무는 건 이해할 만하다. 하지만 평소 제러미는 가상 세계에 너무 오래 머물렀다. 특히 프렌드 스페이스에 의아할 정도로 자주 들락거렸다. 우리가 데이트할 때도 이메일을 확인한다면서 종종 사라지곤 했으니까. 이메일이 아니라 이 한심한 게임을 확인하러 가는 건 진작부터 알고 있었다.

버튼을 클릭해서 제러미의 '진짜 인생'으로 들어갔다. 어두운 은빛 바탕에 가상의 친구들과 가상의 지역에서 찍은 사진이 장식처럼 여기저기 올려져 있었다. 가상 사진 속 제러미는 다양한 활동을 한 듯 보였다. 러시모어 산을 등반한다든지, 달에 미국 국기를 꽂는다든지 그것도…… 어떤 여자와 함께. 거의 모든 사진 속에 '버블엄'이라는 여자가 있었다. 이 여자의 아바타는 붉은 곱슬머리에 검은 코르셋을 착용하고, 손에 금빛 라크로스 채를 쥐고 있었다.

'버블엄'은 제러미의 프로필 사진 속에도 존재했다. 둘은 다정하게 손잡고 있었다. 제러미의 아바타는 검은 머리에 근육질 몸까지 제러미의 실제 모습과 똑같았다. 하지만 별명은 자칭 '무적의 동양남'에 붉은 용이 새겨진 가라테 복장이었다.

'동양남'은 실제로 아버지 쪽이 아시아계이기 때문에 말이 된다 치지만 '무적'이라니? 가라테라고? 낙법이나 제대로 할 수 있을까? 더군다나 이곳 캘리포니아를 떠나 하키를 사랑하는 사람들이 잔뜩 널려 있는 캐나다에서 살고 싶다고 노래하던 제러미가 왜 뉴욕 그리니치 빌리지의 낡은 아파트를 가상의 집으로 선택했는지 도저히 이해할 수 없었다. 하긴 저 가죽 쪼가리를 걸친 여자가 라크로스 채를 쥐고 제러미의 팔에 매달려 있는 판에 가상의 집이 어디에 있건 무슨 상관이란 말인가.

그때 제러미의 프로필에서 어떤 단어가 눈에 확 들어왔다. 기혼? 헛된 망상이었지만 잠시나마 '제러미가 이 괴상한 세상에서도 내 존재를 잊진 않았구나.' 하며 마음이 살짝 들떴다. 하지만 그 마음은 순식간에 무너져 내렸다.

결혼 상대는 내가 아니라 '버블염'이었다. 내 남자 친구는 내가 모르는 사이에 사이버 아내와 바람을 피우고 있었다!

02

제러미의 가상 프로필 정보

기혼

뉴욕, 그리니치 빌리지 거주

직업 : 전문 초상화가 겸 프리랜서 그래픽 디자이너

특기 : 가라테(검은 띠)

좋아하는 영화 : 무술에 관한 거라면 뭐든지

좋아하는 음악 : 테크노

게임 레벨 : 상급

제러미의 아바타를 이용해서 '버블염'이라는 여자한테 말을 걸어볼 수도 있었지만, 그냥 제러미의 메일함으로 들어갔다. 메일함은 코르셋을 입은 아내에게 받은 메일로 가득 차 있었다. 나는 메일을 열어 보기 전에 잠시 숨을 골랐다. 맬러리, 정말 이걸 읽고 싶은 거야? 아니지. 아니, 물론이지.

꼬리에 꼬리를 물고 이어지는 둘만의 비밀 이야기와 사랑 고백, 고민거리가 담긴 메일을 쭉 훑는 동안 손이 덜덜 떨렸다. 충격이란 게 이런 건가? 마치 몸에서 영혼이 빠져나간 것처럼 현실감이 들지 않았다. 다른 여자에게 이런 말을 하는 남자가 내 남자 친구일 리 없잖아. 다른 사람 얘기겠지. 아니, 어쩌면 영화 속에서 벌어지는 얘기일지도 모른다. 관객이 흥미진진하게 지켜보는 가운데, 컴퓨터 앞에 앉은 불쌍한 소녀만 앞날의 불행을 모르는 내용일지도…….

하지만 안타깝게도 현실이었다. 그것도 실제로 벌어진 현실. 이 말도 안 되는 상황이야말로 빌어먹을 게임보다 더한 진짜 인생이었다. 세상이 뒤흔들리는 듯한 충격의 순간을 머릿속 깊이 각인시키려고 나는 메일을 읽고 또 읽었다.

귀염둥이에게

오늘도 많이 보고 싶네. 새 프로필 사진 맘에 들어. 새로 올린 우리 사진도 다 맘에 들고. 우린 진짜 잘 어울리는 한 쌍이야, 그렇지?

오늘 마트에서 어떤 노래를 들었어. 제임스 테일러라던가? 옛날 노래라서 잘 모르겠지만 가사가 이래.

"내가 힘들고 지칠 때나 세상사에 이리저리 치일 때,

그녀는 언제나 내 마음을 다잡게 하지."

이 가사처럼 당신이 내게 얼마나 큰 의미인지 몰라. 헤헤, 오글거리는 소리지만 진심이야.

요새 우리 강아지 몸집이 너무 커진 것 같아. 비싼 간식은 그만 좀 먹여. ^^

오늘 밤엔 스튜디오에서 야근이야. 와서 그림 그리는 거 구경할래? 아니면 당신을 그려 줄까? 안 그래도 누드 공부를 시작해 볼까 싶거든. ^^

터프 남이

제러미, 아니 터프 남에게

노래 찾아봤어. 제임스 테일러 맞아.

그런 노래가 나오다니 좀 한물간 마트 아냐? ^^

난 아주 강한 비트의 음악을 들으면 자기 생각이 나더라. 물론 사랑 노래가 싫은 건 아니지만 자기 좀 강하고 남자답잖아.

누드라고? 흠, 생각해 볼게. ^^

스누피 건은 내가 미안! 불쌍한 표정을 지을 때면 간식을 안 줄 수가 없단 말이야.

참, 쓰레기 버려 줘서 고마워. 자기 세상에서 제일 좋은 남편이라니까.

그거 알아? 요즘 난 뭘 봐도 자기 생각이 나. 이 세상의 뭐든 말이야. 영원히 컴퓨터 속에서 살고 싶은 기분이랄까?

사랑해.

귀염둥이가

뭐든? 인터넷 세상 속의 이 여자는 뭘 봐도 내 남자 친구가 생각난단다. 이 여자는 늘 내 남자 친구를 생각하고, 내 남자 친구도

늘 이 여자를 생각하고. 잘들 논다, 둘 다! 나 참, 기가 막혀서.

메일함에 있는 메일을 다 읽지는 못했다. 너무 많은 데다 시간도 없었고, 이미 읽은 메일만으로도 가슴이 찢어졌다. 징그러운 야한 얘기라든가 변태 같은 농담은 없었다. 아니, 그보다 훨씬 나빴다. 둘은 일상의 모든 것을 함께 나누고 있었다. 둘이 함께 지어낸 가상의 생활뿐만 아니라, 현실의 생활에 대해서도 시시콜콜 공유하고 있었다. 제러미는 실제 여자 친구에 대해서는 한 번도 언급하지 않았다. '진짜 인생'이라는 가상 세계 안에서 나는 투명 인간이었다.

갑자기 식욕이 싹 사라졌다. 제러미의 리포트는 꼴도 보기 싫었다. 제러미가 날이면 날마다 이 의자에 앉아 '맬러리 브래드쇼가 제거된 세계'를 즐겼다는 생각에 제러미의 방, 제러미의 의자에 앉아 있는 내가 얼빠진 멍청이처럼 느껴졌다.

한 가지 물음이 귓가에 맴돌았다. 도대체 제러미한테 왜 이런 게 필요했을까? 뒤이어 가슴을 후벼 파는 듯한 거센 속삭임이 들려왔다. 나로는 부족한가? 왜지? 그동안 제러미가 나에게 보여 준 반응과 행동이 파도처럼 밀려들었다. 우리가 나눴던 입맞춤과 농담, 진심 어려 보였던 모든 행동에 물음표가 찍혔다. 진작부터 제러미의 이메일을 뒤져 봤어야 했나? 휴대 전화 속 문자 메시지도 샅샅이 훔쳐보고?

대체 제러미와 나 사이를 비집고 들어온 이 여자의 정체가 뭘까? 제러미한테 진짜 애인이 있다는 걸 알고는 있을까? 이게 정말 가상 세계만의 관계일까? 아니면 진짜 둘 사이에 뭐라도 있는 거야? 혹시 이 근처에 사는 여잔가? 몰래 만나는 거 아냐? 가상의 결혼식 뒤에 첫날밤이라도 치른 거야, 뭐야?

현실이든 가상이든, 가까이 살든 멀리 살든 얼굴도 모르는 여자가 어떻게 나보다 제러미에 대해 더 잘 알 수 있지? 내가 13개월 동안 사랑해 온, 아직도 사랑하고 있는 남자를?

"안 매운 살사 소스야."

제러미가 나초 봉지를 겨드랑이에 낀 채 한 손에는 살사 소스를, 다른 손에는 다이어트 콜라를 들고 문가에 나타났다.

"껌도 갖고 왔어. 알지? 입가심으로 말이야."

알고말고. 먹고 나서 또 치근덕대겠지. 누가 그 시키면 속을 모를까 봐?

제러미가 서 있는 문가에서는 컴퓨터 화면이 보이지 않을 터였다. 나는 재빨리 프렌드 스페이스 창을 닫았다. 이제 모니터에는 텅 빈 워드 창만 깜빡이고 있었다. 의자에서 일어나 책상을 돌아 나가면서도 정신이 나간 듯 머리가 멍했다. 사물이 둥둥 떠서 느릿느릿하게 움직이는 것 같았다. 도저히 실제 상황으로 느껴지지 않았다. 이게 어떻게 현실이지?

나는 나초 봉지를 잡아채면서 덜덜 떨리는 손가락이 제러미의 몸에 닿지 않게 조심했다.

"고마워."

마음에도 없는 소리를 하려니 입이 말랐다.

제러미가 침대에 풀썩 누웠다. 나는 나초 하나를 꺼내 입에 넣고는 꿀꺽 삼켰다. 목구멍이 따끔따끔했다.

"허버트의 숙제는 시작했어?"

제러미가 물었다.

"허버트라니?"

"우리 리포트 숙제 말이야."

"헌터겠지."

순간 화를 참을 수가 없었다.

"어떻게 그런 이름조차 기억을 못 해?"

"알았어, 알았어."

제러미가 머리를 쓸어 넘겼다. 사랑스러운 '멋쟁이 액션'이 또 나왔다. 이젠 애증의 액션이 되었지만.

"네가 그 이름에 집착할 줄은 몰랐어."

"세상엔 변하지 않는 사랑을 소중히 여기는 사람들이 아직 많거든."

"지금 우리 철학 숙제 이야기하는 거 맞지?"

"우리?"

지금이다. 살갗을 마구 찔러 대는 궁금증을 풀 시간이 왔다. 그런데 너무너무 알고 싶은 만큼 진실이 두렵기도 했다. 내가 따져 물었을 때 제러미가 논리적인 변명을 늘어놓는 것도 싫었고, 짜증을 내거나 안절부절못하거나 되레 화를 내는 모습도 보기 싫었다. 어쩌면 최악으로 입을 꾹 다물어 버릴지도 몰랐다. 한술 더 떠, 정색하면서 "차라리 네가 알게 돼서 다행이야. 나로서는 이게 최선이었어." 하는 식으로 차분하게 나오면 또 어쩐란 말인가.

내가 알고 있다는 걸 제러미도 알아채길 원했지만, 한편으로 더는 아무것도 알고 싶지 않았다. 알아야 할 게 있다는 것도 싫었다.

"지금 숙제하고 싶지 않으면 내일 너희 할머니 이삿짐 다 정리하고 나서 이메일로 보내 줘도 괜찮아."

제러미의 입에서 너무나 평온하게 '이메일'이라는 말이 나오자 심장이 덜컹했다. 이메일을 편리한 일상의 소통 수단으로만 생각하고 있겠지. 우리 관계를 파탄 낸 원인인 줄도 모르고 말이야.

"그래. 그러든지."

내가 힘없이 대답하자, 제러미가 자연스럽게 나를 침대 위로 확 눕혔다. 조금 전까지만 해도 제러미의 손길에 달아올랐던 살갗이 이제는 제러미의 손이 닿자마자 얼음처럼 싸늘해졌다.

"그럼 이제 남은 시간 동안 우린 뭘하지?"

제러미가 씩 웃었다.

손바닥에 손톱이 파고들 정도로 주먹이 세게 쥐어졌다. 제러미가 가까이 다가올수록 속이 울렁거렸다. 이 낯선 남자가 역겨웠다.

"우유가 없어."

"뭐?"

"우유. 우유를 안 가져왔잖아."

제러미가 내 등을 슬며시 토닥였다.

"매운 살사 소스일 때만 우유가 필요하다며?"

"마음이 바뀌었어."

나는 몸을 뒤틀며 제러미 품에서 빠져나왔다.

"그래. 그게 네 전공이지."

남 말 하시네.

제러미가 벌떡 일어나며 말했다.

"금방 갔다 올게. 뭐, 또 다른 건?"

나는 고개를 흔들었다. 내가 원하는 건 뭐든 갔다 줄 듯 물어보는 제러미의 모습이 가상의 러시모어 산으로 등반을 떠나는 제러미의 아바타보다 더 거짓처럼 느껴졌다. 제러미는 나한테 조금도 관심이 없다. 그 한물간 마트에서 제임스 테일러의 노래가 들려올 때 제러미의 마음속에 떠오르는 사람은 내가 아니다. 나는 그저 곁에 있는 따뜻한 몸일 뿐이다.

제러미가 방을 나가자마자 컴퓨터로 가서 다시 게임 창을 열었다. 또 한 번 찌릿한 통증으로 가슴이 요동쳤다. 이 게임이 아예 사라져 버렸으면 하는 마음도 들었다. 깜빡거리는 작은 화살표를 클릭해서 제러미의 '진짜 인생'으로 들어갔다. 가짜 제러미가 뉴욕의 침실에 드러누워 음악을 듣고 있었다. 침대보는 그의 아내가 직접 고른 것이리라. 어쩌면 아내를 기다리고 있는 중인지도 몰랐다. 서로에게 멍청한 노래 가사를 읊조려 주려고 말이다.

나는 책 하나를 클릭해서 제러미의 머리 위로 떨어뜨렸다. 제러미의 아바타가 피를 흘리기 시작했다. 아, 꼬시다. 이 게임 은근히 중독성 있네? 하지만 이 정도론 어림없었다. 내가 상처받은 만큼 제러미도 당해 봐야 한다.

나는 환경 설정을 클릭해서 설정 목록을 살펴보았다. '진짜 인생'은 설정을 하나 바꾼다고 계정 전체가 사라지는 게임이 아니었다. 전부를 삭제할 시간은 없었다. 그래, 어차피 내가 바라는 건 제러미가 알아채는 것뿐이니까. 제러미의 사이버 아내도 내가 여기 왔다는 걸 눈치챘으면…….

나는 버블염과 함께 있는 제러미의 프로필 사진을 수영장에서 찍은 제러미와 내 사진으로 바꿔 놓았다. '기혼' 부분은 '복잡한 관계'라고 고쳐 넣었다. 아니, '복잡한 관계'만으로는 성에 차지 않았다. 제대로 한 방 날려 줘야지. 나는 게임 창에서 나와 진짜 제러미가 운영하는 프렌드 스페이스 메인 창으로 옮겨 갔다. 귀여운 장난을 쳐 볼까 했던 '요즘 어때?' 코너에 다른 문장을 써 놓았다.

제러미 뮤이는 새빨간 거짓말쟁이다.

요약 한 번 끝내주지 않는가. 금세 첫 댓글이 '딩동' 하고 달렸다. 그러거나 말거나, 나는 회전의자를 밀치고 일어나 방을 뛰쳐나왔

다. 그러고는 후다닥 아래층으로 내려가서 황당한 표정을 짓고 있
는 제러미의 옆을 획 지나쳤다. 제러미와 마주친 순간 제러미의 손
에 들린 우유 컵을 낚아채서 얼굴에 몽땅 부어 버릴 뻔했지만 좀
더 고전적인 방법을 택하기로 했다. 현관문을 쾅 닫고 나온 것이
다. 내 성질을 다 보여 주려면 이 정도로는 한참 모자라!

03

할머니의 평생이 담긴 이삿짐을 정리하는 동안 눈에 띈

흥미로운 여섯 가지 물품

1. 할아버지가 오클랜드의 식료품 가게에서 근무하던 시절에 보내 온 낡은 카드

2. 가죽끈이 달린 투박한 카메라 - 고장 나긴 했지만 장신구로 쓰면 아주 멋질
   것 같다.

3. 환상적인 5, 60년대 여름용 홈드레스 - 이렇게 멋진 드레스에겐 새집이 필요
   한 법이지. 맬러리의 옷장으로 어서 들어오렴.

4. 터키석이 박힌 꽈배기 모양 은반지 - 할머니께 별로 중요하지 않은 반지라
   면 갖고 싶다.

5. 온갖 리스트가 빼곡히 적힌 공책들

6. 리스트가 딱 하나 기록된 작은 공책 한 권

금요일 오후 제러미의 집을 박차고 나온 뒤로 철학 리포트에는 손도 대지 않았다. 대신 아빠와 함께 세 시간 동안 해안 도로를 달려 샌 루이스 오비스포에 있는 할머니 댁으로 갔다. 그동안 '전 남자 친구'한테 걸려 오는 전화를 열 번도 넘게 무시해야 했다. 친구들과 여동생에게 걸려 오는 수백 통의 전화도 모조리 받지 않았다. 내가 공표한 '거짓말쟁이 선언'에 대한 반응일 게 틀림없었다. 제발 이번 주말 동안만이라도 오렌지 파크 고등학교 소문 통에서 벗어나 있고 싶었다.

토요일 아침에는 겨울잠이라도 자듯 열한 시까지 늦잠을 잤다. 제러미의 컴퓨터와 망치, 스머프가 등장하는 꿈을 꿨는데, 스머프가 망치로 컴퓨터를 깨부수는 달콤한 꿈이었다. 꿈속에서는 모든 게 실현 가능했다.

나는 아빠와 함께 할머니의 짐을 정리하기 시작했다. 할머니는 이미 뉴포트 비치에 있는 호화로운 실버타운으로 이사한 상태였다. 길이 막히지 않는 날에는 우리가 사는 오렌지 카운티에서 이십 분밖에 걸리지 않는 가까운 곳이었다. 할머니가 가까이 사시는 건 좋았지만 여전히 이해가 되지 않았다. 현관 테라스와 보랏빛 덧창이 있는 이렇게 아기자기한 집을 떠나시다니 말이다. 할머니와 할아버지는 젊었을 적부터 이곳에 터를 잡고, 집을 손봐 가며 노년을 보내는 게 꿈이었다고 했다. 그런데 이 년 전 할아버지가 돌아가신 뒤로 할머니는 집 가꾸기에서 손을 놓아 버리셨다. 그래서 지금 아빠와 내가 할머니의 잡다한 짐을 정리하며 어떤 걸 보관하고 어떤 걸 버릴지, 어떤 게 값이 좀 나갈지 결정하게 된 것이다.

세 시간 동안 풀썩거리는 먼지 속에서 정신없이 정리하다 보니, 어느 순간부터는 모든 게 버려야 할 쓰레기처럼 보이기 시작했다. 나는 낡은 전자 제품이 담긴 상자를 뒤적거리다가 오래된 스프링 공책을 발견했다. 어두침침한 지하실로 새어 들어오는 빛에 공책을 이리저리 비춰 보며 아빠에게 물었다.

"아빠, 이거 중요한 거예요?"

아빠가 공책의 첫 장을 소리 내어 읽었다.

"주스, 달걀, 빵이라. 또 리스트만 한가득 적힌 공책이군. 아마 이런 공책이 50권은 더 나올 거다. 네 할머니는 그러니까……."

요즘 할머니는 제2의 어린 시절로 돌아간 듯 모든 일에서 손을 놓고 계셨다. 아빠는 할머니가 요즘도 그러시는지 모르겠다는 투로 잠시 머뭇거렸다.

"그러니까 네 할머니는 메모광이셨단다. 맬러리, 너처럼 말이다."

나처럼? 이제껏 할머니를 닮았다는 소리는 들어 본 적이 없었다. 할머니 얘기가 나올 때면 여동생인 지니가 사람들 입에 오르내렸다. 나도 할머니와 똑같이 주근깨 피부였지만, 지니는 할머니의 금발 곱슬머리와 탄탄한 몸매를 꼭 닮았다. 웃는 모습도, 활기찬 기운을 내뿜는 분위기도 똑같았다. 하지만 리스트를 작성하는 습관이라면 내가 할머니를 똑 닮았다. 내가 일주일에 작성하는 리스트만 해도 수십 개에 달했다. 해야 할 일이라든가, 읽어야 할 책, 연쇄 살인마로 예상되는 우리 학교 선생님들 명단 등. 하나하나 번호를 붙여 리스트를 작성하다 보면 어지러운 머릿속이 깔끔하게 정리된 것 같은 기분이 들었다. 물론 리스트에 작성된 목표 중 76%는 실천하지도 못한 채 폐기 처분된다. 뭐, 리스트 중에는 마음대로 바꿀 수 없는 것들도 있으니까. 예를 들어 '내가 사랑을 고백한 남자들'이라는 리스트를 작성한다면 1번은 '제러미'로 고정불변일 테니 말이다.

"네 할머니 물건 중에는 가격을 어떻게 정해야 할지 감도 안 잡히는 엉뚱한 물건들이 많단다. 서재에는 보르네오에서 사 온 원시 부족의 창까지 있지."

"보르네오가 어딘데요?"

"그러게나 말이다."

아빠가 상자를 열자 먼지가 풀썩 날렸다.

"오래된 장난감이구나. 이건 내가 잘 알지."

아빠는 장난감 기차 세트를 꼼꼼히 살펴보았다.

"아는 수집가들한테 좀 물어봐야겠다. 혼자 괜찮겠니, 맬러리?"

나는 방긋 웃어 보였다. 아빠에게 울적한 기분을 들키지 않으려고 온종일 가짜 미소를 짓고 있었더니 볼이 다 얼얼했다. 세상에 어느 딸이 이런 막장 드라마 같은 일을 아빠한테 털어놓고 싶겠는가. 말도 못하고 혼자 비밀을 꾹꾹 삼키고 있자니 머리가 지끈거리던 참이었다. 아빠가 자리를 비운 사이, 할머니의 공책 더미를 정리하다가 리스트만 하나 적힌 공책을 발견했다. 이번엔 식료품 리스트가 아니었다.

11학년 신학기 계획

1. 사기 충전 클럽의 회장 비서직에 지원하기
2. 멋진 저녁 파티 및 만찬회 열기
3. 홈커밍 파티에 입을 드레스 만들기
4. 이성 교제하기
5. 위험한 짓 해 보기

리스트 앞뒤로는 아무것도 적혀 있지 않았다. 이렇게 중요한 리스트를 왜 보잘것없는 공책에 적어 놓으셨던 거지? 목표나 꿈이 제대로 달성되었는지 수시로 표시해 둘 만한 리스트인데도, 표시라곤 흔적조차 보이지 않았다.

한참을 집중하다 보니, 갑자기 무릎이 쓰라렸다. 그러고 보니 꽤 오랫동안 무릎을 꿇고 있었다. 나는 벌떡 일어나서 무릎을 매만졌다. 창틈으로 들어오는 가느다란 햇살이 공책에 어른거렸다.

"아빠? 할머니가 몇 년도에 태어나셨죠?"

나는 계단 위를 향해 소리쳤다.

"1946년. 베이비붐 세대시지. 왜 그러냐?"

할머니가 11학년 때라면 지금 내 나이랑 똑같은 열여섯 살이셨겠네? 1962년이면 오십 년도 더 된 리스트잖아? 할머니는 고양이 눈 모양의 안경을 낀 채 밀크셰이크를 마시며 미식축구 선수인 남자 친구랑 금요일 밤 데이트를 즐겼겠지. 그 남자 친구가 '버블엄'이라는 이름의 여자와 바람을 피우는 일도 절대 없었을 거다.

또다시 가슴을 찌르는 날카로운 통증과 함께 아픈 기억이 떠올랐다. 꿈속에서 망치를 휘두르던 스머프는 어디로 갔을까? 스머프가 게임 속 암살자로 변해 제러미를 쫓아다니면 어떨까? 실제로 제러미가 죽는 것도 아닌데, 뭐 어때? 게임 속에서라도 아픔을 줄수만 있다면 속이 시원할 것 같다.

나는 펜을 꺼내들고 메모 장을 펼쳤다.

11학년 맬러리의 10월 학교생활 계획

1. 제러미한테 마구 퍼부어 대기 - 제러미의 양다리를 기리기 위한 대리석 성
   전이라도 세울까? 아님 그냥 아무일도 없었던 것처럼 제러미한테 다시 만나
   자고 말할까?
2. 휴대 전화 뒤뜰에 묻어 버리기 - 한 번이라도 더 울리면 나도 어쩔지 모르겠
   다. 지금 내 손에 망치가 없으니 망정이지.

3. 강해지기 - 최소한 약해지진 말아야 한다.

4. 할머니의 푸른 드레스를 입고 제러미가 나를 볼 수 있을 만한 곳에 가서 서성거리기 - 버블껌은 잊어버리고 어제 침대에서 나에게 예쁘다고 말했던 순간을 떠올리도록.

5. 새로운 취미 찾기

내 리스트는 엉망진창이다. 계획 하나하나가 다 쓸데없는 것들이다. 내 인생은…… 거의 제러미와 연관된 것뿐이지 않은가. 할머니의 리스트가 훨씬 더 활동적이고 진정성 있게 느껴진다. 열여섯 살 할머니의 삶은 분명 내 삶보다 훨씬 좋았을 거다. 단순하고 걱정 없고. 홈커밍Homecoming, 미국 고등학교에서 여는 특별한 연례행사. 퍼레이드 행진과 미식축구 경기가 이 날에 맞춰 열린다. 재학생들은 드레스와 턱시도 차림으로 파티를 열고, 졸업생들은 모교 행사를 함께 즐긴다. 드레스 만들기가 신학기 계획이라니 얼마나 속 편한 인생인가.

나는 흔들의자에 앉아 나무로 된 팔걸이를 손으로 쓰다듬었다. 어쩌면 아빠의 할아버지가 이 의자에 앉아 비누를 조각하셨을지도 모른다. 근데 내가 아빠의 할아버지를 뵌 적이 있던가? 상상인데 아무렴 어때.

방 안 가득 쾌쾌한 곰팡내 사이로 그동안의 역사가, 차곡차곡 쌓인 상자들에서 다사다난한 삶이 묻어났다. 상자 속에는 아동을 위한 비영리 구호 단체에서 일하며 세상을 변화시키고자 했던 할머니의 한평생이 고스란히 담겨 있었다. 그리고 그 모든 것의 근원에는 할머니의 단순 명료했던 사춘기 시절이 버티고 있었다.

열여섯 살의 할머니는 자상하고 잘생긴 애인을 찾았을까? 그 애인과 함께 수도 없이 데이트를 하면서 입맞춤도 하고 앞으로의 삶과 사랑, 새로운 미래에 대해 희망찬 대화를 나눴을까? 그 시절에는 흑백텔레비전밖에 없었을 테니 나란히 앉아서 대화를 하는 게 전부였겠지? 물론 전화 통화도 많이 했겠지만 직접 만나는 일이 더 잦았을 거다.

요즘은 시대가 바뀌었다. 아픈 여동생에게 끓여 줄 허브티를 사러 마트에 갔다가 '인스턴트 볶음밥' 중 어떤 맛이 제일 맛있느냐는 낯선 남자의 질문을 받더라도 대답해선 안 된다. 무심코 '치킨 맛'이라고 말했다가 이상한 눈빛을 받을 테니까. 그 남자는 이어폰으로 자기 아내와 통화 중이었을 확률이 높기 때문이다. 이렇게 공중에다 대고 혼자 중얼거리는 게 이상하지 않은 시대, 내가 추천한 '치킨 맛'이 아니라 아내가 말해 준 '쇠고기 맛'을 사 가는 낯선 남자의 모습이 당연한 게 요즘 시대다. 그런데 '쇠고기 맛 볶음밥'이라니, 아휴.

나는 흔들의자를 멈췄다. 공중에 대고 혼잣말하는 사람이 없는 세상에서 살고 싶다는 생각이 들었다. 어떤 통신 기기도 없는 곳에서 말이다. 전화벨이 천 번 하고도 스물네 번째 울리고 있었다. 발신자를 확인해 보니 여동생이었다. 지니라면 내 비밀을 끝까지 지켜 줄 테지. 누군가에게 '버블엄'에 대해 말할 수 있다면 지니뿐일 거고. 그래, 휴대 전화가 고장 나기 전에 얼른 받자.

"어."

"뭐야? 어디 있었어? 또 전화기 잃어버렸던 거야? 휴대 전화 없이 어떻게 살아?"

"그런 거 아냐. 그냥 안 받았던 것뿐이야."

"손가락이 근질거려서 어떻게 참았어?"

근질거린 정도가 아니라 애가 타서 벌겋게 달아올랐지. 지난 스물네 시간 동안 일흔여덟 번이나 휴대 전화를 만지작거렸다. 일흔여덟 번 중 절반은 제러미에게 걸고 싶은 마음이었지만, 프렌드 스페이스에 접속해서 내가 겪은 일을 세세히 올리고 싶은 충동이 더 컸다. 어젯밤 꿈에 나타났던 스머프 암살자라는가, 알고 보니 내 남자 친구가 온라인상에서 바람을 피우고 있었다든가, 오십 년도 더 된 식료품 리스트를 발굴해 냈다든가 하는 일상을!

SNS 활동은 리스트 작성만큼이나 중독성이 있다. 매일 업데이트하는 수고를 통해 인터넷 세상에서나마 내 존재를 상기시킬 수 있기 때문이다. 그런데 지금은 지난 이십사 시간 동안 내 친구들에게 무슨 일이 있었는지도 전혀 모르고 있는 지경이었다. 캄캄한 동굴 안에서, 그것도 머리 바로 위에 전구가 있다는 걸 알면서도 절대 켜지 않고 지내는 것과 같은 상황이라고 할까?

"이 언니는 하루쯤은 휴대 전화 없이 지낼 수 있단다."

"그럼 쉬운 일부터 처리하자. 에두아르도라는 남자 사진은 찾아봤어? 할머니의 숨겨 둔 애인 말이야. 정말 말을 타고 있는 모습이야? 셔츠 단추도 몇 개나 풀어헤치고?"

지니의 입에서 '숨겨 둔 애인'이라는 말이 나왔을 때 약간 움찔했지만, 굳이 내 사정에 빗대서 말하는 건 아닌 것 같아 가슴을 쓸어내렸다.

"말이 없는 걸 보니까 그 남자 셔츠를 아예 안 입고 있었구나? 언니 지금 당황해서 눈만 굴리고 있는 거야? 내 그럴 줄 알았어! 한 시간 전부터 궁금하더라니. 전화 받아 줘서 고마워. 언니가 사람 하나 살린 거야."

"독백은 다 끝났니? 내가 할 수 있는 말은 어제가 내 인생에서 최악의 날이었다는 것뿐이야."

"그 아저씨 가슴 털이 그렇게나 징그러웠어? 웩, 설마 희끗희끗하고 꼬불꼬불하기까지 했어?"

"그런 농담은 좀 넣어 둘래?"

"흠, 내가 좀 너무 갔지?"

지니가 한숨을 쉬더니 말을 이었다.

"알았어, 언니 얘기로 넘어가자고. 진짜 언니가 제러미 오빠를 거짓말쟁이라고 프렌드 스페이스에 올린 게 맞아?"

"응."

"도대체 왜……."

"사실이니까."

"물론 맞는 말이야. 근데 왜 지금에서야 그런 생각이 든 건데?"

지니는 나보다 두 살이 어리지만 머리도 좋고 성격도 밝다. 게다가 성숙하고 운동 신경도 좋은 데다 예쁘기까지 하다. 그래도 나는 내 여동생을 좋아한다. 뭐, 좋아하는 편이라고 해 두자.

나는 지니에게 모든 걸 털어놨다. 키스 타임에서부터 제임스 테일러 노래, 가라테 복장, 살사 소스 브랜드에 이르기까지 모조리다. 그동안 지니는 생각에 잠긴 듯 '음' 소리를 몇 번 낸 것 빼고는 한마디도 끼어들지 않았다. 나는 말하는 내내 담담한 어조를 유지했다. 만약 목소리에 감정이 조금이라도 묻어 있었다면, 서러운 마음이 봇물 터지듯 나와서 도저히 주체할 수 없었을 거다. 물기 하나 없이 건조한 보고를 마치자 지니가 한숨을 쉬더니 조그마한 목소리로 한마디 내뱉었다.

"쓰레기 같은 자식."

"내가 이렇게 속이 상하는 게 이상한 건 아니지? 당연한 거지?"

지니가 그렇다고 대답해 주길 바라면서 물었지만, 한편으로 내가 틀렸다는 말이 듣고 싶었다. 내 머릿속을 메우고 있는 생각이 잘못되었다고, 요즘 세상에 온라인 여자 친구쯤은 다들 한 명씩 두는 거 아니냐고 말이다. 어쩌면 내가 먼저 제러미에게 전화를 걸어 미안하다고, 화해의 키스 타임은 어디서 가질 건지 물어봐야 하는 게 아닐까. 우리가 부부도 아니고 어쨌든 게임은 게임일 뿐이니까.

"그런 이메일은 이미 게임을 벗어난 행동이잖아."

지니가 차분한 목소리로 대답하자, 순간 나는 힘이 빠져 흔들의자 아래로 스르륵 미끄러졌다.

"그렇지, 나도 알아."

"내가 인터넷에서 봤는데 '당신의 남자가 바람을 피우는지 알 수 있는 열 가지 방법'이 있대."

어느새 지니는 진지한 목소리로 변해 있었다. 지니에 대해 알아야 할 두 가지가 있다. 언제나 옳다는 것과, 항상 옳다는 거다.

"지금 당장이라도 읽고 싶은 글이야."

"내가 읽어 줄게. 그게 더 나을 거야. 보나마나 언니는 읽다가 중간에 제러미 오빠를 위해 이 핑계, 저 핑계 만들어 주기 바쁠걸? 언니 눈엔 콩깍지가 씌었으니까. 이제야 조금 벗겨져서 한 줄기 빛을 보기 시작한 거지. 거짓말쟁이인 걸 알았으니 말이야."

"이번 일이 있기 전엔 거짓말쟁이가 아니었어. 늘 다정하고 날 웃게 해 주고……."

"언니, 그 오빤 가슴까지 푹 파인 V자 옷을 입는다고."

"가슴 근육이 멋있잖아."

"그래, 언니가 그 가슴 근육에 푹 빠져 주길 바란 거야. 여자보다 가슴골을 더 많이 자랑하는 남잔 절대 믿어선 안 돼."

"전에는 왜 그런 말을 안 해 준 거야?"

"언니가 그 남잘 사랑했으니까."

지니의 대답은 간단했다.

"어차피 언닌 내 말을 귓등으로도 안 들었을걸?"

나는 팔걸이의 나무 조각을 뜯기 시작했다. 지니한테 제러미를 욕해도 된다고 허락한 셈이지만, 지니가 그렇게 오랫동안 속내를 감추고 있었을 줄이야. 하지만 한 가지는 확실했다. 아직 내 남자 친구가 욕 먹는 소리를 듣고 있기가 껄끄럽다는 거다. 아니, 전 남자 친구인가? 지금 당장은 어느 쪽인지 나도 모르겠다.

"지니, 그래서 그 글에 뭐라고……."

"이 글에 따르면 꼭 육체적 관계만이 바람의 기준은 아니라는 거야. 말하자면 '정서적 바람'이란 건데, 단순한 우정을 넘어서는 끈끈함이 포인트야. 그 여자한테 말하는 것처럼 언니한테도 말한 적 있어?"

"아니. 누가 그런 식으로 말을 해? 너도 내 동생이지만 평소에 '네가 얼마나 소중한 동생인 줄 아니?' 이런 말은 거의 안 하잖아? 카드 같은 걸 쓸 때나 그러지. 데이트할 때나 같이 있을 때 사랑한다는 말은 자주 해 주는 편인데."

"문제는 이메일로 그 여자한테 했던 알콩달콩한 말을 조금이라도 언니한테 해 줬냐는 거지. 아니잖아?"

나는 두 사람이 주고받은 이메일을 떠올렸다. 내가 못 들어 본 말들이 수두룩했다.

"그렇네."

"거기다 둘이서 완전 끈적댔다며? 아마 그런 내용이 더 있을걸? 그 여자 혹시 이 근처에 사는 것 같아? 어쩌면 둘이 이번 여름 하키 캠프에서 만났을지도 모르겠다."

"그 여잔 라크로스를 쳐."

"언니가 그걸 어떻게 알아?"

"하키건 라크로스건 무슨 상관이야. 어쨌든 제러미가 나로는 만족하지 못했단 거잖아."

나는 빈 상자를 발로 툭 찼다.

"언니가 그 자식한테 과분했던 거야. 그 자식은 머저리야. 언니에 대해 그런 끔찍한 험담이나 써 대고."

"끔찍한 험담이라니? 이메일에 나랑 관련된 이야기는 한마디도 없었어. 그 둘 사이에서 난 투명 인간이었다고."

"아니, 프렌드 스페이스에 올린 글을 말하는 거야."

가슴이 철렁했다.

"제러미가 프렌드 스페이스에 무슨 글을 올렸는데?"

갑자기 지니가 입을 다물었다.

"잠깐만. 아빠 컴퓨터로 직접 볼래."

"언니, 지금은 안 보는 게 좋을 텐데."

아무 말도 들리지 않았다. 계단을 서둘러 올라가서 아빠가 탁자에 놔 두고 간 노트북을 낚아챘다. 프렌드 스페이스 계정에 로그인하려니 손이 덜덜 떨려 왔다. 내 페이지에는 친구들의 댓글과 질문들로 가득했다. 일단 제러미 사진을 클릭해서 제러미의 페이지로 이동했다.

친한 친구 다섯 명의 이름과 친구들끼리 부르는 별명이 주르륵 나열되어 있는 게 제일 먼저 눈에 띄었다. '행크 인클리? 너덜너덜 슬리퍼!' 누구나 행크를 보면 단번에 이해하게 되는 별명이었지만 오히려 "그러는 넌 얼마나 단정하냐?"고 되물음을 당할 만한 별명이었다. 내 이름 옆에는 '요리조리 물고기'라는 별명이 늘 함께했다. 제러미랑 같이 파티에 간 적이 있었는데, 내가 모든 사람들과 잘 어울리는 모습을 보고는 물고기처럼 사람들 사이를 잘 누비고 다닌다며 지어 준 별명이었다. 꽤 세심한 통찰력이 담긴 별명이었지만, 원래 나는 여동생 말고는 단짝 친구가 없던 데다가 잘 어울리는 친구도 적은 편이었다. 하지만 그 뒤로 제러미는 내가 사람들과 어울리는 모습을 볼 때마다 물고기처럼 뻐끔거리는 표정을 지어 보였고, 나한테는 그 뻐끔거리는 입술이 뽀뽀를 쪽 해 주고 싶을 정도로 귀여웠다.

하지만 이제는 그 다정한 별명이 사라지고 없었다. 새로 적힌 두 글자가 우리 관계를 나타내고 있었다.

"끝장?"

나도 모르게 소리를 내질렀다. 지니에게서 아무런 반응이 없는 게 이상해서 급하게 둘러보니, 휴대 전화가 탁자 위에 엎어져 있었다.

"자기가 날 차 버린 것처럼 써 놨잖아? 내가 찬 건데! 아니지, 우린 대화조차 나눈 적이 없다고."

"그냥 방어 기제야. 체면 구기기 싫다는 거지."

"댓글 봤니? 글쎄 내가 코빈 그리핀과 놀아났대. 코빈 그리핀이 누군지도 모르는데!"

"작년에 트랙 뛰던 남자 아니야?"

"그 댓글에 대한 제러미 반응은 또 어떻고? 시시덕거리면서 농담이나 써 대다니! 어떤 애가 나더러 걸레라고 써 놓은 댓글엔 웃는 이모티콘을 달아 놨네. 세상에, 자존감이 있는 인간이라면 어떻게 그런 댓글에 웃는 이모티콘으로 답할 수가 있느냐고?"

나는 더 참지 못하고 인터넷 창을 확 닫아 버렸다.

"제러미는 풍선껌인지 버블껌인지 하는 여자랑 바람을 피우고 있는데, 나만 나쁜 여자가 됐어."

"다들 프렌드 스페이스가 진짜라고는 생각 안 해. 언니가 왜 그렇게 속상해하는지는 잘 알지만 그냥 다 잊고 훌훌 털어내 버리는 게 어때? 내일이면 프렌드 스페이스는 콧수염을 기른 야구 선수가 기절한 사진으로 도배될지도 몰라. 제러미 오빠의 상태 메시지 따윈 사람들의 뇌리에서 금세 사라질 거야. 그럼 언니 마음도 다시 평화로워지겠지."

문자 메시지가 왔는지 휴대 전화 진동이 울렸다.

"잠깐만."

휴대 전화를 확인해 보니, 서른두 개의 문자 메시지가 와 있었다. 그중 일곱 개는 페이지와 카딘에게 온 문자 메시지였다. 페이지와 카딘은 제러미와 지니 다음으로 친한 친구들이었다. 학교 신문기자인 페이지는 완벽한 문장으로 제러미를 비난했다. 글자 수에 구애 받지 않는 무제한 문자 메시지 요금제를 쓰도록 허락해 주신 페이지의 부모님에게 새삼 감사했다. 카딘의 문자 메시지는 솔직한 카딘다웠다. 카딘은 구두점을 쾅쾅 찍어 대며 자신의 기분을 고스란히 '들려'주었다. 프렌드 스페이스에서 벌어진 전투를 쭉 훑어본 모양이었다.

제러미한테 온 문자 메시지는 여섯 개였다. "어디 간 거야?"로 시작해서 "왜 내 계정을 해킹 했어?"라더니 "네가 생각하는 그런 게 아니야."로 이어졌다. 그러다 "지금 널 스토킹 하려는 게 아니야."에서 "전화해."로 짧아졌고 "그래, 이렇게 나오겠다는 거지?"로 끝났다.

그런데 나머지 문자 메시지들은 뭐지? 내가 전혀 모르는 사람들이 보낸 문자 메시지였다. 마치 '아무한테나 욕하고 싶은 사람 모여라' 게시판에 누군가가 내 번호를 올려놓은 것 같았다. 스크롤을 내리며 쭉 훑어보다가 네 번째 문자 메시지 뒤로는 읽기도 싫어졌다.

'제러미한테 함부로 대하다니 어떻게 그럴 수 있어?'

'제러미를 속상하게 하면 내 손에 죽을 줄 알아! 두고 보라고!'

잘 알지도 못하는 사람들이 나에게 개인적인 분노를 퍼부어 대

는 것보다 황당한 건 이 개인적인 분노가 터무니없이 왜곡되어 퍼
져나간 잘못된 정보에서 비롯되었다는 거다. 이 사람들은 나를 모
를 뿐만 아니라, 제러미와 나 사이에 어떤 일이 있었는지 조금도
알지 못했다. 심심하던 차에 인터넷 창에 뜬 새로운 소식을 보고는
욕을 보태러 몰려온 것뿐이었다.

"다 끝이야!"

나는 밑바닥에서부터 끓어 오르는 분노로 비명을 내질렀다.

"컴퓨터도, 휴대 전화도, 가상 세계도 완전히 다 차단할 거야. 인
터넷, 메신저, 문자 메시지, 전부 다! 컴퓨터라면 이제 지긋지긋해."

"좋네. 그렇게 해."

지니가 기운찬 목소리로 용기를 주었다.

"며칠 동안은 그러는 게 좋을 거야. 언니 자신한테만 집중하라고."

"며칠은 무슨. 영원히 끊을 거야. 이 시대, 아니 21세기에 완전히
질려 버렸어."

"21세기가 문제는 아니라고 보는데?"

"어쨌든 디지털 기술이 문제지."

"언닌 지금도 그 디지털 기술을 사용하고 있잖아."

지니의 말에 휴대 전화를 탁자 위에 놓고 역겨운 눈으로 쳐다보
다가 스피커 모드로 바꿨다. '악의 기계'에서 조금이라도 멀리 떨어
지기 위해서.

"그건 그렇지. 근데 너 휴대 전화가 뭘 유발하는지 알아? 바로

암이야."

"언니."

"게다가 운전 중에 문자 메시지 보내다가 죽은 사람이 얼마나 많은데? 아주 흉악한 기계지. 컴퓨터는 또 어떻고? 인터넷에는 수많은 나쁜 놈들이 도사리고 있어. 어쩌면 제러미의 버블염도 오하이오에 사는 쉰다섯 살 변태일지 몰라."

"그인지 그녀인지 모르겠지만 정말 그랬으면 좋겠네. 뭔가 문학적이잖아?"

문학적이긴, 문학적일 것도 많다. 아빠의 노트북을 가방에 넣으면서 문득 노트북이 현대식 공책이라는 생각이 들었다. 할머니의 손글씨가 담긴 공책도 연달아 떠올랐다.

"지니, 있잖아. 아까 할머니가 열여섯 살 때 공책에 써 놓은 리스트를 발견했지 뭐야. 그 당시 할머니의 걱정거리가 뭐였는지 알아?"

"아직도 밝혀지지 못한 간접 흡연의 악영향?"

"아냐. 바느질 방법을 배우는 거였어. 이게 말이 되니? 바느질이라고. 생활 자체가 단순했으니 살기도 편했던 거야. 모든 면에서 말이야. 과거의 삶이 그렇게 완벽했으니까 지금 할머니가 그렇게 대단하신 거지. 우리가 그 시절에 살았다면 어땠을까?"

"그러니까 중고 매장에서 산 옷 같은 걸 입고서? 그런 면에서 언니는 이미 80년대를 살고 있잖아. 맞다, 언니 옷 중에 40년대 군복 스타일 옷도 있었지? 왜 온통 카키색인 옷 있잖아."

"옷 스타일을 말하는 게 아니야. 난 할머니가 그런 리스트를 작성했을 때의 삶으로 돌아가고 싶은 거야. 단순한 삶으로. 사람 사이에 정이 있고, 나 스스로에게 충실한 삶 말이야. 만약 1962년이 요즘과 별반 다르지 않았다면 나도 관심 안 가졌겠지. 디지털 기술만 가지고 말하는 게 아니라고."

지니가 낮게 '끙' 소리를 냈다.

"하지만 그렇게 살겠다는 건 자신과의 약속 같은 건데, 언닌 욱하는 마음에 덤벼들었다가 점심시간도 되기 전에 마음이 바뀌는 사람이잖아. 속상한 건 알겠지만 시간이 오래 걸리더라도 근본적인 해결책을 생각해야지. 에두아르도 문제처럼."

"에두아르도 이야기는 그만 좀 하지?"

"리스트 하나가 언니 문제를 해결해 주지 못할 거라는 말이야."

"당연히 아니지. 그런 의미가 아니라고."

나는 방 안을 서성이기 시작했다.

"과거를 고칠 순 없지만 미래를 바꿀 순 있잖아, 안 그래?"

"휴대 전화를 사용하지 않는 게 거짓말쟁이 남자 친구랑 무슨 상관이 있는데?"

"만약 제러미가 컴퓨터가 없어서 인터넷을 하지 못했다면 버블염을 만날 일도 없었겠지. 나한테 휴대 전화가 없었다면 얼굴도 모르는 사람들한테 협박 문자 메시지를 받는 일도 없었을 거고. 디지털 기술이 내 인생을 망쳐 놓은 주범이야."

목소리가 커졌다. 이렇게 뭔가에 뜨거운 열정을 느끼기는 평생 처음이었다. 한순간에 세상이 아주 명확해졌다. 이전의 내가 세상의 표면에 둥둥 떠 있었다면 지금은 인생의 깊숙한 나락으로 곤두박질친 것 같았다. 나 맬러리는 이제 큰 소리로 당당하게 외칠 거다. 맹세컨대, 충실한 삶이 여전히 가능하다는 걸 실현해 보이고 말겠다고. 모든 디지털 기기를 끊고 아날로그 문화로 돌아가겠다고.

"사람들이 직접 만나 대화하던 시절로, 가상 세계가 없던 시절로 돌아간다면 가짜가 없는 진짜 세상에서 살 수 있을 거야. 거짓 없는 진짜 세상이야말로 지금 나한테 꼭 필요해. 고리타분해도 선하고 정직한 진짜 세상 말이야."

"언닌 오늘 해가 지기도 전에 문자 메시지 보내고 있을걸?"

"절대 아냐. 믿어 봐."

"진짜 그러겠다고?"

누가 보면 내가 슬리퍼를 신고 에베레스트 산을 등정하겠다고 말한 줄 알겠다. 지니의 반응을 보니, 디지털 기기를 끊고 할머니의 리스트대로 사는 일에 더 오기가 생겼다. 지니, 네가 틀렸다는 걸 보여 주겠어. 아니, 지금 이 세상이 완전히 틀려먹었다는 걸 증명해 주지.

"꼭 해내고 만다니까. 맹세할게."

"약속이겠지. 맹세는 어디 임명될 때나 하는 거라고."

"그딴 게 뭐가 중요해? 맹세한다고, 맹세! 이번엔 정말 달라. 두고 봐."

　이제 나한테는 확실한 목적과 목표가 생겼다. 할머니의 리스트
를 하나하나 다 이뤄 낼 때까지 복고풍으로 살아 볼 테니, 다들
기대하시라!

04

제러미한테서 받은 선물들

1. 보랏빛 클립 - 제러미와 '친구 이상, 연인 이하'였던 시절, 서로 눈이 맞았지만 친구들은 모르던 상황에서 둘이 같이 영어 숙제를 한 적이 있다. 제러미는 19세기 영국 작가들을 두루 조사했고, 나는 우리 생각을 합쳐 풀어쓰는 일을 했다. 한 마디로 내가 작성한 숙제였다. 수업 직전에 제러미가 내게 건네준 출력물을 보니, 종이를 집어 놓은 보랏빛 클립이 눈에 띄었다. 제러미는 "예전에 내가 보라색 셔츠를 입고 와서 다른 애들이 막 비웃었는데, 네가 제일 좋아하는 색이 보라색이라며 날 두둔해 준 적이 있었잖아."라고 덧붙였다. 하지만 내가 제일 좋아하는 색깔은 사실 노란색이다. 집에 돌아다니는 클립은 몽땅 노란색이지만, 보랏빛 클립은 소중히 놓아두었다.

2. 플레이리스트 - 특별히 관심을 두거나 취미로 삼을 만큼 음악을 좋아하진 않지

만, 딱 들었을 때 좋은 노래는 나도 판별할 수 있다. 제러미는 음악에 관심이 무척 많은데, 내가 좋아하는 노래를 하나 얘기해 주면 취향에 맞는 밴드를 서른 개는 더 찾아 줄 정도다. 어느 주말, 제러미는 내 아이팟을 가져가서 '행복한 맬러디' '슬픈 맬러디' '열공 모드 맬러디' '화이팅 맬러디' '최신 인기곡' 등의 제목이 달린 플레이리스트를 만들어 주었다. 나를 위해 노래를 선곡했던 그 주말에 버블염한테도 이메일을 보내고 있었던 건 아닐까? 그 여자한테 플레이리스트를 만들어 줬다면, 어떤 제목이었을까?

3. 제러미가 자주 뿌리는 '홀리스터' 향수의 시향 종이 — 서너 개 정도 있다. 책상 서랍과 지갑은 물론이고 침대맡에도 놓아둬서 제러미가 생각날 때마다 향을 맡았다. 그래, 난 구제불능 여자 친구다.

4. 전당포에서 구입한 루비 반지 — 다음번 전당포에 갈 때 다시 팔아 버릴 예정이다. 이 반지를 사 가는 다음 주인이 더 나은 사연을 만들어 주겠지.

5. 돌이킬 수 없을 정도로 아픈 마음

아빠와 나는 정신없이 짐 싸기에 매달렸다. 새집으로 짐을 챙겨 가는 보통의 이사와는 달랐다. 남겨 둔 짐을 할머니가 보관할 일도 없어서, 쓸 만한 가구는 새 입주자에게 넘기기로 하고 짐 상자를 세 종류로 나눴다. 짐 상자 가운데 삼 분의 일은 자선 단체에 보내고, 삼 분의 이는 아빠가 '가치 있다'고 판단해 우리 집 창고에 가져가기로 했다. 할머니의 평생이 담긴 사진이나 일기장, 아기자기

51

한 장식품 들은 짐 상자 하나에 담겨 있었다. 이 짐 상자에서 아빠의 아기 때 사진이나 가족 사진을 헤치고 십 대 시절의 할머니 사진을 찾아내는 게 내 목표였다. 더도 덜도 말고, 딱 한 장이면 됐다.

아빠는 짐을 싸느라 힘들었을 텐데도 기분이 좋은지, 스테이크를 사 주었다. 우리 집은 생일이나 아빠가 거래를 성사시킨 날이 아니고서는 비싼 스테이크 레스토랑에 가는 법이 없었다. 그나마도 요새 들어서는 생일에만 치러지는 연례행사가 되어 가고 있었다. 엄마는 스테이크 레스토랑에서 계산할 때면, 스테이크 써는 게 대단한 연례행사라며 혼잣말로 투덜거렸다. 나 혼자 얻어먹으려니 좀 찔리지만 사 줄 땐 군말 없이 받아먹는 게 예의지.

"마음껏 시키렴. 해산물이랑 스테이크가 같이 나오는 요리를 시켜도 좋고. 로드니 형님이 갖고 놀던 장난감 기차 세트면 오백 달러는 쳐 줄 거야."

"그럼 그 돈은 아빠가 아니라 큰아빠가 받아야 하는 거 아니에요?"

아빠는 빵을 가르더니 버터를 척척 바르기 시작했다.

"한 달에 내 연봉보다 더 많이 버는 사람이잖아. 장난감 따위에 아쉬워하진 않을 거야."

"그래도 큰아빠한테는 추억이 깃든 장난감일지 어떻게 알아요?"

"그렇게 감상적인 인간이라면 와서 짐 싸는 걸 도왔어야지."

웨이트리스가 다가오자 아빠가 싱긋 미소를 지었다.

"블루 치즈를 얹은 양상추 샐러드 둘, 구운 새우와 스테이크 요리 둘. 스테이크 하나는 겉만 살짝 익힌 레어로, 다른 하나는 바짝 익힌 웰던으로 주세요."

"전 스테이크만 주세요. 새우는 필요 없어요. 너무 태우지 말고 약간 분홍빛 도는 미디엄으로 주세요."

웨이트리스가 고개를 끄덕이고 뒤로 돌아섰다.

나는 웨이트리스를 불러 세웠다.

"저기, 볶은 버섯도 주세요. 버터 너무 많이 넣지 마시고요."

주문을 하고 있자니 제러미와 버섯 피자를 먹으러 갔던 일이 떠올랐다. 제러미는 버섯을 싫어해서 피자 위의 버섯을 다 골라내고 빵만 먹었지.

"아니, 볶은 버섯은 됐어요."

어제 피자헛에서 점심을 먹은 뒤로 아무것도 먹지 않아서 스테이크만으로 배가 찰 것 같진 않았지만, 마음이 아픈 것보다 배가 고픈 게 낫겠지⋯⋯. 아빠는 큰아빠의 장난감 기차 세트를 팔 생각에 들떠서 행복한 듯 보였다. 나는 괜히 샐러드를 뒤적이며 배가 이렇게 아픈 건 하루 종일 굶어서지, 제러미를 생각할 때마다 쿡쿡 쑤시는 통증이 생겨서가 아니라고 되뇌었다.

거의 모든 순간마다 제러미가 떠올랐다. 하긴 우리 연애 기간이 웬만한 유명 인사의 결혼 기간보다 길었으니, 그럴 만도 했다. 제러미와 다르게 나는 입술이 닿는 순간만이 아니라 제러미와 함께 있는 매 순간을 소중히 여겼다. 심지어 버섯을 골라내며 피자를 먹던 순간까지 생생히 기억했다. 적어도 거짓이 아닌 진짜 관계라고 생각했으니까.

"그래, 오늘 흥미로운 물건 좀 찾아냈니?"

아빠는 나이프로 버터를 듬뿍 뜨더니 빵 두께만큼 치덕치덕 발랐다.

"그 흥미로움이란 게 아빠가 팔 만한 물건이라는 뜻이에요, 아님 제가 간직할 만한 물건이라는 뜻이에요?"

"어느 쪽이든. 아니, 둘 다 좋지. 어쨌든 팔면 돈이 들어오잖아."

나는 냅킨을 만지작거리며 할머니의 리스트에 대한 말을 꺼낼지 고민했다. 말을 꺼내면 왜 리스트가 필요한지 물을 테고, 리스트 따윈 흔하다며 내 말을 흘려들을 게 뻔했다. 아빠는 감성이라고는 요만큼도 없는, 버터가 잔뜩 발린 심장을 가진 남자일 뿐이니까.

"음, 흥미로운 건 별로 없었어요. 갖고 싶은 드레스는 하나 있었지만요."

"그럼 됐다. 이제 재고 정리를 해 보자꾸나. 네 할머니의 골동품은 꽤 값이 나갈 거야. 하지만 그전에 어머니가 정말 팔고 싶은지 의사를 여쭤 봐야겠지. 아버지의 연장 세트는 수집가들이 눈독을 들일 만한데, 일단 상태부터 점검해 봐야 해. 프레즈노에 전문가를 한 명 알고 있는데……."

역시 우리 아빠답다. 명함에 올릴 그럴듯한 직함이 필요해서 부동산 중개인으로 일할 뿐 실상은 고물상이나 다름없었다.

우리 가족은 삼 년 전까지 카지노의 도시인 리노에서 살았다. 경기가 나빠지고 압류와 공매 진행이 계속되자, 지쳐 버린 아빠는 '세상에서 제일 정떨어지는 직업'인 부동산 중개인을 관두고 남부 캘리포니아로 이사 와서 새 출발을 했다. 새집은 부자인 큰아빠한테서 거의 공짜로 빌린 것이었다. 큰아빠는 보통 사람이 가지고 있는 신발 수보다 더 많은 집을 소유하고 있는 분이었다.

골동품 산업이 발달된 도시인 이곳 오렌지 카운티에서 아빠는 꿈의 직업을 찾은 것 같았다. 차고 바자회, 골동품 시장, 벼룩시장, 폐창고 정리 등 아빠는 오렌지 카운티 곳곳을 돌아다니며 물건을 골라 왔다. 그래서인지 아빠는 고서적이나 오래된 목재에서 맡을 법한 퀴퀴한 냄새를 항상 풍겼다. 거기다 부스스한 머리, 오른팔의 문신, 탄탄한 몸집, 구식 넥타이가 어우러져서 푸근하고 넉넉한 인상을 주는 사람이 되었다.

"아빠, 드레스 말고도 갖고 싶은 게 있는데 말해도 돼요?"

"설마 장난감 기차 세트는 아니겠지? 이 아빠를 힘들게 하지 않았으면 좋겠다, 맬러리."

"설마요. 그냥 60년대 초 패션에 관심이 생겨서요. 그 시절 옷이나 장신구 같은 걸 갖고 싶어요."

아빠가 손가락으로 쿡 찌르며 물었다.

"새로운 전략이냐? 60년대 초 물건들은 꽤 값이 나가지. 물론 내 딸이 무릎 길이의 고상한 치마를 입는 게 요즘 애들 핫팬츠보다야 훨씬 낫지만 그런 고전적인 옷들은 값을 꽤 쳐 준단다."

"로데오 거리Rodeo street, 로스앤젤레스의 대표적인 쇼핑 거리. 샤넬, 카르티에 등 명품 브랜드가 입점해 있다.로 데려가 달라는 게 아니에요. 그냥 옛날 옷이 입고 싶다는 말이죠."

"값나가는 '빈티지' 옷이겠지."

"참, 사진! 혹시 할머니 사진 있어요?"

인터넷 없이 어떻게 조사를 해 나갈지 고민이 되기 시작했다. 1962년에 대한 정보는 도서관에도 많겠지만, 리스트 계획을 제대로 세우려면 열여섯 살의 할머니가 살았던 마을이나 다녔던 학교처럼 개인적인 정보를 알아낼 고리가 필요했다.

"할머니가 내 나이였을 적에 소중히 간직했던 물건들도 좋고요. 일기장이나 졸업 앨범 같은거요."

"오, 맬러리."

아빠가 포크를 내려놓더니 손을 뻗었다.

"이 상황이 좀 힘든 모양이구나. 걱정하지 말렴. 할머니는 선샤인 빌라에서 행복하실 테니까. 시설도 최신식이란다. 테니스장에 골프장, 스파까지 갖춰져 있는 데다 활동 프로그램도 다양하고. 할머니는 할아버지가 돌아가신 뒤로 집에 홀로 지내는 걸 힘겨워하셨지. 남은 인생을 포기하려는 게 아니라 새롭게 시작하려고 이사 가신 거야, 알겠니?"

나는 아빠를 멍하니 바라보며 눈만 깜빡거렸다. 할머니에 대한 걱정은 해 본 적도 없는데? 물론 아빠 걱정도 마찬가지다. 명색이 손녀인데 자기 일에 빠져서 할머니의 추억이나 캐고 다니다니, 나도 정신이 나간 모양이었다. 아니, 반대로 너무 정신이 멀쩡해서 주변 사정은 아예 눈에도 들어오지 않는 건가? 실연의 고통이 한 사람을 이렇게 만드는구나.

실연의 고통은 왜 이렇게까지 괴로운 걸까? 제러미도 가슴이 아플까? 왕창 아프면 좋으련만. 내가 느끼는 고통의 반만이라도 제러미가 느낀다면 이렇게까지 아프진 않겠지. 샐러드를 내려다보니 둥그런 양상추가 꼭 제러미 머리 같다. 베이컨 조각은 제러미의 눈 같고, 토마토는 입 같고⋯⋯.

"맬러리, 왜 그렇게 샐러드를 헤집고 있는 거냐?"

나는 포크를 내려놓았다.

"아니에요. 전 괜찮아요. 다 좋아요."

"그래, 좋고말고."

아빠는 무릎 위의 냅킨을 벌써 네 번째 접고 있었다. 아빠 무릎에는 빵 부스러기 한 톨 묻은 새가 없었다. 반면 내 쪽은 이미 소매에 블루 치즈가 반쯤 묻어 있었다.

"할머니 물건 중에 원하는 게 있으면 뭐든 챙겨 가렴. 아까 보니까 할머니 어린 시절 사진이 담긴 기다란 통도 있던데, 우리가 가져가도 할머니가 뭐라 그러진 않으실걸."

"정말요?"

따로 시간을 내서 할머니의 짐 상자를 다 뒤져 봐야 하나 싶었
는데, 사진을 모아 둔 통이 있다니. '복고풍 자아'를 실현할 수 있는
작은 실마리를 찾아낸 셈이었다.

"나중에 다시 가져다 드리면 되죠? 그냥…… 할머니를 가까이
느끼고 싶어서요."

아빠가 빙긋 미소 짓자 눈가에 잔주름이 잡혔다.

"그렇게 하렴. 이 아빤 네 마음 다 안다."

그랬을 거예요. 제가 거짓말만 안 했더라면요.

이튿날, 나는 방에서 제러미의 흔적을 하나하나 지우느라 일요
일 오전을 다 보냈다. '흔적 지우기'에는 자그마한 보랏빛 클립을
확 구부러뜨리는 일도 포함됐다. 하지만 클립을 구부러뜨리다 클립
끝에 손톱을 찔리고 말았다. 바람난 남자 친구에 엄지손톱 부상까
지, 꼴 한 번 엄청 우습네.

제러미의 흔적을 깨끗이 지워 낸 뒤에야 할머니 집에서 가져온
물건들을 자세히 살펴볼 마음이 들었다. 나는 엄지손가락을 쪽쪽
빨면서 통을 열어 할머니 사진을 바닥에 펼쳤다. 할머니의 어린 시
절은 지금과는 너무 달랐다. 엄마가 찍어 준 지니와 내 사진을 펼

쳐 놓는다면, 금세 방 하나가 가득 찰 텐데. 요즘 사진은 컴퓨터 밖으로 출력될 확률이 거의 없으니 불필요한 비교긴 하다. 어쨌거나 할머니의 십 대 시절 사진은 전부 이 기다란 통에 들어 있었다.

제일 마음에 드는 사진은 열여섯 살 때 여름용 홈드레스를 입고 햇빛을 받으며 주근깨 가득한 얼굴로 함박웃음을 짓는 모습이 찍힌 사진이었다. 이 사진은 할머니 집 복도 벽에 걸려 있었는데, 사진을 볼 때면 할머니가 언제 이 사랑스러운 언니 모습에서 곱게 나이 든 지금의 모습으로 변했는지 궁금했다. 이 사진만큼은 돌려드리지 않고 내 책상 위에 쭉 놔둬야지.

기다란 통과 함께 가져온 상자 안에는 아빠와 큰아빠가 어린 시절에 드렸을 소소한 선물 몇 가지, 흐릿한 사진들이 담긴 신발 상자가 들어 있었다. 그리고…… 할머니의 고등학교 시절 1962년도 연감Year book, 졸업을 기념하는 졸업 앨범과 달리, 모든 학년의 학생 활동을 소개하는 앨범. 매년 발행된다.도 있었다! 나는 표지에 은빛으로 인쇄된 올록볼록한 글씨를 조심스레 손으로 쓸어 보았다. 할머니는 캘리포니아 중부의 툴레어 유니언 고등학교 출신이셨다. 소똥 냄새가 나는 농장 마을로 정육점 아저씨라든지 제과점 아저씨, 현관에 나와 앉아 있는 앞집 아저씨 이름까지 속속들이 서로 알고 지내는 마을이었다. 여섯 살 때, 딱 한 번 가 봤던 내 기억으로는 그랬다.

나는 눈을 감고 연감 속 그 시절로 돌아가는 상상을 했다. 할머니 사진은 교내 파티나 사기 충전 클럽 모임에서 찍힌 것들이 많았다. 생각해 보니 할머니의 리스트 내용 중에서 사기 충전 클럽이 제일 생소했다. 이 고리타분하고 촌스러운 이름은 뭐지? 도대체 이 모임에서는 뭘하는 걸까? 다른 학교와 '누가 누가 사기 더 잘 살리 나'라도 겨루는 건가? 이런 질문을 되뇌고 있는데, 누군가 방문을 열려는지 문고리를 달그락거리는 소리가 들렸다.

"왜?"

내가 소리쳤다.

"줄 게 있어."

지니가 방문 틈새에 입을 댄 채 웅얼거렸다.

"너 혼자야?"

"아니, 에두아르도와 함께 왔어. 내 선물이지."

문을 열자 지니가 밀크 토스트 쟁반을 들고 서 있는 게 보였다. 밀크 토스트라, 실연의 아픔을 달래는 데는 이만한 게 없지. 오늘 은 일요일이므로 '여신 다이어트 식단'에도 적합한 메뉴였다. 오목 한 그릇에 버터를 여러 조각 깔고 그 위에 버터로 구운 토스트 다 섯 조각을 넣은 다음, 따뜻하게 데운 버터 우유를 붓고 살짝 익힌 수란 두 개를 올리면 완성이다. 마지막에 버터를 한 번 더 넣어 주 는 걸 잊으면 안 된다. 버터를 좋아하는 우리 아빠의 요리법답다.

"에두아르도보다 이게 훨씬 낫네."

나는 지니에게 쟁반을 건네받고는 책상에 앉았다. 지니는 바닥 에 깔린 할머니의 어린 시절 사진을 찬찬히 훑어보며 서성거렸다.

"대단한 결심이라도 한 거야?"

"제러미를 지우고 있어."

나는 턱에 묻은 버터를 쓱 닦으면서 말을 이었다.

"동기 부여가 필요했거든. 내일부터 우린 리스트대로 살 거니까."

"우리?"

내 말에 지니가 양탄자에 털썩 앉았다.

"지니, 도와줄 거지? 넌 나한테 제일 좋은 친구잖아."

지니가 웃음을 터뜨렸다.

"알았어, 나도 그 말도 안 되는 리스트대로 살 볼게. 그래도 난 기계는 못 끊어. 숙제할 때도 음악은 꼭 들어야 하니까. 인터넷 쇼핑도 해야 하고."

나는 숟가락으로 토스트 그릇을 탁탁 치면서 말을 끊었다.

"그래, 난 100% 완벽하게 1962년을 재현할 테니까 넌 조연처럼 거들기만 해."

"엇, 난 늘 주연인데? 조연은 해 본 적이 없어서 말이지."

하, 내 동생이지만 못 들어 주겠다.

"미안. 농담은 그만둘게."

지니가 사진을 한 장 집어 들며 말했다.

사진에는 할머니가 대학생 때 반전 시위에 참가한 모습이 담겨 있었다. 허리까지 오는 긴 머리카락이 할머니의 사나운 표정만큼이나 거칠어 보였다. 이 사진은 홈드레스를 입은 사진에 비하면 영

마음에 들지 않았다. 브래지어를 하지 않은 게 분명해 보이는 티셔츠 차림이라니.

"리스트 중에 뭐부터 하려고? 저녁 파티? 난 유기농 재료로 만들고 싶은데."

"지니, 우리 1962년에 대해 이야기 중인 거 알지? 그땐 통조림에 든 완두콩도 유기농으로 여겼다고."

"그 당시 요리법부터 알아봐야겠네. 가족 저녁 파티라면 내가 준비해 볼게."

지니가 적극적으로 나섰다.

"그래, 얼마든지."

든든한 여동생이 합세했다. 이제 혼자가 아닌 거다. 리스트 중에는 혼자서 도저히 이룰 수 없는 것도 있었는데 다행이었다.

"파티에 남자 친구를 초대해도 좋고."

"참, 리스트 중에 그게 제일 이상해. 요즘 누가 '이성 교제'라는 말을 써?"

"그렇긴 해. 리스트에 있으니까 어쩔 수 없지, 뭐. 그리고 이성 교제는 이 언니가 이미 해 본 거니까 걱정 마. 어디 해 보기만 했니? 졸지에 '제러미 뮤이에게 농락당함'이라는 글씨가 박힌 셔츠를 입고 돌아다닌 셈이 됐잖아?"

제러미도 가끔은 내 생각을 했겠지. 내 아이팟에 넣어 준 노래나 우리가 처음 춤췄을 때 흘러나온 노래가 들릴 때면 말이다. 예전에 둘이 자동차를 타고 집으로 돌아오던 길에 창문을 열고 목청껏 함께 불렀던 노래도 있었다. 바람 소리 때문에 멜로디는 들리지도 않고 꽥꽥대는 우리 목소리만 들렸지. 그 순간만큼은 진짜였으면, 버블엄과 공유하지 않은 나만의 추억이었으면.

어쨌든 나한텐 리스트가 생겼고, 제러미를 생각하는 시간도 줄고 있었다. 한 시간에 삼십팔 분 정도랄까? 아무리 많이 생각해도 사십칠 분은 넘지 않았다.

지니가 입술을 깨물며 새초롬하게 물었다.

"언니, 정말 이렇게까지 해야 해? 언니를 괴롭히고 싶진 않지만, 지금 기분이 어때?"

"내가 어떤 사람인지도 모르겠고, 인간에 대한 모든 믿음이 사라진 정도? 뭐, 옛날 그대로지."

"심각하네. 알겠어. 언니한테 큰일이라는 건 명심할게."

큰일이라면 큰일이지. 물론 세상에는 더 나쁜 일도 많다는 걸 잘 알고 있다. 어쨌든 나는 이렇게 집에 앉아서 밀크 토스트를 먹고 있으니까. 하지만 머리로 아는 것과 마음으로 느끼는 건 전혀 다르다. 이별은, 특히 이렇게 생각지도 못한 방식으로 맞이하게 된 이별은 상처가 큰 법이다. 제러미를 잃는 것은 팔이 잘려 나가는 듯한 고통이나 다름없었다. 이 고통은 영원히 끝나지 않을 것만 같았다.

"내일 학교에서 제러미를 봐야 할 거야."

내가 나지막이 입을 떼자, 지니가 다가오더니 위로하듯 내 무릎을 감싸 안았다.

"보겠지. 그렇다고 말 섞을 필요는 없어."

"설명을 듣고 싶어할걸."

"설명? 무슨 설명? 언니가 뭘 잘못했다고? 말 섞고 싶지 않으면
안 하면 돼. 퍼부어 대고 싶으면 그렇게 하면 되고. 그 자식 타이어
에 펑크를 내고 싶으면⋯⋯."

"지니."

"그렇게는 하지 말라고 하려 그랬어. 해도 상관없고. 뭐든지 하고
싶은 대로 하란 말이야."

지니는 턱을 내 무릎에 댄 채 올려다보며 말을 이었다.

"아직 본격적으로 복고풍 생활에 돌입한 건 아니니까, 그 전에
길고 긴 작별 의식이 필요할 것 같아. 어떤 걸로 할래? 명랑 청춘
물, 아니면 코미디물?"

나는 미소를 지으며 답했다.

"코미디물."

지니가 머리를 절레절레 흔들었다.

"복고풍으로 살게 되면 유치한 코미디 영화는 이제 끝이야. 절대
같이 안 봐 줄 테니까 기대도 하지 마."

사기 충전 클럽
비서 되기

05

남자 친구의 SNS 계정을 해킹해서 '거짓말쟁이'라고 써 놓은 다음,

주말 내내 헛소문이 들끓어도 내버려 두는 여자애를 보고

우리 학교 애들은 어떻게 반응할까?

1. 여자에게 쓰이는 온갖 욕지거리들

2. 완전히 헤어진 건가? 저 남자한테 접근하려면 얼마나 기다려야 하지?

3. 완전히 헤어진 건가? 저 여자한테 접근하려면 얼마나 기다려야 하지?

4. 나라면 계정을 아예 없애 버릴 텐데.

5. 나라면 이사 가 버리겠다.

6. 쟤는 왜 저렇게 딱 달라붙는 드레스에 발목 양말을 신고 학교에 나타난 거야?

   지금이 1960년대인 줄 아나 보지?

어쩌면 이 정도까지 상황이 나쁘진 않을 거다. 반 친구들이 나를 보고 어떤 생각을 하든 어차피 한순간일 뿐이다. 난 이 학교에서 그렇게 중요한 관심 인물이 아닌 데다, 다들 생활 속에서 저마다 걱정과 불안을 안고 사니까. 물론 프렌드 스페이스에서는 맬러리 브래드쇼의 치정 드라마가 인기리에 방영되고 있긴 하다.

할머니의 드레스를 입고 있자니, 턱을 높이 치켜들고 당당하게 다닐 수 있을 만큼 힘이 솟았다. 할머니의 터키석 반지도 줄에 꿰어서 목에 걸고 왔다. 드레스 안쪽에 반지를 내려뜨리니 왠지 든든한 기분마저 들었다. 한동안 이 반지를 품고 다니기로 했다. 지금으로선 할머니의 십 대 시절과 연결된 물리적인 매개체가 꼭 필요했다.

열여섯의 할머니가 리스트를 작성할 때, 미래의 손녀가 자기 삶을 바꾸기 위해 리스트를 이용할 줄은 꿈에도 몰랐을 거다. 이건 인류의 삶이 1962년에 더 단순하고 수월했다는 가설을 입증하기 위한 사회적 실험이다. 디지털 기기가 없는 아날로그 환경에서 나는 어떤 종류의 사람이 될까? 답을 찾기까지 꽤 오래 걸릴지도 모르겠다. 아직 실행 계획을 제대로 세우지 못했기 때문에, 일단 오늘 하루의 계획은 다음과 같다.

첫째, 할머니의 드레스 입기. 둘째, 21세기 버리기. 셋째, 제러미 피하기.

셋 중 하나는 성공이군. 1교시 수업을 들을 교실 앞에서 제러미가 기다리고 있었다. 목이 V자로 푹 파인 검은 옷을 입은 제러미의 모습이 여전히 귀엽게 보인다거나, 지나쳐 가는 학생들이 호기심 가득한 눈길로 우리 둘을 쳐다보는 상황은 힘들지 않았다. 할머니의 하늘색 드레스가 너무 달라붙어서 숨을 편하게 들이마시기 힘들다는 사실도 견딜 만했다. 정말 힘든 건 여전히 가슴이 두근거린다는 점이었다. 사랑하는 남자를 보면 무의식적으로 느끼게 되는 설렘이 아직도 사라지지 않은 것이다. 내 가슴은 버블염의 존재를 벌써 잊은 모양이었다.

제러미는 나를 발견하고는 표정이 어두워졌다.

"맬러리."

목소리도 딱딱했다.

"열세 번이나 전화했어."

제러미와 말을 섞지 않겠다고 굳게 다짐했지만, 내 바람이었을 뿐 어차피 현실적인 계획은 아니었다. 생각만큼 제러미를 잘 알지 못한다는 사실을 지난 주말 동안 뼈저리게 느꼈다. 그래도 단 한 가지, 제러미가 끈질기다는 건 알고 있었다. 지금 피하면 다음 교실 밖에서 기다릴 테고, 아니면 또 그다음 교실 밖에서 기다릴 터였다. 나는 숨을 내뱉었다. 얇은 드레스 천이 갈비뼈에 달라붙었다.

"휴대 전화 확인을 못 했어."

"삼 분마다 한 번씩 확인하잖아."

"아니, 이제부턴 안 해. 휴대 전화 끊었어."

나는 제러미를 밀치고 교실로 들어가 자리에 앉았다. 올해 우리는 수업을 딱 두 개만 함께 듣는다. 몇 주 전만 해도 재앙 같던 일이 지금은 축복으로 느껴졌다. 수업 두 개 정도야 참을 수 있었다. 언젠가는 제러미가 나한테 말을 걸지 않을 때가 오겠지. 어쩌면 나에 대한 말도 하지 않을 때가 와서 그저 같은 교실의 남학생 정도가 될지도 모른다. 내 첫사랑이자 나를 바보로 만들었던 남자, 홀리스터 향수를 뿌리고 다니는 남자 정도로 말이다.

제러미가 내 앞자리에 앉았다. 사실 제러미가 앉은 자리는 브래들리 피트모어의 자리였다. 브래들리는 자기 자리에 제러미가 앉아 있는 걸 질색했다. 브래들리가 선생님과 이야기를 하느라 이 꼴을 보지 못해서 그렇지, 발견하기만 하면 눈을 부라리며 달려올 터였다. 제러미가 내 쪽으로 몸을 기울였다. 마치 아직도 우리가 애인 사이인 것처럼, 버블염에게 온갖 말들을 속삭인 적 없는 것처럼, 오늘 오후에 뭐할까 같은 이야기라도 하려는 듯이. 아직 공식적인 이별만 고하지 않았다 뿐이지 실질적으로 끝난 사이인데 말이다.

"어떻게 된 거야?"

"뭐? 휴대 전화?"

나는 제러미의 눈길을 피해 브래들리를 주시했다. 어서 빨리 와서 제러미를 내쫓아 주길.

"별일 아냐. 그냥 이제 안 쓰려고."

"이메일은 확인했어?"

"인터넷도 끊었어. 한동안 다 끊고 지내려고."

"전부 다? 모든 사람과 연락하지 않겠다고? 나하고만 끊는 게 아니라?"

향수 냄새로 유혹하는 건 반칙 아닌가?

"응."

드디어 선생님과 이야기를 끝낸 브래들리가 교실을 가로질러 와서 제러미의 어깨를 툭툭 쳤다.

"제발 좀 내 자리에 앉지 마."

"맬러리, 네가 생각하는 그런 게 아니야."

제러미가 나지막이 목소리를 깔며 속삭였다. 나는 부드럽고 허스키한 제러미 목소리에 맥을 못췄다. 정말이라면 얼마나 좋을까? 다른 여자한테 이메일을 353통이나 보낸 합당한 이유가 있다면 얼마나 좋겠느냐는 말이다. 누군가가 제러미의 프렌드 스페이스 계정을 해킹해서 벌인 짓이라면 가장 좋을 텐데.

"내가 생각하는 게 뭔데?"

나는 침을 꼴깍 삼켰다.

"맬러리, 내가 알고 싶은 게 바로 그거야."

"나는 네가 사이버 아내와 바람을 피우고 있다고 생각해."

"바람?"

제러미의 숱 많은 눈썹이 불쑥 올라갔다.

"그건 그냥 게임이잖아!"

"그리고 이건 내 인생이지. 내 진짜 인생."

"그래서? 그냥 이렇게 끝내자고?"

제러미는 손바닥으로 책상을 내리쳤다.

먼저 끝낸 사람은 내가 아니라 너라고 되받아칠 힘도 없었다. 내 사랑이 바닥난 게 아니라 네 행동이 잘못되었다고 지적하지도 못했다. 다른 여자한테 낭만적인 노랫말이 가득 담긴 353통의 이메일을 보낸 행동이 바람이 아니면 도대체 뭐가 바람이지? 확실하고 당당하게 이별을 고하고 싶었지만 마지막에 용기를 잃고 말았다.

"제러미, 난 너랑 거리를 좀 두고 싶어."

브래들리가 더 세게 제러미를 쳤다.

"야, 네 여자 친구하고는 수업 끝난 뒤에 얘기해."

제러미는 내 눈을 뚫어져라 쳐다보면서 일어났다.

"됐어. 이제 여자 친구도 뭣도 아니니까."

나는 1교시 내내 공식적으로 전 남자 친구가 된 제러미를 보지 않으려고 애쓰면서 리스트 실행 방안을 고심했다. 매일 이런 식이라면 제러미의 홀리스터 향수 냄새에 질 것만 같았다.

4교시는 덜 힘들었다. 제러미가 말을 걸려고 들지 않기 때문이다. 아니, 어쩌면 그게 상황을 더 힘들게 만든 건지도 모르겠다. 나도 판단이 잘 안 서는데, 분명한 점은 곤혹스러움의 최고치를 경신했다는 사실이다. 학급 친구들의 따가운 시선을 계속 받아 내면서, 머릿속으로는 과연 바람피우는 남자 친구 저리 가라 할 만큼 인생에서 벌어질 수 있는 끔찍한 일들이 뭐가 있을까 하는 고민에 빠져들었다. 정말이지, 리스트 실행 방안은 생각하면 할수록 막막했다. 그리고 저 따가운 시선들은……. 다들 왜 날 노려보는 거지?

때마침 하노버 선생님이 가상 산업체 과제를 이어서 해 보자며 짝꿍과 함께 컴퓨터를 켜고 인터넷에 접속하라고 했다. 여기서 두 가지 문제가 생겼다. 첫째는 내 짝꿍이 제러미라는 점이고, 둘째는 내가 인터넷을 끊겠다고 맹세한 점이다. 제러미와 내가 컴퓨터 시간 짝꿍이라는 걸 다들 알고 있어서인지, 수많은 시선이 나한테 집중됐다.

나는 손을 들었다.

"선생님, 드릴 말씀이 좀 있는데요."

"무슨 일이지, 맬러리?"

나는 누구하고도 눈을 마주치지 않았다. 특히 제러미는 거들떠보지도 않았다.

"따로 말씀드리고 싶어요."

선생님은 골치 아픈 일이 생기는 건 아닌지 고민하듯 문 쪽을 쳐다보다 나를 다시 바라보았다.

"좋아. 다들 컴퓨터 켜 둬. 맬러리는 복도로 나오렴."

하노버 선생님과 나는 문을 열어 둔 채 복도로 나왔다. 다들 내가 짝꿍을 바꿔 달라고 부탁하려는 줄 알겠지만, 문제는 더 심각했다.

"선생님이 내주신 과제를 할 수 없어요."

하노버 선생님이 덥수룩한 턱수염을 긁적였다. '할 수 없다'는 말은 쓰지 않는 게 좋을 뻔했다. 하노버 선생님은 '하면 된다' 정신이 투철한 분이었다.

"어디 아픈 거냐?"

"아뇨, 인터넷을 사용할 수 없어서요. 물론 인터넷 이용법은 알지만 사용하지 않기로 했거든요."

"요즘 새롭게 고안된 과제 회피용 평계인 거니?"

하노버 선생님이 왁자지껄한 교실 안을 슬쩍 들여다보자, 교실은 이내 조용해졌다. 다들 인터넷상의 '산업 혁명' 프로젝트에 열심이었다. 가상 세계 속에서 철강이나 섬유 같은 산업 종류를 정해서 공장을 짓고 일꾼들을 고용해 보는 프로젝트였다. 놀랍게도 제러미는 이 프로젝트에서 발군의 실력을 뽐내고 있었다. 우리가 만든 가상 산업체의 근로 환경이 제일 깨끗했고 성장률도 제일 높았다. 제러미가 우리 가상 산업체에도 버블염을 복제해다 놓은 건 아닐까? 어쩌면 공장의 비서가 버블염일지도 모른다.

"너는 옆에서 조금 거드는 정도만 하면 되잖니? 네 짝꿍이 아주 열심이던데?"

"그게 아니라, 이번 과제는 아예 할 수 없어요."

"왜? 새 컴퓨터가 필요하니?"

다른 이유라도 생각난 듯 하노버 선생님의 찌푸린 얼굴이 약간 퍼졌다.

"그럼 짝꿍을 바꿔 주련?"

"아뇨, 짝꿍 문제가 아니에요. 한마디로 인터넷 사용은 제 양심에 반하는 일이라서요. 아주 깊은 개인적 신념의 문제랍니다. 그러니 대체 과제를 내주세요."

나는 침을 꿀꺽 삼켰다.

"제발 부탁 드립니다."

"그만한 이유로 과제에서 빼 달라니, 좀 곤란하구나."

하노버 선생님은 차분하고 확고했다.

사실 큰일이긴 했다. 하노버 선생님 입장에서는 인터넷 시대에 맞춰 굳이 많은 예산을 끌어 와 컴퓨터를 들여 놓고 교과 과정을 새롭게 바꾼 것 아닌가. 애초에 내가 이 수업을 선택한 이유도 그 때문이었다. 사실 하노버 선생님은 재미있고 유쾌하며 공정하기로 유명했다. 언젠가 졸업한 제자가 헌정 책을 바친 대도 이상할 게 없는 분이었다.

"강의를 신청할 때 우리 수업은 인터넷 사용이 필수라는 걸 잘 알았을 텐데?"

울컥 눈물이 터져 나올 것만 같았다. 동생 앞에서 굳은 맹세를 할 때만 해도 반드시 인터넷을 사용해야 하는 학교 과제 같은 건 생각도 못 했다. 제아무리 잘난 항공 우주국이라고 해도 하늘에 떠 있는 모든 위성을 다 관리 감독하는 건 아니잖은가. 아날로그

생활 방식으로 살아 보는 게 무슨 인류를 위한 십자군 전쟁도 아니고 고작 나 혼자만의 싸움일 뿐인데.

"리포트로 대체하면 안 될까요? 아니면 공장 모형을 만들어 올게요. 참, 그때가 기차 시대였잖아요? 아빠가 최근에 장난감 기차 세트를 하나 발견했는데, 그 시대에 딱 맞을 거예요. 가져올까요?"

"대체 과제를 내준다고 해도 어떻게 조사할 생각이니?"

하노버 선생님이 침착하게 물었다.

"책으로요. 위키피디아를 쓰기 전에는 다들 책을 뒤졌잖아요."

"맬러리."

"컴퓨터 시간이 아니라 엄연히 역사 시간이잖아요. 역사 시간에 맞게 잘 조사할게요. 제발요, 선생님. 정말 이렇게밖에 할 수 없는 숭고하고 곧은 신념이 있다니까요."

교실 안에서 웃음과 고함이 터져 나왔다. 하노버 선생님이 교실 안으로 머리를 들이밀고 인상을 한 번 쓰니 다시 잠잠해졌다. 하노버 선생님은 망설이는 표정으로 나를 쳐다보다 입을 열었다.

"그래, 좋다. 그럼 단순하게 가 보자. 산업 혁명이 어떻게 현대 사회를 형성했는가에 대한 리포트를 써 오렴. 네 장 정도면……."

"네 장이요?"

"아니, 다섯 장."

선생님이 헛웃음을 터뜨렸다.

"이번 한 번만이야. 고마운 줄 알아, 엉?"

한 학기 내내 잘난 척하는 제러미 꼴을 참고 보기 힘들었을 텐데 천만다행이었다.

"죄송해요. 당연히 감사하죠. 정말 고맙습니다."

"출력물로 제출해. 설마 인터넷만이 아니라 문서 작성도 안 되는 건 아니겠지?"

이건 모르겠는데? 그 당시면 타자기 시대인데 난 타자기가 없잖아. 이런 부분은 그냥 스리슬쩍 넘겨도 되나? 아님 손으로 쓰고 나서 워드로 옮겨 달라고 지니한테 부탁할까?

"네, 당연히 출력본이죠."

"다음 주에 다른 학생들이 과제 발표를 할 때 제출하도록 해. 그리고 부모님이든, 의사 선생님이든, 교회 목사님이든 어른한테 네가 왜 중세 시대를 살게 됐는지 해명서를 받아 오렴. 알겠지?"

그 정도야 위조 기술이 뛰어난 지니가 있으니 괜찮겠지.

"네, 알겠습니다."

선생님이 소매를 걷어 올렸다. 팔에 수북이 난 회색 털이 스웨터 털 같았다.

"과거 사람들이 교통과 기술의 진보를 위해 얼마나 많은 노력을 했는지 잘 알아야 한단다. 말 그대로 목숨을 바쳤다는 사실을 말이야."

그럼요. 19세기 초 사람들은 철도 공사에 매진하느라 컴퓨터로 악플 달 시간도 없었다는 사실, 그게 바로 우리가 배울 점이죠.

제러미와 나는 늘 점심을 같이 먹었다. 둘만의 공간은 아니었지만 식당 테이블이나 벤치를 돌아다니며 붙어 지냈다. 특히 이번 학기는 내내 함께였다. 올해 7월에 제러미가 처음으로 사랑한다고 고백했기 때문에, 올해를 '우리 커플의 해'로 명명해 둔 터였다. 제러미는 사랑한다고 말하면서 눈물까지 보였었다.

제러미와 헤어진 마당에 이젠 어디라도 괜찮았다. 문제는 식단이 피자나 자동판매기 음료 위주여서 1962년도 분위기를 내기가 어렵다는 점이었다. 결국 복고풍 음식은 포기한 채 사과 하나로 겨우 허기만 달랬다.

나는 교정을 둘러보며 큰 나무 아래 앉을지, 원형 탁자에 앉을지, 아니면 노천극장에 앉을지 고민했다. 굳이 다른 학생들을 피하고 싶다면, 햇빛 쨍쨍한 캘리포니아에서 누구도 이용하지 않는 학생 식당 안으로 들어갈 수도 있었다. 어두침침한 학생 식당이라면 혼자 앉아 있어도 이상할 게 전혀 없었다.

우리 학교에 소위 '일진'은 없다. 공부 벌레와 몸짱, 치어리더가 등장하는 구닥다리 청소년 영화와는 전혀 다르다. 그러니까 그런 유형의 아이들이 없다는 말이 아니라 여러 성향이 뒤섞여 있다는 말이다. 우등생이면서 마약을 하는 동시에 하프를 켠다고나 할까. 예외라면 학생 식당 동쪽에 있는 핸드볼 코트로, 주로 히스패

닉 학생들이 모여 논다. 제러미는 늘 그곳을 '리틀 멕시코'라고 불렀다. 동양인의 피가 흐르는 제러미도 동양인 학생들이 주로 모이는 탁자를 두고 '차이나타운'이라고 부르면서 같이 앉아 어울려 놀았다. 이 정도면 괜찮은 분위기 아닐까? 뭐, 안 괜찮을지도.

그렇다. 점심 장소, 그 사람의 정체성을 알려 주는 코드다. 보통 재능이나 종교, 집안 소득에 따라 테이블이 나뉜다. 지금 제러미는 우리가 평소에 어울리지 않았던 좋은 자동차 테이블에 앉아 있었다. 내가 가끔 모는 아빠의 자동차는 포드 에스코트 1994년식으로 좋은 자동차에는 자격 미달이었다.

"헤어졌다며? 괜찮아?"

옆에 있던 페이지 산토스가 칠면조 샌드위치와 제로 콜라를 양손에 들고 심각한 표정으로 물었다.

"괜찮아."

나는 제러미에게 시선을 둔 채 대답했다. 사촌 형 올리버가 하는 말에 제러미가 크게 웃고 있었다. 이제껏 제러미가 올리버의 말에 저렇게 박장대소하는 꼴은 처음 봤다. 웃기는커녕 같이 앉아 있지도 않는 사이였는데? 올리버는 자기 나이보다 더 오래된 닛산 자동차를 몰고 다니기 때문에, 어찌 됐건 계급별 테이블 규칙을 어기고 있는 셈이었다. 제러미는 사촌 형이 마이너 성향에다 돈키호테처럼 행동하려고 애를 쓴다고 했다. 뭐, 돈키호테라는 단어를 직접적으로 입에 올리진 않았지만, 무슨 상관이랴? 지금 내 신경을 건

드리는 건 제러미가 웃고 있다는 사실이다. 나한테 그딴 식으로 행동한 뒤에 일부러 더 즐거운 척하려는 것 같았다. 어떻게 누군가를 이렇게 미워하면서 동시에 사랑할 수 있는 걸까?

"드레스 참 예쁘다. 오렌지 써클에서 산 거야?"

오렌지 써클은 구 시가지에 있는 쇼핑몰 지역으로, 우리 아빠가 조그마한 골동품 가게를 내고 장사하는 곳이었다. 유행에 민감한 빈티지 가게들이 쭉 늘어선 곳이지만, 너무 비싸서 나는 주로 중고 매장인 굿윌에서 구입하는 편이었다.

"아니, 우리 할머니 거야."

"우아, 훨씬 더 좋은데?"

페이지가 소매를 만지작거렸다.

"어쨌거나 차이고 난 뒤인데도 좋아 보여서 다행이야."

나는 고개를 홱 돌려 페이지를 쳐다봤다.

"페이지, 프렌드 스페이스에 올라온 글 믿지 마. 나 차인 거 아냐."

"그럼? 어떻게 된 건데? 나도 진짜 궁금했어. 근데 연락이 안 되길래 무슨 일 있나 그랬지."

"나 휴대 전화 없앴어."

페이지는 긴 검은 머리가 어깨 뒤로 홱 넘어갈 만큼 몸을 움찔했다.

"없앴다고? 부모님한테 압수당한 거야? 나도 저번에 요금이 너무 많이 나와서 우리 아빠가……."

"아니. 자발적으로 없앤 거야. 디지털 기술을 포기하면 어떨까 해서. 좀 단순하게 살아 보려고."

"뭐?"

"그냥 오십 년 전의 십 대처럼 살아 보려고 해. 사람 사이에 친밀한 정이 오가던 때였잖아."

"그래서 지금 사회적 실험 중이라는 거야?"

페이지가 손거스러미를 물어뜯으며 말했다.

페이지는 누구보다도 교내 계층 관계에 관심이 많았다. 작년에는 의도적으로 여러 그룹의 여자애들을 골고루 잠옷 파티에 초대했다. 그러면 하나님 안에서 하나가 되듯 서로를 다 이해할 줄 알았던 거다. 하지만 결과는 어색함뿐이었다. 다들 나초를 집어 먹으며 음료수를 반도 마시지 못한 채 쭈뼛대다가 아홉 시쯤 파티가 끝나고 말았다. 실험은 실패였다.

"개개인의 친밀한 상호 관계에 디지털 기술이 미치는 악영향에 대한 실험인 거야? 멋진데?"

"굳이 그렇게 말한다면 그럴 수도 있고."

이 계획을 지니가 아닌 딴 사람에게 말하고 있자니, 쑥스럽기도 하고 제대로 해낼 수 있을지 괜히 마음이 흔들렸다.

"내가 벌인 일 중에 제일 멍청한 짓일 거야. 세세히 계획하지도 않았어. 그냥 변덕이지."

"맬러리, 다음에 인터뷰 좀 해도 될까?"

진지하게 고민하는 듯 페이지의 미간 주름이 깊어졌다.

"학교 신문 의견란에 기사를 써야 하거든. 소셜 네트워크에 대한 찬반 논쟁이라면 상을 받을지도 몰라."

내 보잘것없는 위기 상황이 페이지의 대학 입시에 편리하게 이용되는 건 좀 그렇지 않나?

"그냥 제러미의 프렌드 스페이스 페이지를 캡처 해. 그거면 충분할 거야."

페이지가 내 어깨를 토닥였다.

"미안. 내가 좀 흥분하면 다른 사람 생각도 않고 앞뒤 없이 달려들잖아. 제러미랑 무슨 일이 있었던 거야? 떠도는 소문은 다 들었지만 이런 건 당사자한테 직접 들어야 하니까."

제러미와의 결별을 설명하려면 어떻게 해도 내가 바보처럼 보였다. 버블염에 대한 말을 조금이라도 입에 올리는 순간, 남자 친구가 한눈팔 정도로 매력 없는 여자라는 인상을 주기 마련이다. 애석한 진실이라 하더라도 구태여 다른 사람들에게 알릴 필요는 없지. 그렇다고 입을 꾹 다물고 있으니 소문에 소문이 더해져서 내 평판을 계속 깎아 먹을 판이었다. 이곳에서의 내 평판은 제러미 때문에 생겼다고 해도 과언이 아니니까.

우리 가족이 리노를 떠난 건 내가 중학생 때였지만, 처음에는 애너하임의 아파트에서 살았다. 오렌지 카운티의 지금 집으로 이사해 온 건 10학년 초였다. 오렌지 파크 고등학교로 전학 온 지 한 달 만에 제러미를 만났고, 이곳에서의 생활은 온통 제러미로 채워져 있었다. 13개월이 흐른 지금도 나는 여전히 낯선 전학생일 뿐이었다. 제러미의 여자 친구라는 타이틀을 빼면 아무것도 아닌 존재일 정도로 내 삶은 제러미로 점철되어 있었다. 그 여자 친구 간판이 떨어지고 나자, 나는 그저 문자 메시지나 씹는 이상한 여자애로 남아 버렸다.

순간 피로가 몰려들어 주저앉고 싶어졌다. 페이지의 물음에 대답하려다 그냥 옆에 털썩 앉아 버렸다. 페이지가 앉은 테이블은 소위 교내의 '스타'들이 모이는 곳이었다. 장래가 촉망되는 학생으로 뽑혀서 책 읽는 사진을 연감에 싣기 위해 경쟁하는 우등생 집단이었다. 나는 이 부류에 속할 만큼 총명했지만 위협적으로 느낄 만큼 머리가 뛰어나거나 재능이 있는 존재는 아니었다. 충분하지만 넘치지는 않는 것, 이것이 나의 처세법이었다. 오늘 같은 날에는 어정쩡한 평범함이 정말 도움이 된다는 사실을 새삼 느끼고 있었다. 나는 평화로움 속에서 사과를 한입 깨물었다.

마침 페이지가 평화 봉사단에 대한 이야기를 꺼냈다. 평화 봉사단은 1960년대의 일이었기 때문에 주의 깊게 귀를 기울였다. 페이지는 눈썹을 찡그리면서 말라위에 초등학교 도서관을 짓는 데 쓰일 기금 마련 방법에 대해 열변을 토하기 시작했다.

의도치 않게 스타 모임에 있을 때면 나 자신이 바보처럼 느껴졌다. 내 손에 휴대 전화만 있었어도 말라위가 어디에 붙어 있는 나라인지 알 수 있었을 텐데.

"대학 졸업 후엔 우리 모두 평화 봉사단에 가입해야 해. 대학원 가기 직전 여름에 말이야."

페이지의 말에 나도 모르게 말이 튀어 나왔다.

"대학원은 무슨."

"그럼 대학 전에 가입해야 한다는 거야? 그렇지만 조기 등록과 인턴 제도는……."

"아니. 평화 봉사단에 가입 안 하겠다는 거지, 아예. 카키색은 지긋지긋해."

"평화 봉사단 지부는 전 세계에 퍼져 있어. 군복을 입지 않는 곳도 있을 거야."

피터 엉거가 끼어들었다.

나는 기분이 좋지 않았다. 제각기 자유롭게 주장을 펼칠 수 있는 만큼, 나도 까칠한 반응을 보일 수 있는 거 아닌가? 평화 봉사단이 1962년쯤에 창설되었다고 해서 내가 꼭 가입해야 하는 건 아니잖아? 휴대 전화와 작별한 것도 겨우 어제였다. 천리 길도 한 걸음부터랬는데, 한 걸음씩 천천히 걸어야지.

"대학원도 별로야. 나한텐 대학만으로도 충분해."

내 말에 이본느 가르시아가 손을 토닥거렸다.

"물론이지. 모든 사람이 대학원에 진학해야 하는 건 아니니까."

이본느는 마치 내가 앞으로 공장에서 도너츠나 분류하는 일을 맡게 될 것 같다는 말투였다. 정말 어이가 없었다. 이본느는 A 학점만 받는 우수한 학생이었지만 내가 아는 여자애 중에 가장 멍청한 부류에 속했기 때문이다.

그때 카딘 프램튼이 내 이름을 크게 부르며 교정을 가로질러 뛰어왔다. 나는 움찔했다. 카딘은 타인의 시선을 모을 수밖에 없는 여자애라서 졸지에 나에게까지 불필요한 시선이 집중됐다.

"맬러리!"

카딘은 돌로 된 벤치를 요령 좋게 피하면서 달려왔다. 우리 테이블에 앉아 있던 남학생들은 카딘이 뛰어오자 갑자기 조용해졌다. 다들 수영복 차림의 카딘이 슬로우 모션으로 뛰어오는 모습을 상상하고 있는 게 분명했다.

"너 내가 얼마나 여러 번 문자 메시지 보낸 줄 알아? 엄지손가락이 다 마비됐다고. 답장은 하나도 없더라?"

"그렇게 됐어, 카딘."

"뭐야 진짜. 다 털어놓을 거야, 말 거야?"

카딘이 옆자리에 끼어 앉더니, 이마가 부딪칠 정도로 얼굴을 가까이 들이밀었다. 피터 엉거의 입이 떡 벌어졌는데, 헐떡거리는 숨소리가 들리는 듯했다.

"나중에. 우린 지금 평화 봉사단에 대해 얘기하고 있거든. 아주 열띤 토론 중이야."

내가 손을 들어 테이블에 모인 학생들을 주르륵 가리키자, 카딘은 그제야 다른 학생들의 존재를 인식한 것 같았다.

"다들 안녕. 피터, 셔츠 잘 어울린다."

"그래? 고마워!"

피터의 목소리가 피리 소리처럼 높아졌다. 안타깝게도 피터는 몸집이 작고 목소리가 높아서, 내가 이 학교에 오기 전부터 별명이 '피리 부는 사나이'였다.

"평화 봉사단 얘기는 그만해도 되지 않을까? 제러미 뮤이에 관한 소문을 들었는데, 너 정말 제러미가 커플 기념일로 정해 놨던 비밀번호를 바꿨다고 걔 컴퓨터를 변기에 처박았어?"

가슴이 철렁했다. 제발 그런 헛소문에 대한 진상 파악은 너희 스스로 해 주지 않으련? 여리디여린 소녀가 평화롭게 점심시간을 즐길 수 있도록? 앞으로 평화를 위해 봉사단 활동을 하겠다며?

"아니. 제러미는 프렌드 스페이스 메인을 바꾼 것뿐이야."

다들 내가 재미없는 농담이라도 한 듯 어색하게 웃었다. 요즘 애들이 휴대 전화나 워드 문서, 이메일에 얼마나 얽매여 있는지 잘 알고 있었다. 복고풍 생활을 고수하겠다는 말을 뻥긋하기만 해도 대학원 무용론보다 더한 야유를 받을 게 틀림없었다.

카딘이 내 손을 꼭 쥐었다.

"무슨 일이 있었는지 몰라도 너 참 힘들었겠다."

"그랬겠지. 근데 우리가 지금 그 얘길 굳이 할 필요는 없는 것 같아, 카딘."

페이지가 느리지만 단호한 말투로 핵심을 꼬집었다.

역시 페이지야, 사랑해. 그리고 카딘도 고마워. 물론 애초에 이 문제를 꺼낸 장본인이 카딘이긴 하지만.

이본느가 내 팔꿈치를 토닥였다.

"그런 헛소문은 전혀 믿지 않는다는 것만 알아줘. 누가 다른 사람의 프렌드 스페이스 계정을 해킹 하겠어? 그건 진짜 못된 짓이야. 뭔가 흥미로운 게 있지 않고서야? 응?"

이본느는 팔꿈치를 토닥이다가 천천히 원을 그리듯 문지르기 시작했다. 요즘엔 팔꿈치를 만지는 게 연민을 표현하는 방법이라도 되나?

"그냥 우리 둘의 어설픈 섹스 비디오뿐이지, 뭐."

내가 이본느에게서 팔을 슬쩍 빼내며 말했다.

이본느는 '헉' 하고 놀라더니 이내 키득거렸다.

"농담하는 거지?"

페이지가 이본느의 팔을 탁 때리며 말했다.

"당연하지. 그건 그렇고, 졸업생 대표 선출은 어떻게 돼 가?"

카딘이 벌떡 일어났다.

"몰라, 어떻게 돼 가는지. 어쨌든 제러미는 거짓말쟁이고 맬러리 넌 행복할 자격이 있어. 나중에 문자 메시지 보낼 거지?"

"음……. 그럼."

스타 그룹 애들 앞에서 디지털 포기 선언은 알릴 수 없었다.

"수업 시작하기 전에 다이어트 콜라 좀 사 둬야겠다. 먼저 갈게, 안녕!"

"안녕!"

피터가 다시 목소리를 높였다.

카딘이 떠나는 동안 잠시 대화가 끊어졌다. 카딘이 올 때와 마찬가지로 남학생들이 시선을 빼앗겼기 때문이었다. 카딘이 사라지자 이번에는 시선이 나를 향했다. 스타 그룹 애들이 만점을 받고 싶어 하는 시험지가 된 기분이었다. 고요한 평화가 그리웠다. 제러미는 음식을 삼키다시피 빠르게 먹는 습관이 있어서 식사 시간의 첫 오분은 아주 조용했다. 제러미는 여전히 빨리 먹을까? 지금은 볼 수 없으니 모르지.

나는 일어서서 사과를 휴지통에 던졌다. 온갖 욕설이 입에서 터져 나올 것만 같았다. 한편으로는 스타 그룹 애들에게 화가 나는 것 이상으로 나 자신한테 신경질이 났다. 적어도 이 아이들은 다른 사람들처럼 뒤에서 수군대지 않고 직접 물어보지 않는가. 호기심은 나쁜 게 아니니까. 질문을 받을수록 점점 무뎌져서 더 괜찮아질 테지. 리스트를 달성할 즈음이면 다들 깨달을 거다. 내가 제러미를 떠나 완전히 새로 태어났다는 걸.

그래, 지금 문제는 리스트다. 내 고민은 헛소문도, 교정 건너편에 있는 매력적인 전 남자 친구도 아니었다. 나는 전 남자 친구가 에너지 드링크를 꿀꺽꿀꺽 넘기는 걸 넋 놓고 보는 모자란 애가 아니다. 온 정신을 집중해서 부지런히 몸을 움직여 아날로그 방식으로 살 수 있다는 걸 여동생과 나 자신에게 증명해 보여야 했다. 사기 충전 클럽은 어쩌지? 사기 충전 클럽을 만들려면 스타 그룹의 힘과 인맥이 필요할 텐데.

"주제를 바꿔 볼까?"

나는 엄숙하게 테이블 위로 두 손을 짚었다.

"다들 관심이 있는 주제일 거야. 공동체의 단결력을 증진하려면 어떻게 하면 좋을지, 한 가지 아이디어가 있는데 말이야."

"평화 봉사단에는 관심 없는 줄 알았어."

피터가 말했다.

"그 이야기가 아니야. 공동체의 단합에 사기 충전만큼 좋은 게 없지. 우리 학교에는 사기 충전 클럽이 필요해."

"사기 충전 클럽? 그건 너무 구닥다리 같은데?"

페이지가 당황하며 멈칫했다.

"좀 그렇긴 하지. 그래도 일종의 사회적 실험이라고 생각하면 되잖아."

"그건 그렇네."

"그래서 말인데, 클럽을 어떻게 시작하면 좋을까?"

"사기 충전 클럽을 만들고 싶다는 거야?"

피터가 다시 물었다. 아무리 총명한 학생들이라도 가끔 이해가 느릴 때가 있었다.

"그런 클럽이 있다면 가입하면 그만이지만, 아예 없으니까."

"봉사 활동 클럽이 있잖아. 우등생 클럽이랑 학생회도 있고, 응원단도 있고……."

이본느가 말했다.

"학생회는 학생회일 뿐이잖아. 사기 충전에는 충분하지 않지."

내 대답에 피터가 의자 뒤로 몸을 기대며 입을 열었다.

"올리버한테 물어봐. 학생회 소속이니 잘 알 거야. 어이, 올리버!"

피터가 건너편을 향해 소리를 질렀다. 그러자 다른 테이블에서 우리 쪽을 쳐다보았다. 물론 올리버가 앉아 있는 테이블에서도 반응이 왔다. 문제는 그 테이블에 제러미도 앉아 있다는 사실이었다.

"이리 좀 와 줘. 맬러리가 물어볼 게 있대!"

지금 내가 뭘 어쩔 수 있겠는가. 있는 머리 없는 머리 다 짜내서 벤치가 나를 왕창 삼켜 버릴 방법만 알아낸다면 좋겠다. 올리버가 다른 테이블들을 스치듯 지나치면서 다가왔다. 나는 페이지의 파일만 만지작거렸다.

"뭔데?"

올리버가 피터에게 물었다.

"맬러리가 새로 클럽을 만들고 싶대. 방법 좀 알아?"

나는 재빨리 올리버를 흘끔 쳐다보았다. 올리버는 괜한 걸음을 했다는 듯 지루한 표정으로 자기 테이블을 뒤돌아봤다.

"나도 잘 몰라. 학생용 안내 책자에 다 있지 않나?"

"잘됐네. 학생용 안내 책자를 찾아볼게."

나는 페이지의 파일에다 대고 말을 했다. 제러미의 사촌보다야 페이지의 파일이 훨씬 더 친근하게 느껴졌으니까. 제러미가 나에 대해 어떤 쓰레기 같은 말을 올리버에게 지껄여 댔을까? 아니다. 무슨 상관이람? 어차피 올리버는 나에 대해 전혀 모르지 않나? 그 냥 저렇게 지루한 표정으로 날 깔보며 서 있으라지.

갑자기 올리버가 페이지의 파일 위로 손을 가져다 댔다. 나는 고 개를 들어 올리버를 올려다보았다. 올리버의 눈빛은 심드렁했지만 날카로웠다.

"클럽을 새로 만들려면 학생회에 신청서를 넣어야 해. 학생회장 의 승인이 필요하거든."

"알겠어."

올리버가 날 도울 모양이었다. 비록 벤치가 날 삼킬 수는 없더라 도 조금은 숨겨 주지 않을까? 모두의 시선이 우리를 향해 있었다. 올리버가 제러미의 사촌이라는 사실을 떠올리고 있는 걸까? 다들 내가 고작 남자 친구와 헤어진 것 때문에 말도 안 되는 클럽을 새 로 만든다며 설친다고 생각할까? 뭐, 고작 그런 이유로 클럽을 만 들려는 거긴 하지.

어느새 올리버는 휴대 전화로 학생용 안내 책자를 찾아보고 있 었다.

"찾았어. 휴대 전화로 링크 보내 줄까?"

"아니, 난…… 컴퓨터로 찾아볼게."

아니면 오래된 학교 서가를 뒤져 보든가.

"오늘 밤 농구 할 거야?"

피터가 끼어들었다.

"응, 너도 올 거야?"

올리버가 물었다.

"정식 유니폼? 아님 쫄쫄이?"

시티 농구 리그 얘기였다. 올리버네 팀은 가발에다 발목까지 오는 빈티지 스니커즈 운동화 차림으로, 80년대 록밴드 머틀리 크루 같은 유니폼을 즐겨 입었다. 내 생각에 이 팀은 우승이 아니라 패션쇼를 위해서 뛰는 팀 같았다. 나야 한편으로 멋지다고 생각했지만, 제러미는 올리버네 팀이 창피하다고 생각해서인지 같이 운동하는 법이 없었다.

"당연히 쫄쫄이로 입어야지. 끝내주는 야광 멜빵을 구했거든."

올리버가 대답했다.

테이블에 앉아 있던 모두가 웃음을 터뜨렸다. 올리버는 다시 돌아가려고 걸음을 떼다가 멈추더니, 나한테 얼굴을 들이밀었다. 숨결이 느껴질 정도로 가까웠다.

"클럽 건으로 도움이 필요하면 언제든 연락해. 우린 가족이나 마찬가지잖아, 안 그래?"

올리버가 한쪽 눈을 찡긋했다.

제러미와 내가 헤어진 걸 모르나? 친구들 앞에서 이렇게 놀려 댈 정도로 잔인한 성격이었나? 잘 다독였다고 생각했던 분노가 솟아올라 상스러운 말을 내뱉고 말았다.

"닥쳐."

당당하던 올리버의 표정이 어리둥절해졌다.

"아니, 내 말은 그게 아니라 진짜 도와주겠다고. 제러미의 여자 친구니까."

내가 사납게 쏘아보자 올리버는 더 말을 잇지 못했다. 우리 두 사람의 목소리는 작았지만 테이블에 앉아 있는 모두가 우리 대화를 듣고 있었다. 제러미한테도 물리적 폭력까지는 쓰고 싶지 않았 건만 올리버는 정말 주먹이 울었다.

"머저리 같은 놈. 어쩜 네 사촌이랑 똑같니?"

이 말은 꼭 프렌드 스페이스에 널리 퍼졌으면 좋겠다.

06

지니가 튼튼한 이유

1. 항상 운동을 즐긴다.

2. 다큐멘터리와 기사는 다 챙겨서 본다.

3. 할머니의 텃밭에 한눈에 반해서 할머니의 요리 솜씨을 전수했다.

4. 가장 큰 이유라면 음식에 여간 깐깐한 게 아니다. 나도 입맛이 까다로운 편
   이지만 오레오 쿠키도 무지 좋아하기 때문이다. 지니는 한 번 정한 원칙대로 쭉
   가는 편이지만, 나는 뭐든 적당히 대충하는 편이다. 이런 성향은 각자의 생활
   과 인간관계에 두루 적용되는 것 같다.

그날 저녁 지니가 할머니의 낡은 요리책을 보고 미트로프를 만
들었다. 정확히 말하자면 백미 대신 현미를, 햄버거 대신 콩 고기를

넣은 미트로프였다. 식감이 거칠긴 했지만 케첩을 써서 그런지 콩 비린내는 나지 않았다. 지니 딴에는 엄청 애쓴 셈이었다.

엄마는 독서 모임에 가 있었고, 아빠는 손님에게 집을 보여 줄 일이 생겼다며 연락을 남겼다. 어쩔 수 없이 우리 둘이서 저녁을 먹게 됐다. 지니는 손끝으로 식탁 위를 드르륵드르륵 두드렸다.

"짜증 난 주부처럼 들릴지 모르겠지만, 이렇게 땀을 뻘뻘 흘리며 요리했는데 아무도 안 들어온다고?"

"엄마가 늘 그랬잖아. 가족이 다 모여서 저녁 먹을 일이 없다고."

"맞아. 그게 문제야."

우울하게 맞장구를 치던 지니가 이내 밝아진 목소리로 말을 이었다.

"참, 이거 할머니한테 가지고 갈까? 집들이 선물로 말이야. 언니가 찾아낸 연감을 들고 가서 할머니랑 추억 여행이나 하지, 뭐."

"아빠 말로는 새집이 아직 어수선한 상태라 누가 찾아오는 걸 싫어하실 거라던데?"

"미트로프야말로 그럴 때 딱 어울리는 요리지, 안 그래?"

맞는 말이지. 하지만 동생아, 말은 똑바로 하자. 거기엔 진짜 고기가 안 들었지 아마?

나는 얼른 할머니의 드레스를 벗고 다른 옷으로 갈아입었다. 혹시라도 할머니가 돌려 달라시면 곤란하니까.

삼십 분 뒤 우리는 선샤인 빌라의 안내 데스크 앞에 서 있었다.

뉴포트 베이 바다가 훤히 내려다보이는 5성급 실버타운이었다. 안내 책자를 들여다보니 테니스장과 수영장, 승마장, 극장, 정원 등이 자랑스럽게 안내되어 있었다. 할아버지 생전에 두 분이 여유롭게 사셨다지만, 이렇게 비싸 보이는 곳은 할머니 혼자 감당하기 어려우셨을 텐데. 큰아빠가 도움을 주신 걸까?

지니는 고급스런 화강암 탁자 위에 미트로프를 담은 용기를 가지런히 올려 놓았다. 바로 옆에는 화사한 꽃꽂이가 자리 잡고 있었다. 제러미의 교회 청년부를 따라 요양원을 방문했던 때가 떠올랐다. 그 요양원에서는 퀴퀴한 냄새와 함께 외로운 분위기가 물씬 풍겼는데, 이곳의 공기는 향초를 켜둔 것처럼 상큼했고 잔잔한 음악도 들렸다. 로비에는 나이 지긋한 할아버지들이 평면 텔레비전으로 축구 경기를 시청하고 있었다. 진심으로 나도 이사 오고 싶어졌다. 완전한 복고풍 삶이 여기 있잖은가?

"안녕하세요. 비비안 브레드쇼 할머니를 찾아왔는데, 몇 호실인가요?"

지니가 안내 직원에게 물었다.

"그런 개인 정보는 본인의 허락이 필요하답니다."

"우린 손녀들이에요."

나는 할머니의 고등학교 연감을 데스크 위에 슬쩍 놓았다. 연감의 낡은 가죽 표지가 이 반짝이는 성에는 어울리지 않는 것 같았다.

안내 직원이 컴퓨터에 뭔가를 입력했다.

"브래드쇼 님은 방문인 명단이 없네요."

"이사 오신 지 얼마 안 됐거든요. 명단을 작성할 여유가 없었나 봐요."

"입주하실 때 작성하게 되어 있는데 이상하네요."

안내 직원이 미안한 듯 웃음을 지어 보였다.

"방으로 연락을 드려 볼게요. 잠시만요."

안내 직원이 전화를 거는 동안, 지니가 데스크 위를 손가락으로 드르륵드르륵 두드렸다.

"방에 안 계신가 봐요. 그래도 멀리 가진 않으셨을 겁니다."

"그냥 몇 호실인지만 가르쳐 주시면 안 될까요? 이 요리만 놓아 두고 갈게요."

"직접 연락해 보세요. 호실은 가르쳐 드릴 수 없습니다."

지니가 휴대 전화를 획 꺼냈다.

"내 건 배터리가 없어. 언니, 할머니 전화번호 알아?"

"내 휴대 전화에 있지."

나는 주머니를 더듬었다. 순간 지니와 나는 디지털 포기 선언 때문에 내가 휴대 전화를 집에 두고 왔다는 사실을 떠올렸다. 지니는 아무 말 없이 탁자에 쌓아 둔 미트로프 용기를 들고 문밖으로 쌩하니 나갔다. 나도 급하게 지니를 따라 나섰다.

"야! 내 잘못이 아니잖아!"

"신경 쓰지 마. 언니가 휴대 전화를 안 쓰겠다는 것보다 할머니가 우릴 거부한다는 사실이 더 짜증 나서 그런 거니까."

"할머니가 그럴 리 없어."

나는 할머니의 연감을 꼭 껴안고 걸음을 재촉했다.

"우릴 거부하시다니 말도 안 돼. 아빠 말로는 할머니는 그냥……
이 상황에 적응할 시간이 필요한 것뿐이래."

지니는 멈춰 서서 나를 기다려 주었다. 이미 내 키를 훌쩍 넘어
선 동생은 캘리포니아 주에서 가장 잘 나가는 축구 선수였다. 그래
서인지 가끔 잊어버리는 것 같았다. 나처럼 평범한 인간은 가짜 미
트로프에 속지 않는다거나, 광활한 실버타운 구내에서는 꽁지 빠
지게 뛰어야 자신의 보폭을 맞출 수 있다는 사실을.

테니스장의 불빛이 지니의 얼굴 위로 그림자를 드리웠다.

"정말이지, 우리 가족은 함께 보내는 시간을 더 많이 가져야 해.
할머니도 할머니지만, 특히 엄마랑 아빠랑 말이야."

지니는 지금 상황을 너무 비극적으로 해석하고 있었다. 콩 고기로
만든 저녁 식사 한 번 못 먹게 되었다고 가족 해체까지 논하다니.

나는 길게 한숨을 쉬었다.

"그래서 단순했던 시절로 돌아가자는 거야. 가족이 소중했던 시
절로 말이지."

"언니 말은 무슨 극보수 단체의 슬로건 같아."

"칭찬 고마워."

"40 대 0!"

테니스장에서 점수를 매기는 소리가 들렸다.

지니와 나는 고개를 돌려 초록색 그물망 사이로 테니스장 안을 쳐다보았다. 공이 네트를 넘어가자 상대편 선수가 방어하듯 라켓을 바짝 세웠다. 하지만 공은 상대편 선수를 지나쳐 코트 바깥으로 통통 튕겨져 나갔다.

"린다, 미안해. 다음번엔 잘 받아쳐 볼게."

"할머니?"

지니가 작은 목소리로 중얼거렸다.

"한 번이라도 되받아쳐 봐. 자!"

린다라고 불린 할머니가 라켓을 힘껏 휘둘렀다.

"할머니!"

지니가 할머니를 향해 팔을 마구 흔들어 댔다.

"여기요, 할머니! 미트로프 가져왔어요!"

"미트로프 가져왔어요? 그래 가지고 할머니가 퍽도 쳐다보시겠다."

나는 지니를 따라 하며 약 올렸다.

할머니가 우리 쪽으로 달려와 그물망 사이로 힐끔거렸다. 할머니는 테니스 복 차림이었다. 흰 스커트 아래로 굵고 튼튼한 다리가 눈에 띄었다. 우스꽝스러운 머리 밴드 때문에 짧은 금발 곱슬머리는 평소보다 삐죽삐죽 솟아 있었다.

"너희들 여긴 어쩐 일이니? 잠깐만 기다리렴. 이번 게임만 끝내고 오마."

"난 괜찮아. 그냥 가 봐."

린다 할머니가 가볍게 라켓을 휘둘러 할머니를 툭 건드리면서
덧붙였다.

"한 점도 따내지 못한 김에 그만둬. 이대로라면 내가 이길 게 안
봐도 뻔하니까."

할머니가 린다 할머니를 홱 쏘아보았다.

"조만간 다시 붙어 보자고. 내가 레슨 좀 받고 나서 말이야."

"좀? 좀 받아 갖고 되겠어? 엄청나게 받아야지."

린다 할머니는 웃음을 터뜨리며 천천히 걸음을 뗐다.

"옜다, 이거나 받아라."

할머니는 이렇게 말하더니 뒤돌아 걸어가는 린다 할머니를 엉덩
이로 밀어 버렸다. 지니가 그 모습을 보고 키득거렸다.

"어서 오렴. 이왕 왔으니 할미의 보금자리는 보고 가야지."

할머니는 익숙한 듯 편안한 걸음으로 스포츠 센터 건물을 지나
빌라 7층으로 우리를 데리고 갔다. 거실은 아빠가 보여 줬던 모델
하우스와 똑같은 느낌이었다. 매끈한 새 가구에 포근한 베이지색
벽지가 전체적으로 단조로운 느낌을 주었다. 할머니의 예전 집무
실은 겨자색과 보라색이 어우러진 바탕에 무지개색으로 포인트를
준 화려한 벽지였는데, 이젠 베이지색으로 도배된 새 공간 속에서
할머니만이 선명한 색을 띠고 있는 듯 보였다. 이 집에서 유일하게

친숙한 물건은 주방 탁자 위에 놓인 재봉틀 기계였다. 할머니는 테니스 복을 벗고 평상복으로 갈아입었다. 앞쪽에 보석이 달린 벨벳 점프 슈트였는데, 우리 엄마가 선물한 게 분명했다. 할머니는 접시에 지니의 요리를 조금 덜어서 소파 위에 털썩 앉았다.

"그래, 이 할미한테 미트로프를 가져왔구나."

"콩 고기로 만든 거예요."

"콩 고기라, 더 좋은걸? 이 빚을 어떻게 갚지?"

할머니가 와서 앉으라는 듯 소파를 톡톡 두드렸다.

"할머니, 근데 왜 방문인 명단에 우리가 없어요? 우리가 찾아오는 게 싫으세요?"

지니의 물음에 할머니의 입술이 잠시 꾹 닫혔다.

"아니란다. 여기로 이사 와서 빨리 적응하고 싶은 마음뿐이었지. 어쨌든 너희들이 이렇게 왔으니, 다 잘된 거잖니?"

할머니의 대답에 지니가 금세 마음을 풀고 할머니 옆으로 파고들었다. 나는 지니만큼 할머니의 변화에 속상하진 않았다. 이건 할머니의 삶이고, 할머니의 결정이었다. 게다가 아빠한테 전해 듣지 않았던가. 할머니는 예전 물건들에 전혀 미련이 없다고.

"언니가 할머니의 고등학교 연감을 하나 찾아냈어요. 할머니의 옛 시절 얘기를 듣고 싶어요."

지니의 말에 내가 연감을 꺼냈다. 이 연감은 1962년도 생활의 지침과도 같아서 늘 지니고 다니던 터였다.

할머니의 눈이 휘둥그레졌다.

"어머, 정말 오랫동안 한 번도 들춰 보지 않았던 건데."

할머니는 연감을 든 채 엄지손가락으로 휘리릭 훑어보았다. 이 순간을 얼마나 고대했는지 모른다. 할머니와 함께 과거로 퐁당 들어갈 수 있을 것만 같았다. 앨범 표지에는 '툴레어 유니언 고등학교, 1962'라는 글씨가 도드라져 있었다. 할머니는 맨 끝장을 펼치고는 친구들이 써 둔 낙서를 읽기 시작했다.

"'다리 하난 끝내줘.' 빌 컬버. 짓궂기로 유명했던 놈이지."

"할머니 다리가 끝내주는지 어떻게 알았던 거지? 그 남학생 사진 좀 보여 주세요."

지니가 말했다.

"모든 여학생한테 그렇게 쓰고도 남을 애였지."

할머니가 새침하게 대답했다.

"할머니가 등장하는 페이지를 보고 싶어요."

내가 할머니를 조르며 말했다.

연감을 다시 휘리릭 넘기자, 할머니의 11학년 시절이 담긴 사진이 나타났다. 단체 사진 속 여학생들은 모두 진주가 달린 검은 드레스 차림이었다. 흑백 사진이어서 할머니의 주근깨가 더욱 도드라져 보였다. 사랑스러운 모습이었지만, 위로 붕 띄운 머리 스타일은 폭탄 맞은 머리처럼 보기 싫었다. 텔레비전에서 보던 60년대 스타일은 꽤 멋져 보이던데, 위로 붕 띄운 머리 스타일은 곱슬머리인 할머니한테 전혀 어울리지 않았다.

"머리가 왜 이래요? 언니, 이건 절대 따라 하지 마."

"이렇게 머리를 붕 띄워 넘겨 묶는 게 그 시절 유행이었단다. 어머니가 하도 성화를 부리셔서 어쩔 수 없이 따랐지. 고등학교를 졸업한 뒤에야 벗어날 수 있었어."

다음 장으로 넘어가자, 이번에는 붉은 스웨터 차림의 할머니 사진이 나왔다.

"사기 충전 클럽 유니폼이구나. 회장 비서직에 지원했는데 거의 뽑힐 뻔했지. 이건 홈커밍 행사 때 썼던 우리 클럽의 퍼레이드 수레란다."

바로 다음 장 사진에는 풍선과 기다란 장식 종이로 꾸며진 작은 퍼레이드 수레가 있었다. 수레 위에는 사기 충전 클럽의 여학생들이 단체 스웨터를 입은 채 '저 기사들을 뭉개 버리자!'라고 쓴 팻말을 들고 서 있었다.

나는 반질거리는 퍼레이드 수레 사진을 손가락으로 쓸었다. 사기 충전 클럽을 만들고 나면 퍼레이드 수레도 필요하겠구나. 참, 홈커밍 파티에 입을 드레스도 만들어야 하는데……. 두 과제 모두 불가능해 보인다. 할머니의 리스트가 '금붕어 구입'이나 '바나나 한꺼번에 먹기'처럼 쉬운 내용이었다면 얼마나 좋을까?

그렇다고 포기하겠다는 건 아니다. 앨범을 보면 볼수록 결심은 단단해졌다. 거기다 쉴 새 없이 피식거리며 비웃어 대는 지니의 얼굴을 보고 있자니 더욱 의지가 샘솟았다.

"할머니, 이 퍼레이드 수레 말이에요. 만드느라 너무너무 힘드셨겠어요. 사기 충전 클럽 활동에 정말 많은 시간이 들었을 것 같아요."

지니가 나 보란 듯 조잘거렸다.

"그래도 재미는 있었지. 비록 퍼레이드 경연에서는 다른 클럽에 졌지만, 단합만큼은 우리 클럽을 따라올 팀이 없었다고 자부한단다. 이건 파티 사진인데……."

다음 장으로 넘기자, 구름처럼 흰 드레스 차림의 할머니 사진이 나왔다. 옆에는 날렵한 양복 차림에 검은 테 안경을 낀 남학생이 활짝 웃고 있었다.

"파티에서 여왕으로 뽑히신 줄은 몰랐어요."

지니가 놀라 소리쳤다.

"여왕은 12학년 중에서 뽑잖니. 난 11학년이었단다. 11학년 중에서 그날의 공주로 뽑힌 것뿐이었지."

"이 남학생은 누구예요? 잘 아는 사이였어요?"

내 물음에 할머니의 입매가 굳어졌다.

"알고말고. 내 파트너였어."

"클라이드 월터스라, 안경이 좀 멍청해 보이는 거 빼곤 귀여운데요?"

지니가 남학생 사진 아래 쓰인 이름을 읽었다.

"파트너라고요? 애인이었어요?"

나는 팔꿈치로 할머니를 쿡 찌르며 물었다.

"와! 이성 교제네요? 이 사람이 남자 친구였다고요?"

지니가 남학생의 얼굴을 꾹 누르며 물었다.

할머니는 사진을 지긋이 쳐다보다가 입을 열었다.

"그래, 남자 친구였어. 거의 일 년 동안 이 친구가 준 반지를 끼고 다녔지. 사실은 첫 남자 친구였단다."

지금 내가 목에 걸고 있는 반지가 틀림없었다. 하마터면 당장 꺼내서 할머니한테 이 반지가 맞는지, 첫 연애 기념으로 이 반지를 간직하고 싶으신지 물어볼 뻔했다. 하지만 할머니의 과거와 나를 이어 줄 든든한 매개체가 달리 나타나지 않는 이상, 반지를 되돌려 드릴 마음은 없었다. 리스트를 다 실천하고 난 뒤라면 모를까. 오십여 년이나 지난 일인데, 할머니가 이 반지를 그렇게 아까워할 것 같지도 않았다.

"이 남자랑은 어떻게 됐는데요?"

내가 물었다.

"어떻게 되고 말고 할 게 뭐 있니? 사귀다가 헤어졌지."

할머니의 대답에 이번에는 지니가 물었다.

"끝이 안 좋았나요?"

할머니는 지니의 목 뒤를 쓰다듬었다.

"끝이 좋은 이별은 많지 않지."

명언이다.

"그 친구는 고등학교를 졸업한 뒤 여기를 떠났고, 나는 남았어."

"비극적인 결말이네요?"

지니가 다시 물었다.

옳지, 내 동생 잘한다. 자꾸 밀어붙여 봐. 알고 싶지만 나라면 절대 묻지 못할 말을 지니는 태연하게 잘했다.

"그렇게 말할 수도 있겠구나."

할머니가 잠시 뜸을 들이다 다시 입을 열었다.

"하지만 결국 다 극복해 냈지. 그렇게 열렬한 사랑도 아니었단다. 너희 할아버지와의 연애가 훨씬 더 좋았지. 어쨌든 할아버지랑은 결실을 이뤘잖니? 그런 게 진짜 관계지."

나는 머릿속으로 흐릿한 흑백 사진에 생생한 현실감을 입혀 보려고 애썼다. 할머니의 침실은 어떤 모습이었을까? 아침에 일어나서 등교 준비는 어떤 식으로 했을까? 방과 후에 친구들과는 뭘했을까? 그 시절 두려웠던 일은 뭐였을까? 또 장래 희망은?

왜 하필 할머니를 따라 하려는 거냐고? 할머니는 진짜 자기 인생을 사신 분이기 때문이다. 할머니는 60년대 후반 샌프란시스코에서 히피족으로 사시다가, 버클리 평화 시위에서 할아버지를 만나 보름 만에 결혼하셨다. 70년대에는 여성 인권이라든지 환경, 문맹 퇴치 같은 이러저러한 사회 운동에 투신하셨고, 그 뒤로는 생명에 위협을 받고 있는 전 세계 어린이들을 위한 비영리 단체를 직접조직해서 운영하셨다. 할아버지는 은행 일을 관두고 로스쿨로 돌아가 할머니의 단체 일을 도우셨는데, 늘 장난삼아 아내를 '보스'라고 부르며 놀리셨다. 뭐, 할머니가 백여 명의 직원을 거느린 진짜 '보스'이시긴 했지만.

몇 년 전 할머니가 캘리포니아 주에서 주는 공로상을 받게 되어, 우리 가족 전부 쫙 빼입고 시상식에 참석한 적이 있다. 우리가 질긴 닭 가슴살을 우적우적 씹어 먹는 동안, 주최 측에서는 할머니의 업적과 활동상이 담긴 다큐멘터리를 상영했다. 테이블 맞은편에 앉은 엄마가 계속 드레스 매무새를 고치면서 휴대 전화를 만지작거렸던 게 기억난다. 우리 엄마는 시어머니와는 확실히 다른 부류의 인간이다.

내 나이였을 적의 할머니는 그렇게 위대한 업적을 세우기 전이었다. 간단한 리스트와 큰 꿈을 지닌 평범한 여학생에 불과했을 뿐.

"할머니, 그런데 졸업 앨범은 어디 있어요?"

내가 물었다.

"없단다."

할머니는 앨범을 탁 덮더니 내 무릎 위로 휙 던졌다.

"이만하면 충분해, 맬러리. 네가 정리한 다른 물건들처럼 이 연감도 갖고 싶으면 가지렴."

할머니는 벌떡 일어나서 주방으로 향했다.

"한 접시 더 먹어야겠구나. 지니, 소스는 뭐로 만든 거니?"

"그건 그냥 케첩인데요?"

내가 이렇게 중얼거리거나 말거나, 할머니와 지니는 유기농 소스의 이점과 정제당의 유해성을 두고 기나긴 토론에 들어갔다. 나는 식탁 아래 강아지에게 내던져진 콩 고기 같은 신세가 되었다. 지니가 리스트 실천의 동반자라면 할머니는 어떻게 리스트를 실천할지 구체적인 방법을 알려 줄 분이었다. 이렇게 내 계획에 꼭 필요한 두 사람이 또다시 웰빙 푸드에 대해 설전을 벌이려는 순간, 내가 할머니의 소매를 잡아당기며 말을 걸었다.

"할머니, 끼어들어서 죄송한데요. 제가 바느질하는 방법을 배워야 해서요."

"그러니? 수업에 필요해서?"

"대충 그런 거죠."

"아뇨, 아니에요. 거짓말쟁이 때문이에요."

지니가 고개를 절레절레 저으며 끼어들었다.

내가 지니를 쏘아보자, 지니도 험상궂은 표정으로 되받아쳤다.

"그래. 도와 달란 말이지?"

할머니가 물었다.

"네. 홈커밍 파티에 입을 드레스를 직접 만들고 싶어요. 할머니가 좀 가르쳐 주세요."

내가 말했던가? 재봉의 달인인 우리 할머니는 그저 재미로 시대별 의상을 들어 내는 수준이라고? 할머니는 지니와 내가 열 살이 될 때까지 부활절 드레스를 직접 만들어 주셨다. 만약 스타 그룹 애들이 우리 할머니의 이력을 안다면 질투심에 부르르 떨 게 틀림없었다.

"기꺼이 도와주마."

할머니는 재봉틀 옆에 놓인 상자를 이리저리 뒤적이기 시작했다.

"어떤 디자인을 원하는지 모르겠다만, 인터넷에서 패션 웹 사이트를 뒤져 보면 최신 유행 스타일을 알 수 있을 거야."

"음…… 이번엔 그냥 복고풍 스타일로 해 보려고요."

내 말에 지니가 비꼬듯 맞장구쳤다.

"아무렴, 그러시겠지."

지니가 화장실에 갔을 때 말을 꺼냈어야 했는데, 다 내 불찰이다. 약이라도 잘못 먹었나? 오늘 왜 저렇게 얄밉지?

"전 60년대 초 스타일로 만들고 싶어요. 할머니가 고등학교 시절에 유행했던 스타일 같은 거요. 그래서 앨범도 보고 싶었던 거예요. 아이디어를 얻으려고요."

"정말이니?"

할머니가 상자 안을 뒤적이던 손길을 멈추고 돋보기 너머로 나를 쳐다보며 말을 이었다.

"몸에 착 붙는 스타일을 원하는 거 아니었니? 제러미 같은 십 대 남자애들은 섹시한 스타일을 좋아할 텐데."

"제러미 오빠는……"

지니가 끼어들자 내가 얼른 막아섰다.

"섹시한 거 엄청 좋아하죠. 그럼요."

제러미 일을 할머니가 꼭 아실 필요는 없다. 가족이라고 내 사정이나 처지를 다 알아야 하는 건 아니니까. 내 상황이 엉망진창이라면 더. 최소한 할머니를 뵈러 왔을 때는 내 삶이 무난히 잘 돌아가는 것으로 보이는 게 좋잖아?

"제러미는 복고풍 스타일도 좋대요. 같이 복고풍 디자인을 찾아보기로 했지만 할머니의 도움이 절실해요. 도와주실 거죠? 네?"

할머니는 테이블을 돌아 나와서 나를 꼭 껴안았다. 재스민 향수 냄새가 강하게 코끝을 스쳤다. 지루한 가구와 단조로운 베이지색으로 도배된 새로운 공간에서도 할머니의 향만큼은 옛날 그대로였다.

"물론이고말고. 내 계획표에 시간을 잡아 두마. 테니스 다음으로 중요한 일이니까."

할머니가 웃음을 터뜨렸다.

화요일에도 학교 여기저기서 나를 향한 수군거림과 의혹의 눈길이 끊이지 않았다. 어김없이 점심시간이 돌아와서, 지니와 나는 노천극장에 앉아 점심을 해결하며 리스트 실행 계획을 짜기로 했다. 지니는 요리법에 대해 이야기하고 싶어 했지만, 나는 지니의 남자친구 후보로 누가 있을지 남학생들을 이리저리 따져 보기 시작했다. '여동생 남자 친구 감 찾기' 대작전에 지니는 질색하며 격렬히 반대했다. 별수 없군. 지니 몰래 알아본 뒤 짠하고 터뜨릴 수밖에.

학교에서 돌아온 뒤 나는 방에 처박혀 차고에서 찾아낸 백과사전을 꼼꼼히 훑어보기 시작했다. 이십 년 전에 발행된 것이어서 새로운 정보는 많이 없겠지만, 그 사이 역사가 바뀌었을 리 없으니 상관없겠지. '60년대' 항목을 찾아 히피 문화와 베트남 전쟁에 대한 내용부터 살폈다. 백과사전을 뒤적거리다 보니 가느다란 넥타이를 맨 비틀즈나, 작고 동그란 필박스 모자Pill box, 1950년대와 1960년대에 유행하던 동그랗고 투박한 통 모양의 모자를 쓴 재클린 케네디의 사진도 나왔다. 이런 모자는 1960년대 스타일을 추구하는 데 있어 골칫거리였다. 요즘 세상에 '나 오늘 좀 차려 입었어요.' 하는 필박스 모자를 쓰고 다니는 여자가 어디 있겠나.

그때 노크 소리가 들렸다.

"맬러리? 잠깐 이야기 좀 할까?"

엄마 목소리다.

방바닥은 일요일부터 펼쳐 놓은 할머니의 사진으로 가득했다. 몽땅 상자 속으로 쑤셔 넣기보다는 담요로 덮어 버리는 쪽을 택했다. 엄마가 사진을 본다면, 할머니의 상황을 호들갑스럽게 걱정하다가 눈물까지 한 방울 떨어뜨릴 게 뻔했다. 방도 인생도 이렇게 엉망진창인 상태에서 엄마의 호들갑스러운 눈물까지 감당할 수는 없었다.

"왜요?"

"지니가 그러는데, 너 제러미랑 헤어졌다며? 농담인 줄 알고 네 프렌드 스페이스에 들어가 보려 했더니 계정이 막혔더구나. 도대체 무슨 일이니?"

나는 이마를 문에 툭 박았다. 지니가 엄마를 친구 목록에서 차단했나 보다. 잘했네. 그래도 헤어진 건 말하지 말지. 엄마는 모르길 바랐는데. 모녀지간의 끈끈한 대화를 나누기엔 아직 준비가 안 된 상태였다.

"지니 말 그대로예요. 전 괜찮아요."

"엄마한테 왜 말 안 했니? 서운하게. 정말 괜찮은 거야?"

나는 빼꼼 문을 열었다. 맹세컨대 엄마를 사랑하지만 이런 상황은 피하고 싶다. 우리 엄마는 아주 작은 것도 크게 과장해서 야단스럽게 구는 재주가 있는 분이다. 결별 소식이야말로 엄마가 가장 좋아하는 이야깃거리였다. 엄마로서 잔소리를 늘어놓을 절호의 기회이기도 하고.

"아뇨, 안 괜찮아요. 하지만 이야기를 한다고 해서 변할 건 없잖아요. 숙제도 많고요."

엄마의 얼굴에 그늘이 졌다. 뭔가 단호한 표정이다. 아이쿠, 큰일 났네.

"네가 밀어낸다고 밀려날 줄 알아? 위기에 처한 딸을 보고 물러설 엄마가 어디 있니? 난 엄마야. 딸을 돕는 게 내 일이지."

딸을 돕는 게 아니라 일일이 간섭하는 거겠죠. 우리 엄마는 이

분야에서 타의 추종을 불허하는 모범적인 엄마다.

"도우실 일 따윈 전혀 없어요. 이미 벌어진 일인데요."

"지금 너한테 필요한 게 뭔 줄 아니? 휴식이야. 재미있는 곳으로 놀러 가는 거지."

"재미있게 놀 기분이 아니에요. 그냥 방에 앉아서……."

"어쩜, 너무 무기력하구나. 안 되겠다. 이럴 땐 세상에서 가장 행복한 곳으로 가야지?"

"싫어요!"

방문을 쾅 닫으려고 했지만 엄마의 발이 잽싸게 문틈으로 들어왔다. 이미 결심이 서 버린 엄마를 피할 길이 없었다.

나는 양손을 들며 항복 선언을 했다.

"알겠어요. 미키마우스 머리띠 가져올게요."

07

브래드쇼 가족이 디즈니랜드에서 제일 좋아하는 장소들

1. 스페이스 마운틴 - 최고의 스피드를 느낄 수 있는 롤러코스터다. 쩌렁쩌렁 울리는 비명 덕분에, 핼러윈 시기에는 더 신난다.

2. 스플래시 마운틴 - 물이 흐르는 미끄럼틀을 타고 내려가는 놀이 기구다. 엄마가 깜빡 잊고 흰 티셔츠를 입었을 땐 탈 수 없다. 물에 홀딱 젖은 엄마의 가슴을 남자들이 흘끔거리는 바람에 티셔츠를 새로 사야 했던 적이 있어서다. 이게 왜 문제냐고? 기념품 가게의 셔츠가 터무니없이 비싼 데다, 마구 늘어나 버리기 때문이다.

3. 티키 주스를 넣은 소프트 아이스크림 - 꼭 맛 봐야 한다. 파인애플로 만들어서 건강에도 그리 나쁘지 않을 것 같아 마음이 편하고, 일단 아이스크림은 달콤하니까.

4. 찻잔 모양 놀이 기구 - 빙글빙글 돌아가는 찻잔이 싫다면 순수한 영혼이 없는 사

113

람이다.

5. 작은 세상 - 작은 배를 타고 미니어처로 만든 전 세계 풍경을 구경하는 놀이 기구다. 디즈니랜드에서 냉방이 제일 빵빵하기 때문에 여름철에 주로 간다. 아빠가 가져온 오렌지색 귀마개를 끼고, 십오 분간 느긋하고 시원하게 낮잠을 즐기면 된다.

돈은 많은데 가족과 함께 보낼 시간이 부족한 부자 큰아빠를 둬서 좋은 점은 크리스마스마다 디즈니랜드 시즌 이용권을 우리 가족한테 선물로 보내 준다는 사실이다. 우리가 리노에 살 때는 성지 순례하듯 일 년에 한 번씩 디즈니랜드를 찾았다. 바로 옆으로 이사 온 지금은 거의 한 달에 한 번꼴로 디즈니랜드에 간다.

우리는 디즈니 티셔츠 차림에 미키마우스 머리띠를 하고 디즈니 배낭으로 완전 무장했다. 기껏해야 미키마우스인데, 패션 감각을 뽐내려야 뽐낼 수 없는 조건 아닌가.

지니랑 둘이서 정글 크루즈를 탈 때까지 기다렸다가 부모님과 멀찌감치 떨어지자마자 지니한테 낮은 목소리로 따져 물었다.

"엄마한테 제러미 일을 말하다니, 어떻게 그럴 수 있어?"

"오 일이나 지난 일이잖아."

"겨우 어제 헤어졌다고!"

"공식적으론 그렇지. 엄마를 친구 목록에서 차단해 준 건 고마워해야 할걸? 프렌드 스페이스가 얼마나 끔찍하게 변할 수 있는 공간인지 굳이 아실 필요는 없으니까."

"내 프렌드 스페이스 상태가 그 정도야?"

"악플은 점점 줄어들고 있지만, 여전히 말들이 많아."

지니는 유기농 영양 바를 우적우적 씹어 먹었다. 지니의 배낭은 웰빙 간식으로 터지기 일보 직전이었다.

"이젠 '제러미 구하기' 홈페이지도 생긴 모양이더라고."

"제러미를 뭐로부터 구하는데?"

"세상의 악으로부터. 즉 언니로부터란 말이지. 앗, 저기 악어다!"

지니는 위협적인 악어 로봇 쪽으로 턱짓을 했다. 나는 악어 다음에 나올 동물 이름을 외쳤다.

"뱅골 호랑이."

지니가 뒤질세라 배 밖으로 손을 뻗어 가리키면서 소리쳤다.

"춤추는 코브라!"

우리 앞에 앉은 관광객 두 명이 코브라 사진을 찍었다. 의도치 않게 우리가 촬영 포인트를 짚어 준 셈이었다. 인정하기 싫지만 엄마가 옳았다. 디즈니랜드에서는 누구라도 신날 수밖에 없었다.

지니가 등받이에 푹 기대면서 말을 건넸다.

"원하면 차단만이 아니라 아예 언니 계정 자체를 삭제해 줄게."

그것도 괜찮겠는데? 아이팟에서 플레이리스트를 몽땅 지운 것처럼 모든 걸 완전히 포맷한 상태에서 새롭게 출발해 볼까? 하지만 내 프렌드 스페이스에는 육백 명이 넘는 친구들이 등록되어 있었다. 리노에 사는 친구들도 등록돼 있는데, 몇몇 친구들과는 프렌드 스페이스로만 연락하고 지냈다. 게다가 그 많은 사진은 또 어떡하고? 어딘가에 백업해 놓지도 않았는데. 프렌드 스페이스에서 지니랑 단어 맞추기 게임도 했었지? 두 달 뒤에도 지니에게 질 수는 없는 노릇이다. 그럼 연습을 좀 해 둬야 할 텐데, 엄마가 보드게임 상자를 어디에 넣어 놨더라…….

당장은 이러저러한 불편함을 감수하면서까지 사회적 실험에 몰두한다지만, 만약 진짜로 지구에 종말이 오면 그땐 어떡하지? 대피 정보는 프렌드 스페이스에만 올라올 테고, 나만 덩그러니 남겨질 게 분명하잖아? 그럴 경우를 대비해서 계정만큼은 살려 둬야 해. 지구 종말의 급박한 순간에 새 계정을 파느라 귀중한 시간을 허비할 순 없으니까. 정말이지, 실용적으로 생각할 수밖에 없는 상황이다.

"아니, 그건 나중에 내가 직접 할게. 넌 그냥 가끔 악플 관리나 해 줘."

"아니, 잠깐만……."

"코끼리다!"

나는 지니의 말을 막으며 손뼉을 짝 쳤다.

아기 코끼리가 공중으로 물을 뿜어 내고 있었다. 또 다른 코끼리는 폭포 아래에서 홀로 물을 튀기고 있었다.

"썰렁 농담 시작!"

지니가 단조롭게 읊조리자, 미리 신호라도 받은 듯 가이드 아저씨가 입을 열었다.

"저 코끼리는 저기서 삼십 년째 샤워 중이랍니다! 못 믿겠다고요? 저 쭈글쭈글한 주름을 좀 보세요."

원숭이를 지나고 폭포를 거치는 동안 계속된 가이드 아저씨의 농담 때문에 사람들은 어느새 조용해졌다.

지니가 내 옆구리를 쿡 찌르며 말했다.

"아깐 코끼리 때문에 말이 끊겨서 못 물어봤는데, 나한텐 악마 같은 인터넷을 사용하지 말자더니 직접 삭제하겠다고? 말이 돼?"

"저기 코끼리 또 나왔다!"

나는 손가락질하며 딴청을 피웠다.

"뭐? 악마 같다고? 제러미가? 너희 둘 제러미 얘기하는 거니?"

엄마가 고개를 홱 돌리더니, 우리 앞의 프랑스 관광객 커플이 인상을 쓰든 말든 아랑곳하지 않고 얼굴을 들이밀며 물었다. 우리 엄마는 잘못 들은 단어 하나를 가지고도 어느 대화에나 끼어들 수 있는 묘한 재주가 있었다.

"어떤 악마 같은 짓을 했다는 거니?"

"별일 아니에요."

내가 꽥 소리치자 옆에서 지니가 한마디 툭 내뱉었다.

"이용당한 거죠."

"이용당했다고?"

이제 더 많은 관광객들이 우리를 쳐다보고 있었다. 지니는 부엌에서 날씨 얘기라도 하듯 평온하게 대화를 이어 갔다.

"보기 좋게 속은 거예요. 제러미 오빠는 거짓말을 아무렇지도 않게 잘하거든요."

"뭐? 여보, 이리 와 봐."

엄마가 아빠의 팔을 잡아 끌어당겼다. 두 사람은 우리 가까이에 자리 잡으려고 이리저리 걸음을 옮기면서도 계속 옥신각신했다. 열심히 설명하던 가이드 아저씨가 이 소란스러운 광경에 말을 멈췄다.

"도널드 덕 티셔츠 입은 선생님? 물에 빠지지 않게 조심하세요. 하마들이 엄청 굶주린 모양이니까요."

다들 와락 웃음을 터뜨렸다. 우리만 빼고. 저런 농담이나 하다니 정말 바보 같은 가이드다. 아니, 굳이 이 순간에 제러미 얘기를 꼬치꼬치 캐물으려고 꾸역꾸역 자리를 옮기는 우리 엄마가 제일 못 말리는 진상이다.

아빠는 가이드 아저씨의 말에 멈칫했지만 엄마는 기어코 우리한테 다가와서 기대에 찬 눈으로 물었다.

"제러미가 어쨌다고?"

"엄마, 제러미랑 난 그냥 사이가 멀어진 것뿐이에요."

내 대답에 지니가 코웃음을 쳤다.

"제러미가 널 찬 건 아니고?"

엄마의 물음에 나는 가슴 위로 팔짱을 끼면서 되물었다.

"제러미가 날 찼다고 생각하세요?"

"아니."

엄마의 대답이 너무 빨랐다. 엄마는 제러미를 예뻐했다. 제러미가 좋아하는 볼티모어 오리올스 야구 모자를 인터넷으로 직접 주문해 선물한 적도 있었다. 오리올스라니! 메이저리그에서 제일 지루한 팀, 오리올스 말이다. 오리올스를 좋아한다고 할 때부터 싹이 노랗다는 걸 알아챘어야 했는데.

"내 말은, 네가 왜 제러미랑 끝냈는지 모르겠다는 말이야."

"걔가 왜 나랑 끝냈는지는 알겠다는 말이잖아요."

내가 쏘아붙이자 지니가 나지막이 휘파람을 불었다.

엄마가 신데렐라 티셔츠를 끌어내렸다.

"아니, 그동안 네가 얼마나 제러미를 좋아했니? 정말 행복해 보였단다. 게다가 제러미는 똑똑하고 의욕 넘치고 아주 착한⋯⋯."

"사기꾼이죠."

지니가 제러미에 대한 평가를 마무리했다.

나는 하마터면 "버블염이라는 여자랑 바람을 피우고 있었다고요."라고 말해 버릴 뻔했다. 하지만 그러면 엄마한테 모든 걸 다 털어놔야 했을 거다. 정말이지, 엄마의 닦달에는 이골이 났다. 7학년 때 카메론 스티플스와 첫 키스를 했다고 털어놨더니, 바로 다음 날 전화기를 잘못 들었다가 우리 엄마가 카메론 엄마에게 미주알고주알 다 일러바치는 걸 엿듣고 말았다. 엄마는 내 모든 것을 알고 간

섭할 권리가 있다고 믿었다. 그 이유는 날 낳을 때 자연 분만으로 사십 시간이나 진통을 겪었기 때문이란다. 엄마가 무통 분만 주사만 맞았더라도 내 인생이 훨씬 더 편했을 텐데.

"저기 좀 보세요. 원주민들이에요."

때마침 배가 원주민 마을을 지나고 있어서 화제를 돌릴 수 있었다. 얼마나 실감나게 만들어졌던지 지나가는 동안 화살이 날아와 우리 옆을 살짝 비껴가기까지 했다. 아빠는 이미 사만 번하고도 구천스물세 번이나 더 들었던 가이드의 썰렁한 농담에 가슴까지 컹컹 울리면서 웃다가 고개를 돌려 물었다.

"그래, 네 남자 친구가 사기꾼이라고? 내가 제대로 들은 거냐?"

"아빠! 아마존 열대 우림 전체가 내 연애사를 시시콜콜 알 필요는 없잖아요."

"어쨌든 결국 네가 차 버린 거구나?"

"어쩜 이렇게 고마울 데가! 봤죠, 엄마? 아빤 내가 차 버린 거냐고 하잖아요."

"사이가 멀어진 것뿐이라고 하니까, 그렇게 생각할 수밖에 없었지. 나도 옛날에 비슷한 핑계를 댄 적이 있어서 잘 알거든. 네가 제대로 얘길 안 해 줬잖니?"

"제러미 그 자식은 원래부터 맘에 안 들었어. 눈빛이 흔들렸거든."

아빠의 말에 엄마가 한 손을 옆구리에 척 하니 올렸다. 그 바람에 엄마의 티셔츠가 한쪽으로 흘러내리자, 프랑스 남자가 엄마의 가슴을 흘끔 쳐다봤다.

"여보, 그게 무슨 소리야? 눈빛이 흔들리다니?"

아빠가 눈썹을 찌푸렸다.

"눈을 안 맞추더라고. 눈을 피하는 녀석은 믿을 수가 없지."

"나하고는 눈만 잘 맞추던데?"

"그랬겠지. 그 녀석은 언제나 당신을 힐끔거렸으니까. 아마 당신하고도 데이트하는 기분이었을걸?"

"아이, 당신도 참. 무슨 말도 안 되는 소릴 하고 그래."

부모님은 딸의 이별에 관해 얘기하고 있다는 사실도 잊어버린 채 둘만의 세계로 빠져들었다. 엄마가 아빠의 허벅지를 탁 치자, 아빠는 그 손을 잡아채서 엄마를 가까이 끌어당겼다. 지니는 다 이해한다는 듯 내 손을 토닥였고 나도 지니 손을 꽉 잡아 주었다. 엄마가 제러미 편을 들었다는 것도 속상한 일인데, 아빠가 내 슬픔을 아무렇지 않게 취급하고 금세 잊어버리기까지 하다니 아픈 속이 더 쓰렸다.

그래, 할머니가 그러셨지. 우리 엄마 아빠는 열정으로 결혼에 이른 완벽한 모범 사례라고. 꽤 낭만적으로 들릴지 모르지만 칭찬의 뜻은 아니었다. 어째서 결말은 늘 저렇게 마무리되는지 도통 이해가 가지 않았다. 내가 어릴 적에는 부부 싸움을 훨씬 덜하기는 했지만 시도 때도 없이 공공연하게 애정 행각을 벌이진 않았던 것 같은데. 몰라, 못 본 척하면 되지. 그런데 인어 공주 차림을 한 꼬마 아가씨가 우리 부모님의 애정 행각을 뚫어져라 쳐다보고 있었다. 얼굴을 맞대고 코를 부비는 건 제발 둘이 있을 때만 하란 말이다. 이런 훤한 대낮에, 그것도 놀이공원에서 나이 든 남녀가 뭐하는 짓인지 모르겠다.

마침내 마지막 코끼리를 지나자, 지니가 가이드 아저씨의 입 모양을 따라 하기 시작했다.

"여러분은 기다란 코에서 뿜어져 나오는 게 물이라고 생각하시겠죠? 하지만 잘못 아셨어요. 저건 콧물이니까요."

지니가 하품을 하곤 눈을 감았다. 정글 크루즈가 끝나가자 드디어 우리 부모님도 떨어져 앉았다.

"다음은 스플래시 마운틴으로 갈까요?"

"너희들은 그러렴. 나는 너희 엄마랑 좀 걷고 싶구나."

아빠가 엄마의 손을 잡고 배 밖으로 내려 주며 대답했다. 좀 걷고 싶다는 말은 열여섯 살짜리 연인처럼 조각배를 타며 키스 타임을 갖고 싶다는 뜻이었다. 그 점에 있어서는 나도 알 만큼 안다. 제러미랑은 이 놀이공원의 모든 놀이 기구에서 '좀 걸었기' 때문이다. 심지어 곰돌이 푸의 세상에서도.

사람들과 뒤섞여 출구로 걸어가는 혼잡한 상황에서도 엄마는 아빠의 볼에 뽀뽀했다.

"여보, 여기에 오래 있지는 못해. 오늘 해 둬야 할 일이 너무 많거든."

"내일 하면 되지. 그런다고 인터넷 강도들이 어디 도망이라도 간대?"

아빠가 엄마 손을 끌어당기며 말했다.

리노를 떠날 때 엄마는 아르바이트도 관두고 딸들을 돌보며 집 안일에 전념하기로 선언했다. 그 '딸들'에 지니만 포함되어서 그렇지 엄마의 진심이긴 했다. 지니는 축구 시합과 합숙 훈련 때문에 늘 엄마의 손이 필요한 아이였다. 그렇다고 내가 서운하다는 건 아니다. 오히려 지금의 사랑과 관심으로도 충분히 숨이 막힐 정도이니, 다행이라고나 할까? 도대체 지니는 어떻게 온종일 엄마의 보살핌을 견뎌 낼 수 있는 거지?

엄마의 전업주부 역할은 오래가지 못했다. 아빠가 컴맹인 데다, 부동산 중개나 자그마한 골동품 가게 운영만으로는 생활비가 빠듯해서 엄마가 인터넷 판매를 맡았다. 여전히 우리 생활에 일일이 관여하고 있지만, 엄마는 요즘 많은 시간을 컴퓨터 앞에서 보냈다. 웹 사이트를 관리하면서 고객들에게 이메일을 보내고 여러 경매 사이트에 물품을 올리는 일이 주 업무인 것 같았다. 엄마가 웹 사이트를 맡은 뒤로 국제 거래가 늘었지만, 매출 증가의 요인은 따로 있었다. 엄마는 값을 깎지 않고 제값을 치를 만한 사람이나 기업만 물고 늘어졌다. 특히 지니와 축구를 같이하는 선수들의 엄마를 공략했다.

"오늘 하지 않으면 내일은 두 배로 일해야 한단 말이야. 게다가 이

번 달은 적자야. 당신이 지난번에 싸구려만 사들여서 그렇잖아."

엄마가 아빠를 탓하며 말했다.

단체 티셔츠를 입은 서른 명의 사람들이 우르르 몰려와서 우리를 에워쌌다. 엄마와 아빠는 타잔의 숲 앞에 꼼짝없이 갇혀 버렸다.

지니가 어깨로 나를 툭 치며 작게 속삭였다.

"또 시작이야."

사람들 틈 사이로 아빠 목소리가 들렸다.

"그 싸구려들 중에 25%는 짭짤하게 팔았어. 그리고 다시는 싸구려라고 하지 마. 자꾸 그렇게 부르니까 안 팔리는 거 아냐."

엄마가 핸드백에서 립글로스를 꺼내 발랐다.

"나도 당신만큼 이 사업에 몸 바쳐 일하고 있다는 거야. 근데 갈수록 사업이 아니라 도박을 하는 기분이 들어. 당신이 부동산 일만 했을 때는 지금의 반만 일하고서도 돈을 두 배나 벌었잖아."

"그리고 엄청나게 불행했지. 지금은 부동산 시장도 불황이야."

아빠의 목소리에 핀잔 기가 묻어 있지 않은데도, 엄마는 방어적으로 받아쳤다.

"여보, 사람이 때로는 하기 싫은 일도 해야 하는 거야. 먹고 살려면 말이야. 지금 당신은 그 쓰레기 같은 물건을 사러 다니느라 너무 진을 빼고 있잖아. 그러기보다……."

"쓰레기라고?"

아빠의 얼굴이 벌겋게 달아올랐다.

"엄마! 아빠! 우리 작은 세상에 갈까요? 음악에 맞춰 손뼉 치는 인형들을 보면 좀 진정될 거예요."

지니가 끼어들었다.

"그래, 그게 쓰레기지 뭐야?"

엄마가 턱을 치켜들었다.

"지니, 다 끝나면 깨워 줘."

나는 근처 벤치에 털썩 몸을 던졌다.

지니는 이런 싸움을 '측면 미드필더'라고 불렀다. 어디서 불쑥 튀어나올지 모른다면서 말이다.

"우리 바나나 셰이크라도 사 먹어요."

지니는 싸움을 말려 보려고 안간힘을 쓰고 있었다.

"쓰레기라니, 엄연한 내 일이라고!"

아빠가 고개를 숙이면서 작지만 가시 돋친 목소리로 말했다.

"돈이 안 되면 쓰레기 맞지. 당신이 좀 더 안정적인 일을 한다면 신용 카드 빚도 해결할 수 있을 거야. 내가 말했잖아. 이자가 하늘 높은 줄 모르고 치솟을 거라고."

"어쩔 수 없었어. 당신이 할인 상품을 사느라 현금을 다 써 버리지만 않았어도 카드 빚을 낼 필요가……."

그때 지니가 싸움 중인 엄마와 아빠 앞에서 팔을 이리저리 흔들며 소리쳤다.

"저기요! 이보세요! 언니는 이제 괜찮대요."

엄마는 멍하니 눈을 껌뻑거렸고 아빠는 겸연쩍은 듯 뒷목을 쓸어내렸다.

"이제 기억나세요? 우리가 여기에 온 이유? 언니의 이별을 위로하기 위해서 아니었나요?"

그제야 내가 생각난 듯 엄마가 이마를 짚었다. 두통이라도 생긴 모양이었다.

"물론 그것 때문이지. 맬러리, 미안하구나. 엄마랑 아빤 네가 원할 때면 언제든 힘이 되어 줄 거란다."

"이야기하고 싶은 거라도 있니? 헤어진 일에 대해서?"

어느새 아빠의 목소리에서 가시가 빠져 있었다.

"아뇨."

나는 엄마 아빠의 얼굴을 번갈아 쳐다보았다. 아빠는 울긋불긋했고, 엄마는 창백했다. 둘 사이에 돈 문제는 최악의 주제였다. 특히 돈이 없을 때는 엄마나 아빠나 머릿속에 늘 돈 생각뿐이기 때문에 더 그랬다.

"언닌 이별의 슬픔을 달래기 위해 어떤 활동을 시작할 건가 봐요. 저도 도울 거고요."

지니가 내 팔을 잡으며 말했다.

"뭐?"

뜻밖의 고자질에 놀라 내가 물었지만, 지니는 차분히 말을 이었다.

"그냥 우리의 뿌리에 다가가는 일이라고 할 수 있어요. 자세한 건 나중에 말씀드릴게요. 엄마 아빠는 늘 자식을 생각하는 모범적인 부모님이니까 염려 놓으세요. 그런 의미에서 두 분이서 같이 조각배라도 타는 게 어때요? 진짜 낭만적이겠다! 그냥 즐기세요. 서로 말은 많이 하지 말고요."

엄마는 아빠에게 분명한 의사가 담긴 표정을 지어 보였다. 그 표정에는 '우리가 딸들 앞에서, 그것도 디즈니랜드 한가운데서 싸우고 만 거야. 체면을 위해서라도 오늘은 휴전합시다.'라는 말이 고스란히 담겨 있었다.

"놀이 기구를 더 타고 싶으면 한 시간 정도는 괜찮으니 타고 오렴. 여덟 시에 공연장 앞에서 만나자꾸나."

아빠가 지니의 정수리에 입을 맞췄다.

"잠깐, 추억을 위해서 남길 건 남겨야지."

엄마가 카메라를 꺼내자 지니와 나는 자동적으로 서로 팔을 두르고 활짝 미소를 지었다. 이런 순간에도 사진 찍을 생각을 하다니, 과연 사진광 엄마다웠다.

"그럼 저흰 갔다 올게요! 사랑해요! 즐기세요!"

지니는 요란스럽게 작별 인사를 하면서 나를 기념품 가게 안으로 밀어넣더니, 창문 밖으로 목을 학처럼 빼고는 엄마와 아빠를 향해 팔을 휘휘 저었다. 까딱하면 크게 번질 뻔했던 부부 싸움에 지니가 끼어들어 특유의 환한 기운으로 분위기를 누그러뜨린 것이다. 세상 어느 부부인들 돈 문제로 다투지 않으랴.

엄마와 아빠는 그 자리에 그대로 서 있었다. 여전히 서로 툭툭거리긴 했지만 적어도 지니와 나를 불안하게 할 정도는 아니었다. 결국 엄마가 몇 발자국 앞서서 걸어가기 시작했다. 우리 부모님은 오 분만 지나면 금세 좋아질 거다. 늘 그랬으니까. 나는 진열대에서 플라스틱으로 된 요술 램프를 집어 들었다.

지니가 머리를 절레절레 흔들며 가게 밖으로 후다닥 나가 버렸다. 나도 따라 나가야 했지만 들고 있는 요술 램프가 탐났다. 돈이라면 들어오는 족족 저축하는 지니와 달리, 나는 있는 대로 다 써 버려서 늘 빈털터리였다. 하긴 제러미와 관련된 소원을 빌 건데, 무슨 소원이 세 가지씩이나 필요하겠어? 그런데 뉴올리언스 광장에 가면 진짜로 주술 인형을 살 수 있나?

나는 겨우 지니를 따라잡았다.

"어디로 가는 거야? 우리의 뿌리라도 찾으러 가는 거니?"

처음에 지니는 아무 대답 없이 걸음만 재촉하더니, 스플래시 마운틴이 내려다보이는 다리에 이르러서야 난간 아래로 팔을 축 늘어뜨리며 입을 열었다.

"무슨 말을 해야 할지 모르겠어. 난 그냥 아빠랑 엄마가 싸우는 게 너무 싫어."

나는 어깨를 으쓱했다.

"그래, 두 분이 싸우긴 했지. 근데 그게 뭐?"

지니가 홱 노려보았다.

"요즘 너무 자주 싸운다는 생각 안 들어? 언닌 걱정도 안 돼?"

"결혼한 사이잖아. 보통 다들 그렇다고."

"언니가 남녀 사이에 대해서 뭘 알아?"

"야, 너보다는 박사거든."

"리스트 말이야. 일석이조의 효과를 낼 수 있지 않을까? 언니가 아픔을 극복하는 데 도움이 되듯이 엄마와 아빠 사이를 좋게 하는 데에도 효력이 있으면 좋겠어."

통나무배가 아래로 떨어지면서 비명이 울려 퍼졌다. 나는 입을 꾹 다물 수밖에 없었다. 아니, 그까짓 리스트가 뭐라고 온갖 일을 다 해결해 주겠니? 하지만 절박해 보이는 지니의 얼굴을 보고 있자니, 차마 진심을 내보일 수가 없었다.

08

사기 총전 클럽을 창단하기 위해 필요한 다섯 가지 요건들

행정실에서 네 번째로 물어본 직원한테 겨우 얻은 안내 책자에서 발췌했다.

1. 고문 선생님 구하기 - 하노버 선생님이 적격이다.

   · 이름만 올리면 된다.

   · 십 대 시절, 사기 총전 클럽 활동을 했다.

   · 선생님은 회중시계를 무척 좋아하는데, 아빠의 재고 물품 중에 다섯 개나 있다.

   · 최후의 수단으로 눈물 작전을 펼칠 예정이다.

2. 다섯 명의 창단 등록 회원 구하기 - 지니, 카딘, 페이지, 이븐느 그리고 나.

3. 활동 목표 명시하기 - 오렌지 파크 고등학교의 사기를 한 단계 더 증진시키기 위해!

4. 학생회 회장 승인받기 - 블레이크 미켈슨의 승인을 받아야 한다.

5. 교장 선생님 승인받기 - 곤잘레스 교장 선생님은 학생회장을 신임하므로, 학생

나는 자줏빛 7부 면바지에, 끈으로 묶는 하얀색 가죽 구두를 신고, 할머니의 반지를 목걸이에 꿰어 건 뒤, 머리를 높이 올려 묶었다. 생각만 해도 끔찍한 붕 띄운 머리 스타일은 과감히 접었다. 60년대에도 제정신이 박힌 여학생은 몇 명쯤 있지 않았을까? 오늘 밤에 아빠의 창고라도 뒤져 보지 않으면 조만간 할머니의 드레스를 또 입어야 할지 모른다.

학생회실 테이블 맞은편에 나란히 앉아 있는 학생회 임원들을 마주하자, 등 뒤로 땀이 한줄기 흘러내렸다. 마치 가석방 심사대에 선 기분이었다. 블레이크 미켈슨이 정 가운데 앉아 있었는데, 그 앞에는 의사봉이 놓여 있었다. 이제껏 학생회란 인기도에 따라 선출된 무리이지, 실제적인 권력을 가진 조직이라고는 생각해 본 적이 없었다. 물론 학생회가 학생 회의나 교내 활동을 이끌긴 하지만, 그렇다고 의사봉까지 가질 만큼 권위가 있나?

블레이크가 자기 맞은편에 놓인 의자에 앉으라고 손짓했다.

"어서 와요. 자리에 앉으세요."

블레이크의 미소는 친절하지도 않았고 오히려 형식적인 편이었지만, 학생회 여자 임원들의 눈이 샐쭉해지면서 질투의 눈빛으로 돌변하는 게 느껴졌다.

블레이크 미켈슨은 어쩌다가 학생회장이 된 경우였다. 친구들과의 내기로 장난삼아 회장에 출마했는데, 넘치는 매력 덕분인지 덜컥 당선된 뒤 가장 부지런히 데이트 상대를 갈아치우는 학생회장이 되었다. 한때 블레이크도 학생회장으로서 제대로 된 일을 해 보겠다며 나선 적이 있었다. 유기농 과자 자동판매기를 들여 놓았는데, 아무도 이용하지 않아 인기도만 추락하고 말았다. 정치적 이미지가 나빠진 이유에는 엄청난 레게 머리도 한몫했다. 우리처럼 다양한 학생들이 다니는 학교에서 튀려면 그런 것도 필요하지.

블레이크가 서류를 내려다보며 물었다.

"클럽을 새로 만들고 싶다고요?"

나는 허리를 꼿꼿하게 폈다. 격식을 차려서 일하겠다면, 제대로 맞춰 주자 싶었다.

"네. 사기 충전 클럽을요."

"사기 충전 클럽이요?"

"네. 학생들의 사기를 올려 주는 클럽이죠."

"그런 클럽은 이미 있지 않나요?"

블레이크가 임원들을 보며 말했다. 보이지 않는 벽을 사이에 두고 내가 그 자리에 없는 것처럼 느껴졌다. 정말이지 기가 찼다. 설마 확인도 안 해 보고 신청했을까 봐?

첼시인지 뭔지 하는 부회장이 끼어들었다.

"우리 학생회도 학생들 사기 충전에 집중하고 있어요. 응원단에 기수단, 시범단도 있죠."

나는 아무렇지 않은 척 평온한 표정을 유지하느라 잔뜩 긴장하고 있었다. 내가 말하는 '사기 충전'은 '맨살 노출'이 아니라는 점도 지적하지 않았다. 목소리에서 비아냥거림이 느껴지지 않도록 겨우 애쓰며 입을 열었다.

"그중에 어느 것도 사기 충전 클럽이라 불리진 않잖아요."

"로렌이 학생회에서 사기 충전 담당이에요."

첼시가 덧붙이자 로렌이 팔짱을 끼며 존재감을 드러냈다. 학생회에서 스포츠 행사와 홍보를 담당하는 모양이었다.

"맞아요. 내가 그 부분을 담당하고 있죠."

로렌은 이 대답의 순간을 얼마나 기다렸을까? 근데 위원회 업무로 얼마나 일한다고 저렇게 나서는 거야?

"하지만 우리 학교엔 아직 사기 충전만을 전문으로 하는 클럽은 없다는 거예요."

"거기엔 뭔가 이유가 있겠죠."

블레이크의 대꾸에 테이블 한쪽 끝에서 웃음이 터져 나왔다.

"이유라고요?"

올리버 킴벌이었다. 올리버는 블레이크 군단에서 말 그대로 유일한 이방인이었다. 사실 올리버의 존재를 진작 알아챘지만 의식하지 않으려고 노력하던 중이었다. 올리버는 이 심사가 아주 재미있는 일이라도 되는 듯 얼굴에 희미한 미소를 띠고 있었다. 왠지 비꼬는 느낌이었다. 내가 클럽을 만들고 싶어 한다거나 오늘 클럽 창단 심사를 받을 예정이라는 얘기를 제러미한테 전했을 게 분명했다. 학생회 앞에서 나를 창피하게 만들려고 일부러 클럽 창단 방법을 알려 준 건 아닐까?

"사기 충전 클럽이 생기면, 우리 학교의 사기 충전에 불균형이라도 초래한다는 건가요? 아니면 다른 비슷한 클럽들이 격분해서 들고일어난다는 거예요? 겨우 이 여학생……."

올리버가 나를 가리켰다.

"이름이 뭐죠?"

"맬러리 브래드쇼예요."

뭐야, 마치 내 이름도 몰랐다는 것처럼. 저 집안엔 거짓말 유전자라도 있는 건가? 대머리처럼 모계 혈통으로 이어지나 보지?

"회원도 겨우 다섯 명에다 기껏해야 졸업 앨범에 자그마한 사진이나 넣으려는 목적으로 클럽을 만들고 싶어 하는 것 같은데. 그냥 내줘 버리죠."

그냥 내줘 버리라고? 올리버 킴벌이 내 편을 다 들다니. 인디 밴드 음악만 들으면서 산업화 반대나 기득권층 반대처럼 뭐든지 반대만 하는 반체제 성향을 지닌 올리버가 사기 충전 클럽을 지지한다고? 아니, 이건 덫이야. 조심해, 맬러리.

다른 임원들이 말없이 쳐다보자, 올리버가 뿔테 안경을 밀어 올렸다. 안경은 시력이 정말 나빠서 쓰는 건지, 멋을 부리려고 쓰는 건지 궁금했다. 안경 덕분에 훨씬 멋지게 보이기는 했다.

"왜 그렇게 쳐다보는 거죠? 안 될 이유 있나요? 저번엔 죽은 언어나 다름없는 라틴어 클럽도 승인해 줬잖아요?"

"고마워요."

올리버가 나를 해코지하려는 의도가 없는 걸 알았으니, 나도 진지하게 임해야지.

"저 혼자만을 위해서 이 클럽을 만들려는 건 아니에요. 우리 학교 전체를 위한 거죠. 활동 목표를 보면 꼭 필요한 클럽이라는 걸 알게 될 거예요. 우리한텐 더 많은 응원 모임이 필요해요. 축구나 농구 같은 스포츠 종목의 응원만이 아니라요. 예를 들면 학습 활동을 위한 응원도 괜찮을 거예요."

내 주장에 블레이크가 물었다.

"수학 경시대회 참가자를 위한 응원이라도 벌이겠다는 말인가요?"

"뭐, 그런 거죠."

사기 충전 클럽의 활동 목표가 좀 애매하긴 했다. 하지만 할머니처럼 클럽 비서직에 지원하려면 꼭 이 클럽이 있어야 한다. 어서 머리를 굴려 봐, 맬러리⋯⋯. 그래! 정말 가치 있고 뭔가 새로우면서 본질적인 목적을 추구하는 클럽으로 만들면 되는 거잖아? 할머니는 평생 적극적인 행동으로 모든 걸 쟁취하셨어. 일흔 살이든 열여섯 살이든 할머니라면 여기서 적극 공세를 펼쳤겠지. 나도 평소의 소극적인 모습에서 벗어나 좀 더 밀어붙여야 해. 어쨌든 이 자리까지 왔잖아? 와, 뭔가를 관철한다는 게 이런 느낌이구나.

"대규모 응원 대회를 여는 거예요! 학생회와 응원단이 결합된 형태인 거죠. 기금을 모을 수도 있고, 학생회를 도와 홈커밍 행사를 좀 더……."

마치 방송 시간을 맞추려는 뉴스 진행자처럼 블레이크가 앞에 놓인 서류 더미를 차곡차곡 정리하기 시작했다.

"홈커밍 행사는 다음 주에 열리고, 우린 도움이 필요 없어요. 이미 오래전부터 계획대로 준비하고 있으니까요. 승인은 불가능할 것 같군요. 미안해요."

회장의 말이 떨어지자마자, 다들 사인이라도 받은 깃처럼 자기 앞의 서류만 응시했다.

"그럼 다음 안건으로 넘어갈게요."

첼시가 입을 열었다.

이게 다야? 그냥 이렇게 끝낸다고? 학생회가 알아서 다 할 수 있으니까? 학생회한텐 심사해야 할 다른 안건이 있어서? 물론 '빵 바자회' 같은 인류사에 길이 남을 중대한 안건이겠지?

의자에서 벌떡 일어서서 뒤돌아 나가려는데 다리가 후들거렸다. 별일 아니잖아. 클럽을 못 만든 것뿐이야. 리스트에서 겨우 한 가지 항목이라고. 어쨌든 내 사기부터 충전하자.

그런데 리스트에서 하나가 빠지면 나머지를 완성한들 무슨 소용이지? 굳이 복고풍 삶을 유지해야 할 이유가 있나? 그냥 집으로 돌아가 제러미한테 아무 일도 없었다는 듯 전화나 걸어 볼까? 정말이지, 제러미와 함께 지내던 시절에 느꼈던 안정감을 억지로라도 꾸며 내고 싶었을 뿐인데. 이제 리스트도 실패로 돌아갔으니, 어떻게 새 출발을 하지? 내게 남은 건 오욕의 과거뿐, 리스트 없이는 평범하고 따분한 맬러리로 혼자 늙어 갈 게 뻔했다.

"잠깐만, 우린 투표도 안 했잖아요."

올리버가 손을 뻗어 블레이크의 의사봉을 탕탕 쳤다.

"의사봉 내려놓으시죠."

블레이크가 굳은 표정으로 말했다.

"정식 절차대로 하자는 거죠. 표결에 부치고 재청도 받아야 하잖아요."

"도대체 언제부터 그런 부분에 신경 썼어요? 이제껏 한 번이라도 그런 말 한 적이 있었나요?"

특별 위원이 끼어들며 따졌다.

올리버는 나를 가리키며 말했다.

"이 여학생의 안건을 기각하는 처사가 무례하다고 생각했을 뿐입니다. 아무리 말이 안 되는 안건이라도……."

"저기요!"

내가 반박하려 들자 올리버가 손을 들어 막았다.

"클럽을 만들기 위한 단계를 차근차근 밟아 지루한 회의에 계획서까지 작성해 온 노력을 봐서라도 이렇게 끝내면 안 되는 겁니다. 그러니 표결에 부치죠. 회장님, 의사봉을 치세요. 아니면 제가 대신……."

의사봉을 애지중지하는 블레이크가 흥미로운 듯 올리버를 쏘아보며 입을 열었다.

"좋아요. 교내 세차 행사를 위한 수영복 착용 여부 안건 뒤로 의견을 낸 적 없었죠? 어디 의견 한번 들어 봅시다."

"일단 표결을 요청합니다. 아까 이름이 뭐라고 했죠?"

"전 여전히 맬러리 브래드쇼예요."

"여기 맬러리가 제안한 사기 충전 클럽 창단 여부에 대해서 말입니다."

올리버가 왜 이러지? 내 편을 들다니. 다른 임원들과 마찬가지로 나도 깜짝 놀랐다. 올리버는 자기만의 세계가 있는 괴짜 인간이었다. 한 번은 사십이 일 내내 똑같은 티셔츠를 입고 학교에 온 적도 있었다. 왜 그렇게 오렌지색 학교 티셔츠만 입고 다니는지, 당시 교내에서는 이런저런 추측들이 난무했다. 실업에 반대하기 때문이라느니, 지나친 상업화에 대한 저항이라느니, 환경 운동의 일환이라느니 여러 소리가 많았지만 나는 올리버가 그냥 그러고 싶었기 때문이라고 생각했다. 그저 '어이, 내가 누구라고 생각해? 올리버 킴벌이야. 누군가 매일 똑같은 티셔츠를 입으면 더럽다고 하겠지만, 내가 입으면 어떤 의견을 주장하고 싶어서 그럴 거라고 생각하지.'

라며 뻐기려고 말이다.

"내가 재청을 하지요. 투표해 봅시다. 사기 충전 클럽 창단에 찬성하는 사람은 '찬성'이라고 말하세요."

블레이크가 말했다.

"찬성."

올리버가 손을 들었다.

"찬성."

나도 손을 들었다.

"당신은 투표할 수 없어요."

블레이크가 고개를 저었다. 다른 임원들은 그들의 무자비한 지도자가 결정을 내릴 때까지 아무런 말도 하지 않으려는 듯했다.

"그럼 반대하는 사람은 '반대'라고……."

부회장이 입을 열었다.

"잠깐."

블레이크가 의사봉 머리 부분을 엄지손가락으로 문질렀다. 마치 마법 같은 권력이 거기서 튀어나와 일생일대의 정치적 결단을 내리는 데 도움을 주기라도 할 것처럼 정성스레 말이다. 나는 침묵을 지켰다. 위대한 의사봉이여, 어서 '찬성'에 힘을 실어 주길.

"좋아요. 난 찬성입니다."

블레이크가 결심이 선 듯 손을 들었다.

"찬성!"

그제야 나머지 임원들도 한목소리로 외쳤다. 섬뜩한 쥐 떼 같았다.

"클럽을 창단하세요. 하지만 클럽 활동이 졸업 앨범에 사진을 올리기 위해서만이 아니길 바랍니다."

정말 그런 학생들이 있단 말이야?

"당연하죠."

"계획서에 쓴 대로 이뤄 내길 빕니다. 좋은 일에 기금도 모으면 좋고요. 교내 행사에도 도움이 되길 바라요. 우선 회원을 다섯 명 이상 모아야겠죠."

장담은 못 했지만 나는 대담하게 미소를 지어 보였다.

"약속드리죠. 쓸모 있는 클럽을 만들어 보일게요."

"그리고 올리버, 다시는 내 의사봉에 손대지 말아요. 이건 신성한 물건이니까, 알겠죠?"

블레이크가 짐짓 인상을 쓰며 경고했다.

나는 학생회가 마음을 바꾸기 전에 얼른 회의실을 빠져나왔다. 위대한 의사봉이여! 우리가 해냈습니다!

드디어 사기 충전 클럽을 창단할 수 있게 되었다. 우선 회원들부터 불러 모아야지. 그리고 나를 회장 비서로 세우고…… 그러고 나서…… 다른 공식 업무를 시작해야겠지.

복도를 반이나 걸어 내려오는 동안, 먼 앞일까지 상상의 나래를 펼치느라 뒤에서 부르는 소리도 미처 듣지 못했다.

"맬러리?"

나는 올리버 목소리에 움찔했다. 올리버가 이제야 내 이름을 기억해 낸 모양이었다. 알만 하군. 제러미와 헤어졌으니 이름을 기억할 필요도 없다는 것처럼 굴 때는 언제고, 이제 와서 딴소리를 하려고? 어디 결정을 뒤집어 엎었다는 말만 해 봐라. 내가 가만있나. 한 대 날리고 말 테다. 코든 배든 다리 사이든!

"왜?"

올리버는 천천히 다가와서 무심한 듯 축하의 말을 건넸다.

"클럽 창단 축하해."

"고맙다?"

올리버의 오른쪽 입꼬리가 슬쩍 올라갔다. 마치 왼쪽 입꼬리는 멋진 척 점잖게 자제하려는데, 계속 오른쪽 입꼬리가 반항하는 것 같았다.

"고맙다는 거야, 아니란 거야?"

"나도 모르겠어."

나는 다리를 건들거리기 시작했다. 뭔가 찜찜했다.

"왜 날 도와줬어? 조금 아까?"

"클럽 일 말이야? 왜라니? 클럽 창단 제안을 하려고 열심히 준비했잖아?"

올리버가 황당한 듯 되물었다.

"그랬지."

일단 한발 물러섰다. 이게 다 제러미의 계략인가? 스리슬쩍 구슬

141

려서 안심하게 하려는 작전? 설마 올리버의 안경에 카메라가 장착
돼 있는 건 아니겠지?

"더군다나 넌 내 사촌의 여자 친구잖아. 제러미도 원하는 일 아
니었어?"

"그게 무슨……."

나는 어이가 없어서 눈을 굴려 올리버를 쏘아보았다. 뭐야, 웃으
라고 멍청한 농담을 하는 거야? 헤어진 거 다 알면서?

"알다시피 난 제러미의 여자 친구가 아니야. 자꾸 그 단어를 입
에 올려서 짜증 나게 할래?"

"하하. 그래, 약혼녀로 정정할게. 미안. 결혼 발표를 아직 못 들어
서 말이야."

"우린 헤어졌어. 멍청한 소리 좀 제발 그만해."

나는 낮은 목소리로 또박또박 말했다.

올리버의 눈이 휘둥그레졌다.

"정말이야?"

이렇게 되니 나야말로 황당했다. 어쩌면 올리버는 지난 점심시간
에도 친절을 베푼 것뿐이었고, 오늘 회의실에서도 도움을 주고 싶
었던 건지도 몰랐다. 하지만 올리버가 거짓말을 하고 있는 게 아니
라면 제러미는 더 악랄한 거짓말쟁이가 된 셈이었다.

어떻게 점심시간 내내 사촌 형과 대화를 나누면서 우리가 헤어
졌다는 말도 안 하고 앉아 있었던 거지? 결별한 지 얼마 되지도

않은 마당에 그 사실이 가물가물할 리도 없었다. 나는 칼로 가슴을 도려내는 것처럼 아픈데, 제러미는 그렇게 죽고 못 살겠다던 사랑을 잃고서 한마디 언급도 없었다고? 나를 조금이라도 생각하는 마음이 있었다면 최소한 사촌 형한테는 말을 해 뒀어야 하지 않나?

잠깐, 제러미는 배신의 아픔이고 뭐고 느낄 사람이 아니잖아? 다른 여자가 있다는 것도 숨기고 있었고. 어차피 우리가 깨지는 건 불 보듯 뻔한 결과였다. 제러미도 굳이 숨기려 하지 않는 것 같았는데? 우리 싸움의 거의 반 정도가 인터넷으로 생중계되었다고 해도 과언이 아니었다. 직접 목격하지는 못했지만 결별 뉴스가 한바탕 크게 퍼진 게 아니었나? 나한테만 크게 느껴진 건가?

"너 프렌드 스페이스에서 아무것도 못 봤어? 제러미가 뭐라고 써 놨는지 전교생이 다 봤을 텐데?"

"난 프렌드 스페이스 안 해. 그건 너무 뻔하잖아."

올리버가 안경을 벗어 렌즈를 닦았다.

"평소에도 이러쿵저러쿵 떠들어 대고 싶지 않은데 사이버 세상은 말할 것도 없지. 하긴 제러미는 항상 컴퓨터를 붙들고 살긴 하더라."

"그건 내가 아주 잘 알지."

나도 모르게 신랄한 목소리가 튀어나왔다.

요즘 세상에 프렌드 스페이스 친구 숫자에 따라 자신의 가치를 셈하지 않는 애가 있다는 게 신선했다. 아니, 신선하면서도 기이했다. 올리버의 말이 진짜일까 하는 의심이 가시지 않았다. 곧이곧대로 믿어도 될까?

"어쨌든 도와줘서 고마워. 나중에 또 보자."

"금세 또 보게 될걸? 나도 들어갈 거거든."

올리버의 목소리에는 따뜻하게 느껴지는 뭔가가 있었다. 연민인가? 제발 아니길. 안 그래도 겨우 버티고 있는데, 올리버 킴벌마저 나를 불쌍히 여긴다면 확 무너져 버릴 것만 같았다.

"들어가다니?"

"사기 충전 클럽 말이야."

"네가 사기 충전 클럽에 들어오겠다고?"

올리버가 치어리더처럼 공중으로 팔을 쭉 뻗었다.

"이만하면 사기는 충분해 보이지 않아?"

"늘 진지한 모습이더니 좀 놀랍다."

"칭찬으로 받아들일게."

올리버는 반쯤 미소 짓던 입가를 손가락으로 훑더니 이내 진지한 얼굴로 말을 이었다.

"진심이야. 너도 클럽 활동 경험이 있는 회원이 필요할 거 아냐."

"굳이 홍보할 필요는 없어. 원하는 사람은 누구든 받아들일 거니까."

나는 책가방을 어깨에 멨다.

"맬러리, 괜찮으면 내가 부회장을 맡아도 될까? 이왕 이렇게 된 거 다 털어놓을게. 사실 스탠포드 대학교에 가려면 이력을 보강해야 하거든. 회장인 너를 도와서 클럽을 잘 이끌어 볼게. 일단 휴대 전화 좀 줘 봐. 세부 계획 의논해야지."

"휴대 전화 없어."

내 대답에 올리버가 불쌍하다는 듯 쳐다보았다.

"부모님한테 뺏긴 거야?"

결별 이야기를 겨우 끝낸 마당에 굳이 디지털 포기 선언을 다시 끄집어내서 구구절절 설명하기가 귀찮았다. 게다가 채식주의자 선언이나 뉴에이지 종교 단체 가입과 마찬가지로 지극히 개인적이고 사사로운 결정 아닌가.

"아니, 부모님을 믿을 수가 있어야지. 부모님이 휴대 전화를 압수한 뒤에 어떻게 할지 뻔하잖아?"

올리버가 웃음을 터뜨렸다.

"그거 진짜 웃기는 발상인데?"

"사람들이 보통 웃을 만한 말이긴 해."

"아니, 그렇지 않아."

올리버는 멋진 사람인 양, 대수롭지 않게 벽에 등을 기대며 말을 이어 갔다. 카디건이 못에 걸리든 말든, 등이 쓸리든 말든 전혀 신경 쓰지 않는 모습이었다. 어쩌면 바지까지 더럽혀질지도 모르는데 말이다. 올리버의 무심한 행동을 흉내라도 내려면 전신 거울 앞에서 몇 달은 연습해야 할 것 같았다.

"사람들은 초조하거나 긴장을 감출 때 웃어. 누군가를 자기 뜻대로 움직이고 싶을 때 웃지. 그것도 아니면 사회적으로 용인됐다는 직감이 들 때만 웃는 법이라고. 순수한 웃음은 그리 흔치 않아."

나는 그 말에 웃을 뻔했다. 하지만 웃으면 올리버의 말이 옳다는 걸 증명하는 꼴이 된다. 내가 웃을 뻔한 이유는 진짜 웃겨서가 아니라, 올리버의 궤변이 어이없어서였다.

"웃음은 지구상에서 제일 자연스러운 현상이야. 아기들도 잘 웃잖아."

"그건 그렇게 훈련받았기 때문이야."

"우리의 유전자 구성이 그렇게 돼 있어!"

"그렇다면 웃음은 반사 작용일 뿐이지."

"알았어, 네 앞에서 절대 농담 따윈 하지 않을게."

왜 제러미가 올리버한테 분통 터져 하는지 알 것 같았다. 제러미는 주변 사람들이 뭘 원하든지 상식적인 행동을 보여 주는 반면에, 올리버는 극장 뒤편에 앉아 농담을 한 마디씩 해체하고 분석하는 괴짜처럼 행동했다.

"근데 있잖아. 우리 클럽을 잘 이끌 사람이 필요한 건 맞아. 널 보니까 회장직에 적격인 거 같으니까 아예 회장을 맡아. 대신 비서는 내가 꼭 해야 해."

"비서라고? 왜 굳이 비서야?"

올리버가 눈썹을 치켜올리며 물었다.

"그러는 넌 왜 하필 사기 충전 클럽이야? 나도 궁금하다. 어쨌든 할 거야, 말 거야?"

"회장이라, 나야 좋지."

올리버는 가슴 위로 팔짱을 턱 끼고 거만한 표정을 지어 보였다. 마치 새로 임명된 사장이 직함을 공표할 사진을 찍는 것처럼. 올리버가 한쪽 입꼬리를 슬쩍 올리며 물었다.

"한 가지만 더 말해 줄래?"

"뭘?"

"제러미한테서 듣기는 글렀고. 왜 내 사촌을 차 버린 거야?"

순간 목이 막혀 말이 나오지 않았다. 전혀 예상치 못한 질문이었다. 사실 올리버와의 대화도 예상치 못한 것이었으니, 이래저래 예상치 못한 상황이었다.

"내가 차 버린 걸 어떻게 알았어?"

"너랑 오 분 동안 얘기한 게 제러미와 평생 대화한 시간보다 즐거웠으니까. 그러니 결별의 원인은 네가 정신을 차렸거나 제러미가 멍청한 짓을 했거나 둘 중 하나겠지."

올리버 킴벌이 다시 보이네?

"먼저 갈게. 사기 충전 클럽에서 보자."

나는 뒤로 돌아서 복도를 내려갔다. 그런데, 오 분 동안 뭐? 이제껏 나한테 먼저 아는 척하거나 말 건 적도 없었으면서, 씩 한 번 웃고는 잘 안다는 듯 칭찬을 해? 왠지 따져 물어야 할 것 같아서 뒤돌아보니 올리버는 벌써 사라지고 없었다. 블레이크 곁으로, 학생 회실로, 진리의 의사봉에게로 돌아간 모양이었다

09

오렌지 카운티에서 제일 좋아하는 해변 명소들

1. 밀려온 바닷물로 바위 틈 곳곳에 웅덩이가 있는 코로나 델 마르 해변

2. 캠프파이어를 할 수 있는 헌팅턴 해변

3. 파도 타기 좋은 라구나 해변

4. 발보아 부두가 있는 뉴포트 해변

　목요일 오전 여섯 시 이십 분, 아빠가 발보아 부두 옆 주차장에 나를 내려 주고 갔다. 할머니는 벌써 벤치에 앉아 있었다. 내가 옆에 앉자, 할머니는 아무 말없이 우리가 제일 좋아하는 빵집에서 사 온 도넛을 내밀었다. 건강식을 해야 하는 날이었지만 이른 아침 도넛을 나눠 먹는 건 할머니와 나 사이의 암묵적인 규칙이었다. 할

머니의 윗입술은 설탕 가루가 묻어 콧수염이 난 것처럼 보였다.

"같이 명상할까?"

할머니의 속삭임에 나는 고개를 끄덕였다. 우리는 아침 태양 쪽으로 얼굴을 들었다. 할머니는 언제나 말씀하셨다. 일출을 보며 질문을 던지면 답을 찾을 수 있노라고. 내가 주말에 자러 올 때마다 할머니는 나를 깨워서 테라스로 끌고 나갔다. 처음으로 같이 명상했을 때 할머니는 "맬러리, 넌 장래에 뭐가 되고 싶니?"라거나 "어디든 날아서 갈 수 있다면 어디를 택할래?" 같은 생각 거리를 던져 주었다. 하지만 내가 커 갈수록 할머니는 나 스스로 생각을 하게 했다. 그럴 때면 평상시엔 도저히 엄두가 안 나서 생각조차 할 수 없었던 것들을 자문하곤 했다.

하지만 오늘은 명상에 폭 잠길 수 없었다. 우선 마음속 의문과 짜증을 정리해야 했다. 제러미는 왜 그런 짓을 했을까? 사랑하는 사람을 또 찾을 수 있을까? 도대체 리스트가 뭐기에, 내가 이렇게까지 매달리는 걸까? 나는 도넛 두 개를 먹어 치우고 나서야 마음을 가라앉혔다. 결국 내가 리스트로부터 얻길 원하는 건 이해와 공감이었다. 제러미에게 무슨 일이 생긴 건지, 나는 진짜 어떤 사람인지, 할머니가 삶을 어떻게 살아 오셨는지 이 질문 가운데 하나만이라도 답을 얻게 된다면 리스트에 매달릴 이유로는 충분했다.

동이 트고 구름 사이로 뿌연 햇살이 퍼져 나왔다. 해가 떠오르는 풍경이야 동네 상점의 달력에서 흔히 볼 만한 것이었지만, 할머니의 곁에서 입술에 설탕 가루를 묻히고 마음속에 수많은 상념을 간직한 상태로 맞이하는 일출은 그 자체로 특별했다.

멀리서 한 어부가 낡은 널빤지 위에 양동이를 툭 내려놓더니 낚싯대를 무릎 위에 올려놓고 낚시 상자를 뒤적거렸다. 할머니는 손에 묻은 설탕 가루를 치마에 털어 내며 입을 열었다.

"와 줘서 고맙구나. 한동안 명상을 못 했거든."

할머니는 늘 바쁜 분이었지만 지니와 나에게 언제나 시간을 내주셨다. 최근 일이 년 동안은 뜸했던 게 사실이다. 할머니는 할아버지가 돌아가신 뒤로 꿈도 희망도 다 놓아 버리신 것 같았다. 이 실버타운이 할머니에게 새로운 활력을 불어넣어 주겠지. 예전만큼 자주 못 만난다고 해도 할머니를 탓할 수 없는 노릇 아닌가.

"저도 오늘 명상이 꼭 필요했어요. 고마워요, 할머니."

"명상이 꼭 필요했던 특별한 이유라도 있는 거니?"

어느새 하늘이 밝아져서, 걱정 어린 할머니의 눈가 주름이 선명하게 보였다.

"며칠 전에 지니랑 왔을 때도 걱정이 있어 보이더구나. 드레스 때문만은 아닌 듯 보였지. 걱정이 있으면 이 할미한테 다 털어놓으렴."

지금이 제러미와 있었던 일을 털어놓을 기회인지도 몰랐다. 그것도 일출 명상을 즐기고 사십 년 동안 한 남자만을 사랑해 왔으며 우리 엄마와는 달리 꼬치꼬치 캐묻지 않을 유일한 사람에게. 하지만 열정적이었던 할머니의 지난 세월이 나를 가로막았다. 할머니

151

는 예방할 수 있는 질병에 손쓸 도리 없이 죽어 가는 아이들을 돌보며, 말 그대로 전 세계를 무대로 살아 오신 분이다. 그런 할머니에게 고작 남자 친구가 컴퓨터 속 아바타랑 바람이 나 속상하다는 말을 어떻게 할 수 있겠는가? 할머니는 정말 하찮은 일이라고 생각하실 거다. 아니, 나까지 하찮은 존재로 생각하실지 모른다. 언제나 할머니의 머릿속에 대단한 손녀로 남고 싶었다.

"전 괜찮아요. 요즘 복고에 빠져 있어서요. 아빠랑 같이 할머니 물건들을 정리했잖아요. 그러다가 할머니의 고등학교 앨범을 보게 됐는데, 정말이지 완벽한 십 대 시절 같더라고요. 저도 60년대로 되돌아가고 싶던걸요?"

말을 하다 보니, 나도 모르게 눈물이 차 올랐다. 누가 보면 내가 소중한 추억을 떠올리는 일흔 살 할머니라도 된 줄 알겠다.

"할머니는 고상한 드레스를 입고 파티에 가셨죠. 대충 만나서 놀던 남자가 아니라 진심으로 사귀던 남자와 같이 말이에요. 게다가 정표로 반지도 나눠 끼고, 문자 메시지가 아니라 쪽지를 주고받았죠. 그리고……."

"맬러리, 토할 것 같으니 그만하렴."

할머니가 빈 도넛 봉지를 공처럼 돌돌 구기면서 말을 이었다.

"그렇게까지 행복한 나날을 보낸 건 아니란다."

"행복하지 않으셨어요?"

"그래, 네가 말하는 건 오래된 텔레비전 드라마에서나 나올 법한 얘기들이지. 그 시절에도 고민거리는 많았다는 말이야. 공산주의, 쿠바 미사일 위기, 탄압, 차별, 인종 폭동⋯⋯. 그래도 고장 난 휴대 전화에 비하면 큰일은 아니겠지?"

"그 시절은 지금이랑 완전 달랐잖아요. 요즘 십 대로 사는 건 너무 힘들어요."

"얘야, 십 대로 살아가는 건 언제나 힘들단다."

할머니는 할 말이 더 있는 듯 했지만 훌쩍 일어서서 혼자 저만치 걸어가셨다. 내가 따라갈 줄 알고 하는 행동이었다. 할머니와 지니는 어쩜 이렇게 똑같을까? 나이 차이가 엄청 나는 쌍둥이 자매 같았다.

"여덟 시까지 학교에 데려다주마. 그동안 이 할미의 궁금증을 좀 풀어 주렴. 바느질은 해 봤니?"

할머니의 물음에도 나는 지나쳐 가는 남자에게 시선이 갔다. 남자는 웃통을 벗은 채 엉덩이를 씰룩거리며 뛰고 있었다. 노을 지는 풍경만큼이나 멋진 광경이었다.

"해 봤냐고요? 직접 해 봤다기보다 바느질하는 걸 어깨너머로 보긴 했어요."

"어깨너머로 얼마나 봤는데?"

"거의⋯⋯ 본 적 없다고 할 수 있죠."

할머니는 걸음을 멈추고 내 어깨를 찰싹 때렸다.

"일주일 안에 홈커밍 파티 드레스를 만들겠다면서 바느질을 해 본 적도 없다고?"

"그래서 오늘 명상하러 온 거예요. 얼마나 열심히 명상했는지 몰라요."

할머니는 웃음을 터뜨리며 나를 주차장으로 이끌었다.

"좋아, 이 할미가 도와주마. 하지만 너 스스로 열심히 노력한다는 전제하에서야. 바느질 수업을 들으면서 연습해 보렴. 문화 센터 같은 데서도 바느질 강좌를 열 거야. 뭔가 적극적인 행동을 하란 말이지. 배움은 위임이 아니라 참여를 통해 이뤄지는 법이야."

위임이 아닌 참여라, 자동차에 타자마자 팔에다 할머니의 마지막 말씀을 적었다. 할머니는 리스트를 작성한 분이다. 이제 그 리스트를 어떻게 실천할지에 대한 지침까지 내려 주신 셈이었다.

이성 교제하기

10

여동생 지니의 '이성 교제'에 어울릴 만한 남자 친구 후보들

1. 헥터 코르테즈 - 자칭 섹시 멕시코남. '무적의 동양남'이라는 제러미처럼 스스
   로에게 별명을 붙인 걸로 봐서, 거짓말쟁이일 확률이 크지만 그 별명이 아주
   잘 어울리긴 한다.

2. 가스 노왁 - 축구를 해서인지 지니에게 경외심을 품고 있다. 지니보다 키는 작아
   도 자신감이 넘친다. 마약상이라는 소문은 돌지만 사랑을 하면 변하지 않을
   까? 아니다, 그래도 미래의 범죄자라니. 아직 그 정도로 절박하진 않다.

3. 올리버 킴벌 - 사기 충전 클럽의 회장이다. 내가 지니를 클럽에 끌어들일 테
   니, 만날 기회는 자연스럽게 생길 거다. 외모는 귀엽다. 하지만 학년 차이가
   꽤 나서 지니와 잘 어울릴지는 미지수다. 아직 발견을 못 해서 그렇지 찌질이
   일 가능성도 있다. 결정은 보류해 둬야겠다.

4. 베넷 윌리엄스 - 그냥 가까이 있다.

나는 방과 후에 사기 충전 클럽의 서류 작업을 마무리 짓느라 늦게까지 학교에 남아 있었다. 그러다가 버스도 놓치고 친구들도 다 하교해 버려서, 밴드 활동을 하는 한 학년 아래 베넷에게 집까지 태워 달라고 부탁할 수밖에 없었다. 조금 망설여지긴 했다. 캘리포니아 주 법에 따르면 십 대 학생이 옆자리에 다른 십 대 학생을 태우고 운전하려면 면허증을 딴 뒤 일 년은 지나야 하기 때문이다. 사실 아무도 따르지 않는 법이긴 했다.

베넷은 촌스러운 범생이였지만, 언젠가는 아주 잘생겨질지도 모르는 애였다. 구멍이 숭숭 뚫린 티셔츠는 그냥 두고 보기 힘들긴 했다. 베넷은 지니에게 빠졌는지 차를 모는 십 분 동안 지니에 대한 질문을 쏟아내다시피 했다. 우리 집에 다다라 차를 세워 놓고 나서는 목을 길게 빼고 기웃거리기까지 했다. 지니가 창가에 앉아서 나를 기다릴지도 모른다고 기대하는 듯했다.

나는 책가방을 둘러메고 차 문을 열었다. 꿈 깨라고 말해 주고 싶었지만, 지니에게 남자 친구를 붙여 줘야 한다는 생각이 떠올랐다. 베넷도 언젠가 멋져질지 모르잖아? 누가 알아? 미래의 여자 친구가 쇼핑을 데리고 다니면서 멋진 옷도 골라 주고 오 대 오 가르마 머리에서도 탈출시켜 줄지. 적어도 샤워는 규칙적으로 하는 것 같고 자동차도 가지고 있잖아? 어차피 리스트를 완수하기까지 시간도 얼마 없는데, 베넷이라고 왜 안 되겠어? 거기다 베넷은 이미 지니에게 홀딱 반한 상태인데? 여기에서 필요한 건 약간의 설득뿐이다.

지니는 남자에 관해서라면 정말이지 젬병이었다. 더군다나 짜증 나게도 자신이 얼마나 예쁜지, 남자가 "데이트할래?"라고 묻는 경우 대개 진심이라는 사실도 아예 모르고 있었다.

나는 직설적으로 베넷에게 조언하기로 했다.

"지니의 관심을 끌려면 낭만적인 행동을 보여 주는 수밖에 없어."

베넷이 등을 떼며 고개를 쑥 내밀었다.

"그래요? 어떻게요?"

"시작은 좋은 셈이야. 친절하게도 친언니를 집까지 데려다줬으니까."

"홈커밍 파티 때 파트너로 같이 가 줄까요?"

베넷이 징징대는 목소리로 물었다.

"그런 목소리로 청하면 안 될걸?"

베넷이 목소리를 한 옥타브 낮췄다.

"또 다른 점은요?"

"계속 진득하게 마음을 표현하라는 거? 끈기가 있어야겠지."

"알겠어요."

베넷이 콧잔등 옆을 살짝 긁었는데, 그 위치가 콧구멍에 너무 가까워서 얼핏 보면 코를 후비는 것 같았다. 이 점도 차차 고칠 수 있겠지.

"고마워요, 누나. 그리고 그거 알아요? 남들이 뭐라든지 난 신경 안 써요. 누난 착한 사람이에요."

남들이 뭐라든지라고? 그러니까 어떤 소문을 들었다는 말이잖아? 굳이 내가 알아야 하나? 그럴 필요는 없지. 알고 싶지도 않고.

"그래, 고마워. 네 친구들한테도 그렇게 좀 말해 줘."

나는 얼른 집 안으로 뛰어 들어가서 티셔츠와 낡은 청바지로 갈아입었다. 60년대 초 여학생들은 특별한 경우를 제외하고 청바지를 입는 법이 없었다. 하지만 창고 털이에 나서려면 청바지에 티셔츠 차림보다 더 편한 옷은 없을 터였다.

친구들은 쓸데없는 짓을 한다고 경악하겠지만 나는 창고 털이를 아주 좋아한다. 아빠가 거래상을 만나러 샌디에이고나 샌프란시스코에 갈 때, 창고 경매장이나 동산 경매장을 다닐 때 아빠를 따라다닌다. 평소엔 아빠가 매입해 온 물건들을 꼼꼼히 살펴보고 분류하는 일을 돕는다.

낡은 비디오 게임이 고가의 수집품일지, 오래된 유화 작품이 진품일지는 아빠가 판단할 일이고 아빠 같은 전문적인 눈이 없는 나는 쓰레기가 아니다 싶은 것만 골라낸다. 세상에 쓰레기 같은 물건을 애지중지 간직하는 사람들이 얼마나 많은지 알면 다들 깜짝 놀랄 것이다.

오늘은 엄마가 나를 아빠의 창고까지 데려다주기로 한 날이었다. 학교에서 돌아왔으니 빨리 출발하자고 엄마한테 문자 메시지를 보내려다가, 휴대 전화를 못 쓴다는 사실을 깨닫고는 엄마의 사무실로 내려갔다. 사무실에 딸린 창고에는 최근 아빠가 이것저것

들여 놓아서, 뭐가 뭔지도 모를 상자와 쓰레기 봉지로 가득했다.

엄마는 컴퓨터 화면에 빠져서 내가 사무실에 온지도 모르는 것 같았다. 여느 때처럼 보석이 박힌 청바지에다 가슴 부분에 커다란 장미꽃이 프린트된 딱 붙는 티셔츠 차림이었다. 밝게 염색된 갈색 머리는 하나로 높이 묶여 멋스러웠다.

가게에 들어서면 남자들은 항상 엄마부터 쳐다보았다. 날씬한 몸매와 풍만한 가슴이 먼저 눈에 들어와서인지, 몇 초 뒤에야 엄마가 이십 대 아가씨가 아닌 사십 대 여성임을 깨달았다. 지니가 함께 있을 때면 엄마보다 지니에게 먼저 시선이 쏠렸다. 나도 봐 줄 만하게 귀엽기는 하지만 엄마와 지니 사이에 있을 때면 장인의 손길이 담긴 발효 빵 사이에 끼인 햄 쪼가리 같다는 느낌을 지울 수 없었다.

파스텔 색 벽지로 꾸며진 사무실은 깔끔하게 정돈되어 있는 데다 화사한 분위기가 넘쳤다. 오후 햇살이 창문으로 쏟아져 들어왔다. 엄마가 점포 정리 때 구입한 가죽 의자와 오토만 수납용 의자가 햇살을 받아 반짝거렸다. 하얀 선반 위에는 작은 물건들이 진열되어 있었다. 커다란 물건들은 엄마가 정리할 필요 없는 창고에 처박혀 있었다. 엄마는 일주일에 딱 한 번 사치를 부렸다. 화요일마다 꽃 시장에 들러 갓 피어난 꽃을 구입하는 게 유일한 낙이었다.

"엄마?"

내 부름에 엄마가 펄쩍 뛰며 가슴에 손을 댔다.

"맬러리! 놀랐잖니!"

"놀래켜서 미안해요. 카탈로그 작업 중이었어요?"

내가 책상 쪽으로 다가가자 엄마는 얼른 인터넷 창을 내리더니, 화면이 보이지 않도록 돌아앉았다.

"그렇지, 뭐. 이메일 확인도 하고. 창고에 지금 가자고? 문자 메시지 보내지 그랬니?"

어차피 내가 현대 기술을 멀리 할 수 있는 기한은 기껏해야 다른 할 일이 생기기 전까지나 다음 치과 예약을 잡기 전까지라는 걸 잘 알고 있었다. 그러니 아예 날짜를 정하자 싶었다. 할머니의 고등학교 시절에 가장 중요한 행사가 홈커밍 파티였으니까, 나도 다음 주에 있을 홈커밍 파티 날을 리스트 완료 일로 삼아야겠다. 구체적인 계획은 상황에 따라 유동적으로 세우면 되겠지.

"휴대 전화를 찾을 수가 없어서요."

"잃어버린 건 아니지?"

엄마가 핸드백을 든 채, 나를 사무실 밖으로 몰아내듯 떠밀며 말했다.

"휴대 전화를 새로 사 줄 여윳돈은 없단 말이야."

"알아요. 곧 찾을 거예요. 그리고 엄마한테 직접 말하는 게 그리 어려운 일도 아니잖아요."

엄마는 전등을 끄고 문을 닫았다.

"엄마한테도 사생활이 있잖니? 그렇게 갑자기 들이닥치면 어떡해?"

"다음번엔 꼭 노크할게요."

엄마가 왜 이렇게 예민하게 반응하지? 평소엔 침실에 불쑥불쑥 들어가도 아무 말 안 했으면서? 차로 데려다줘야 하는 건 엄마도 알고 있었잖아? 엄마도 비밀스러운 '진짜 인생'을 즐기던 중이었나? 나도 참, 하나도 안 웃기네.

엄마는 차창 밖으로 백미러를 보며 립글로스를 발랐다.

"어머, 내 정신 좀 봐. 오늘 학교는 어땠니? 제러미랑은 괜찮았고?"

"다 끝난 일인데요, 뭐. 어색했죠."

"힘들겠구나. 근데 정말 너희 둘은 완전히 헤어진 거야?"

엄마가 자동차 시동을 걸면서 문자 메시지를 확인하는 바람에, 차 뒤쪽에 있던 휴지통을 쓰러뜨리고 말았다. '쿵' 하는 소리가 땅을 울렸지만 엄마는 쓰러진 휴지통을 돌아보지도 않았다.

"우아, 이번 주에 콜스에서 할인 행사를 한대. 20% 추가 할인 쿠폰도 이메일로 왔네."

나는 손을 뻗어 엄마의 휴대 전화를 잡아챘다.

"엄마, 휴대 전화 보면서 운전하지 마세요. 운전에 집중해야죠."

엄마는 양손으로 운전대를 잡았다.

"응? 이렇게 집중하고 있잖니?"

"아까 질문에 답하자면요. 제러미랑은 완전히 끝났어요."

"네가 말하기 싫으면 어떻게 된 건지 묻지 않으마."

"네, 말하기 싫어요."

"하지만 끝마무리는 잘했겠지? 끝마무리를 잘해야 아픔이 덜하단다. 내가 첫 남자 친구 얘길 했던가? 마이클 말이야. 우린 정말 끝이 별로였는데, 학교에서……."

나는 창밖을 쳐다보았다. 엄마가 이런 얘길 해 주는 게 감사하긴 했다. 나한테 신경을 쓰고 있다는 뜻이니까. 지나칠 정도로 야단스럽게 굴 때도 많았지만 호들갑스럽게 걱정해 주는 엄마가 좋았다. 하지만 오늘은 이런 대화가 껄끄러웠다. 엄마의 우려대로 아직 끝마무리를 제대로 짓지 못한 데다, 내게 위안이 되는 거라고는 할머니가 오십 년 전에 작성한 리스트 하나뿐이었다.

"엄마, 무슨 말 하려는지 알겠어요. 그런데 저 진짜 괜찮거든요?"

"괜찮은 목소리가 아닌데? 정말 말하기 싫은 거니?"

"네, 괜찮아요. 걱정 마세요."

엄마가 입술을 꾹 다물었다.

"맬러리, 내가 도울 게 있으면……."

"없어요."

내가 단호하게 대답했다.

"왜 헤어지게 된 건지 속 시원히 털어놓으면……."

"아무것도 안 묻겠다면서요?"

엄마는 등을 기대고 도로만 쳐다보았다.

드디어 창고에 도착했다. 엄마는 차를 댔고, 나는 아빠의 열쇠 꾸러미를 꺼내 창고 열쇠를 골라냈다.

"기다릴까? 휴대 전화로 일해도 되거든. 아니면 네 일을 좀 도와 줄까? 얘기도 좀 더 나누고 말이야."

내가 차 문을 열자 엄마가 물었다.

"엄만 엉망진창인 상자를 보기만 해도 헛구역질이 날걸요? 저번 에 창고에서 쥐 떼 발견한 거 잊었어요?"

엄마가 몸을 부르르 떨었다.

"참, 그랬지? 여섯 시까지 데리러 오마."

나는 엄마가 떠나가는 걸 지켜보다 창고 문을 열었다. 창고 구석 에서는 쥐 떼가 출몰하기도 했고, 여행 가방에서 더러운 잡지 뭉치 가 튀어나오기도 했다. 어떤 날은 금화나 18세기 초의 탁자가 발굴 되기도 했다. 한 개인의 역사 속에 어떤 보물이 숨어 있을지는 모 르는 법이었다.

그런 의미에서 오늘은 개인 소장품부터 정리하기 시작했다. 어마 어마한 양의 쓸모없는 서류 뭉치, 누렇게 바랜 소설책, 반쯤 부러진 장난감, 너무 낡았거나 유행이 지나서 돈이 안 되는 옷가지를 들어 내고 보니 낡은 반지 상자가 보였다. 상자 속에는 푸른 보석이 박 힌 커프 링크스와 넥타이핀이 들어 있었다. 우아, 이 보석이 사파 이어 같은 거면 돈 좀 되겠는데?

나는 상자를 주머니에 찔러 넣고서 이번에는 기부 물품 더미를 살펴보기 시작했다. 아빠는 종종 헌 옷들을 모아 아프리카의 자선 단체에 보냈다. 세금 우대를 받을 수 있을 뿐만 아니라 좋은 일을 한다는 뿌듯함도 느낄 수 있기 때문이었다.

나는 헌 옷 더미에서 오렌지 파크 고등학교 카디건을 발견하고
는 얼른 끄집어냈다. 여기저기 보풀이 일긴 했지만 오렌지색과 검
정색이 잘 어우러진 멋스러운 교복이었다. 80년대 초 교복 스타일
로 비록 60년대 교복은 아니었지만, 학생회장 블레이크의 의사봉
도 저리 가라 할 만큼 고전적인 의미가 듬뿍 담겨 있었다. 이 옷은
오렌지 카운티에서 향수를 불러일으킬 만한 물품이어서 돈이 좀
될 법도 하지만, 아빠한테 말해서 내가 챙겨 가야겠다. 사기 충전
이 필요할 날을 대비해서 아껴 둬야지.

그때 왼쪽 발 아래에서 뭔가 움직이는 느낌이 들었다. 아니나 다
를까, 바퀴벌레 한 마리가 축축한 상자에서 슬금슬금 기어 나오고
있었다. 나는 얼른 운동화로 바퀴벌레를 밟아 죽이고 나서 옷 더
미를 봉지에 차곡차곡 담았다. 창고 안은 서서히 정리되었고, 다섯
시 삼십 분쯤에는 분류가 거의 끝났다.

일단 철수하자 싶어서 창고 문을 잠그고 삼십 분 동안 엄마를
기다렸다. 휴대 전화가 있었다면 문자 메시지로 엄마를 일찍 부를
수 있었을 텐데. 아니면 친구한테 전화를 하거나 게임을 할 수도
있었고, 하다못해 역사 시간 과제를 위한 정보라도 검색할 수 있었
을 거다. 이렇게 자리에 앉아 속수무책으로 기다리지만은 않았을
거라는 말이다. 젠장, 음악조차 들을 수 없잖아?

나는 소설책이 담긴 상자를 뜯어서 오래된 로맨스 소설책 한 권

을 꺼내 읽었다. 풍만한 가슴을 가진 여자와 어느 시골 땅을 다스리는 영주가 등장하는 그렇고 그런 이야기였다. 태양이 지평선 아래로 지고 있었다. 윙윙거리는 풀벌레 소리가 들렸고 가을 내음을 품은 미풍이 불어왔다. 아침엔 일출을 봤고, 저녁엔 일몰을 보고 있었다. 이렇게 하루에 두 번이나 가만히 앉아서 호흡에 집중하고 조용히 앉아 주변을 관찰하다니. 그것도 휴대 전화를 만지작거리지 않고 말이다. 이제 비누 조각이나 나무 조각만 손에 들고 깎으면 되려나? 너무 복고풍인가?

집에 도착해 부엌에 들어서자마자 깜짝 놀랐다. 카드가 꽂힌 백합 다발이 탁자에 놓여 있었다.

맬러리,

월요일 수업 시간엔 미안했어. 너무 막막해서 그랬어. 제발 얘기 좀 하자.

제러미가

"제러미 오빠가 보낸 건 아니라고 말해 줘."

지니가 카드를 낚아채려 했지만 내가 잽싸게 티셔츠 안으로 집어넣었다.

"제러미가 보낸 거 아니야."

"정말? 그럼 누가 보낸 건데?"

"하여튼 있어."

"하하, 물론 제러미 오빠라면 매달리는 짓 같은 건 안 하겠지. 그 오빠 늘 체면이 우선인 사람이니까."

지니는 땀으로 헝클어진 머리를 풀어 다시 하나로 올려 묶었다. 리그 축구 연습으로 티셔츠가 홀딱 젖은 모습이었다. 여기서 중요한 건 교내 축구 연습도, 캠프 축구 연습도 아닌 현역 선수들과의 리그 축구 연습이라는 점이다. 지니는 가끔 저보다 나이가 많은 선수들을 이기고 돌아와서는 몸치인 언니를 대놓고 무시하는 얼굴로 말을 건넸다.

"두 사람은 다시 이어져선 안 돼. 그러면 언니랑 의절할 거야."

"당연하지. 웩, 몰랐는데 손에서 지독한 냄새가 나네."

나는 싱크대에서 손을 씻으며 말을 이었다.

"왜 사람들이 돈까지 내가며 창고를 마련해 놓고서는 물건들을 더럽게 처박아 두는지 모르겠어. 다락방은 또 어떻고? 온갖 더러운 잡동사니들이 천장 위에 있는 셈인데!"

"언니, 말 돌리지 마. 제러미 오빠가 왜 꽃을 보낸 거야?"

"평화 협정을 위해서. 나랑 얘기하고 싶대."

나는 수건에 손을 닦았다.

"얘기할 거야?"

"모르겠어."

"그러겠다는 말이네."

"아냐, 정말 모르겠다는 뜻이야. 나도 방금 전에 꽃다발을 봤어. 제러미 속셈은 찬찬히 따져 봐야지."

지니는 냉장고를 열고 이리저리 뒤적거리더니, 반쯤 남은 이온 음료 병을 꺼내서 단숨에 마셔 버리고는 손등으로 입을 닦았다.

"알았어. 꽃다발에 대해서는 나중에 다시 얘기해. 그건 그렇고 왜 올리버 킴벌이 언니한테 전화한 거야?"

"뭐?"

갑자기 팔에 털이 바짝 곤두섰다.

"전화가 왔다고? 언제?"

"축구 연습하러 가기 직전에. 언니 책상에 붙여 놓은 쪽지 못 봤어? 전화번호 받아 적어 뒀는데?"

지니가 식탁 위로 훌쩍 뛰어올라 앉았다.

"언니한테 휴대 전화가 있었으면 금방 알았을 텐데."

"집으로 전화가 왔단 말이지? 우리 집 전화번호는 나도 모르는데."

내가 고개를 갸웃하며 말했다.

"제러미 오빠한테 물어봤겠지. 사촌이잖아. 무슨 일인데?"

지니가 기대에 찬 눈으로 나를 바라봤다.

"사기 충전 클럽의 회장이 되고 싶대."

"우리가 지금 얘기하고 있는 사람이 올리버 킴벌 맞지? 예쁘장한 눈에 차가운 기운을 풀풀 풍기고 다니는 선배 말이야."

눈이 예쁘장한지는 몰랐는데?

"응, 바로 그 사람이지."

"그럼 언니한테 마음이 있는 거네."

지니가 쿠키 단지에서 글루텐 무첨가 쿠키를 골라내더니 입에 마구 집어넣었다.

"우아, 그래서 제러미 오빠가 자기 영역을 사수하려고 꽃다발을 보낸 거구나. 주위를 빙빙 돌면서 침을 묻히는 것보단 낫네. 보아하니 언닌 이성 교제엔 아무런 문제가 없겠어."

"그만해. 올리버는 나한테 마음이 있는 게 아냐. 대학 진학에 이력 한 줄이 더 필요해서 회장이 되고 싶은 것뿐이라고."

"그렇다면 올리버 오빠의 다음 목표는 언니일 거야."

지니가 휴대 전화를 내려다보더니 인상을 썼다.

"베넷 윌리엄스한테 문자 메시지가 왔어. 오늘만 벌써 다섯 번째야."

지니의 미간 주름이 더 깊어졌다.

"언니 생각에 베넷 윌리엄스가 나한테 홈커밍 파티에 같이 가자고 청할 것 같아? 진짜 내 첫 상대가 베넷 윌리엄스는 아니길 바랐는데 말이야. 어쨌든 리스트 때문에라도 우리 둘 중 한 명은 파트너를 구해야겠지?"

나한테 더는 파트너가 없었다. 남자 친구를 자랑스럽게 데리고 갈 만한 행사가 일 년 만에 열리는데, 바로 직전에 헤어지고 만 것이다. 이제 애인은커녕 남자인 친구마저 파트너로 데려가기가 어려워진 상황이었다. 파티 드레스는 직접 만들겠지만, 혼자 가게 될 터였다.

나는 냉장고에서 지니가 만든 유기농 브리토를 한 조각 꺼내 전자레인지에 넣고 돌렸다.

"잘됐네. 베넷 윌리엄스가 네 남자 친구가 될 수도 있잖아?"

"농담 마."

"지니, 기회를 한번 줘 봐. 일단 잘 씻기도 하고 아주 열정적이잖아. 그러니까 삶에 대해서 말이야. 직접 들었는데 화요일마다 할아버지한테 범죄 소설을 읽어 드리러 다닌대."

"그 말은 또 언제 들은 거야?"

앗, 실수!

"응? 하굣길에 우연히 만났어. 진짜 친절하더라. 쇼핑 한 번이면 충분히 멋져질걸?"

"베넷 윌리엄스는 중학교 때 지나 피츠패트릭이랑 키스했다고 동네방네 떠들고 다닌 애야. 게다가 그것도 거짓말이었다고. 아마 제러미 오빠보다 더한 거짓말쟁이일걸?"

지니의 휴대 전화가 또 울렸다. 이번엔 지니의 얼굴이 찌푸려지다 못해 험악해졌다.

"잠깐, 베넷 윌리엄스가 언니를 집까지 데려다줬어? 오늘? 홈커밍 파티에 대해 말했다니 도대체 이게 무슨 소리야?"

나는 한 걸음 물러섰다.

"분명히 낭만적인 행동을 보여 주라고 했는데, 왜 그러지?"

"그래서 언니가 진짜 베넷한테 그랬다고?"

"너에 대해 묻길래 끈기 있는 남자를 좋아한다고 말해 줬지."

지니가 식탁을 손으로 내려쳤다.

"언니! 이건 고등학교 올라와서 처음으로 가는 파티라고. 난 베넷 윌리엄스랑 가기 싫어! 그런데도 같이 가자고 청하는 남자가 베넷뿐이면 억지로 승낙해야겠지. 파티에 가기 직전이라면 말이야. 왜 처음부터 나한테 말하지 않았어? 정신이 어떻게 된 거 아니야?"

"베넷이 물었고 난 답을 했을 뿐이야. 그리고 우리 중 누군가는 이성 교제를 해야 한다고. 리스트 잊은 건 아니지?"

나는 방으로 피신하기 위해 전자레인지를 열고 브리토를 꺼냈다.

"리스트를 잊지 말라고? 좋아!"

지니가 브리토 접시를 빼앗아 머리 위로 번쩍 들었다.

"언닌 방금 전자레인지를 사용했어. 1962년에 살던 사람들은 사용 못 하던 거잖아?"

"이렇게 못되게 굴 거야?"

"내 도움이 필요하다며? 기꺼이 도와줄게."

지니가 브리토를 크게 한입 물어 삼켰다.

"도움받으니 기분이 어때? 다시는 내 연애사에 끼어들어 도와줄 생각하지 마."

"지니, 유치하게 굴지 좀 마."

지니는 싱긋 웃으면서 보란 듯이 나머지 브리토를 먹어 치웠다. 배 속에서 꼬르륵 천둥이 쳤다. 1962년에 피자 배달은 있었을까?

나는 여동생한테 한 방 날리고 싶은 충동을 억누르고 꽃다발을 움켜쥐었다. 방에 들어와 보니, 올리버의 전화번호가 적힌 분홍 쪽지가 책상에 붙어 있었다.

나는 쪽지를 들고 전화를 걸지 말지 고민했다. 뭐라고 말해야 하나? 사기 충전 클럽에 대한 세부 사항을 논하기에는 너무 피곤했다. 일단 샤워부터 하고 싶었다. 이따 숙제도 해야 하고, 꽃다발 향도 맡아야 하고……. 백합은 내가 제일 좋아하는 꽃인데, 제러미가 기억하고 있었구나.

남자가 한 번 잘못을 저질렀다고 늘 그러란 법 있나? 그냥 넘어가기엔 엄청난 잘못이라도, 앞으로 변할 가능성은 남아 있지 않을까? 베넷 윌리엄스가 중학교 때 멍청한 짓을 했다고 지금 지니한테 안 어울린다고 단정할 수는 없잖아? 제러미도 어쩌면…….

나는 할머니의 목걸이를 매만졌다. 아니, 잊자, 잊어. 꽃다발을 받았든 아니든 나는 이제 강하게 나갈 거다.

11

마음에 드는 야구 선수 피규어 순위

1위 윌리 메이스 - 1962년 자이언츠 구단의 전설적인 올스타 선수다. 처음으로 구

　입한 피규어이자 가장 정교한 피규어다.

2위 데릭 지터 - 피규어마저 잘생겼다.

3위 마이크 슈미트 - 필리스 구단의 3루수다. 붉은 턱수염을 길러서 옛날 배우인 척

　노리스와 혼동한 적이 있다.

4위 에반 롱고리아 - 중고 매장에서 발견한 피규어다. 선수에 대해서는 잘 모르

　지만 섹시한 외모 때문에 구입했다. 내 수집 기준에 딱 맞는다.

5위 브라이언 윌슨 - 스포츠 시상식에 쫄쫄이 타이즈 같은 턱시도를 입고 나타난

　적이 있는 선수다. 청혼을 해 볼까 싶을 정도로 멋있다.

이튿날 아침, 눈을 뜨자마자 방 안 여기저기에 붙어 있는 무지개 색 쪽지가 보였다. 피규어 선반에도 하나가 붙어 있었다. 아니, 피규어가 있었던 선반이라고 해야 하나? 내 사랑스러운 야구 선수들이 고개를 까딱이며 잠들던 곳이었는데, 남은 것이라곤 윌리 메이스와 쪽지뿐이었다.

언니가 좋아하는 선수들은 60년대에 태어나지도 않았어. 태어났다고 해도 기저귀를 차고 있었겠지. 윌리 메이스만 예외라서 그냥 놔뒀어. 너무 고마워할 필요는 없어. 피규어가 디지털 기기에 관련된 물건은 아니지만, 기회를 놓칠 수가 있어야지. 피규어를 볼 때마다 소름 끼쳤거든.

알람 시계가 있던 자리에도 쪽지가 붙어 있었다.

LED 디지털 알람 시계는 70년대 중반에 나오기 시작했어. 60년대엔 당연히 부품도 없었지.

지니의 쪽지는 컴퓨터가 사라진 책상 위에서도 발견됐다.

개인용 컴퓨터라니? 장난해?

미친 내 여동생이 오십 년 전에는 사용되지 않던 물건들을 모조리 없애 버렸다. 말 그대로 내 방에서 모든 전자 제품을 다 가져가 버린 것이다. 내 전화기마저도. 휴대 전화가 아니라 무선 전화기 말이다. 이제 나는 바깥세상과 완전히 단절되었다.

욕실에 불을 켜고 들어가니 드라이기가 보였다. 드라이기에도 당연하다는 듯 지니의 쪽지가 붙어 있었다.

너무 현대식 모델이긴 하지만, 가정용 드라이기가 1920년대부터 보급되었다고 하니까 이건 그냥 넘어갈게. 게다가 언니 머리는 그냥 말리면 엄청 꼬불거리잖아. 60년대식으로 봉 띄운 머리를 하겠다면 미용실을 찾아가야겠지만, 훗! 너무 고마워할 필요는 없어.

"지니!"

나는 복도를 쿵쾅거리며 걸어가 지니의 방문을 활짝 열어젖혔다.

"이게 다 무슨 짓이야?"

지니는 침대 위에서 이리저리 뒹굴더니 간신히 한쪽 눈을 떴다.

"어젯밤에 언니가 잠자리에 들자마자 베넷이 홈커밍 파티에 같이 가자며 집 앞에 왔더라고. 그래서 나도 언니를 좀 도와줘야겠다고 결심했지. 다시는 날 자극하지 마."

"내 물건들은 다 어디 있는데?"

"인터넷에 팔려고 올려놨어. 드레스를 사려면 돈이 필요하거든."

나는 이불을 홱 잡아당겼다.

"당장 내리지 못해. 내 컴퓨터를 내다 팔면 어떡해!"

"진정해. 복고풍 생활을 다 마치면 돌려줄게."

지니가 기지개를 켜며 하품을 했다.

"내 알람 시계는? 아침에 어떻게 일어나라고? 조그만 LED 독서
등은?"

"손전등을 사용하면 되잖아?"

"충분히 밝지 않단 말이야!"

나는 절망적인 목소리로 악다구니를 썼다. 지니가 손으로 입을
틀어막았지만 키득거리는 웃음소리가 새어 나왔다.

나는 주먹을 말아 쥐었다.

"내가 얼마나 힘든 줄 알아? 이미 친구들과는 완전히 단절됐어.
걔네들이 온종일 뭘하는지도 모르고 인터넷에서 무슨 일이 벌어
지는지 아예 모른다고. 나에 대한 소문이 퍼지고 있어도 알 수가
없는데 이제는 내 방까지 선사 시대처럼 돼 버렸잖아."

나는 침대 위에 털썩 주저앉았다.

"난 언니가 부탁한 그대로 해 준 건데?"

"미워."

"천만에."

나는 지니의 이불을 덮어 썼다. 할머니는 옛날 방식으로 사는

게 쉽겠지? 현대 문명을 덜 겪으셨으니까. 하지만 모든 기술이 얽히고설킨 인터넷 시대에 나만 홀로 동떨어져 지내려니, 정말 고역이었다. 제러미가 꽃다발을 보낸 사실이나 올리버가 집으로 전화한 사실을 아는 사람이 지니뿐이라니. 평소 같으면 이 두 사안에 대해서 친구들과 몇 시간이고 휴대 전화나 컴퓨터를 붙들고 분석하며 떠들어 댔을 텐데.

SNS상의 소통이 부질없고 허울뿐일지라도, 대화 속에 담긴 진실이 30%뿐이라도 아무런 말도 들을 수 없는 지금보다는 훨씬 나았다. 어떡해야 할까? 자전거를 타고 친구 집에라도 놀러 가야 하나?

어쨌든 할머니의 십 대 시절이 어땠는지 정말 알고 싶다면 열여섯 살의 할머니가 살았던 환경과 거의 비슷한 공간을 만들어 내긴 해야 했다.

"좋아, 하지만 이제 도움은 더 필요 없어."

"알았어. 나도 더 이상의 도움은 사양할게."

"베넷한텐 거절하든지."

지니가 다리를 획 들어 올렸다가 침대 옆으로 내렸다.

"잘 모르겠어. 배넷이 유기농 땅콩버터 통이 가득 담긴 바구니를 주면서 파트너가 되어 달라더라고. 언니, 땅콩버터였어. 그건 특별하잖아."

"잠깐, 그럼 이젠 같이 가고 싶은 거야?"

"파티는 다음 주고 아무도 같이 가자는 남자가 없는걸? 첫 상대

라고 너무 심각하게 고르지 말자 싶어서. 베넷이라도 좋은 경험이
되겠지, 뭐."

나는 다시 주먹을 쥐었다. 이번에는 진짜 지니를 한 대 치고 싶
었다.

"그러면 왜 내 방을 저 꼴로 만들어 놓은 건데?"

지니는 얼른 내 주먹을 잡아 억지로 펴기 시작했다.

"다 언니를 생각해서지. 일단 하기로 마음먹었으면 제대로 해야
하지 않겠어?"

"넌 악마야."

나는 눈을 문질렀다. 어서 등교 준비를 해야 했다. 진동 칫솔도
이미 압수당한 뒤겠지?

"전화기를 없애 버렸어도 학교에선 어쩔 수 없이 제러미를 봐야
한다고. 너도 알지?"

"보는 건 괜찮아. 용서하지만 마."

나는 지니를 따라 부엌으로 가다가, 내 방을 보고 또다시 깜짝
놀랐다.

"지니, 꽃다발은?"

지니가 재빨리 내 뺨에 입을 쪽 맞췄다.

"엄마 사무실에 갖다 놨어. 온종일 꽃다발을 보고 앉아 있다가
는, 언닌 금세 마음이 약해질 거야."

무의식적으로 등교 준비를 하다가 샤워를 하면서 갑자기 정신이

번쩍 들었다. 지니가 드라이기로 머리를 말리는 소리가 들려오자, 서둘러 엄마 사무실로 달려갔다. 꽃다발이 꼭 필요해서라기보다는 어린 여동생에게 휘둘리고 싶지 않은 마음 때문이었다. 이렇게라도 하지 않으면 지니는 자기가 이 쇼를 이끌어 가는 주인공인 줄 착각하고 으스델 게 분명했다.

내 꽃다발은 엄마의 책상 위에 있었다. 유리 화병을 잡으려는데, 컴퓨터 화면에서 빛이 깜빡이는 바람에 잠시 멈칫했다. 지금 내가 프렌드 스페이스나 이메일을 확인한대도 아무도 모를 거야. 생각보다 심한 말이 떠돌아다니지 않을지도 모르잖아? 제러미가 자기의 인격 장애를 멋들어지게 변명하는 감동적인 이메일을 보내 놨을지 누가 알아? 다시 화면이 번쩍이더니 할인 쿠폰 창이 모니터에 떴다.

나는 팝업창을 껐다. 마우스 촉감이 부드러웠다. 심지어 손 안으로 쏙 빨려 들어오는 느낌이었다. 내가 또 다른 창을 클릭하려는 찰나 밖에서 지니가 고함치는 소리가 들려왔다.

"언니! 아무리 60년대를 산다고 해도 육십 대처럼 굼뜰 필요는 없잖아. 서둘러!"

깜짝 놀라 소름이 확 돋았다. 나는 꽃 한 송이를 뽑아 들고 얼른 밖으로 뛰쳐나왔다. 아무도 몰라도 내가 안다. 이렇게 유혹에 굴복해 버리는 순간, 그동안의 모든 노력이 허사로 돌아간다. 한마디로 말짱 도루묵이 된다는 말이다.

1교시 전, 올리버 킴벌이 내 사물함 앞에서 기다리고 있었다. 나는 올리버를 발견하고는 걸음을 멈췄다. 수학 교과서를 꼭 꺼내야 하나? 교과서 없이도 수업 받을 수 있지 않을까? 앗, 들켰네. 올리버가 날 봤어.

"안녕."

나는 얼른 자물쇠 번호를 누르고 교과서를 찾으려 사물함을 뒤적거렸다. 내가 왜 이렇게 서두르는 거지? 그냥 행정 절차에 대해 말하려는 건지도 모르잖아. 내 이름도 기억 못 했던 애라고.

"무슨 일이야?"

"어제 전화번호 남겼는데, 왜 전화 안 했어?"

나는 올리버를 쳐다보지도 않고 짐짓 교과서와 파일을 정리하는 척했다.

"전화했었어?"

"처음엔 이메일을 보냈는데 답이 없어서."

"미안. 이메일 확인 안 하거든."

"그런 것 같아서 제러미한테 물어봤지. 네 아버지 성함으로 전화번호부를 뒤져 보려고. 그렇게 너희 집 전화번호를 알아낸 거야."

"제러미한테 물어봤다고?"

나는 사물함 문을 쾅 닫았다.

"응. 제러미는 당연히 알 것 같아서. 너네 둘은 지난 일 년 동안 키스 친구로 지냈으니⋯⋯."

"내 남자 친구였어."

"그래, 뭐든."

올리버가 양손을 주머니에 쿡 찔러 넣자 오른쪽 이두박근이 불룩 튀어나왔다. 올리버한테 이두박근이 있을 줄은 꿈에도 몰랐다. 심지어 훌륭하기까지 했다. 근육에 관심이 있다면 대단히 눈길을 끌 만한⋯⋯. 뭐, 난 이제 관심 없다. 남자의 피부라든지, 그 아래의 근육 같은 건 이미 머리에서 지운 지 오래다.

"뭐든이 아니지. 제러미는 남자 친구였어. 과거 시제긴 하지만."

"그래, 과거 시제. 난 지금 사기 충전 클럽에 집중하고 있어. 시대를 거스른다는 점에서 이보다 더 적합할 순 없잖아?"

"설마 너도 클럽 규정을 정하는 데 참여하려고?"

"내가 평소에 하는 일이 그런 거야. 규정을 세우는 거."

올리버가 한쪽 입꼬리를 올리면서 웃었다. 이두박근이 다시 불끈했다.

"그렇게 서두를 필요 있을까?"

"대학 진학 때문이라고는 했지만 제대로 활동하고 싶어. 딴 속셈 같은 거 없이 투명한 활동 말이야. 사기 충전을 원하는 곳에 사기를 불어넣어 주는 거지."

못 말리는 애라는 생각에 웃음이 터져 나왔다. 분명히 비웃음이라고 생각하겠지. 올리버는 딱 붙는 청바지에다 단정한 반팔 셔츠 위로 넥타이까지 하고 있었다. 학교에 넥타이라니. 이 딱딱한 차림 때문에 이두박근도 뇌리에서 잊혀져 버렸다.

"넥타이 멋있네."

"뭐?"

"아니, 아무것도 아냐."

오렌지색 학교 티셔츠가 아닌 게 어디냐 싶었지만, 그래도 넥타이는 너무 식상했다. 제러미는 늘 자기 사촌 형이 남늘과는 다르다는 걸 뻐기고 싶어 하는 부류라고 말했다. 얼마나 독특한지, 얼마나 똑똑한지 남이 알아주길 너무 바란다고 말이다.

"그렇게 허세를 부리는 것도 피곤하겠다 싶어서."

"그게 무슨 말이야?"

올리버가 어리둥절해하며 물었다. 아무도 이런 말을 해 준 적이 없었나 보다.

"신경 쓰지 마, 올리버. 내가 너무 까칠했지? 미안."

올리버가 나를 다시 한 번 흘깃 쳐다보았다.

"맬러리, 넌 네 자존감을 높이려고 다른 사람을 깔아뭉개는 속물 같은 애가 아니야, 그렇지? 그런 애라면 우리 클럽에 함께할 수 없어."

"야, 내 클럽이야."

"어쨌든 내 방침이야."

올리버는 자기 옷을 내려다보더니 다시 말을 이었다.

"난 회장직을 맡을 사람이잖아. 그러는 넌 장례식에라도 가려고?"

올리버의 말이 틀린 건 아니었다. 나는 지니의 검정 원피스를 빌려 입고 왔는데, 실제로 지난 봄 이모할머니 장례식에 지니가 입고 갔던 옷이었다. 완벽히 1962년 같은 옷은 아니지만 쇼핑을 가기 전까지는 선택지가 별로 없었다.

나는 목소리를 바꿔 40년대 깡패처럼 말했다.

"어이 동업자 양반, 할 만큼 한 거 같은데 일 이야기나 하자고."

올리버가 미소를 지었다. 처음 보는 기분 좋은 미소였다.

"세상에, 너 진짜 웃기는 애였구나. 이렇게 웃긴 줄 몰랐어. 제러미가 한 번도 말 안 하길래……."

"제러미 얘기는 하지 말지?"

왠지 전 남자 친구를 배신하는 듯한 기분이 들었다. 올리버에 대해 비아냥대는 말을 제러미한테 많이 들어서, 이렇게 올리버와 툭 터놓고 제러미에 대해 얘기한다는 게 어색했다. 특히 둘은 사촌지간 아닌가. 때마침 예비종이 울렸다.

"빨리 가 봐야 해. 1교시 수업 들을 교실이 멀거든."

"그럼 본론만 얼른 말할게. 오늘 비공식 클럽 회의 할 수 있어?"

올리버가 까만 안경테를 밀어 올렸다. 렌즈가 두꺼운 걸로 봐서

시력이 엄청 나쁜 모양이었다. 그러고 보니 올리버는 온종일 안경을 벗는 법이 없었다.

"네가 네 명을 데려온댔으니, 나도 몇 명 데려갈게. 임원은 회의에서 정하자고. 홈커밍 행사에서 뭔가를 하려면 계획부터 빨리 세워야 해."

올리버가 사뭇 진지한 목소리로 말했다.

"홈커밍 행사?"

"그래, 다들 퍼레이드 수레를 만들던데?"

퍼레이드 수레는 리스트 항목 중 하나인데, 올리버가 어떻게 알았지?

"퍼레이드 수레?"

"뭐야? 앵무새야?"

올리버가 뒤로 한 걸음 물러서더니 말을 이었다.

"방과 후에 노천극장에서 봐. 먼저 갈게."

올리버의 제안으로 사기 충전 클럽의 첫 회의가 잡혔다. 어쩌면 올리버한테 의사봉까지 쥐어 줘야 할지도 모르겠다. 올리버는 회장이 해야 할 법한 일을 너무나 회장답게 처리하고 있었다.

페이지와 이본느는 SAT 준비반에 가야 해서 클럽 회의에는 참석하지 못했고 지니는 축구 연습을 가야 해서 삼십 분밖에 시간이 없었다. 그래도 제일 인기 있는 친구인 카딘이 올 수 있다고 해서 다행이었다. 카딘이 우리 클럽에 들어왔다는 소문이 도는 순간, 그

즉시 다섯 명은 확보할 수 있을 터였다. 뭐, 남학생뿐이겠지만.

학생 식당에서 만난 카딘은 나를 보자마자 팔짱부터 꼈다.

"맬러리, 보고 싶었어. 제러미랑 끝낸 뒤로 지구상에서 사라진 줄 알았잖아."

"그래 봐야 겨우 육 일인데, 뭐."

"정말? 엄청 오래된 일 같아."

"휴, 나한텐 어제 같아."

"근데 계속 전화해도 안 받더라? 페이지한테 들었는데 디지털 포기 선언했다며?"

"그렇게 됐어. 당분간만 해 보려고."

리스트를 완수할 때까지만 말이지.

"어떻게 지낼지 상상도 안 된다."

"응, 사실 나도 그래."

"그럼 이제부턴 약속 먼저 잡고 놀러 가자. 달력에 딱 표시해 놓고 말이야."

카딘이 내 팔꿈치를 꼭 붙잡고 졸랐다.

"잊지 마, 맬러리. 네 곁에 늘 내가 있다는 걸. 알았지? 남자 따윈 잊어버려."

텅 비었던 마음이 크리스마스 선물을 받은 것처럼 꽉 차 올랐다.

"카딘, 우리 클럽에 들어와 줘서 고마워."

"뭘, 이런 걸로. 내가 푹 빠질 수 있는 클럽은 많지 않아. 근데 사기 충전 클럽이라고?"

카딘이 브래지어를 정리하며 말을 이었다.

"사기 충전이라면 내가 또 자신 있지."

카딘은 사람을 끌어당기는 매력이 있었다. 카딘과 나는 작년에 묘한 계기로 친구가 되었다. 엄마의 성화에 못 이겨 축구 클럽에 지원했는데, 우리 둘만 똑 떨어졌다. 카딘은 웃음을 터뜨리더니, 나를 아이스크림 가게로 끌고 가서 아이스크림을 사 주었다. 누군가를 순식간에 기분 좋게 하다니, 정말이지 카딘은 사기 충전 클럽에 꼭 필요한 인재다.

나는 학생 식당 문을 밀었다. 우리 학교는 내부 복도로 이어진 구조가 아니라서 건물 사이에 탁 트인 교정이 자리 잡고 있었다. 교정은 탁자와 벤치가 있어서 학교의 중심이나 다름없었다. 교정에 자리한 노천극장 바로 옆에는 '인생의 나무'라는 별명을 지닌 나무가 서 있었다. 마을 사람들에 따르면, 나무가 먼저 생긴 뒤 그 주위로 학교가 들어섰다고 했다. 그동안 수많은 학생들이 이리저리 칼로 파 놓아서 나무 기둥 전체가 꽁꽁 싸매어 있었지만, 여전히 햇살 좋은 날이면 학생들이 모여드는 최고의 장소였다.

올리버는 푸른빛이 도는 회색·비니 모자를 쓰고 나타났다. 이제야 회사원이 아닌 학생 같아 보였다. 올리버가 반스라는 이름의 신입생과 지니에게 말을 걸 때마다 비니 모자 꼭대기에 달린 털실 방울이 달랑거렸다. 첫 회의에 모인 건 다섯 명이 전부지만, 시작치고는 꽤 괜찮지 않나?

올리버가 손을 휘휘 저으며 말했다.

"민주주의 같은 건 신경 쓰지 말고, 각자 원하는 자리를 맡자."

"회원들이 다 모인 것도 아닌데 좀 미뤄야 하지 않을까?"

내가 물었다.

"무슨 소리야. 기껏 차려 입고 왔는데. 난 회장이 되고 싶어. 다들 괜찮지?"

올리버가 기대에 찬 눈으로 둘러보았다.

지니가 녹차를 한 모금 마시더니 입을 열었다.

"난 반스가 회장이 되고 싶어 하는 줄 알았지."

"집까지 태워다 줄 사람이 필요해서 왔을 뿐이야. 올리버 형도 우리 동네에 살거든."

반스가 시큰둥하게 말했다.

"와, 올리버. 신입생 영입하느라 힘 좀 썼네?"

올리버는 내 말을 듣는 둥 마는 둥 이야기를 계속했다.

"우리 학교에는 사기 충전이 필요해. 그래서 우리가 나서야 한다는 거지."

"내 생각에 올리버는 좋은 회장이 될 것 같아."

카딘이 올리버에게 환한 미소를 날렸다. 유혹하려는 의도가 숨어 있는 미소는 아니었다. 그저 친절하게 말한다는 게 늘 이랬다. 하지만 올리버는 꿈쩍도 안 할 게 확실했다. 다른 모든 남자들이 카딘의 미소에 넘어갈 게 분명하니까.

"나는 찬성."

"보아하니 만장일치 같은데?"

올리버가 공책을 내려다보는가 싶더니 어느새 펜을 꺼내 들고 있었다. 그리고 작은 글씨로 기다란 리스트를 적어 내려가는 게 아닌가! 태블릿 피시나 휴대 전화에 입력하는 게 아니라, 직접 펜을 들고 종이에 써 내려가고 있었다. 요즘 세상에서 극히 보기 드문 아름다운 광경이었다.

"그럼 회장으로서 첫 제안은……. 잠깐, 우리 아직 자기소개도 안 했네? 난 사기 충전 클럽 회장이 된 올리버 킴벌이야. 여기 맬러리는 비서가 되고 싶대."

"난 부회장!"

지니가 손을 번쩍 들었다.

"맬러리 언니보다 높은 자리에 앉은 적이 없어서 그래요. 부탁해요, 네?"

"난 카딘. 아무것도 맡고 싶지 않아. 다른 직책 같은 건 페이지를 위해 남겨 뒀으면 해. 페이지는 그런 거 무지 좋아하거든."

"지니, 왜 굳이 맬러리보다 높은 자리에 앉고 싶은 거야?"

올리버가 묻자 지니가 어이없다는 듯 입을 떡 벌렸다.

"태어났을 때부터 맬러리 언니가 나보다 항상 위였으니까요. 저 지니라고요. 어제 통화한 거 기억 안 나요?"

"올리버는 이름 같은 거 잘 기억 못 해."

"맬러리, 학생회실에서 모른 척한 건 다 전략이었다고. 너랑 아는 사이인 걸 들켰다면, 다들 내가 네 편을 든다고 생각했을 게 뻔해."

올리버가 허리춤에 손을 턱 올렸다.

"클럽 승인을 받은 게 올리버 오빠였어요?"

지니가 놀라서 물었다.

"아니, 나야! 올리버는 지금 회장이라고 잘난 척하는 것뿐이라고."

올리버가 다시 손을 휘휘 저었다.

"딴 얘기 그만하고 우리 집중하자. 블레이크 회장이 왜 의사봉을 애지중지하는지 알겠어."

"지휘봉이라도 손에 들려 드릴까요?"

지니가 말했다.

"뭐, 그건 맘대로 해. 맬러리가 클럽의 활동 목표를 정해 놓긴 했지만, 어떤 클럽으로 만들어 갈지 새로 의논할 필요가 있어. 다들 머리를 굴려 보자고."

올리버가 턱을 살짝 긁었다. 오후 다섯 시가 되어서인지, 어른처럼 수염이 까칠하게 돋아나 있었다.

12

첫 클럽 회의에서 결정한 사항들

1. 회의를 너무 자주 잡지 말 것.

2. 회원 모집이 더 필요함. 반스에게 압력을 넣어 봐야겠다.

3. 올리버는 열을 좀 식힐 필요가 있음. 지니의 건의 사항이다.

4. 올리버네 집에서 퍼레이드 수레를 만들기로 함. 시장이 가까울 뿐만 아니라
   뒤뜰에 창고가 있어서 올리버네 집으로 결정했다. 아직 주제는 정하지 못했
   지만, 퍼레이드 수레 장식을 다음 주 초에는 시작해야 닷새 뒤의 퍼레이드
   일정에 맞출 수 있다.

사기 충전 클럽 일은 서서히 윤곽이 잡혀 갔다. 처음부터 클럽 활
동을 하고 싶었던 것처럼 기분이 좋았다. 남자 친구가 바람을 피우

지 않았더라도, 할머니의 십 대 시절 리스트를 발견하지 못했더라도 언젠가 클럽 활동에 매력을 느끼지 않았을까? 그리고 지금 당장 휴대 전화를 꺼내 뭔가 중요한 걸 검색하는 척을 했더라도……. 젠장, 제러미가 다가오는 게 보였다. 지금 여기로 오고 있었다.

제러미가 살짝 고통스러운 얼굴이어서 연민이 솟구치려는 찰나, 다시 마음을 다잡았다. 저 고통은 다 자업자득인 데다, 내 고통에 비하면 0.083%에 불과했다.

"좋아. 이만하면 다음 주까지 다 잘될 거 같아."

올리버가 고개를 들었다. 제러미를 발견한 모양인지, 나를 한 번 쳐다보고는 제러미에게 주먹을 내밀며 인사했다.

"어. 제러미."

"다들 안녕. 무슨 얘기 중이었어?"

제러미의 인사에 지니가 불쑥 끼어들었다.

"보면 모르나, 회의 중이었죠."

카딘이 내 손을 잡으며 속삭였다.

"괜찮아?"

"안녕, 맬러리."

제러미가 나를 보며 고개를 까딱였다.

제러미는 늘 저렇게 고개를 까딱이며 인사를 했다. 나를 향해 까딱할 때마다 가슴이 두근거렸었는데. 근데 여긴 왜 왔지? 우린 헤어졌고, 제러미가 꽃다발을 보내 왔지만 내가 무시했다. 이만하면 딱 잘라 거절했다는 뜻 아닌가?

올리버가 제러미에게 말을 걸었다.

"회의 내용은 나중에 다 말해 줄게."

"뭘 말해 준다고요?"

지니가 벌떡 일어나 청바지 주머니에 손을 넣고 삐딱하게 섰다.

"부회장으로서 말하는데, 제러미 오빠는 우리 클럽에 못 들어
와요."

"나도 동의."

카딘이 말했다.

"회원이 더 필요한 거 아니었어?"

반스가 묻자 지니가 대답했다.

"정직한 사람이나 필요하지, 거짓말쟁이는 필요 없어."

지니는 동상처럼 굳어 버린 나를 급하게 일으켜 세웠다.

"언니, 어서 가자. 엄마한테 데리러 오라고 전화할게."

"내가 태워다 줄게."

제러미가 말했다.

"나도 데려다줄 수 있어."

카딘이 벌떡 일어나 내 오른팔을 잡았다. 양옆으로 여동생과 친
구가 방어벽을 쳤다.

"나도 데려다줄 사람이 필요한데."

반스가 징징거렸다.

"반스, 입 좀 다물어. 내가 데려다준다고 했잖아."

올리버도 조심스레 분위기를 살피고 있었다.

이렇게 꽉 조이는 원피스를 입고 오는 게 아니었다. 그냥 편하게 후드 티를 입고 왔으면 얼른 모자를 뒤집어쓰고 얼굴을 감출 수 있었을 텐데.

내가 제러미를 쏘아보며 말했다.

"다들 그럴 필요 없어."

"맬러리, 잠깐 얘기 좀 나눌 수 있을까?"

제러미가 물었다.

"안 돼요. 우린 시간 없어요. 축구 연습도 가야 한다고요."

지니가 제러미를 손으로 밀쳤다.

"내가 데려다줄게."

올리버의 제안에 모두 고개를 홱 돌려 쳐다보았다. 도대체 왜 올리버가 이 줄다리기에 끼어드는 거지? 올리버는 우리를 진정시키 듯 양손을 들었다.

"내 말은 급하면 먼저 가도 된다는 거야. 어차피 나랑 맬러리는 클럽 일로 따로 상의할 거리도 있으니까."

"나는 어떡하고요?"

반스가 벌떡 일어서며 끼어들었다. 지니가 너무 어른스러워서인지, 가끔 신입생들이 얼마나 어린애 같은지 깜빡 잊어버린다.

카딘이 열쇠를 달랑거리며 말했다.

"좋아. 그럼 내가 여기 신입생 둘을 데려다주지. 맬러리, 나중에 문자 메시지 보낼게."

"문자 메시지 말고 집으로 전화 줘, 카딘."

"언니, 내가 무선 전화기 없애 버렸잖아."

지니가 속삭였다.

"몰라. 방법이 있겠지."

나는 목소리를 짜내려 숨을 훅 내쉬었다. 지금 전화기는 큰 문제가 아니었다.

"어서 가. 연습에 늦겠어."

지니가 미심쩍은 표정을 짓더니 반스와 카딘을 따라 교정 밖으로 나갔다. 나는 전 남자 친구와 갑자기 끼어든 전 남자 친구의 사촌 형 사이에 홀로 남겨졌다.

제러미가 올리버를 향해 고개를 까딱였다.

"고마워, 형. 잠깐 자리 좀 비켜 줄래?"

형이라고? 제러미가 저렇게 친근하게 올리버를 부른 적이 있었나? 있긴 있었는데 내가 기억을 못 하는 건가? 사랑에 눈이 멀어서? 올리버는 괜찮은지 확인하듯 나를 쳐다보았다. 애당초 제러미를 여기로 불러들인 장본인치고는 너무 신사적인 행동이었다.

"블레이크 회장의 멋진 자동판매기에서 뭐라도 좀 뽑아 올게."

올리버가 자리를 뜨자 제레미가 말을 건넸다.

"원피스 잘 어울리네?"

나는 양손에 얼굴을 묻었다.

"그런 소리 할 필요 없어."

"맬러리, 나한테 화난 거 잘 알아. 하지만 우리가 못 풀어 낼……."

"하지 마."

제러미가 무릎을 꿇은 채 내 손을 잡았다. 제러미가 공개적으로 할 만한 짓이었다. 우리가 서로 얼마나 사랑하고 있는지, 자신이 얼마나 낭만적이고 다정다감한지를 다른 사람들에게 보여 주려고 말이다. 예전이라면 이런 상황을 즐겼겠지만 지금은 창피하기만 했다. 게다가 제러미의 낭만적인 행동을 보고 있는 사람은 올리버뿐이었다.

나는 억지로 손을 잡아 뺐다.

"프렌드 스페이스에 '끝장'이라고 써 놨으면서 이렇게 내 손을 잡는 게 말이 돼? 그리고 뭐, 끝장? 겨우 그런 말밖에 할 수 없었어?"

"공개적으로 비난하려던 게 아니야. 그냥 욱하는 마음에 그랬어. 여자 친구한테 해킹당한 마당에 차분할 남자가 어디 있겠어?"

"해킹이라고?"

내 목소리가 교정에 울려 퍼졌다.

"난 해킹 한 게 아냐. 네 잘난 철학 숙제를 하다가 네가 켜 놓고 간 '진짜 인생'을 우연히 보게 된 거라고."

"정확히 네가 뭘 봤는지 모르겠지만, 지금 이게 진짜야."

제러미는 여전히 무릎을 꿇은 채로 나를 올려다보고 있었다. 선글라스 너머로 제러미의 눈을 제대로 볼 수 없었지만 오히려 다행이었다. 제러미의 갈색 눈은 항상 부드럽게 빛났다. 혹시 그 눈빛마저도 거짓이었을까? 눈빛도 가식적으로 만들어 낼 수 있는 건가?

"제니는 온라인에서 만났어."

"제니가 누군데?"

"버블엄 말이야."

그 애도 진짜 이름이 있었다. 게다가 제러미는 진짜 이름으로 그 애를 부르고 있었다.

"그래서?"

"게임 레벨이 높아서 내가 모르는 것도 잘 알더라고. '진짜 인생' 게임을 할 때 나를 도와주겠다고 해서 이메일을 주고받게 됐어. 게임 속 인물로서 말이야. 그냥 게임의 일부분일 뿐이라고."

"방금 너 그 애 이름을……."

제니라는 이름을 입 밖으로 꺼낼 수가 없었다. 제니와 제러미라니 귀여운 한 쌍 같았다.

"그래."

제러미가 무릎을 펴고 일어나 서성거렸다. 더는 나를 쳐다보지도 않았다. 나한테 거짓말을 했던 사람이 지금은 진실을 말한다고 믿을 수 있을까?

"우린 확실히 선을 좀 넘었다고 할 수 있어. 하지만 가상 현실 속 얘기일 뿐이었어. 그 애는 일리노이 주에 살고, 열여덟 살에다……."

"맬러리 브래드쇼가 아니지."

"너랑은 상관없는 일이야. 너한테 불만이 있어서 그 애랑 그랬던 게 아니야."

"그럼 왜 그랬는데?"

"걔는 현실 세계 사람이 아니어서 터놓기가 쉬웠어."

"나는 어려워? 나한테 터놓으면 되잖아!"

제러미가 목을 문질렀다.

"그래? 내가 기분이 나쁘다거나 우울하다거나 부모님이 싸웠다는 얘길 하면 어쩔 건데?"

"그런 얘기를 하라고 여자 친구가 있는 거잖아. 여자 친구랑은 그런 얘길 나눠야지!"

"넌 달랐어. 늘 행복해 보였고, 화도 안 내고."

"하, 그래? 화내는 걸 보고 싶어?"

몸이 덜덜 떨려서 목소리도 제대로 나오지 않았다. 이 자리를 벗어나고 싶은데, 다리가 후들거려서 서 있기도 힘들었다. 도대체 나란 인간은 왜 이렇게 마음이 약한 걸까? 그저 감정을 확 지워 버리고 이 자리에서 박차고 나가면 될 텐데. 마치 자진해서 상처받고 싶어 하는 사람처럼 굳이 제러미에게 물어서 답을 얻고 나니, 온몸이 진실의 칼날에 난도질당한 것 같았다.

제러미는 나를 깊은 속내도 이해 못 하는 가벼운 여자로 알고 있었다. 갑자기 기운이 쭉 빠졌다. 제러미가 고민을 말할 때면 언제나 잘 들어 주려고 애썼다. 오히려 한 번도 내 고민거리를 묻지 않았던 사람은 제러미였다. 이제 보니 나한텐 아무런 고민도 없다고 생각했던 거였다. 세상에, 고민 없는 사람이 어디 있다고?

"직접 만난 적도 있어?"

"아니."

안심했다. 육체적 관계가 있었는지는 안 물어봐도 되니까. 하지만 중요한 건 그 점이 아니었다. 제러미는 나한테서 육체적 만족을 얻고 있었다. 버블염은 제러미의 감정적인 부분을 맡은, 제러미의 진심을 전부 다 알고 있는 여자였다. 어떤 의미에서 그 여자는 나보다 훨씬 더 실제 여자 친구에 가까웠다.

"결혼한 지는 얼마나 됐어?"

"뭐? 결혼은 무슨 결혼?"

"프로필에 적혀 있잖아."

"도대체 왜 그렇게 화가 난 건지 이해 못 하겠어. 그건 게임일 뿐이잖아."

나는 올리버를 건너다보았다. 올리버는 자동판매기에 몸을 기댄 채 한 손에는 휴대 전화를, 다른 손에는 팝콘 봉지를 들고 있었다. 올리버가 고개를 들어 나를 보더니 다시 휴대 전화로 시선을 내렸다. 올리버는 이 대화를 어떻게 주선했을까? 제러미와 나 사이에 어떤 말이 오가는지 알고 있기는 할까?

"좋아, 그 여자랑 연락한 지는 얼마나 됐어?"

"잘 몰라. 지난 봄 같은데. 아마 4월부터?"

거의 5개월이네. 그 즈음이면 학교에서 붙어 다닌 지 일 년이 넘은 때였다. 제러미가 우리 가족 모임에 온 적도 있었다. 다음 겨울 방학에 놀러 갈 곳이라든가 가까운 미래의 계획을 세우는 정도는 쉽게 이야기하는 사이였다.

"사랑한다는 말은 언제부터 했는데?"

제러미가 선뜻 말을 하지 못하고 얼어붙었다. 사실 사랑 고백이 담긴 이메일을 직접 확인한 건 아니지만, 제러미의 반응이 모두 말해 주고 있었다. 어떻게 동시에 두 여자에게 사랑한다는 말을 할 수 있지? 내가 보기에 제러미는 사이버 아내에게 진심으로 사랑을 느꼈다. 육체적인 매력을 느껴서가 아니라 자신을 아주 잘 알기에 사랑한다는 말을 전한 것이다. 나는 제러미의 겉만 붙들고 있었던 셈이다.

"맬러리, 나 좀 봐. 아무리 욱해도 인터넷에 그런 말을 써 놔선 안 됐는데, 미안해. 수업 시간에도 내 행동이 심했지? 하지만 과거는 과거고……."

"아니, 과거는 그냥 과거가 아니야. 그걸 구실로 삼지 마. 우리가 과거에서 뭔가를 배우지 못한다면 똑같은 과거가 되풀이될 뿐이야."

나는 고개를 돌렸다. 우는 모습은 보여 주기 싫었다. 우리 할머니처럼 강하고 독립적인 성격이면 얼마나 좋을까. 그래, 사기 충전.

기운을 내자. 나는 올리버를 향해서 뚜벅뚜벅 걸어갔다.

"지금 당장 집에 데려다줘."

올리버가 제러미를 쳐다보았다. 나는 등 뒤에 있을 제러미의 표정이 어떨지 전혀 알 수 없었다.

"두 사람 다 괜찮아?"

"올리버, 내가 괜찮아 보여? 제러미 앞에서 쓰러지기 전에 빨리 집에 좀 데려다줘."

"맬러리! 바보처럼 굴지 말고 돌아와!"

제러미가 멀리서 외쳤다.

"주차장에 세워 뒀어, 가자."

올리버는 서둘러 차 문을 열어 주었다. 나는 조수석에 털썩 앉았다. 계기판 위에 훌라 걸 인형 세 개가 놓여 있었고, 차 뒤편에도 세 개가 더 있었다. 저 백치미가 줄줄 흐르는 미소 뒤에 뭘 숨기고 있는 걸까? 늘 이렇게 벌거벗은 상태로, 사람들의 요구에 따라 훌라 춤을 추는 거겠지? 이 훌라 걸들이, 내가, 이 상황이 서글퍼서 뜨거운 눈물이 왈칵 쏟아졌다.

올리버는 운전석에 앉아 나를 흘깃 보더니 시동을 걸었다.

"근데…… 이 훌라 걸들은 다 뭐야?"

엉엉 우느라 말을 제대로 이을 수가 없었다.

"그냥 하나 샀는데 다들 내가 수집하는 줄 알고, 선물로 주기 시작했어. 이렇게 흔들흔들하는 게 귀엽지 않아? 어떻게 가만히 있으면서도 계속 움직이는 걸까? 꼭 고개를 까딱거리는 피규어 같지?"

"난 그거 모으고 있어. 야구 선수 피규어."

"야구 선수를 좋아해서?"

"야구엔 관심 없어. 그냥 피규어가 좋을 뿐이야."

"그럼 남자를 좋아하나?"

"지금 그런 질문을 하다니."

나는 코웃음을 치다가 콧물이 나와서 얼른 손으로 가렸다. 올리버가 내 쪽으로 몸을 기울여 조수석 앞에 있는 수납함을 열었다. 올리버한테서 오렌지향이 났다. 오렌지의 도시에 살고 있으니 오렌지향이 드문 것도 아니지만, 오렌지는 내가 제일 좋아하는 과일이었다. 근데 오렌지 주스로 샤워를 했나? 향이 엄청 강한데? 올리버는 냅킨 뭉치를 꺼내서 나한테 건넸다. 나는 아무렇지 않은 척 얼굴을 꼼꼼하게 닦아 냈다.

"집이 어디야?"

"잠시만⋯⋯. 그러니까 가족들한테 이 꼴을 보이기가 좀⋯⋯."

"퇴근 시간이라 해안까지는 좀 힘들고, 엘 모데나에 가서 바람이라도 쐴까?"

"엘 모데나가 어딘데?"

"캐논 거리 옆에 있는 큰 언덕이야. 거기로 가자. 괜찮을 것 같아."

나는 고개를 끄덕였다. 누군가와 다툼을 벌였다면 바람을 쐬면서 마음을 가라앉히는 게 제일이었다. 그러지 않으면 완전히 미쳐버릴 거라는 걸 올리버도 나도 알고 있었다.

올리버가 라디오를 켜자 잔잔한 기타 소리가 흘러나왔다. 올리버는 앞만 바라보며 운전에 집중했다. 덕분에 나는 나만의 시간을 가질 수 있었다.

지금 제러미나 제니보다 더 미운 사람이 있다면 나 자신이었다. 자꾸 눈물이 나는 것도, 잘못한 줄 모르겠다는 태도로 날 아프게 한 남자를 잊지 못하는 것도 싫었다. 실제로는 전혀 알지도 못하는데, 잘 알고 있다고 착각하며 살았던 것도 다 싫었다. 무엇보다도 내가 이런 여자라는 게 제일 짜증 났다. 예전엔 이렇게 미련이 많은 여자가 아니었는데. 남 일 같으면 어깨 한 번 으쓱하고는 '거짓말쟁이잖아. 잊어버려.'라고 했을 텐데. 막상 내 일이 되니 그렇게 되지 않았다. 아니, 할 수가 없었다.

제러미 말에도 일리는 있었다. 나는 이제껏 여자애들과 머리를 붙잡고 뒤엉켜 싸운 적도 없었고, 남자애들과 문제를 일으킨 적도 없었고, 가족들과 심하게 대립해 본 적도 없었다. 어쩌면 갈등을 마주할 만큼 강하지 못해서일지도 모른다. 언제나 다른 사람의 기분이나 상황에 맞추는 게 더 편했으니까.

나는 냅킨으로 눈가를 문질렀다. 적어도 지금의 나는 변하려 노력하고 있었다. 이 불합리한 상황에서 할머니의 리스트만이 힘든 고비를 넘어갈 수 있게 해 주는 유일한 도피처였다. 이렇게 리스트에 매달려 살다 보면 어느새 제러미가 이차원의 기억 속으로 사라져서 아예 존재하지도 않았던 사람처럼 느껴질 터였다.

올리버는 계속 운전만 했다. 제러미였다면 침묵을 참지 못하고 내 기분을 풀어 주려 계속 말을 걸면서 더 나쁜 상황을 주저리주저리 늘어놓았을 텐데. 올리버는 전혀 말이 없었다.

어느새 캐논 거리에 도착했다. 언덕이라는 이름만 거창했지, 바다 사이에 낀 미개발 산지였다. 근처에 와 본 적은 있었지만 직접 올라가 본 적은 없었다. 등산은 말만 들어도 너무 힘들었다.

나는 자동차에 달린 작은 거울을 보며 얼룩진 마스카라를 고치려 했지만 허사였다. 올리버가 아침에 말한 대로 장례식에라도 다녀온 몰골이었다. 뭐, 기분도 비슷했다.

"그럼 올라가 볼까?"

올리버가 차에서 빠져나와서 길을 따라 걷기 시작했다.

나는 눈물을 훌쩍이며 힘겹게 올리버를 뒤따라갔다. 햇볕이 쨍쨍한 데다 더운 미풍까지 불어왔다. 돈 없는 배낭 여행객이라면 가진 걸 다 포기하고서라도 벗어나고 싶어 할 날씨였다.

"산꼭대기까지 올라갈 건 아니지?"

올리버가 뒤를 슬쩍 돌아다보았다.

"그래봐야 언덕인데, 뭐. 네가 집에 갈 준비만 되면 바로 떠날 거야. 등산하니까 울기도 힘들지?"

올리버 말이 맞았다. 등산을 하면서는 생각하기도, 숨쉬기도 힘들었다.

올리버의 달랑거리는 털실 방울을 보며 족히 십 분은 산을 오른 것 같았다. 올리버는 내가 따라잡지 못할 속도로 성큼성큼 올라갔다. 올리버의 배려라는 건 알고 있었다. 혼자 남아 마음을 가다듬을 시간을 준 셈이었다. 옆에 있어도 상관없었을 텐데. 발을 헛디디면 잽싸게 잡아 줄 수도 있을 테고. 이런 생각에 잠겨 있다가, 정말로 발을 헛디뎌서 발목을 접질리고 말았다.

"올리버. 나 더는 못 가겠어."

주변은 온통 마른 풀과 선인장, 흙투성이였다. 앉을 자리도 찾기 힘들었다. 올리버가 어느새 내려와 내 앞에 멈춰 섰다. 긴 하루를 마친 변호사처럼 넥타이가 느슨해져 있었다.

"네가 이렇게 운동을 잘할 줄 몰랐어."

"머틀리 크루 농구팀에서 포인트 가드를 맡고 있긴 하지. 게다가 일직선으로 똑바로 걸어가는 데 그다지 큰 기술은 필요 없잖아."

"하지만 엄청 빠르던데?"

올리버는 칭찬에도 어깨를 한 번 으쓱할 뿐이었다,

"이제 안 우네?"

"아까 차 안에서 그쳤어야 했는데."

"아니, 훌라 걸들이 계속 놀려 댔잖아. 이 경치 좀 봐 봐."

훤히 트인 바다라든가 흔한 로스앤젤레스 풍경 같은 게 아니었다. 높이 올라오지도 않아서 그렇게 경치가 좋을 리도 없었다. 하지만 주택 단지가 내려다보였고, 무엇보다도 탁한 공기가 걷힌 파란 하늘이 보였다.

"여긴 처음이야."

"정말? 제러미가 데려왔을 거라고 생각했는데. 우린 중학생 때부터 여길 오르내렸거든."

"그 이름은 꺼내지도 마."

"이번 한 번만 꺼낼게. 내가 제러미를 부른 게 아니란 것만 알아줘. 전화로 클럽 회의에 대해 말하고 있는 걸 엿들었나 봐. 네가 회의에 함께한다는 걸 알고는 오고 싶다는 거야. 그렇게 청혼할 줄은 몰랐지."

"청혼한 게 아니야."

세상에 그렇게 말도 안 되는 청혼이 어디 있으랴 싶어서 헛웃음이 다 났다. 제러미와 그런 먼 미래는 생각해 본 적이 없었다. 어떤 구체적인 계획도 없었다. 그냥 대학에 갈 때쯤이면 흐지부지 식어 버렸을지도 모르는 일이다. 하지만 어떤 일이 벌어져도, 다정하게 서로 배려할 줄 알았다. 첫사랑을 떠올릴 때면 언제나 생생하고 기분 좋을 거라고 생각했다. 그런데 지금은 제러미와 진짜 사랑을 한 건지도 의심스러웠다. 어쩌면 사랑이라는 감정을 사랑했던 건지도 몰랐다.

"제러미는 사과를 했어. 진짜 자기가 잘못했다고 생각하는지, 진짜 미안해하는지 모르겠지만."

"결국 제러미가 잘못해서 헤어진 게 맞구나?"

갑자기 돌풍이 불었다. 우리 옆으로 낡은 물병이 통통 튀며 날아갔다. 희미한 오렌지향이 다시 느껴졌다. 가까이에 오렌지 나무가 없다면 올리버한테서 나는 향일 터였다.

"제러미가 제니라는 이름의 여자에 대해 말해 준 적 있어?"

올리버가 알만 하다는 표정을 지었다. 내가 너무 직접적으로 물었나 보다. 다르게 물어볼걸. 무슨 일이 있었는지 올리버가 알게 되는 건 싫었다. 올리버뿐만 아니라 어느 누구도 내가 저지른 멍청한 짓을 몰랐으면 싶었다.

"아니, 우린 서로 죽고 못 사는 사이는 아니니까."

"진짜 그랬다면 심각한 문제긴 하겠다."

"말이 그렇다는 거야. 제러미는 나랑 안 맞아."

"안 맞아? 왜?"

나는 화제가 바뀐 데 안심하며 미소를 지었다. 내 입으로 제니의 이름을 내뱉다니 나도 믿기지가 않았다.

"일단 혈연관계로 얽힌 게 싫고, 난 여자를 더 좋아해. 이걸로 제러미는 투 아웃인 셈이지. 세 번째 이유는 네가 찾아 줘 봐."

서른 개라도 찾아 주지, 뭐.

"하나 더 있긴 해. 어렸을 때 제러미가 날 심하게 놀렸거든. 상처가 아직 깊다고."

올리버가 연기하듯 장난치며 말했다.

믿기 힘들었다. 제러미는 언제나 친구들에게 다정했다. 먼저 화나게 하지 않는 이상 누굴 괴롭히는 법은 없었다.

"뭐라고 놀렸는데?"

"왕재수라느니, 괴짜라느니. 진짜 듣기 싫었어. 어린애들은 참 잔인해."

올리버가 비니 모자를 벗어 들고는 털실 방울을 이리저리 만지작거리기 시작했다.

"맬러리, 제러미가 무슨 짓을 했는지 모르지만 내가 대신 사과할게. 미안해. 제러미도 더는 찌질하게 굴지 않을 거야. 너도 알다시피 우리 이모부가 그다지 좋은 아빠는 아니잖아."

나도 잘 알고 있었다. 제러미의 부모님은 이혼을 하진 않았지만, 제러미네 아빠는 주변 사람들에게 까다롭게 구는 데다 입이 험악했다. 제러미는 절대 자기 아빠처럼 여자를 함부로 대하는 남자는 되지 않겠다고 입버릇처럼 말했다. 제러미가 함부로 행동한 적은 없었다. 그저 두 여자에게 동시에 사랑 고백을 했을 뿐이지…….

"제러미는 진짜로 너한테 빠져 있어. 내가 들은 유일한 여자 얘기가 너였다고. 게다가 좋은 얘기뿐이었어."

"그래?"

"응. 그러니까 무슨 일이 있었더라도 네 잘못은 아니란 거야. 물론 제러미한테도 사정은 있었겠지."

올리버가 털실 방울에서 털실을 한 가닥 뽑아냈다.

"은근슬쩍 제러미 편을 드네?"

"그건 잘 모르겠고. 잠깐 손 내밀어 봐."

올리버가 털실을 대롱대롱 들고 있다가, 내가 왼손을 내밀자 고개를 가로저었다. 맬러리, 미쳤어? 이건 청혼이 아니잖아!

올리버가 내 오른손 검지를 잡더니 털실을 묶어 주었다.

"이건 잊지 말라는 표식이야."

"뭘 잊지 말아야 하는데?"

갑자기 올리버가 너무 가까이 있는 것 같았다. 오렌지향에 사과향까지 났다. 사과향 샴푸인가? 제러미는 늘 파인애플향 샴푸를 썼는데…….

내가 왜 제러미 생각을 하는 거지? 생각 안 해. 그럼 올리버 생각은 왜 하는 건데? 안 한다고.

"무슨 일이 있었는지 잊지 않되, 고통은 잊어버리는 거야. 나만큼 상처 받은 사람은 없을 거라는 생각이 들고 고통도 영원히 계속될 것 같겠지만, 조금씩 옅어져 갈 거야. 더는 아프지 않게 되는 거지. 적어도 지금처럼은 안 아플 거야. 장담해."

"어떻게 알아?"

올리버가 오른손을 들어 보였다. 실로 뜯은 반지가 끼워져 있었다.

"우리 부모님이 이혼하셨을 때 내가 직접 만든 거야. 그땐 정말 괴로웠어. 엄마와 아빠 중 한 명을 골라야 했고, 내가 엄마를 고르자 다시는 아빠와 공놀이를 못 하게 됐지. 어차피 너무 멀리 떨어져 살긴 하지만 말이야. 아빤 토론토에 계시거든."

"미안해."

"아니, 미안해야 할 사람은 부모님이지. 아주 가끔이긴 하지만 아직도 부모님이 미울 때가 있어. 물론 고통스러운 순간도 있었어. 어떻게 말해야 하지. 그러니까……."

"벌겋게 달군 철로 피부를 지지는 것처럼?"

"그건 너무 과장된 표현이고. 하지만 비슷해. 아무튼 기억은 남지만 고통은 사라져 가."

올리버는 제러미의 이종 사촌 형으로 중학교 때 오렌지 카운티로 이사 왔다. 올리버의 엄마는 자매들과 친한 모양이었다. 세상일은 참 얄궂은 것 같다. 제러미에게서 그냥저냥 흘려듣던 사실이 당사자에게는 고통스러운 기억이란 게 말이다. 올리버한텐 내가 엄청난 멍청이로 보이겠지? 겨우 고등학생 남자 친구 하나 잃었다고 울고불고했으니.

올리버는 입가에 미소를 띤 채, 따뜻하게 나를 바라봐 주고 있었다. 그 미소에 하마터면 연대의 의미로 반지를 맞부딪히자고 할 뻔했다. 올리버에 대해선 아는 게 없는데, 어째서 올리버가 나를 완전히 알고 있다는 느낌이 드는지 모를 일이었다.

나는 얼른 햇빛 쪽으로 얼굴을 돌렸다. 눈물이 날 것만 같았다. 왜 이렇게 다정하게 구는 거지? 어떻게 반응해야 할지 모르겠다.

제러미는 내가 울적해 할 때마다 생리 중이냐고 물었다.

"알았어. 고마워, 왕재수."

올리버가 칼에 찔린 것처럼 가슴을 움켜쥐었다.

"맬러리 너마저!"

올리버는 땅에 무릎을 꿇더니 헉헉거리기까지 했다.

"확실히 괴짜는 맞는 거 같은데?"

이제야 샐쭉 웃음이 지어졌다.

"감정은 다 추스른 것 같으니, 이제 돌아갈까?"

나는 올리버의 뒤를 따라 터벅터벅 산길을 내려갔다. 그 뒤로 십오 분 동안, 나른한 음악에 맞춰 춤을 추는 훌라 걸들을 보며 올리버가 운전하는 자동차에 몸을 맡겼다. 올리버는 여전히 길에서 눈을 떼지 않았지만 몇 분마다 나를 살피며 안심시키듯 미소를 지어 보였다. 제러미의 루비 반지를 끼던 손가락에 이제 털실 반지가 묶여 있었지만 아무렇지도 않았다.

올리버 킴벌, 제법인데?

저녁 파티 계획하기

13

바상금을 몽땅 털어 구제 옷 가게와 골동품 매장에서 구입한 1960년대 물품들

1. 청록색 다이얼 전화기 - 작동은 하지만 잡음이 심하다.

2. 나무 무늬 도색이 살짝 벗겨진 아날로그 라디오

3. 회색이 도는 하이 웨이스트 스커트와 깃이 둥근 셔츠, 카톨릭계 학교 교복 같은 무릎 길이 체크무늬 스커트, 촌스럽지만 딱 60년대 풍인 갈색 원피스

4. 쇠고기 냄새가 나는 가죽 단화

5. 고풍스러운 책가방 - 배낭은 아니다.

6. 한 번도 들어 본 적 없던 소녀 그룹의 레코드판 두 장과 비틀즈의 '헬프'가 담긴 레코드판 - '헬프'가 나온 건 1962년보다 약 이 년 뒤의 일이지만 이별 노래가 간절했다. 아빠의 전축에 온종일 틀어 놓을 만한 노래인 '예스터데이'도 앨범에 들어 있다.

주말에 항상 붙어 지내던 존재가 사라져서 내 멋대로 시간을 보낼 수 있다고 생각하니, 괜히 신이 나려고 했다. 뭐, 결국 문화 센터의 바느질 강좌나 듣게 되었지만.

지니도 일곱 시 강좌에 같이 가기로 했다. 강좌가 끝나면 지니는 파티를 즐기러 갈 테고, 나는 '캡틴 크런치' 같은 60년대 초에 나온 시리얼을 연구할 참이었다. 여기에서 말하는 연구는 혼자 침대에서 처량 맞게 먹어 본다는 뜻이다.

지니는 축구 연습에 가 있었다. 나는 한 시간 일찍 집에서 나와 문화 센터의 도서관으로 향했다. 책과 신문, 도서 분류 코드가 있는 도서관이야말로 복고풍 그 자체였다.

역사 리포트를 쓰는 데 필요한 책을 몇 권 빌릴까 했지만 생각만큼 찾기가 쉽지 않았다. 도서관은 모조리 전자화되어 있어서, 사서에게 도움을 청해도 컴퓨터만 가리킬 뿐이었다. 컴퓨터를 사용할 수 없다고 말할 때면, 마치 어린아이가 되어 발을 동동거리며 화장실이 급하다고 칭얼거리는 기분이 들었다. 결국 제대로 된 서가를 찾긴 찾았는데, 반은 산업 혁명에 관한 책으로 반은 소설책과 예절 책, 요리책으로 채워져 있었다. 어느 책을 펼쳐 봐도 시간 여행을 온 것 같았다.

나는 산업 혁명에 대한 설명을 공책에다 옮겨 적었다. 인터넷을 이용했다면 금방 숙제를 끝냈을 터였다. 정보는 웹 사이트에 널려 있으니, 대충 목차를 정한 뒤에 검색한 내용을 덧붙이면 끝이었다.

필요한 항목을 클릭하면 쉽게 정보를 구할 수 있는 인터넷과 달리, 책은 원하는 단어가 나올 때까지 처음부터 끝까지 읽어 내려갈 수밖에 없었다. 단어를 찾은 다음에도 직접 인용구를 발췌하고 내 생각까지 덧붙여야 했다.

차라리 3개월 전에 제러미의 바람을 알아챘어야 했다. 그랬으면 생일 선물 값이라도 아꼈을 텐데.

"금요일 밤에 도서관에 있는 것도 이해 안 되는데, 산업 혁명에 대한 책을 읽고 있는 거야?"

지니가 옆 자리에 살며시 앉았다.

"숙제야."

나는 손목시계를 확인했다. 휴대 전화를 없앤 뒤로 다시 차게 된 시계였다.

"바느질 강좌는 십 분 남았어."

"숙제에다 바느질이라고? 금요일 밤에? 사회 생활은 아예 없어?"

나는 책 세 권을 쌓아 두면서, 다음에 정보를 더 찾아야겠다고 생각했다. 시작은 했지만 리포트를 다섯 장이나 채우려니 왠지 막막했다.

"그러는 너는? 너도 금요일 밤에 도서관에 있잖아."

"난 착한 동생이라서지."

지니가 1959년에 출간된 《바쁜 여성의 예절 가이드》라는 책을 뒤적이다가 멈칫하며 코웃음을 쳤다.

"남편보다 두 시간 먼저 일어나서 샤워를 하고 머리를 매만지고 화장을 하세요. 건강한 아침 식사도 준비하시고요. 어떤 남자도 부스스한 아내를 원하지 않는답니다!' 언니, 이건 너무 끔찍해."

나는 책을 낚아채려고 손을 뻗었다.

"겨우 한 문단이잖아."

지니가 책을 높이 들어 올리며 대답했다.

"진심이야? 그럼 이건 어때? '배우자에게 일상의 하찮은 고민거리로 징징대지 마세요. 남편은 당신과 자녀들을 먹여 살리기 위해 더 고단한 하루를 보내고 있답니다.' 언닌 이런 삶을 원하는 거야? 어떤 남자의 노예로 사는 거?"

지니가 책을 쾅 내려놓자마자 나는 지니 손이 닿지 않는 쪽으로 책을 밀었다. 나중에 혼자 읽어 봐야지. 지니가 읽은 건 '행복한 남편'이라는 부분이었다. 과연 '행복한 아내'라는 부분도 있을까?

"그렇게 나쁜 것만은 아냐. 너도 엄마가 매일 저녁을 차려 주면 좋겠다고 했잖아."

"그게 뭐? 피자나 태국 요리, 초밥을 먹을 수 있으니까 그렇지."

"가정주부가 되고 싶다는 게 아니야. 난 지금 십 대고, 할머니도 한때 십 대셨지. 그래서 할머니의 리스트를 완수하려는 거고."

지니가 벌떡 일어섰다.

"어쨌든 그 시대를 너무 낭만적으로만 바라보지 말라고. 페미니스트 운동이 일어나기 전의 쓰레기 같은 책은 읽기만 해도 소름 끼쳐."

"페미니스트 운동에 대해서 얼마나 잘 아는데?"

그러는 나라고 페미니스트 운동에 대해 아는 게 뭐 있나? 관련된 책을 몇 권 읽어 보려고는 했다. 하지만 페미니스트 운동에 대해 생각하면 언제나 겨드랑이 털이나 브래지어 화형식, 성난 여자들, 정치적 외침밖에 떠오르지 않았다. 확실히 예쁜 파티 드레스나 학교 클럽만큼 재미있어 보이지는 않았다.

"도대체 여자들이 가족을 보살피고 청소를 좀 한다고 해서 뭐가 그렇게 잘못된 건데? 우리 할머니도 성공하셨잖아?"

"할머니가 성공한 이유는 열심히 일하셨기 때문이야. 나도 60년대에 대한 책을 많이 읽었어. 그 시절에는 여성을 위한 스포츠나 직업도 없었고, 같은 일을 하면서 남자보다 돈도 적게 받았다고."

지니가 정색을 하며 따지고 들었다. 나는 지니가 이렇게 아는 척할 때마다 얄미웠다. 도대체 누가 언니지?

"요즘은 전혀 달라. 여자도 의사가 되고 싶으면 열심히 공부해서 될 수 있는 시대란 말이지. 옛날보다 훨씬 더 기회가 많다고."

"언닌 요점을 완전히 벗어났어."

나는 크게 한숨을 내쉬었다.

"바느질 강좌에나 들어가자."

문화 센터의 1층 교실은 미래의 재봉사들로 가득했다. 기본적인 바느질 기술은 다 익혔지만, 여기에는 그 이상을 배우러 온 모양이었다. 지니조차 강사가 십자 뜨기나 감치기를 설명하자 알아들

216

는 듯 고개를 끄덕였다. 나는 그런 지니가 신기해서 소리를 낮춰 물었다.

"무슨 말인지 어떻게 알아?"

"주말에 할머니 집에서 자고 올 때마다 조금씩 배웠거든."

나는 할머니 집에 놀러 가서도 아침 일찍 일어나 쇼핑하러 다니느라 그럴 시간이 없었다. 할머니의 특별 교육으로 지니가 나보다 훨씬 더 잘하는 게 있다니 왠지 불공평한 기분이 들었다. 뭐, 내 잘못이긴 하지만.

이십 분 동안 바늘에 실을 꿰고 매듭을 짓고 천 조각 두 장을 바느질로 잇느라 낑낑댔다. 천에 바늘을 꽂고 실을 당기고 다시 바늘을 꽂느라 손이 덜덜 떨리는 와중에, 초보자를 가장한 전문 재봉사들이 쌩쌩 돌리는 재봉틀 소리를 무시하려고 애써야 했다.

지니는 어느새 천 조각들을 뒤적이며 퀼트 디자인을 고민하고 있었다. 지니가 내 드레스를 만들 수도 있겠는걸? 지니가 드레스도 만들고, 그 드레스를 입고 파트너와 홈커밍 파티에도 가고, 멋들어진 저녁 식사도 준비하고 그렇게 리스트를 다 완수하면 되겠네.

맞다, 위임이 아니라 참여랬지? 드레스가 베갯잇처럼 보이더라도 내가 직접 만들어야지.

나는 다시 의연하게 바늘을 들고 천 조각에 꽂았다. 앗, 또 손가락을 찔렀네. 나는 현재를 저버리고 과거처럼 살고 싶어 했지만, 과거를 제대로 살아 낼 기술조차 없는 처지였다.

할머니가 토요일 오후에 나를 데리고 옷감 쇼핑에 나섰다. 오렌지 카운티는 패션 소매업 중심지로 유명했다. 게다가 남부 캘리포니아를 통틀어 제일가는 쇼핑 단지가 우리 집에서 십 분 남짓 거리에 있었다. 온갖 패션 매장들이 모여 있는 오렌지 써클이었다. 오렌지 써클에는 빈티지 옷감을 파는 매장도 있어서, 할머니와 나는 드레스에 딱 맞는 옷감을 찾아내길 바라며 쇼핑을 시작했다.

길가에서 눈에 띄는 매장을 발견하자마자 할머니는 미니쿠퍼 자동차를 부드럽게 주차했다. 어찌나 운전 솜씨가 좋으신지, 차를 대면서도 실버타운에 대한 찬사는 끊임없이 이어 갔다.

"요즘 우리 독서 클럽에서는 케이트 쇼팽의 《각성》을 읽고 있단다. 여류 작가인 쇼팽의 관점이 당시로는 얼마나 진보적인지 정말 놀랍더구나. 게다가 백 년이 넘었는데도, 여전히 우리의 현실을 반영하고 있다는 점에서 더 놀랐지. 참, 테니스 실력은 더 좋아져서 이제 오버핸드 서브도 할 수 있게 됐어. 네트에 계속 걸리긴 하지만 엄청나게 좋아진 거란다. 그래도 내가 제일 좋아하는 친구들은 오락팀이야."

연푸른색 옷감을 상상하느라 정신이 팔려 있었는데, 마지막 단어가 딱 귀에 걸렸다.

"오락팀이요?"

할머니가 주차 요금 기계에 돈을 넣고 나서 핸드백을 어깨에 둘러멨다.

"자동차 한 대에 우르르 몰려 타고는 한 달에 한 번씩 라스베이거스로 놀러 가는 팀이란다. 네 시간 정도만 차를 타고 가면 재미있게 놀 수 있지. 뷔페도 즐기고 포커 게임도 하는데, 한번은 내가 십오 분만에 천 달러를 따서 '멋진 손 루크'라는 별명을 얻기도 했단다."

"루크가 누군데요?"

"신경 쓸 거 없어. 옛날 영화 주인공이야."

"할머니, 근데 도박도 하세요?"

나는 깜짝 놀랐다. 이제까지 할머니의 삶은 재미라고는 없는 바른 생활의 모범이라 할 수 있었다. 와인 말고는 술은 입에도 대지 않았고, 담배는 절대 피지 않았고, 달콤한 간식은 일출 명상처럼 특별한 경우를 위해 아껴 두는 분이었다. 할머니는 이십 대를 요란스럽게 보냈기 때문에, 이젠 안정이 최고라고 항상 입버릇처럼 말씀하셨다.

"그래, 도박도 하고 테니스도 친단다. 이 할미 아직 안 죽었다니까?"

"그냥 할머니답지 않은 것 같아서요."

"어떤 게 나다운데?"

"잘 모르겠지만, 할머니는 자선 행사에 다니거나 대사님들과 자주 어울리는 분이시잖아요."

"겨우 대사 세 분 만난 건데."

"에이, 겨우는 아니죠."

할머니는 짧게 변형한 인도 사리를 걸치고 분홍 레깅스 바지에 반짝이 단화 차림이었다. 게다가 행진하듯 성큼성큼 거리를 걷다 보니, 멈춰서서 할머니를 쳐다보는 행인들도 있었다.

"네 동생과 똑같은 말을 하는구나."

"지니가 무슨 말을 했는데요?"

"내가 나 자신을 잊어 가고 있다더구나."

할머니는 값비싼 여성복 매장 바깥에 놓인 할인 판매대 앞에 우뚝 멈춰 섰다.

"하지만 일부러 그러는 게 아니야. 네 할아버지와 거의 사십 년을 함께 지냈잖니? 가끔 잠에서 깰 때면 지난밤 꿈에 대해 중얼거리다가 깨닫는단다. '참, 남편은 이제 없지.' 하고. 그게 어떤 느낌인지 아마 맬러리 넌 모를 거야."

"네, 그렇겠죠."

"그래서 침대를 새로 사고, 이사도 새로 했지. 인생을 새로 살고 있지만 여전히 네 할아버지 생각이 뇌리를 떠나지 않는단다. 그래도 지금은 남편 신발에 걸려 넘어지거나 서랍 속에서 오래된 편지를 발견하는 일은 없으니 다행인 셈이지."

할머니는 크게 숨을 내쉬면서 눈가를 훔쳤다. 나는 손을 뻗어 할머니의 어깨를 안아 드렸다. 할머니는 나를 토닥이다가 이내 포옹을 풀었다.

"어쨌든 옛날부터 잘하던 특기는 잊지 않았단다. 바로 쇼핑이지. 한번 들어가 볼까?"

할머니는 빈티지 매장의 푸른 문을 열어젖혔다. 나는 어떤 말을 해야 좋을지 몰라서 잠시 바깥에 머물렀다. 지난 이 년 동안의 상실감에 대해 어떤 질문을 할 수 있을까? 수십 년을 함께 살아 온 두 분인데, 이 년은 아무 시간도 아니겠지? 농담을 하는 게 좋을까, 아니면 입을 다무는 게 나을까? 누군가의 고통에 어떻게 다가서야 할지 모르겠다. 할머니의 고통을 생각하면 내 고통은 아주 하찮게 여겨졌다. 할아버지와 할머니에 비하면 제러미와 나의 관계는 사귄 것도 아닌 셈이었다.

매장에 들어서니 문에 달린 종이 딸랑 울렸다. 중국식 등과 오래된 램프가 따뜻한 분위기를 연출하고 있었고, 벽에 걸린 빈티지 드레스가 조명을 받으며 자태를 뽐내고 있었다. 죽 늘어선 마네킹 머리에는 여러 시대의 모자들이 씌워져 있었다. 써 보고 싶기는 해도, 도저히 구입할 용기는 나지 않는 디자인이었다.

카운터의 여직원 키미가 고개를 들더니 미소를 지어 보였다.

"맬러리! 팔러 온 거야? 아님 사러?"

"키미 언니, 이 분은 우리 할머니세요. 홈커밍 파티에 입을 드레스 옷감을 구하러 왔어요. 50년대 후반에서 60년대 초에 유행했던 칵테일 드레스 풍으로 만들려고요. 패턴이나 천 종류 좀 보여 주세요."

키미가 고양이 눈 모양의 안경테 너머로 나를 힐긋 쳐다보았다.

"파티가 언제인데?"

"다음 주예요. 화려하게 만들 필요는 없어요."

"홈커밍 파티잖니? 당연히 화려해야지."

할머니가 카운터에 몸을 기대며 키미에게 낮게 속삭였다.

"어차피 내가 만들어야 한다우. 애는 실패에 실을 꿰지도 못해."

"실패요?"

내 물음에 두 사람은 동시에 웃음을 터뜨렸다.

키미는 매장 뒤편을 가리켰다. 천 두루마리들이 선반에 빼곡했다. 30년대나 40년대 풍의 면직물이 많았지만 몇몇 칸에는 '복고풍 연출을 위한 새로운 직물'이라고 적혀 있었다. 작년에도 여기에서 산 옷감으로 할머니가 핼러윈 복장을 만들어 주셨지. 시폰, 모조 피혁, 모슬린, 옥양목, 실크 등을 둘러보면서도 가격표는 애써 무시했다. 어차피 빈티지 옷감이 저렴할 리 없었다.

할머니가 탁자 위에 자주색 벨벳 두루마리를 내려놓았다.

"좀 정중해 보이지만 벨벳은 신축성이 좋지."

나는 인상을 찌푸렸다.

"할머니, 제가 원하는 건 빈티지 드레스지 80년대 로커 복장이 아

222

니에요. 할머니가 제 나이 때 입었을 만한 옷감으로 만들고 싶어요."

나는 복숭앗빛 시폰을 발견하고 까치발로 다가가서 가리켰다.

"이것처럼요."

할머니가 입술을 꾹 오므렸다.

"왜 그렇게 복고풍에 집착하는지 모르겠구나. 요즘 아름다운 드레스들이 얼마나 많니? 그 시절 우리는 커다란 분첩 같았단다."

"아니에요, 할머니는 정말 완벽했어요. 할머니가 11학년이었을 때 홈커밍 파티가 어땠는지 말해 주세요. 졸업 파티Prom, 미국 고등학교에서 졸업을 축하하며 여는 행사. 졸업을 앞둔 학생들끼리 드레스와 턱시도를 차려입고 파티를 즐긴다.랑 달랐나요?"

"난 졸업 파티에 안 갔단다."

"그럼 홈커밍 파티 내내 안에만 있었나요? 저녁 데이트는 안 나가고요?"

"기억이 안 나는구나."

"옛날 같은 낭만이 계속 이어졌으면 좋았을 텐데. 요즘은 그냥 우르르 모여서 사진만 찍다가 뒤풀이 파티로 몰려가 버리거든요. 진짜 춤을 추는 사람은 없어요. 참, 파티가 끝난 뒤엔 자동차 영화관에 갔어요? 모닥불도 정말 피웠고요?"

"애야, 영화를 너무 많이 봤구나. 옷감이나 고르렴. 머리가 지끈거려."

"옛 기억을 쉽게 떠올리시라고 이야기한 거였단 말이에요."

징징대는 목소리가 나왔지만 어쩔 수 없었다.

작년 국어 시간에 읽었던 시가 떠올랐다. 백 년 전 조그마한 마을에서 세상을 떠난 이들의 목소리를 담은 《스푼 리버 선집》이었는데, 전체가 기억나진 않지만 아주 짧은 시 하나는 머리에 남아 있었다. 강한 날개를 가지고 있지만 산을 날아오르는 방법을 모르던 청년이, 나이가 들면서 방법은 알게 되지만 날아오를 힘이 없어지게 되었다는 내용이었다. '천재란 청춘에 지혜가 더해진 것.'이라는 시구로 끝이 나는 시였다.

지금 내가 천재를 원하는 건 아니잖은가. 약간의 지혜가 필요할 뿐이다. 그 지혜를 좀 나눠 달라는 건데, 할머니가 왜 저렇게 진저리를 치는지 이해가 되지 않았다. 난 할머니가 기꺼이 리스트를 하나하나 짚어가며 행복한 사춘기 시절의 비결이나 모든 고통을 없애 버릴 조언을 들려주실 줄 알았다. 우리가 할머니 할아버지로부터 배울 수 있는 게 그런 거 아닌가? 보통 눈물이 가득 고인 눈으로 옛 시절을 그리워하시잖아? 할머니, 전 할머니의 그리운 옛 시절을 알고 싶다고요.

"그래, 복숭앗빛 시폰 말이지? 네 머리색과 어울릴 것 같구나. 근데 제러미도 좋아할 것 같니?"

나는 천을 손으로 훑었다. 할머니는 삶의 비결을 내어 주시진 않았지만 시간을 내어 주셨다. 그러니 나도 보답으로 약간의 진실을 알려 드려야겠지. 할머니는 내가 그저 드레스를 필요로 한다고만 아실 뿐 리스트나 제러미와의 일은 전혀 모르고 계셨다. 자세히는 아니더라도 그간 일어난 일을 말씀드리면, 내가 왜 이러는지 이해하실 터였다.

"제러미와는 헤어졌어요."

할머니는 연푸른색 옷감을 만지다가 멈칫했다.

"홈커밍 파티 일주일 전인데? 좀 미루지 그랬니? 파트너는 있어야지."

"제러미는 되돌리고 싶나 봐요. 하지만…… 전 안 돼요. 그럴 가치가 없어요."

"제러미가 뭔가를 잘못한 모양이구나?"

할머니의 목소리가 부드러워졌다.

엄마의 질문과 비슷했지만 왠지 따스함이 느껴졌다. 할머니는 진짜 알고 싶은 것만 물어보는 분이었다.

"엄청나게 끔찍한 짓은 아니었지만 더는 제러미를 못 믿겠어요."

"배신이란 말이지? 나도 겪어 봤단다. 되돌리기 쉽지 않지."

할머니가 혀를 찼다.

매장 문에 달린 종이 달랑 울리는가 싶더니, 한 무리의 여자애들이 깔깔거리며 몰려 들어왔다. 나는 얼른 벽 쪽으로 몸을 숨겼다. 아는 사람이라도 있으면, 옷감을 고르는 나를 보고 홈커밍 파티에 누구랑 갈 건지 알고 싶어 할 게 분명…….

이본느가 나를 보자마자 비명을 질렀다.

"맬러리! 뭐야, 지구상에서 사라져 버린 줄 알았잖아. 거의 일주일은 못 봤지? 어젯밤 파티에는 왜 안 왔어? 페이지, 여기 좀 봐! 맬러리야!"

페이지가 눈을 굴리며 미소를 지었다.

"안녕. 산업 혁명 과제 때문에 옷감을 사러 나온 거야? 이본느랑 나는 시대별 의상을 만들려고 모슬린을 사러 온 참이야. 넉넉한 소매에 높은 깃, 알지?"

"난…… 그냥 할머니를 따라왔어. 퀼트를 하시거든."

나는 할머니의 팔을 꽉 잡고, 홈커밍 파티에 대한 얘기는 하지 말아 달라는 표정으로 간절하게 매달렸다.

할머니가 미소를 지으며 입을 열었다.

"너희도 할머니들이 어떤지 잘 알지? 언제나 바느질을 하거나 쿠키를 굽지. 실패에 실을 꿰거나."

나는 할머니의 팔에 더 매달렸다. 도박과 수다라, 보아하니 할머니를 알려면 한참 먼 모양이었다.

갑자기 뭔가가 기억난 듯 이본느의 눈이 커졌다.

"내 문자 메시지 받았어? 페이지, 맬러리한테 전했어?"

"맬러리가 요즘 사회적 실험 중이잖아. 휴대 전화 없이 살기. 최신 유행이지."

"나한테 왜 문자 메시지 보냈는데?"

내가 이본느에게 묻자, 이본느가 엄지손가락을 앙 물었다.

"음, 문자 메시지를 읽었어야 했는데. 면전에서 대 놓고 나쁜 소식을 전하자니 너무 어색해. 그런 말은 항상 문자 메시지로 전했잖아."

"말하는 게 어색하면 다 어색해지지."

페이지가 머리를 절레절레 흔들며 한 발짝 다가왔다.

"링컨 글리슨 생일이어서 어젯밤 해변에서 모닥불 파티를 벌였어. 급조된 파티라서 나도 프렌드 스페이스로 초대를 받고, 너도 가려나 싶어서 너희 집에 들렀어. 근데 아무도 없는 것 같아서 전화도 못 했고."

"그래서 무슨 일이 있었는데?"

아날로그 생활이 나를 투명 인간으로 만들었다는 게 못내 짜증스러웠다.

페이지가 할머니를 힐긋 살피자, 할머니가 사인이라도 받은 듯 급하게 핸드백을 뒤지기 시작했다.

"오, 내 정신 좀 봐. 줄자를 차 안에 두고 왔네? 꼭 내 걸로 재거든. 금방 돌아올 테니 잠깐 기다리렴."

페이지는 매장 문에 달린 종이 울릴 때까지 기다렸다가 입을 열었다.

"제러미가 거기 왔는데 글쎄……."

"홈커밍 파티에 다른 여자를 데려올 건가 봐!"

이본느가 불쑥 끼어들었다.

"근데 그 여잔 우리 학교 학생도 아니래! 캠프에서 만났다나 뭐라나. 인디애나 주에 산대."

"일리노이 주겠지."

내가 낮게 중얼거렸다. 버블염이 틀림없어. 제정신인가?

페이지가 내 어깨에 팔을 둘렀다.

"좋은 소식은 다들 제러미가 찌질이라고 생각하게 됐다는 거야. 헤
어진 지 얼마나 됐다고 다른 여자로 갈아타니? 아님 양다리였나?"

"어떻게 되든 상관없어."

나는 어떤 내색도 하지 않으려고, 어깨에 놓인 페이지의 팔에서
슬며시 빠져나왔다.

"너랑 제러미랑 헤어진 이유가 그 여자야? 말도 안 돼. 인터넷에
떠도는 소문이 다 헛소리란 건 알고 있었어. 맬러리, 너 정말 대학
생 남자 친구랑 채팅한 거 아니지?"

가슴을 찌르는 날카로운 고통이 느껴질 거라 예상했지만 아무렇
지도 않았다. 긴장감도, 떨림도 없었다. 눈물 한 방울조차 나오지
않았다. 이럴 줄 예감했던 것 같다. 게다가 피와 살로 된 진짜 여자
가 온다는 말을 들으니 한결 마음이 편해지는 것 같았다. 마음 다
잡기에도 도움이 되었다.

할머니가 문을 열고 들어와서 가죽 재킷을 고르는 척하다가 나
와 눈이 마주치자, 입 모양으로 물었다.

"괜찮니?"

나는 시폰 두루마리를 들어 올렸다.

"애들아, 만나서 반가웠어. 우리 먼저 갈게. 홈커밍 파티에 입고 갈 드레스를 만들어야 하거든."

"너에 대한 사설을 써야겠어. 역경에 맞선 강력한 여인."

페이지가 자부심이 가득한 표정으로 고개를 끄덕였다.

나도 막 발견한 내 특성을 저렇게 좋아해 주고 나 자체를 좋아해 주는 걸 보니, 저 친구와는 오래가야겠다고 생각했다. 왜 진작 친구들을 많이 사귈 생각을 못 했을까? 앞으로는 실제로 만나서 같이 노는 친구들을 많이 만들어야겠다.

"잠깐, 파티에 간다고? 누구랑? 다들 파트너를 정한 상태야. 이제 괜찮은 남잔 몇 명 안 남았을걸?"

이본느가 물었다.

이 아이는 친구로 알아 갈지 말지 고민 좀 해야겠다.

일단 내 목표는 홈커밍 파티에 입고 갈 드레스를 직접 만드는 것이다. 물론 할머니의 손길이 많이 필요할 테지만, 내 손으로 만들 거다. 그렇게 만들고 나서 파티에 참석하지 않을 수도 있고, 드레스를 지니에게 줄 수도 있다. 하지만 가장 원하는 건 직접 드레스를 입고 가서 제러미와 버블염의 얼굴을 마주하는 것이다. 그러면 리스트조차 풀 수 없는 응어리를 해결하고 다시 일상으로 돌아갈 수 있겠지.

"누구랑 갈진 나도 몰라. 하지만 모든 사람에게 알려도 돼. 맬러리 브래드쇼가 홈커밍 파티에 참석한다고 말이야.

14

지금껏 바느질해 본 경험

1. 단추 달기

2. 4학년 때 했던 퀼트 과제 - 중간에 그만둬서 엄마가 대신 마무리해 줬다.

3. 바느질 강좌에서 반쯤 꿰매다 만 천 조각

이게 다야?

일요일 아침 이상한 소리에 잠을 깼다. 새로 산 구식 전화기 소리라는 걸 깨닫기까지는 시간이 좀 걸렸다. 나는 새로 산 구식 알람 시계를 흘깃 쳐다보았다. 아홉 시 십이 분이었다.

"여보세요?"

"맬러리 좀 바꿔 주시겠어요?"

"올리버?"

나는 벌떡 일어나 앉았다.

"웬 존댓말이야?"

"휴대 전화가 아니니까 누가 받을지 몰라서 예의 좀 차려 봤어."

수화기를 어깨에 끼운 채 올리버를 약 올렸다.

"그렇게 예의 바른 청년인 줄 몰랐어."

"다 스카우트에서 배운 거지."

"스카우트? 보이 스카우트 같은 거 말이야?"

웃음이 터져 나왔다.

"웃지 마. 난 이글 스카우트 출신이라고. 대학 입시에 얼마나 중
요한 이력인데?"

"미안. 전화 예절 같은 건 스카우트랑 어울리지 않는 것 같아서.
스카우트는 도시락 통으로 사냥 덫 놓기 같은 거나 배우는 데 아
니야?"

"그거 배우느라 몇 주 걸렸지. 이래 봬도 공훈 배지를 여러 개
받았다고. 포크 사용법 같은 예절 수업도 받긴 했지. 어쨌든 비상
시에 누굴 먼저 찾아야 하는지 이제 잘 알겠지?"

"알았어, 기억해 둘게."

나는 손가락에 묶여 있는 털실을 매만졌다.

"잡소리는 그만하고. 본론으로 들어갈게."

"치실로 위장 폭탄 만드는 법이라도 알려 주게?"

"내가 생각을 해 봤는데 퍼레이드 수레 말이야."

어라, 안 웃네? 나중에 지니한테 써먹어 봐야지. 분명히 위장 폭탄 부분에서 웃음을 터뜨릴 거야.

"우리가 완벽하게 퍼레이드 수레를 만들긴 힘드니까 크기를 좀 작게 만들더라도 예쁜 의상으로 부족함을 채울 수밖에 없어. 올해의 주제는 '만화 나라'야. 블레이크 회장의 멍청한 아이디어지만 뭐 어쩌겠어? 스폰지밥은 제외고, 10학년은 디즈니를 할 거야. 우리는 아무도 고르지 않은 만화를 생각해 내야 해."

"너 그런 거 좋아하는 애였어? 세상에, 감쪽같이 속였구나?"

"속이긴 뭘 속여. 아니야."

"대학 진학을 위해서라는 건 다 뻥이지? 응?"

"그냥 뭔가를 할 거라면 제대로 하자 싶었을 뿐이야."

나는 침대에서 스르륵 빠져나와서 욕실로 터덜터덜 걸어갔다. 하지만 유선 전화기라는 걸 깜빡해서 뒤로 홱 당겨지는 바람에 목이 꺾여 비명이 절로 나왔다.

"무슨 일이야?"

"아무것도 아냐."

무슨 일이냐고? 휴대 전화를 포기했고, 여동생은 무선 전화기를 압수해 간 데다, 이제는 유선 전화기 때문에 부상까지 당했다. 나는 침대 위에 앉아 목을 이리저리 만졌다.

"그럼 퍼레이드 수레에 대한 계획도 세워 뒀겠네? 난 뭘 하면 돼?"

"너랑 지니 오늘 바빠? 부회장과 비서가 나랑 같이 장식 용품을 좀 사러 다녔으면 하는데."

올리버가 지니에 대해 묻자 이해할 수 없는 짜증이 일었다. 지니의 '이성 교제' 명단에 올리버 이름을 올린 주제에 말이다.

"지니는 축구 연습이 있고 난 숙제해야 해."

"한 시간, 아니 두 시간만 내 주면 돼. 오늘 다 구입하면 당장 수레 만들기에 착수할 수 있을 거야."

나는 졸린 눈을 비볐다. 오늘은 눈물 바람도 보이지 않을 테니 올리버와 만나도 괜찮겠지만 역사 리포트를 빨리 끝내야 했다. 더군다나 지니는 오늘 저녁 파티를 성대하게 준비하려고 벼르고 있었다.

"정말 돕고 싶지만 오늘은 좀 곤란해."

"맬러리, 시간 없어. 퍼레이드 행사는 금요일에 열린다고. 나만 이렇게 매달리게 될 줄은 몰랐네."

"그러니까 말이야."

"맬러리 브래드쇼, 학교가 자넬 원하고 있어."

나는 미소를 지었다. 이런 농담을 주고받는 건 지니가 유일했는데. 교감할 수 있는 상대가 없었을 뿐 아직 유머 감각이 죽진 않았나 보다.

"알았어. 우리 클럽을 위해서 내 한 몸 희생하지, 뭐."

"이번엔 사촌을 달고 나타나지 않을게. 약속해."

내 얼굴에서 미소가 사라졌다. 올리버는 늘 제 이름 옆에 '제러미의 사촌'이라는 참조 사항을 달고 다녔다. 올리버와 가깝게 지내면 제러미는 더디 잊겠지만 리스트는 금방 완수될 것이다. 진짜 사기 충전 클럽의 비서로 불리고 싶다면 비서다운 일을 해야겠지.

올리버가 차로 데리러 오겠다고 했지만 나는 자전거를 타고 가기로 했다. 60년대에는 많은 청소년들이 자동차가 아니라 자전거를 이용했기 때문이다. 창고에서 발견한 오래된 자전거를 탔는데 바나나 모양 안장에 금이 가서 페달을 밟을 때마다 내 구제 리바이스 청바지를 찔러 댔다.

남부 캘리포니아에서 가을은 보이는 게 아니라 느껴지는 것이었다. 황금빛 벌판도 없었고, 기온도 살짝 떨어질 뿐이어서 단풍도 금세 들지 않았다. 하지만 회색빛 하늘에는 변화의 기미가 엿보였다. 나는 한기에 재킷을 여몄다. 제대로 된 코트나 두꺼운 카디건을 입는 편이 낫겠지만 아직 겨울옷은 염두에 두고 있지 않았다. 그저 리스트가 완료될 때까지 버틸 만한 옷가지면 충분했다.

나는 서늘한 날씨를 즐기려고 자전거를 타는 척했다. 사실은 올리버가 차로 데리러 왔다가 부모님과 우연히 마주쳐서 누구냐고 물을까 봐, 올리버가 제러미의 사촌인 걸 알게 될까 봐 불안해서였다. 게다가 올리버랑 둘만 가느냐는 둥 카딘이나 페이지, 신입생 반스까지 불렀을 수 있다는 등 지니의 지적질도 듣고 싶지 않았다. 오늘의 나들이는 조촐하게 이뤄져야 했다. 누군가가 꼬치꼬치 따져 묻는 건 딱 질색이다. 뭐, 파헤칠 만한 건덕지도 없겠지만.

올리버의 자동차가 공예 용품점 앞에 털털거리며 섰다. 나는 창가에서 올리버를 관찰했다. 차 문이 고장 난 모양인지, 올리버는 운전석 창문으로 발레 무용수처럼 쑥 빠져나왔다. 후드 티 모자를 휙 덮어쓰고 지퍼를 올리는 올리버의 손가락은 투박하면서도 강해 보였다. 마치 제러미의 손가락처럼.

하지만 올리버는 제러미가 아니다. 명심하자, 명심. 올리버의 귀는 뾰족했고 눈은 빠져들 듯한 푸른색이었다. 올리버가 거친 매력의 소유자라면, 제러미는 말도 안 되게 잘생긴 데다 완벽한 입술을 가진…… 아, 여전히 그리워.

안간힘을 쓴다면 올리버도 다른 남자애처럼 생각할 수 있었다. 그저 내가 잊으려고 애쓰는 남자애와 외할아버지 외할머니가 같을 뿐이니까.

올리버는 주차장을 성큼성큼 가로질렀다. 차가 오는지 살필 생각도 없이 앞만 보고 걸어오다가 창문을 사이에 두고 나와 눈이 마주쳤다. 올리버가 한쪽 입꼬리를 씩 올렸다. 나는 화들짝 놀라서 서둘러 쇼핑 카트를 고르는 척했다. 올리버를 쳐다보고 있었다고 해서 왜 죄책감을 느껴야 하지? 우린 여기서 만나기로 했고 내가 먼저 도착한 것뿐이잖아. 관심이 있어서 관찰하고 있었던 게 아니라고. 절대 아니야.

"문득 깨달았는데, 장식 용품에 대해선 하나도 모르겠더라."

올리버는 내가 밀던 쇼핑 카트를 가져가더니 문구 코너로 끌고 갔다.

"장식 용품이라고?"

"수레를 장식해야 하잖아."

올리버가 뒷주머니에서 작은 수첩과 펜을 꺼냈다. 수첩의 빈 장을 찾아 넘기는데, 표지가 먼저 눈에 띄었다. 자주색과 분홍색이 섞인 평화 심벌이 그려져 있었다.

내가 수첩을 보며 눈을 깜빡거리자 올리버가 말했다.

"왜? 이건 여동생 수첩이야. 내 건 어디 뒀는지 못 찾아서. 어쨌든 리스트부터 작성해야 해. 그래야 정리가 되지."

올리버는 긴 손가락을 움직이면서 끄적이기 시작했다.

"우선 색 테이프랑 풍선이 필요하겠지? 두껍고 둘둘 말린 종이는 어디서 사지? 학생회에서 공지를 붙일 때 사용하는 종이 말이야."

"우체국에서 쓰는 소포지? 학교에 쓰다 남은 게 있을 거야. 없으면 화방에서 구하면 될걸?"

올리버가 삐딱한 글씨체로 '소포지'를 받아 적었다.

"봤지? 네가 이런 거 잘할 줄 알았어."

"내가 여자라서?"

나는 괜히 무뚝뚝하게 되받아쳤다. 올리버를 너무 믿으면 안 돼.

"아니, 넌 감각이 예민하잖아. 제안서 잘 썼더라고. 제길, 너무 예민하게 굴지 마."

"제길?"

"앵무새처럼 계속 되묻기만 할 거야? 그래, 제길. 심한 욕도 아니잖아. 아무튼 우린 해야 할 일이 있어. 집중하자고."

올리버가 주변을 두리번거리다가 넋이 나간 듯 말을 이었다.

"그런데…… 뭐가 더 필요하지?"

나는 올리버의 수첩을 낚아채서 리스트를 작성했다. 종이테이프, 티슈, 풍선, 물감, 장식 수술, 반짝이 장식 용품. 이 정도면 충분하겠지. 거창하게 꾸밀 필요 없이 아기자기하게 장식해서 탈 거니까.

"이제 시작일 뿐이야. 파티 용품점에 가야 나머지 것들도 살 수 있어."

올리버는 내가 평화 협정문을 쓰기라도 한 듯 활짝 웃었다.

"맬러리, 네가 와서 정말 다행이야."

어쩔 수 없이 나도 다시 미소를 지었다.

"나도 그래."

혹시나 해서 일러두는데 내가 다행인 이유는 사기 충전 클럽 활동이 성공할 것 같아서지, 전 남자 친구의 사촌 형이 나를 유능한 존재라고 느끼게 해 줘서가 아니다.

"근데 이런 일엔 익숙하지 않아? 넌 학생회 임원이잖아. 난 학교 클럽에 들어 본 적이 한 번도 없었어."

"진짜? 그럼 뭘했는데? 운동?"

올리버가 파란색 반짝이가 든 통을 카트에 던져 넣었다. 리스트에 없는 물품이지만 내가 모르는 뭔가가 있겠지?

"아니, 아무것도 안 했어. 내 학생부는 아주 깨끗해."

"교내 활동을 하나도 안 했단 말이야? 평소엔 뭘했는데?"

정말 순수하게 궁금한 목소리였다. 올리버의 사전에는 책임감이나 활동 목표, 대학 진학 같은 게 없는 삶은 존재하지 않는 모양이었다. 뭘했느냐고? 지난 주가 되기 전까지 나는 전 남자 친구와 매일 붙어 다녔다. 분명하게 말하자면 일주일 중에 육 일은 이십 시간씩 붙어 지냈다. 나머지 시간에 제러미는 농구를 하거나 버블엄을 만났겠지.

나는 쇼핑 카트에 몸을 기댔다. 네온 빛이 번쩍이자, 머릿속에 전구라도 켜진 듯 희미했던 깨달음이 분명해졌다. 난 한 게 없어. 어떻게 좋아하는 일이 하나도 없을 수가 있지? 아니, 나도 수백만 가지의 것들을 해 보긴 했다. 아무 성과 없이 흐지부지되고 말았지만. 난 잘하는 것도 없고 내 것이라고 할 만한 것도 없었다. 난 아무 특징도 없는 말간 두부 같은 존재였다.

그래서 제러미도 한눈을 판 건가? 버블엄은 라크로스를 즐기는 데다, 열렬한 코르셋 수집가일 게 틀림없었다. 나는 침실 가득 야구 선수 피규어나 모을 뿐, 13개월 동안 제러미의 스케줄과 취미 활동에 따라 생활했다. 젠장, 난 그런 여자다. 아무것도 한 게 없는 여자.

"난 아빠 일을 돕고 있어."

"사무실에서?"

올리버는 펜을 잘근잘근 씹고 있었다. 무심코 물었겠지만 자기 질문이 얼마나 내 정곡을 찔렀는지 모르겠지.

"꼭 그렇지는 않아. 골동품 거래 일을 하시는데, 난 그냥 아빠가 입수한 물품들을 분류해서 쓸모 있는 것만 골라내는 일을 도와."

너무 고상하게 표현했나? 내 말만 들으면 값비싼 골동품에 가격표를 붙이는 모습이 떠오르겠지? 실상은 바퀴벌레나 밟아 죽이면서 옛 물건 더미를 뒤지는 일인데.

"그러니까 너도 좋아하는 일이 있구나? 과거를…… 분석하고 분류하는 거?"

나도 몰랐던 나 자신을 올리버가 정확하게 표현해 준 셈이었다. 나는 패배자가 아니다. 오히려 현실과 이상을 절충해서 생각하는 날카로운 인간이다. 제러미를 제외하더라도 나는 충분히 중요한 사람이고 중요한 일을 할 수 있다. 매일 조금씩 더 분명해질 터였다.

"고마워."

올리버가 나를 지그시 바라보았다. 지금의 대화가 나한테 아주 중요한 의미가 되었다는 걸 알아챈 눈빛이었다.

"천만에."

올리버와 나는 차 뒷좌석에 자전거를 싣고, 월마트로 향했다. 그리고 월마트 한가운데서 '만화 나라' 주제에 딱 들어맞을 캐릭터를 발견했다.

"저거야!"

올리버가 천장에 걸린 장난감 소년을 가리켰다.

"우주 가족 젯슨! 오래된 만화지. 60년대쯤?"

60년대에서 바라본 미래 소년이라, 딱 좋은데?

"직접 본 적은 없지만 들어 본 적은 있어."

"천장에 공을 대롱대롱 달아 놓고, 퍼레이드 수레를 우주선처럼 만드는 거야. 모두 우주 가족 같은 복장을 하고!"

올리버의 얼굴이 확신으로 빛났다. 정말 신이 난 모양인지, 올리버는 카트 안으로 풀쩍 뛰어들고는 주먹을 팡팡 내리쳐 댔다. 나는 카트에서 약간 물러서서 넋이 나간 채로 올리버를 쳐다보았다. 창피하기도 하고 신기하기도 했다. 올리버가 엄청 잰 체하는 애인 줄로만 알았는데 이제 보니 아니었다. 올리버는 억지로 꾸며 내는 게 아니라, 그냥 하고 싶은 대로 하는 거였다.

올리버는 누가 어떻게 볼지, 어떻게 잘못될지 고민 없이 덤벼들었다. 우리가 다른 사람이나 자기 자신을 너무 의식해서 오히려 올리버가 계산적으로 보인 것뿐이었다. 누구도 올리버처럼 자신이 생각하고 느낀 그대로 털어놓지 못했다. 왜 사람들이 올리버의 존재를 껄끄러워하는지 이제 이해가 갔다. 올리버의 존재를 있는 그대로 인정해 버리면, 우리가 얼마나 가식적이고 계산적인지 드러나 버릴 테니 말이다.

쇼핑은 정오쯤에 끝이 났다. 올리버가 한 군데 더 들를 곳이 있다고 얼버무리더니, 인도 음식점 앞에 차를 세웠다. 올리버는 미소를 지어 보이고는 아무 말없이 가게 안으로 들어가 버렸다. 도대체 인도 카레가 우주 가족 젯슨이랑 무슨 상관이 있는 거야?

뒤따라 들어가자 올리버가 계산대에서 돈을 건네고 있었다.

"너한테 거절할 틈을 안 주려고 계산부터 먼저 했지. 이렇게 멋진 식당이 거부당하는 꼴을 어떻게 보겠어?"

"여기서 밥을 먹자고?"

"응. 뷔페는 이런 식으로 돌아가지. 돈을 낸다, 접시에 음식을 담는다, 앉는다, 먹는다, 끝."

"인도 요리는 처음이야."

"그렇다면 맬러리 브래드쇼, 자네는 그동안 살아도 제대로 산 게 아니라네."

올리버가 요리를 하나하나 설명해 주었다. 내 눈에는 음식들이 다 똑같아 보여서 설명이 도움이 됐다. 평소 좋아하는 음식만 주문하는 나지만, 지금은 생선 머리로 만든 것 같은 소스를 퍼 담고 있었다. '난'이라는 이름의 납작한 빵도 가져왔다. 올리버는 적당한 자리를 찾으면서 인도인의 억양을 실없이 흉내 내며 웃기려 들었다.

나는 손가락에 묶인 털실을 매만졌다. 이렇게 즐겁게 지내도 되느지 모르겠다. 복고풍으로 살기로 했지만, 그렇다고 지나간 과거를 그리워하며 어두운 상복 차림으로 우는 게 60년대 삶은 아니잖은가. 게다가 장례식장에서도 사람들이 웃는 걸 본 적 있었다. 그러니 이별 뒤에도 쾌활하게 지내지 못할 이유가 뭔가? 특히 오늘처럼 삶을 너무나 수월하게 살아가는 올리버가 곁에 있는데 말이다. 올리버라면 혜성이 자동차를 강타해도 어깨 한 번 으쓱하고 버스를 타러 갈 사람이었다.

우리는 한쪽 테이블에 자리를 잡고 앉아 열심히 요리를 맛보기 시작했다. '난'을 치킨 카레에 찍어 먹느라 내 셔츠에 카레가 튀고 말았지만 올리버는 모르는 것 같았다. 올리버는 양고기를 흡입하느라 정신없었다. 입에 든 음식을 삼키려고 숨을 고를 때가 돼서야 올리버가 말을 걸었다.

"우리 할머니랑 자주 오는 곳이야. 좋은 성적을 받으면 늘 이곳에 데려오시지. 난 시험을 칠 때마다 여기 요리를 생각해."

나는 냅킨을 뽑아 들었다.

"제러미도 그랬어. 할머니와의 성적표 데이트가 최고라고."

"저기 있잖아."

올리버가 포크를 내려놓고 얼굴을 문질렀다.

"나도 이 자리가 이상하다는 거 잘 알아. 그러니까…… 내가 오늘 너랑 어울린 걸 제러미가 알면 날 한 대 칠 거라는 말이야."

"아니, 안 그럴 거야."

"때리지 않더라도 무슨 짓을 하긴 하겠지. 오늘 일은 당연히 제러미한테 말할 거야. 비밀스러운 게 아니니까. 너희 둘이 사귀고 있었어도 오늘 같이 일했어야 하잖아, 맞지?"

아니, 제러미랑 사귀고 있었다면 오늘은 일요일이니까 공원에서 오리에게 먹이를 주고 있었을걸. 나무 그늘에 자리를 잡고 키스 타임도 가졌을 거야. 제러미가 날 사랑한다고 착각하고 있었을 테니까.

"물론이지."

"그럼 난 끔찍해 보이는 갈색 렌틸 콩 요리를 퍼 올게. 제러미의 이름을 말하는 사람이 먹기로 하자."

"그 게임 맘에 드는데? 제러미 얘기는 해도 상관없지만, 안 하는 게 좋을 것 같다는 뜻이야."

"나도 같은 생각이야. 제러미 얘기를 하면 네 사기가 떨어지거든."

올리버는 이글 스카우트 시절 이야기를 들려주었다. 요양원에 보낼 무릎 담요를 모아, 각각의 담요 끝자락에 퀼트 천을 바느질로 박아 표시하는 데 6개월이나 걸렸다고 했다. 작업이 생각보다 오래 걸렸지만 올리버는 제대로 하고 싶었다고 했다.

"이글 스카우트 활동을 했다니, 안 믿겨."

"스카우트 활동을 거짓으로 꾸며 내는 건 두 배로 나쁜 거짓말이야. 스카우트 단원의 명예가 있지."

"대학 진학을 위해 우리 클럽에 들어왔다는 말은 전부 핑계였구나? 넌 다른 사람들을 위해 봉사하는 걸 좋아해. 학교에서 어떻게 행동하든 넌 사람들을 좋아한다고."

올리버가 테이블 앞으로 몸을 숙였다. 후드 티의 조임 끈이 요리에 닿을락 말락 했다.

"누구에게라도 발설하기만 해. 몰래 학생회장에 널 추천하고 말테니까."

"봤지? 협박조차도 색다르잖아."

올리버가 번뜩 정신이 든 듯 진지해졌다.

"저기, 이렇게 잡담이나 하고 있을 때가 아니야. 퍼레이드 수레를 완성하려면 시간이 얼마 없어. 홈커밍 퍼레이드 행사는 금요일이라고."

"우린 잘 해낼 거야. 그리고 그렇게 애쓸 필요 없어. 다른 반 애들이 열심히 만들어 줄 텐데, 뭐."

"사실…… 홈커밍 행사도 홈커밍 행사지만, 개인적으로는 이 클럽에 들어와서 너랑 친해질 수 있어 기뻤어."

올리버가 닭 다리를 한입 베어 물고 천천히 씹었다. 말을 신중히 고르는 모습이었다.

"둘이서만 다니다 보니 느낀 건데. 맬러리, 너 의외로 생각했던 것과 많이 다르더라."

나는 등을 똑바로 폈다.

"예전에는 어떻게 생각했는데?"

올리버가 고개를 저었다.

"모르겠어. 넌…… 아니었잖아."

올리버가 테이블을 가리키며 말을 이었다.

"이런 애가."

이런 애가? 좋다는 말이야, 나쁘다는 말이야?

어쩌면 올리버도 내 상황과 똑같았을지도 모르겠다. 사람들은 누군가의 비뚤어진 시선으로 왜곡된 정보를 아무 생각 없이 받아들인다. 하지만 우리에게는 어느 한 사람의 견해로는 다 아우를 수 없는 수많은 장점이 있다. 게다가 그 한 사람이 못 믿을 만한 사람이라면 그의 견해는 특히 주의해야겠지.

"내가 고맙다고 해야 하나? 그럼 고맙다고 할게. 분명 칭찬이었겠지?"

올리버가 웃음을 터뜨렸다.

"봤지? 넌 달라."

나는 냅킨으로 입을 닦는 척 미소를 감췄다. 올리버는 내 유머를 알아줬다. 이제 지니한테 시험해 보지 않아도 되는 건가?

"걸 스카우트에서 연마한 솜씨지. 코미디언 배지를 받으려고 몇 개월이나 연습했는지 몰라."

"진짜 걸 스카우트 활동을 안 했다면 그런 농담하면 안 돼. 두 배로 나쁜 거짓말이라고, 기억해?"

"난 지하 단원이야. 그래서 지상 조직에서는 날 모르지."

"알았어, 배지 받을 만해."

올리버가 창밖을 내다보며 다시 진지해졌다.

"퍼레이드 수레 일을 끝내고 나서도 클럽 회의는 할 수 있는 거지? 네가 내 사촌과 다시 합치든 깨진 채로 있든."

"다시 합칠 생각 없……."

"어쨌든 복도에서 반갑게 인사하기다? 그래야 덜 이상하지, 안 그래?"

"난 이 자리도 안 이상해."

물론 이상했다. 하지만 그걸 꼭 집어 말하는 건 반칙이다. 올리버 킴벌, 렌틸콩 요리는 네 차지야.

"난 맬러리 너랑 있는 게 좋거든."

올리버는 여전히 창밖을 내다보고 있었다. 이런 얘길 하면서 뭘 저렇게 빤히 쳐다보는 거지?

"머리로는 그러지 말아야지 하면서도 그냥 좋아. 이유는 말 못하겠다. 너무…… 이유가 많아서. 하지만 제러미를 생각하면 서로 잘 알고 지낼 수 있을지 모르겠어."

올리버가 급하게 설명을 덧붙였다.

"물론 친구로서 말이야. 넌 흥미로운 사람이야. 난 우정에서 그걸 제일 따지거든. 그러니까 난 내 마음에 드는……. 아니, 네가 마음에 든다는 게 아니고. 아까 한 말을 남녀 사이로 잘 알고 지내자는 걸로 오해할까 봐 이야기하는 거야. 그렇다고 네가 여자로서 안 끌린다는 건 아니야. 물론 넌 예뻐. 진짜 예쁘지. 내가 무슨 말을 하는 거야 지금."

나는 대수롭지 않은 듯 행동하려고 무지 애를 썼다. 마치 비행기가 난기류를 만났을 때와 같았다. 다들 속이 뒤집히고 겁을 집어먹기 마련이지만, 베테랑 여행객들은 팔걸이도 잡지 않고 덜컹 내려앉더라도 '아' 소리 한 번으로 의연하게 대처한다. 심지어 더 차분한 사람들은 머릿속에 죽음이라는 단어는 아예 지워 낸 것처럼 주간지를 뒤적이지 않는가.

올리버가 나를 알고 싶단다. 내가 예쁘단다. 바로 올리버 킴벌이 말이다. 내 사회적 영역이라는 태양계에서 저 멀리 떨어져 있던 남자 아닌가. 마치 명왕성 같은 존재였는데. 명왕성은 행성도 아니지만 태양계에 속해 있는…… 아니, 이러쿵저러쿵할 것 없이 올리버는 저 멀리 떨어져 있는 존재잖아? 굳이 멋지게 표현할 필요 없지.

"뭐라고 말 좀 해 봐, 맬러리."

올리버는 거의 숨도 못 쉬고 있었다.

"나도 널 알아 가는 게 좋아."

올리버가 마침내 창에서 눈을 뗐다. 하지만 내 눈을 마주보지는 못했다.

"그래?"

"그래."

갑자기 이 작은 식당의 모든 게 의식됐다. 구석의 텔레비전에서는 발리우드 영화가 나오고 있었고, 입구에는 불상이 온화한 미소를 짓고 있었다. 엉덩이를 들썩일 때면 비닐이 바스락거리는 소리가 들렸다. 올리버의 뾰족한 귀에 빨간불이 들어왔고, 내 팔에 소름이 돋았다. 나도 지금 이 대화가 어떻게 시작되었는지, 어디로 향하는지 알 수 없었다.

"올리버, 그런데 우리가 처음 만났을 땐 왜 그렇게 무심한 척 행동했어?"

"모르겠어. 그게 안전할 것 같아서?"

"안전?"

"다시 앵무새가 된 거야?"

안전이라, 어렴풋이 알 것 같았다. 지금 내가 할 수 있는 가장 안전한 일은 휴대 전화를 찾아서 제러미에게 전화를 거는 일이었다. 홈커밍 파티에 같이 갈 파트너를 정했다지만 제러미는 나를 다시 받아 줄 게 분명했다. 제러미도 안전을 좋아하기 때문이다. 버블엠한테 감정을 털어놓는 건 제러미에게 안전했다. 컴퓨터 화면이라는 완충제가 있었기 때문에. 또 키스를 나누기에는 내가 안전했다. 내가 바로 옆에서 원하고 있었기 때문에.

지금 올리버와의 대화에 이렇게 마음이 들뜨는 건 올리버가 지금 나에게는 가장 안전하지 않기 때문이었다. 굳이 애정사를 들먹이지 않더라도 제러미의 사촌 형이라는 점을 빼면 올리버는 전혀 모르는 사람이나 마찬가지였다. 새로운 우정이나 그 이상의 관계를 형성하려면, 또다시 모든 장애물을 극복해야 할 터였다. 그리고 이 관계에서는 내가 상처받을 확률이 컸다. 사람들이 어떻게 생각할 것이며, 제러미는 또 어떻게 받아들일 것인가. 지금의 나는 예전의 나라면 하지 않을 일들을 거침없이 하고 있었다.

"친구가 되려면 너도 무슨 일이 있었는지 알아야겠지. 제러미가 바람을 피웠어. 온라인 여자 친구를 만들었거든. 내가 우연히 둘이서 주고받은 이메일을 발견하게 됐고, 다 읽어 버렸어."

나는 눈을 질끈 감았다.

"제러미한테 늘 불만인 점이 있었어. 우린 대화를 나누지 않았거든. 제러미는 내 농담을 전혀 이해하지 못했어. 그냥 우린 그런 사이였어. 난 그저 종이 인형 같은 여자 친구였을 뿐이야. 물리적으로 가까이 있는."

눈을 뜨자 휘둥그레진 올리버의 눈이 보였다.

"제러미의 온라인 여자 친구가 홈커밍 파티 때 날아올 거야. 그럼 물리적인 거리도 해결되는 셈이지."

"그래서 제러미의 프렌드 스페이스에다 거짓말쟁이라고 써 놓은 거구나."

"너도 프렌드 스페이스를 하는 줄 몰랐어."

"안 해. 사실……."

올리버의 오른쪽 입꼬리가 슬쩍 올라갈 듯 말 듯했다.

"네 페이지를 찾아보려고 계정을 하나 팠어. 사람들이 이것저것 마구 올리던데, 좀 제재할 방법이 필요하겠더라."

"나도 찬성이야. 어차피 컴퓨터는 완전히 끊고 살거든."

나는 잠시 망설였다. 지니와 페이지 말고는 아무한테도 말하지 않은 진실을 올리버에게 털어놓은 마당에 리스트에 대해서도 그냥 다 털어놔?

아니, 한 번에 너무 많은 걸 털어놓으면 안 돼. 게다가 리스트는 비밀 이상의 존재다. 성스럽기까지 한 것이어서 누구와 이러쿵저러쿵 논할 대상이 아니다.

"뭐, 다 안전 때문에 벌어진 일이지."

"맬러리, 난⋯⋯."

"그러지 마. 위로받으려고 털어놓은 게 아냐. 그냥 네가 이해해 줬으면 해서 한 말이야."

올리버는 소다수에 빨대를 찔러 넣고 얼음을 이리저리 부셔 댔다.

"제러미의 행동은 절대 이해 못 해. 하지만 네가 왜 그랬는지는 잘 알겠어. 나였으면 당장 컴퓨터를 창밖으로 내던졌을 거야."

그건 정말 미친 짓이다. 지니가 내 컴퓨터를 인질로 잡고 있는 상황이 훨씬 정상적으로 보였다.

올리버가 포크로 밥을 뜨며 말을 이었다.

"그래도 미안하다는 말은 해야겠어. 내가 제러미한테 클럽 회의가 있으니까 와서 한번 잘해 보라고 했거든."

"안 그랬다며!"

"난 가끔 거짓말을 즐겨. 이제부터 꼭 알아 둬. 스카우트 단원의 명예를 걸고 선서를 하지 않은 이상 거짓말도 괜찮거든. 그런데 말이야. 이제 우리 좀 덜 어색해진 것 같지 않아?"

"그래. 사촌 동생의 전 여자 친구와 어울리는 것보다 더 어색하고 이상한 게 어디 있겠어?"

올리버는 자리에서 일어나 손을 내밀었다.

"상처받을 필요 없어. 제러미가 얼마나 멍청한 놈인지 알았으니, 너랑 어울린다고 해도 하나도 안 미안해. 가자. 굴랍 자문을 소개해 줄게."

"굴랍 자문이 누군데?"

"쌀로 만든 푸딩. 후식이지."

나는 올리버의 손을 잡았다. 우리는 뷔페 요리 사이를 어슬렁거렸다. 제러미의 손을 잡았을 때처럼 찌릿하지는 않았다. 오히려 어렸을 때 엄마 손을 잡고 길을 건너는 느낌과 비슷했다. 뭔가 가슴에 사무치는 친숙함이 느껴졌다. 바로 안전감이었다.

15

맬러리 브래드쇼가 시도해 볼 만한 위험한 짓

1. 자동차 경주 – 일단 자동차가 없고 경쟁해서 누군가를 이기고 싶은 마음이 없는
   게 문제다. 경주를 벌일 장소도 마땅치 않은 데다, 목숨을 걸고 위험을 추구하
   고 싶은 욕구도 없다.

2. 제러미의 자동차 타이어에 구멍 내기 – 아직 고민 중이다.

3. 마약 – 우리 학교에는 마약이 넘쳐 나지만 불법적인 행위는 하고 싶지 않다.
   게다가 마리화나가 크게 유행한 시기는 1960년대 후반이어서, 시대가 약
   간 어긋난다.

4. 홀딱 벗은 채로 바다에 뛰어들기 – 너무 진부하다. 게다가 불법이기도 하다.

5. 올리버에게 진짜 마음 고백하기

올리버는 집까지 태워다 주겠다고 했지만, 내가 고집을 부려서 집에서 몇 킬로미터 떨어진 곳에 내렸다. 뷔페가 너무 완벽했기 때문에 자동차를 계속 타고 가다간 괜히 이상한 말을 주저리주저리 늘어놓을 것 같았다. 오늘 올리버와 나눈 대화를 혼자서 곱씹을 시간도 필요했다.

"앞으로 이틀 정도 수레 장식에 매달리자. 다음 주 괜찮지?"

"알잖아? 아무것도 안 하고 있는 거."

"뭐, 어쨌든 꽤 바빠 보이긴 해."

올리버가 차에서 풀쩍 뛰어내리더니 가까이 다가왔다. 내 좌석에 손을 대고 몸을 숙이기에 키스를 하려는 줄 알았는데, 갑자기 자전거 벨이 찡 울리는 게 아닌가.

키스가 아니었다. 내가 키스를 그렇게 좋아했나? 완전히 바보처럼 보였을 텐데. 이게 다 호르몬 때문이다. 구 일 동안이나 키스하지 않았으니, 육체적으로 굶주린 상태였던 것이다. 그러니 남자가 다가오기만 해도 키스할 거라고 지레짐작하고 설레발을 치지.

금요일 아침과 똑같았다. 데릭 두글맨이 나를 위해 도서관 문을 잡아 주었을 때 나도 모르게 두글맨의 엉덩이를 대 놓고 쳐다보고 말았다. 이제껏 한 번도 남자의 엉덩이를 쳐다본 적은 없었는데. 더군다나 느끼하게 번들거리는 머리를 한 두글맨의 엉덩이를 쳐다보다니.

나는 자전거 페달을 밟으며 올리버에게 작별 인사를 했다.

"태워다 줘서 고마워. 널 잘 알게 돼서 좋았어."

올리버가 작게 한숨을 쉬었다.

"왜 그렇게 정중해?"

올리버가 차를 몰고 떠나자, 드디어 혼자 생각할 시간을 가질 수 있었다. 올리버? 제러미? 어떤 생각을 할까 하다가 자연스럽게 나 자신에 대해 골몰하게 되었다. 가슴속에 요동치고 있는 감정에 대해서 곰곰이 생각해 볼 필요가 있었다. 다음에 올리버를 만나면 어떤 말을 해야 하지?

그때 빗방울이 팔에 톡 떨어졌다. 평소 같은 부슬비가 아니었다. 보아하니 홍수처럼 쏟아질 폭우 같았다. 아직 집에 다다르려면 십 분은 페달을 밟아야 했다. 예전 같으면 얼른 엄마한테 전화해서 데리러 오라고 했을 텐데 지금은 그 잘난 휴대 전화가 없었다. 도대체 옛날 사람들은 어떻게 살았는지 모르겠다.

빗속을 헤치며 장장 십오 분 동안 자전거를 끌고 터덜터덜 걸어 집에 도착했다. 어서 빨리 뜨거운 물에 몸을 담근 뒤, 역사 리포트를 마무리 짓고 잠자리에 들고 싶은 마음뿐이었다. 쉴 새 없이 울리는 문자 메시지를 확인하거나, 프렌드 스페이스에 접속하거나, 귀여운 옷과 장신구를 찾아 인터넷을 돌아다니는 일을 하지 않으니 갑자기 주말이 한가하게 느껴졌다. 한편으론 외로운 기분도 들었다.

그런데 괴상한 광경이 부엌에서 나를 기다리고 있었다. 식구들이 전부 식탁에 앉아 있었고, 식탁 위에는 정성스레 차린 음식이 놓여 있었다. 꼭 일요일의 이른 저녁 파티 같잖아?

레이스가 달린 분홍 앞치마를 허리에 두른 지니가 젤리 푸딩을 들고 걸어오며 나를 노려보았다.

"파티는 세 시라고 했을 텐데."

파티를 잊다니 나는 진짜 나쁜 언니다. 지니는 온종일 요리에 매달렸을 게 틀림없었다. 구운 닭고기, 채소를 듬뿍 넣은 캐서롤 요리, 젤리 푸딩, 잘 구워진 롤빵, 콩이 세 종류나 들어간 샐러드까지. 갖가지 요리가 차려져 있었다. 상차림은 할머니의 옛 요리책 표지를 장식하고도 남을 정도였다.

나는 집 안에 물을 뚝뚝 흘리고 싶지 않아서 문가에 우두커니 서 있었다. 엄마가 욕실에서 가져다준 수건으로 물기를 닦아 내며 말했다.

"죄송해요, 휴대 전화가……."

"그래, 우린 이십 분이나 기다리느라 배가 고파 쓰러질 지경이야. 빨리 와서 앉아."

지니가 투덜거렸다.

"얼른 옷만 갈아입고 올게."

지니의 볼멘소리를 들으며 욕실로 뛰어 들어가 티셔츠와 짧은 반바지로 후다닥 갈아입었다. 지니가 막 초에 불을 붙일 때쯤 겨우 식탁 의자에 앉았다.

지니가 양팔을 뻗어 아빠와 내 손을 잡았다.

"우리 이 음식을 위해 감사 기도를 올려요."

"기도라고?"

아빠가 멍하게 되묻자, 눈을 감고 있던 지니가 한쪽 눈을 슬쩍 떴다.

"아빠, 가족이 모였을 땐 함께 기도를 올려야죠."

아빠와 엄마가 눈빛을 교환하더니 손을 잡았다.

지니가 이번엔 나를 불렀다.

"언니?"

"왜?"

"기도해 봐."

평소에 우린 기도를 하지 않는다. 이렇게 모여서 다 같이 기도한 적은 단 한 번도 없었다. 할머니와 함께하는 일출 명상 때나, 잠자리에 들기 전 하루를 정리할 필요가 있을 때 가끔 기도를 올려 본 적은 있었다. 어딘가에 마음을 털어놓고 싶지만, 누구에게도 기댈 수 없을 때 신을 찾았던 것이다. 하지만 식사 전의 감사 기도처럼 일상적인 기도는 해 본 적이 없었다. 어디서부터 어떻게 시작해야 할지 난감했다.

"하나님, 이 음식을 주셔서 감사합니다. 이 요리를 준비한 손에…… 감사드립니다. 우리 가족을 대신해서 감사드립니다."

눈을 한쪽 뜨고 슬쩍 살펴보니, 다들 고개를 푹 숙인 채 손을 잡고 있었다. 보기 좋은데? 왜 진작 이러지 못했을까? 뭔가를 같이 한다는 게 이렇게 기분 좋은 일이었다니. 진짜 가족이 된 것 같았다. 지니가 잘한 걸까? 아니, 리스트 덕분인가?

"모든 것에 감사드립니다. 아멘."

엄마가 고개를 들면서 나한테 윙크했다.

"아름다운 기도였어, 맬러리. 고맙구나."

기도가 끝났지만 아무도 음식에 손을 대지 않았다. 집사라도 와서 음식을 덜어 주길 기다리는 것 같았다. 마침내 지니가 웃음을 터뜨렸다.

"언니, 내 손에 축복을 내려 줘서 고마워. 내 손은 신성해졌어."

지니가 양손을 들어 올렸다.

"기도 내용으로 놀리지 마. 다들 그렇게 말한다고."

나는 음식을 뒤적거렸다. 배가 너무 부른 상태라 음식은 보기만 해도 토할 것 같았다. 일단 레몬 젤리를 접시에 옮겨 담았다.

"오늘 어디에 있었던 거냐? 그것도 온종일 밖에서?"

아빠가 닭 다리를 찢으며 물었다.

"자전거를 탔어요. 사기 충전 클럽의 퍼레이드 수레를 장식할 용품을 사야 했거든요."

나는 포크로 젤리를 콕 찍었다.

"사기 충전 클럽이라고?"

엄마와 지니가 똑같은 말을 동시에 내뱉었지만 의미는 서로 달랐다.

"네, 제가 클럽을 만드는 데 기여를 좀 했거든요. 그리고 지니,
올리버 킴벌이랑 같이 갔었어. 도와 달라는 부탁을 받았는데, 넌
오늘 축구 연습이 있었잖아."

"단둘이서?"

지니가 의기양양한 목소리로 물었다.

"올리버 킴벌이 누구냐?"

아빠가 물었다.

"저 냄비 좀 끌어당겨 주실래요?"

내가 엄마한테 부탁했다.

엄마는 입을 우물거리고 있었지만 음식을 씹는 것 같지 않았다.

"데이트한 거니? 다른 남학생이랑? 그렇게 빨리?"

"그런 거 아니에요. 올리버는 제러미의 사촌이에요."

내가 왜 이걸 말했는지 모르겠다. 이렇게 일러두면 순전히 일 관
계로만 보일 거 같아서인가? 사실 내 마음에 일고 있는 동요는 제
러미와 올리버가 '사촌이기 때문에' 사라지는 것이 아니라 '사촌임
에도' 생겨난 것이었다.

"색 테이프만 샀을 뿐인데요, 뭐."

"하지만 남들 눈엔 그 모습이 어떻게 보일 거 같니? 당연히 학교
랑 관련된 일이고, 별일 없었겠지. 하지만 오해를 살 만한 행동은
안 하는 게 좋단다. 남들이 네가 사촌으로 갈아탔다고 생각하면

어떡하니?"

"하지만 그건 사실이 아니잖아요, 엄마. 순수하게 장식 용품을 사러 간 거고, 올리버도 그렇게 알고 있어요. 그런데 왜 남들 눈을 신경 써야 하죠? 게다가 엄마가 상관하실 일도 아니에요."

"상관할 일이 아니라고? 넌 내 딸이야, 당연히 상관이 있지."

"그냥…… 그만하세요. 중요한 일도 아니에요. 어차피 내 평판은 나쁜데요, 뭘."

"평판이 나쁘다니, 무슨 소리니?"

엄마가 컵을 내려놓았다. 엄마의 얼굴에 '이건 중대한 사안'이라는 표정이 떠올랐다.

"맬러리, 그 남학생에게 조금이라도 허락한 거니? 여학생은 한 번의 실수로 평판이 나빠지는 거란다."

"아빠, 이 캐서롤 요리 기억나요?"

지니가 큰 소리로 물었다.

이 언니를 도와주려고 애쓰고 있구나. 착하기도 하지!

"할머니의 요리법대로 만든 거예요. 칠십 년도 더 된 거죠. 오늘 상차림은 전부 60년대 초를 재현한 거예요."

"그래, 고향의 맛이더구나."

아빠가 대답했지만 나는 대화에 낄 수 없었다. 마음은 졸아들고 기분은 처지고 자꾸만 주눅이 들었다. 허락이라고? 엄만 이 모든 게 내가 허락해서 벌어진 일이라고 생각하는 걸까? 왜 엄마는 내 모습을 있는 그대로 보려 하지 않고 자꾸 색안경을 끼는 걸까?

"어머니."

내가 '어머니'라고 불렀던 적이 있었나? '어머니'라는 단어가 공기를 날카롭게 가로질러, 식탁 위의 가느다란 촛불까지 꺼뜨릴 뻔했다.

"제러미가 컴퓨터 게임에서 만난 여자와 바람을 피웠어요. 홈커밍 파티 때도 제러미의 파트너로 올 예정이에요. 내 평판은 걱정거리도 안 된다고요."

아빠는 포크를 가만히 내려놓았고 엄마는 입을 벌린 채 말을 잇지 못했다. 지니는 식탁 아래로 손을 뻗어 내 무릎을 꽉 잡았다. 엄마에게 말해 버리다니, 나 자신이 너무 미웠다.

이런 순간엔 보통 다음과 같은 상황이 펼쳐진다. 엄마가 딸을 껴안고 머리를 쓰다듬으면, 딸은 엄마의 품에 안겨 훌쩍인다. 다 괜찮다고, 남자가 뭐 중요하냐며, 남들 생각은 중요하지 않다고 위로하는 엄마의 말이 이어지겠지…… 하지만 내 예상은 완전히 빗나갔다.

엄마는 크게 안심하는 얼굴이었다.

"천만다행이구나. 제러미를 칭찬했던 말은 다 취소야. 하지만 내 말을 믿으렴. 가해자보다는 피해자가 되는 게 훨씬 낫단다. 일단 그 사촌은 멀리하도록 해."

엄마가 내 손을 토닥였다.

"다 괜찮아질 거야. 그렇고말고."

나는 손을 슬쩍 잡아 뺐다. 눈물을 보이지 않으려고 올리버가 묶어 준 털실 반지를 뚫어져라 내려다보았다.

때때로 나는 엄마가 오려 놓은 종이 인형이 아닐까 싶었다. 엄마의 눈에 그저 딸 역할을 맡은 사람일 뿐, 진짜 내 모습은 보이지 않는 걸까? 엄마는 우리 가족을 엄마에게 귀속된 이미지의 한 부분으로 생각했다. 엄마는 자신만의 세상에 갇혀 자상한 아내이자 완벽한 엄마로 살고 있었다. 하지만 엄마가 애지중지하는 가치들은 현실감이라고는 없는 것들이었다.

"긴급회의 소집!"

지니가 식탁 아래로 머리를 들이밀었다. 지니를 따라 머리를 들이밀자 우리 둘의 코가 거의 맞부딪칠 뻔했다.

"엄마가 바보처럼 굴고 있다는 건 알지만 싸우지는 말아 줄래? 제발 평화는 유지해 줘. 이유는 나중에 말해 줄게."

"나 진짜 토해 버릴 거 같아."

"잊어버려. 제러미 뮤이도 잊고. 남들이 하는 말은 전부 쓰레기야. 내 말만 들어. 언닌 굉장해, 알지? 내가 그렇게 생각하는 거면 진실이야. 난 항상 옳으니까."

엄마의 모든 허물은 지니가 내 동생이라는 사실로 다 덮어졌다. 이런 동생을 낳아 주셨잖아? 나한테 친구는 별로 없을지 몰라도 지니 하나면 충분했다. 충분한 것 이상이지.

"고마워. 근데 젤리 푸딩 잘 만들었더라."

"흠, 최악의 칭찬인데?"

우리는 다시 의자로 돌아와 앉아서 음식을 맛보기 시작했다. 다들 어색하다는 걸 잘 알고 있는 어색한 순간이었다. 하지만 누구도 분위기를 누그러뜨릴 만한 말이 생각나지 않아서, 음료를 홀짝이거나 은수저를 달그락거리며 지니가 준비한 저녁 파티를 즐기는 척했다.

얼마 지나지 않아 엄마가 손뼉을 짝 치면서 외쳤다.

"참, 깜빡할 뻔했네! 오늘 이렇게 지니가 저녁을 준비하고 다 함께 모인 이유는 우리 가족에게 새로운 소식이 있기 때문이야."

아빠가 팔을 긁적였다.

"임신 소식이라면 걱정인데? 5년 전에 묶었거든."

"윽."

지니가 재미없는 농담에 손사레를 쳤다.

엄마는 아빠와 지니를 모두 무시하고 나를 쳐다보았다.

"맬러리, 기억나니? 요전 날 창고에서 네가 찾아낸 커프 링크스?"

"뭐? 그때 난 어디 있었지? 왜 말 안 했어?"

아빠가 급히 물었다.

"당신을 깜짝 놀라게 해 주려고 그랬지."

엄마는 환히 웃고 있었다. 어느덧 걱정 많은 엄마에서 골동품 거래상으로 돌변해 있었다. 커프 링크스 이야기에 웃음을 감출 수 없는 걸 보니, 나도 어쩔 수 없는 골동품 업자 같았다.

"진짜래요?"

내가 비명을 질렀다.

"언니, 진정해."

지니는 가족 사업에 관여하고 있지 않아서인지 상황이 어떻게 돌아가는지 잘 모르는 것 같았다.

지금 상황이 내가 생각하는 그 상황이 맞다면 우리는 닭 다리를 던져 버리고 한 달 내내 저녁으로 랍스터를 먹을 수도 있을 터였다.

아빠가 엄마의 손을 꽉 잡았다.

"당신은 정말 대단한 여자야. 감정 평가는 받았어?"

"빈티지 급이야. 진짜 사파이어래. 게다가 20년대 초반에 팔리던 티파니 사 제품이라고."

인도 요리를 과식한 데다 티파니 사의 커프 링크스 얘기까지 들으니, 흥분했는지 속이 쓰려 왔다. 나는 배를 부여잡고 물었다.

"엄마, 뜸들이지 말고 빨리 말해 줘요. 그래서 얼마짜리예요?"

"얼마야?"

아빠가 낮게 속삭이자 마침내 엄마가 입을 열었다.

"만 사천 달러!"

우리 모두의 턱이 쩍 벌어졌다. 아빠가 엄마를 꼭 끌어안고 열정적인 키스를 퍼부었다. 지니와 나는 눈을 돌렸다. 돈이 부모님을 이토록 열정적으로 만드는구나. 돈 덕분에 우리 집에 행복한 기운이 가득 찼다. 두 달 정도는 숨 쉴 여유가 생겨서 아빠도 일에 집중할 수 있을 터였다. 열정적인 입맞춤이 끝나자, 엄마 아빠의 눈에 생기가 돌았다. 아빠가 물컵을 높이 들어 올렸다.

"자, 축배를 들어야지! 우리 딸 지니, 오늘 이렇게 멋진 저녁상을 차려 줘서 고맙구나. 기쁜 소식에 걸맞는 훌륭한 성찬이었단다."

지니가 의자에서 일어나 감추려 해도 감춰지지 않는 뿌듯한 미소로 화답했다.

"별거 아닌데요, 뭐."

"그리고 우리 딸 맬러리! 정말 대단한 수집가의 눈을 지녔구나. 엄청난 재능이야. 자, 건배!"

엄마와 아빠가 물컵을 부딪치고 다시 입을 맞췄다.

나는 볼과 귀가 달아올랐다. 재능이라고? 오늘 두 번이나 같은 칭찬을 들었다. 이건 남들이 어떻게 생각하든지 간에, 나 스스로 얻어 낸 평가라는 점에서 의미 있게 느껴졌다.

나는 지니를 쳐다보며 함께 웃었다. 문득 이 모든 변화가 리스트를 실행하면서부터 일어났다는 생각이 들었다. 할머니의 리스트를 실행하기로 한 건 내 평생 최고로 잘한 결정이었다.

저녁 파티를 끝내고 나와 지니는 내 방 침대에 나란히 누웠다. 우리는 밤늦도록 수다를 떨기도 하고 내 방 천장에 달린 디스코볼을 빤히 쳐다보기도 했다. 오늘 밤 지니는 기운이 넘쳐 났다. 올리버랑 대결을 벌여도 지지 않을 만큼 사기 높은 모습이었다. 지니한테서 뭔가가 퐁퐁 솟아나는 것 같았다. 젤리 푸딩에 설탕 이상의 것이 들어갔나?

"엄마가 커프 링크스를 팔다니, 대단하지 않아? 아빠와 엄마 사이도 좋아지겠지. 돈이 도움이 될 거야. 이제 엄마도 아빠의 일이 얼마나 중요한지, 가족이 얼마나 소중한지 새삼 깨닫겠지. 좀 더 가족한테 관심을 쏟으면서 행복해할 거야."

지니가 눈을 반짝였다.

"지니, 엄만 전업주부야. 너무 가족에 집중해서 탈인 분이지. 그리고 지금도 행복하게 사시잖아. 엄마가 왜 행복하지 못하다는 거야?"

내가 덤덤하게 대꾸하자 지니는 갑자기 입을 다물었다. 왠지 으스스한 침묵이었다.

"요새 엄마가 사무실 문을 잠그고 계속 틀어박혀 지내는 거 눈치 못 챘어? 아빠는 또 얼마나 출장을 자주 가는지? 두 분이 거의 떨어져 지낸다고!"

그건 그랬다. 그래서 뭐? 엄마와 아빠는 새로운 사업을 시작해서 할 일이 많은 것뿐이었다. 게다가 인터넷이 관련된 일은 엄마만 할 수 있었다. 아빠가 기계치인 데다, 엄마도 인터넷을 가르칠 만한 시간이나 끈기가 없었기 때문이다.

"사업이 어떻게 돌아가는지 모르는 모양인데 그건 당연한 거야. 창업 초기에는 원래 일이 많다고."

"바로 그 점이 문제야. 엄만 일하고 있지 않아. 일을 한다고 말하지만 실은 딴 걸 하고 있다고."

"어떤 걸 하는데? 엄마가 '진짜 인생' 게임이라도 한다는 거야?"

나는 한숨을 쉬었다.

"언니, 내 생각엔 엄마가 바람피우고 있는 것 같아."

지니한테 기습적으로 한 방 얻어맞은 것처럼 멍했다. 엄마가 정말 바람을 피우고 있다면 최악의 소식이겠지만, 만약 아니라면 최악의 누명이었다. 겨우 열네 살인 지니가 바람에 대해 알면 얼마나 알겠는가? 제대로 된 추측일 리 없었다. 터무니없는 이야기란 생각에 헛웃음이 났다.

"그래? 어쩌면 그 상대는 버블염의 아빠일지도 모르겠네."

내가 킬킬거리자 지니가 내 무릎을 발로 찼다.

"엄마는 일할 때 항상 사무실 문을 잠근다니까? 컴퓨터에도 암호를 걸어 두고, 내가 사무실에 들어가면 화들짝 놀라 당황하면서 화면을 가리고? 부부 싸움은 또 얼마나 잦은데. 엄마는 늘 어디선가 꽃을 들고 온다고."

"그건 엄마가 사 오는 거잖아."

"그렇게 말은 하지. 어쨌든 정리하자면 엄마한테 비밀이 있고, 그 비밀은 다른 남자라는 거야."

엄마 사무실에 들어갔을 때의 기억이 번쩍 떠올랐다. 하마터면 21세기 문명에 손댈 뻔했던 그날, 컴퓨터에 암호는 걸려 있지 않았다. 모니터에는 할인 쿠폰 팝업 창이 떴을 뿐, 의심스러운 연애편지 같은 건 없었다. 바람을 누구나 피울 수 있다는 건 잘 알지만, 엄마가 바람이 났다는 건 도저히 믿기 힘들었다.

"물증도 없이 누명을 씌울 순 없어. 네 말이 맞을 수도 있겠지. 하지만 틀렸기를 바라."

지니는 발을 꼼지락거려더니 이불 밑으로 쏙 집어넣었다.

"그래서 오늘 저녁 파티를 연 거야. 가족끼리 다 모이려고. 앞으로 아빠와 엄마를 위해서 낭만적인 만찬회를 열어 줄 계획이야."

"잠깐, 아직 그런 계획은 없었잖아? 그런 건 같이 짜야지."

"좋아, 그럼 같이 짜."

사실 사기 충전 클럽과 드레스에 너무 신경을 쓰느라, '만찬회 열기'에 대해서는 생각을 많이 못 한 상태였다.

"홈커밍 파티 가기 직전에 하면 좋을 것 같아. 우리가 파티에 가 있는 동안, 두 분이 오붓한 시간을 보내도록 말이야."

"나도 언니 생각과 같아. 60년대 파티 음식을 준비해서 칵테일 파티처럼 친구들을 초대하고 사진도 찍는 거야. 엄마와 아빠의 젊은 시절과 뜨거웠던 사랑을 기억해 내도록 말이야. 모든 게 다 잘 될 거야. 리스트 효과는 엄청나니까."

지니가 하품을 했다.

디스코 볼이 천장 가득 자주색 빛을 흘어 놓고 있었다. 지니는 안도감에 진이 다 빠진 모양인지 꾸벅꾸벅 졸다가 잠들어 버렸다. 나는 새근거리는 지니의 숨소리를 들으면서도, 낮에 올리버나 부모님과 있었던 일들을 곰곰이 되짚어 보느라 쉽게 잠을 이루지 못했다. 만약 지니가 엄마에 대해 추측한 게 맞다면, 리스트 효과로도 어쩔 수 없는 일이 생기는 셈이었다.

드레스 만들기

16

바람피우는 연인에게서 나타나는 다섯 가지 징후

1. 비밀스러운 행동이 늘어난다.

2. 혼자 있는 시간이 늘어나고, 인터넷 사용이 빈번해진다.

3. 대화나 정서적 교감이 부족해진다.

4. 꽃이나 보석처럼 출처를 알 수 없는 선물이 발견된다.

5. 사이버 아내를 홈커밍 파티에 초대한다.

점점 제러미를 스쳐 지나가는 일에 익숙해졌다. 이젠 아예 없는 사람 취급을 하고 있었다. 제러미도 나를 무시하며 지나갔지만, 어느새 제러미가 다른 주의 여자 친구로 갈아탔다는 소문이 쫙 퍼진 상태였다.

좋은 소식은 제러미의 사회적 평판이 땅에 떨어졌다는 사실이었다. 제러미와의 일을 알리겠다며 인터넷에 접속한 적이 없는데도, 월요일에 학교를 가 보니 전교생의 시선이 훨씬 더 따스해져 있었다. 하교를 할 때는 절로 신바람까지 났다. 신날 상황이 아닌데도 왜 이렇게 기분이 날아갈 것 같은지 스스로도 잘 이해가 가지 않았다. 엄마가 바람을 피운다는 의심을 받고 있었고, 전 남자 친구는 홈커밍 파티에 데려올 파트너를 구했으며, 제일 껄끄럽지만 자주 만날 수밖에 없는 남자는 전 남자 친구의 사촌이었다.

게다가 산업 혁명에 관한 리포트가 아직 남아 있었다. 겨우 두 장밖에 못 썼는데, 사흘 내에 세 장을 더 써야 했다. 정말이지 책에도 검색 엔진이 달려 있었으면 좋겠다.

방과 후에 들르라는 할머니의 연락을 받고, 나는 아빠 차를 빌려 뉴포트로 향했다. 할머니는 드레스 패턴을 정하고 싶다며 내가 할 만한 기본적인 바느질거리도 준비해 놓았다고 하셨다. 정말 기본적인 바느질거리겠지? 실패로 돌아간 바느질 강좌에 대한 얘기는 아직 할머니께 말씀드리지 못했다.

할머니가 우리 가족을 특별 방문인 명단에 올렸기 때문에 오늘은 아무런 제재 없이 건물로 들어갈 수 있었다. 보안 절차가 길었다면 로비의 평면 텔레비전을 어쩔 수 없이 더 볼 수 있었을 텐데.

할머니네 현관문을 두 번 노크한 뒤 초인종까지 한 번 더 눌렀다. 할머니는 기민한 분이셨지만 귀가 좀 어두우셨다. 문고리를 잡고 돌려 봤지만 굳게 잠겨 있었다.

휴대 전화가 없으니 할머니한테 전화해서 내가 왔다고 전할 수도 없었다. 나는 문을 쾅쾅 두드렸다.

"할머니! 맬러리예요!"

쾅쾅쾅.

"할머니?"

로비로 다시 돌아가 할머니 방으로 호출해 달라고 해야 하나? 아, 귀찮은데. 막 돌아서려는 순간 문이 삐걱 열렸다. 할머니가 햇살 속에 눈을 깜빡이며 서 있었다. 정장 바지에 카디건 차림이라……. 평소의 보헤미안 스타일과는 정반대였다. 머리는 단정했지만 눈에는 핏발이 서 있었고, 과도한 화장 때문에 얼굴은 창백해 보였다.

"네가 온다는 걸 깜빡했구나. 그냥 좀 쉬고 있었단다. 들어오렴."

집 안은 어두컴컴했다. 커튼을 홱 젖히고 싶었지만 할머니가 그럴 마음이 없어 보여서 어둠에 눈이 적응될 때까지 기다렸다.

거실은 어지러웠다. 접시가 여기저기 놓여 있었고, 신문이 탁자 위에 널브러져 있었다. 지저분하지는 않았지만 분명 할머니답지 않았다. 식탁 위에는 열쇠꾸러미와 잔돈이 흩어져 있었고, 옆에 있는 달력에는 할머니의 친구들이 방문한 기록으로 가득했다. 오늘 날짜 칸에는 캔디스라는 이름에 동그라미가 쳐져 있었고, 옆에는 전화번호가 함께 적혀 있었다. 이 캔디스라는 분이 새로운 테니스 친구인지, 오락팀 중 한 명인지 궁금했다.

"그렇게 두리번거리며 서 있지 말고 앉으렴."

재봉틀 주위에는 시폰 옷감이 수북했다. 나는 식탁 의자를 빼서 앉았다.

"벌써 시작하신 거예요?"

할머니가 안경을 코에 걸치고 종이 뭉치를 뒤적이고 있었다.

"이제 좀 정해 보려고 한단다. 네 치수부터 재야 해. 드레스 치수는 일반 옷 치수와 좀 다르거든."

할머니는 드레스가 디자인된 종이 한 장을 나에게 내밀었다.

"이건 어떠니?"

내가 딱 원하던 디자인이었다. 정숙하고 여성스럽지만 귀여운 느낌도 들었다. 올림머리를 하고 흰 장갑을 끼면 완벽할 것 같았다. 여기에…… 파트너만 찾으면?

"엄청 맘에 들어요, 할머니. 진짜로요. 이걸로 해요! 어디서 찾으신 거예요?"

"인터넷 사이트에서 찾았지."

"아, 인터넷."

인터넷에서 찾은 디자인이라는 얘기는 못 들은 걸로 해야겠다.

할머니가 줄자를 들고 내 허리를 재기 시작했다.

"자, 치수만 재고 얼른 집에 돌려보내 주마."

"집에 가요?"

나도 해야 할 일은 산더미였지만 이 드레스 만들기를 최우선에 두고 있었다. 물론 할머니께 부탁드릴 생각이긴 했다. 바느질 하는 법도 모르는 사람이 드레스를 만들려면 얼마나 오래 걸리겠는가. 하지만 최소한 노력은 해 보고 싶었다. 한편으로는 할머니랑 함께 쿠키를 구우면서 실연에 대한 이야기를 나누었으면 했다. 원래 할머니들은 다 그러시지 않나?

"저 그렇게 바쁘지 않아요. 도와드리고 싶어요. 위임이 아니라 참여라고 하셨잖아요. 기억나세요?"

할머니가 디자인이 그려진 종이에 내 허리 치수를 적은 뒤, 가슴에 줄자를 댔다.

"바느질은 하룻밤에 배울 수 있는 게 아니란다. 내 생각에 이 드레스는 나 혼자 만드는 게 최선인 것 같구나. 걱정하지 않아도 될 거야. 간단해. 네 나이 때 만들었던 드레스와 비슷하니까."

"네, 저도 봤어요. 11학년 때 드레스 맞죠? 정말 예뻤어요."

"아직 간직하고 있단다."

할머니가 펜 끝을 잘근잘근 씹으면서 내 가슴 치수를 쟀다.

"정말요? 할머니 짐을 정리할 땐 못 봤는데요?"

할머니는 설핏 침실을 가리켰다.

"혼수 함에 들어 있지."

"혼수 함이요?"

"그래, 네가 졸업을 하면 네 엄마가 하나 마련해 줄 거야. 그 안에 제일 소중한 것들을 간직하는 거란다. 내 혼수 함 속에는 웨딩 드레스랑 우리 할머니가 만들어 준 퀼트 보들, 사진들……."

나는 손뼉을 짝 쳤다.

"지금 보여 주실 수 있어요, 할머니? 그 안에 들어 있는 건 다 보고 싶어요."

"우리 추억 찾기 놀이는 이제 그만할 수 없을까?"

할머니는 날카롭지만 피곤한 목소리였다.

"내가 드레스를 만들어 준다고 하잖니? 약속하마. 하지만 이제 나도 곧 나가 봐야 한단다. 약속이 있어."

달력에 동그라미가 쳐진 캔디스라는 이름과 전화번호가 번뜩 떠올랐다. 나보다 훨씬 더 중요한 약속이란 말이지? 오늘 할머니의 복장으로 봐서 어쩌면 일 관계로 만나는 사람일지도 모르겠다.

"약속을 미루면 안 돼요?"

할머니가 가볍게 코웃음을 쳤다.

"그건 내가 싫구나."

갑자기 지니의 고민이 이해되기 시작했다. 할머니는 이제 우리가 지겨워진 거였다. 이 새로운 생활에 뭐가 있길래 우리를 다 밀어내는 거지?

"저…… 할머니, 이건 단순히 드레스 문제만이 아니에요."

"나도 안단다. 남자 친구와 헤어졌으니 땅을 치고 후회하게 만들고 싶겠지. 걱정하진 마, 꼭 그렇게 될 테니."

할머니가 눈썹을 매만졌다.

"이번 주만 지나면 시간이 날 거야. 그때 다시 보자꾸나, 응?"

할머니의 목소리는 한결 상냥했다. 하지만 나는 할머니가 이 일이 얼마나 중요한 일인지 알아주셨으면 싶었다. 이 모든 일들을 벌이게 된 건 할머니가 원인이었다. 리스트를 작성한 장본인이 할머니니까. 더 단순하고 더 행복한 인생을 원하는 나를 이해해 줄 수있는 사람이 있다면, 그건 할머니였다.

급하게 치수를 재는 할머니에게서 한 발짝 물러나 크게 숨을 내쉬었다.

"아빠와 함께 짐 정리를 하다가 리스트를 하나 발견했어요. 할머니가 열여섯 살 때 쓰신 거죠. 그 리스트 항목 중에 홈커밍 파티 드레스 만들기가 있었어요. 기억나세요?"

할머니의 표정이 멍해졌다.

"리스트?"

"네, 11학년 때 하고 싶었던 일들을 적어 놓은 리스트요. 이성교제를 하고, 사기 충전 클럽의 비서가 되는 거요. 그리고 할머니는 멋지게 해내셨죠. 학교 앨범에서 얼마나 행복한 모습이었는지 같이 봤잖아요? 그 시절에 중요했던 것들이 이제 더는 중요하지 않아요."

"맬러리, 난 리스트란 게 전혀 기억나지 않는구나. 고등학교 시절의 기억은 많이 지웠단다. 그래야 제정신으로 살 수 있거든."

할머니는 재봉틀 위쪽의 시계를 흘깃 쳐다보았다.

"이제 나가 봐야겠구나. 목요일에 올 수 있겠니? 그때 마지막 시침질을 할 거야. 시간이 나면 얘기도 좀 하고, 괜찮지?"

시간이 나면? 내 말을 전혀 이해하지 못하신 건가? 드레스든 클럽이든 아무 의미가 없어져 버렸다. 어떻게 리스트를 기억 못 하실 수 있지? 이게 얼마나 중요한 일인지 모르신단 말이야? 지니 말이 맞았다. 할머니는 변하셨다. 좋지 않은 쪽으로. 할아버지를 잃은 상실감에 힘겨워하시는 건 잘 알지만, 누구나 각자 나름대로 고민거리와 고통을 안고 살아간다는 걸 할머니도 아셨으면 좋겠다. 그리고 내 마음을 좀 더 알아주셨으면…….

오늘 내가 본 사람은 투덜쟁이 재봉사였다. 제발 우리 할머니를 돌려줘!

오늘 밤에는 역사 리포트를 쓸 계획이었지만, 굳이 계획대로 움직이고 싶진 않았다. 어쩌면 이게 제일 나다운 건 아닐까? 내 입으로 말해 놓고 다 포기해 버리는 것. 드레스도, 과제도, 인생도.

침대 위에 체다 치즈와 크래커를 펼쳐 놓고 뒹굴거리고 있을 때 전화벨이 울렸다.

나는 입을 우물거리며 전화를 받았다.

"여보세요?"

"여보세요. 전 올리버 킴벌이라고 합니다. 맬러리 집에 있나요?"

"올리버. 너무 정중하게 말하지 마. 소름 끼쳐."

"내 예절 공훈 배지를 무시하는 거야? 그럼 래퍼처럼 '요, 맬러리 있어, 요.' 이렇게 말할까?"

나는 크래커를 꿀꺽 삼켰다.

"아니, 아니, 그건 더 아니야. 너무 오글거리잖아. 한 번만 더 하면 경찰에 신고할 거야. 잡아가라고."

"뭐하고 있었어?"

나는 반쯤 남은 치즈 조각을 바라보았다.

"역사 숙제."

"미안. 전화 끊을까?"

"아니, 나도 좀 쉬어야지. 그런데 무슨 일이야? 클럽 운영 계획에 대해서 논하자고? 퍼레이드 수레에 대한 청사진이 나왔어?"

"뭐, 의논도 좋지만 벌써 디자인은 다 생각해 놨어. 요즘은 클럽 일에 몸 바쳐 일하고 있다니까. 어쨌든, 수요일에 다들 불러 놓고 피자 파티하면 어때?"

안 돼, 수요일이 최악인데. 목요일까지 역사 과제를 내야 한다고. 하지만 나도 모르게 대답이 튀어나왔다.

"응, 알겠어."

잠시 침묵이 흘렀다.

"용건은 그게 다야?"

"사실은 맬러리 너랑 이야기하고 싶어서 전화한 거야. 네가 시간이 되면 말이야."

기분이 이상했다. 지금껏 전화로 그냥 이야기를 나눈 적이 거의 없었다. 친구들과도 문자 메시지로 얘기하기 곤란할 때나 간단하게 통화할 뿐이었다.

"역사 담당 선생님이 누군데?"

올리버가 물었다. 이런 게 올리버가 형식적으로 대화를 트는 방법인 모양이었다. 예절 공훈 배지를 받으려면 대화 트는 방법을 스무 가지는 익혀야 하나?

"하노버 선생님. 목요일까지 산업 혁명에 관한 리포트를 제출해야 해."

"나도 작년에 듣고 싶었는데 못 들었어. 올해는 대학 예비 과목을 듣고 있거든. 시험만 미리 보면 입학 전에 대학 학점을 얻어 놓을 수 있어."

"와, 대단한데?"

대화의 방향을 좀 돌릴 필요가 있겠어. 계속 변죽만 울리잖아? 남자들은 속셈 없이 전화하지 않는 법이다. 숙제 부탁이 아니면 데이트 신청이다. 그러고 보니, 데이트 신청이라고? 홈커밍 파티에 파트너로 가자고 하려나? 아닐 거야. 그건 너무 빠르잖아. 너무 빠르다고. 홈커밍 파티 질문은 피하자, 피해.

"올리버, 홈커밍 파티에 갈 거야?"

피하기 전에 먼저 물어보는 게 낫지.

"응. 카르멘 버그랑 같이 갈 거야. 누군지 알아?"

개인적으로는 모르지만 누군지는 알고 있었다. 금발 머리에 피어싱으로 코를 뚫었고, 평범한 록 밴드 활동을 하고 있지만 올리버만큼 똑똑한 여자애였다. 두 사람은 잘 어울렸다. 잘됐네. 올리버한텐 그런 여자애가 어울린다. 정말 잘됐다. 조금도 질투 나지 않았다. 보름 전까지만 해도 나한텐 남자 친구가 있었고, 우주가 내 사정에 맞춰 돌아갈 리도 없지. 게다가 내 진짜 마음이 뭔지도 헷갈렸다.

"대충 안다고 할 수 있지. 좋은 애 같던데?"

당연히 올리버한테도 파트너가 있겠지. 왜 없을 거라고 생각했을까? 올리버 킴벌인데. 수많은 여학생들이 우러러보는 선망의 대상 아닌가. 당연한 소리지만, 올리버의 파트너는 버블껌인지 풍선껌인지 하는 아바타가 아니라 실제로 존재하는 여자였다. 잘됐다 정말.

"응, 좋은 애지. 신입생 때 거래를 맺었거든. 마지막 학년의 홈커밍 파티 때 파트너가 없으면 서로 파트너를 해 주기로. 재미있을 거야."

"응, 그렇겠네."

"파트너랑 꼭 단둘이 있을 필요도 없고."

올리버가 덧붙였다. 근데 왜 굳이 이런 말을 덧붙이는 거지?

"멋지네. 나도 갈 거야."

"그래? 누구랑?"

"나랑."

썰렁하다고 생각하겠지만 나에겐 그렇지 않았다. 혼자가 어때서? 나도 열흘 정도는 혼자 잘 보냈다. 제러미와 몇 달을 함께 지낼 때보다 나 자신에 대해서도 훨씬 더 많이 알게 되었다.

"잘됐네. 나랑도 한 곡 추는 거다, 알았지?"

"물론이지."

어디 한 곡뿐이겠어. 올리버와 함께라면 모든 곡을 다 출 수 있었다. 그래도 화장실 다녀올 시간은 있어야겠네. 앗, 또 이상한 데로 흘렀어. 나는 얼른 화제를 바꿔야겠다고 생각했다.

"또 의논할 건 없어? 이렇게 아무 주제도 없이 통화하는 건 처음이라서 말이야."

"나도 모르겠어. 전화로나 실제로 만나서나 얘기를 많이 하는 편이 아니거든. 그냥 방에 앉아서 라디오를 듣다가 어떤 노래가 흘러나왔는데……. 웃지 마, 그냥 네가 떠올랐어. 그래서 전화 건 거야."

나는 가슴이 철렁했다. 제러미의 비밀을 발견했을 때처럼 기분 나쁜 철렁함이 아니었다. 순전히 여자로서 느끼는 설렘 때문에 가슴이 철렁했다. 올리버가 나를 떠올렸다니, 라디오에서 흘러나오는 노래 때문에 내 생각이 났다니.

"어떤 노래였는데?"

"'늘 그런 그대'란 노래인데, 들어 본 적 있어?"

"아니, 누가 불렀는데?"

"굉장한 밴드가 불렀지. '지미 잇 월드'라고. 90년대 후반에 해체된 그룹이어서 요즘은 좀 듣기 힘들어. 아이팟에서 찾아봐."

"나 아이팟 없어."

"휴대 전화도 없어, 컴퓨터도 없어, 뭐야. 현대식 기계 반대 운동이라도 벌이는 거야?"

"모든 디지털 기기를 버리기로 선언했거든. 너도 알다시피 내가 약간 데였잖아."

올리버가 작게 한숨을 쉬었다.

"그랬지, 미안."

"그 노래 가사가 어떻게 돼? 불러 줄 수 있어?"

"뭐? 지금?"

"아니면 다음 클럽 회의에서 들려줘도 되고. 네가 선택해."

나는 올리버가 거절하거나 당황해하면서 가사 한두 줄을 읊어줄 거라고 예상했다. 하지만 뜻밖에도 수화기의 잡음을 뚫고 올리버의 부드럽고 진중한 목소리가 전해져 왔다. 남녀가 함께 차를 타고 가는 동안 어색한 분위기가 흐른다는 가사를 들었을 때는 나도모르게 웃음이 났지만, 나머지는 슬픈 가사였다. 여자에게 다가가려고 무척이나 애쓰는 남자에 대한 노래였다. 올리버는 무슨 말을 전하고 싶은 걸까? 이 노래의 주인공이 자신이라는 말일까? 아니면 노래의 앞부분이 우리 상황과 비슷해서?

올리버가 노래를 잠깐 멈췄다.

"컴퓨터에서 노래를 찾았어. 들어 봐."

빠른 노래였지만 사랑 노래는 아니었다. 달콤 씁쓸하다고나 할까? 가사가 귀로 쏟아져 들어와 가슴에 박혔다. 마치 올리버가 노래 가사를 통해 뭔가를 전하려는 것처럼 느껴졌다. 분명히 독특한 분위기의 노래긴 했다. 그래서 내 생각이 났다는 건가? 겨우 삼 분이었지만 다 듣고 나니 온통 의문만 샘솟았다.

올리버가 헛기침을 했다.

"어쨌든 이런 노래야."

"목소리가…… 진짜 좋다."

"에이, 뭘."

이젠 노랫소리 대신 침묵이 흘렀지만 나쁘지 않은 침묵이었다. 뭐랄까, 우리 둘 다 이 순간을 깊이 음미하고 싶은 것 같았다. 올리버의 생각이나 감정은 잘 모르겠지만, 몸이 살짝 떨릴 만큼 감동적이었다. 노래를 들으니 내 생각이 났다고? 올리버는 이렇게 낭만적으로 말한 적이 없었다. 그동안 나 하고 잘해 볼 마음이 안 들어서 그랬을지도 모르겠다. 뭐, 그것도 나름대로 좋지. 아니, 안 좋은 건가?

"그러니까…… 나도 참 바보 같네. 숙제해야 한다고 하지 않았어?"

나는 치즈를 한쪽으로 밀었다. 올리버가 치즈를 이겼다.

"아니, 괜찮아. 근데 노래로 공훈 배지 받은 적도 있어?"

"응, 세 개쯤."

"노래 더 해 봐."

"이만 끊는다. 잘 자. 안녕."

"알았어. 얘기나 더 해, 조금만."

결국 우리는 '조금만'이 아니라 세 시간이나 통화했다. 무슨 말을 그리 많이 했냐고? 제일 좋아하는 과일에서부터 텔레비전 프로그램, 중학교에서 힘들었던 일, 왜 올리버가 신문을 읽게 됐는지, 내가 왜 세상 돌아가는 일을 전혀 모르게 됐는지까지 온갖 얘기를 다 나누었다. 올리버는 대학 입시에 대한 압박감이 엄청나다며 속마음을 털어놨다. 나는 대학 진학을 할지조차 모르겠다며 가게 된다고 해도 어디로 갈지, 뭘 전공할지도 모르겠다며 올리버를 위로했다. 올리버는 내 홀가분한 상황을 부러워했고, 나는 올리버의 야심찬 계획이 부러웠다.

부드럽던 올리버의 목소리가 걸걸해질 때쯤 엄마가 내 방에 고개를 쑥 들이밀었다. 잘 시간이라는 뜻이었다. 꼬인 전화선을 풀고 있자니, 할머니도 어렸을 때 남자 친구와 전화를 하며 꼬인 전화선을 풀었을 거란 생각이 들었다. 이렇게 한 사람에게 온전히 몰두하면서 통화를 하고 나니, 금세 그 사람을 잘 알게 된 것 같았다. 전화 통화 한 번으로 이렇게 빨리 친해질 수 있나? 기분이 묘했다. 오늘처럼 툭 터놓고 몇 시간이나 이야기할 수 있다면 학교 안의 누구하고라도 친해질 수 있겠다는 생각이 들었다.

"올리버, 전화 끊어야겠어."

"수요일에 보는 거지? 클럽 회의 때 말이야."

"네 말이라면 들어야지. 그러니까…… 클럽 일에 있어서 어쨌든 넌 회장이고 난 비서잖아."

올리버가 깊고 따뜻한 목소리로 웃었다. 녹음해서 악몽을 꿀 때마다 들을 수 있게 베개 밑에 넣어 두고 싶은 웃음소리였다.

"잘 자, 맬러리."

녹음은 필요 없어. 온통 올리버만 나오는 꿈을 꿀 테니까. 우리 집에서 보드게임을 하는 올리버, 자동차를 털털 몰고 오는 올리버, 내 사물함에 기대서 있는 올리버, 나무 아래에서 내게 키스하는 올리버…….

바로 그때 잠에서 깨어났다. 달콤했던 기분이 한순간에 싹 가라앉았다. 내 마음이, 내 무의식이 올리버를 그곳에 데려가다니 처음 있는 일이었다. 남녀가 그곳으로 함께 간다는 건 너무 뻔한 상황이기 때문에, 현실에서라면 절대 가서는 안 되는 곳이었다. 어쩐 일인지 우리가 대화를 나눌 때마다 그 경계선이 조금씩 허물어지고 있었다.

17

올리버 킴벌이 공훈 배지를 받을 만한 다른 부문들

1. 매력

2. 재치

3. 엄청나게 멋진 웃음소리

4. 딱 맞는 때에 딱 맞는 질문하기

5. 남성적인 우아함

6. 보통 매력과는 다른 아주 특별한 매력 – 호그와트 마법 학교 매력 수업에서도 10점 만점을 받지 않을까?

수요일 아침 제러미가 교실 밖에서 나를 기다리고 있었다. 제러미는 나를 보자마자 놀란 토끼처럼 펄쩍 뛰었다. 사실 놀란 토끼를 실제로 본 적이 없어서 하는 말인데, 토끼는 정작 놀라고 무서울 때가 아니라 행복할 때만 뛰지 않나? 어쨌든 제러미는 나에게 뛰어와서 내 팔을 잡으려는 듯 손을 뻗었다. 내가 슬쩍 피하자 제러미는 원래 그러려고 했던 것처럼 어색하게 자기 머리에 손을 올렸다.

"저기, 얘기 좀 해. 수업 관련된 일이야. 금방이면 돼."

나는 교실 문을 벗어나서 복도 더 깊숙이 들어갔다. 다른 학생들이 가까이에서 지나가지 않을 만한 곳이었다. 나는 이성적으로 대화하는 스위스 사람처럼 중립적이고 냉철한 자세로 입을 열었다.

"좋아, 제러미. 무슨 일인데?"

제러미가 뒤로 살짝 물러섰다. 역시 중립적인 자세가 효과가 좋군.

"저기, 지난 며칠 동안 우리 둘 다 힘들었지. 더는 나랑 과제를 같이 하지 않겠다고 한 것도 알고, 다른 과제를 받은 것도 알지만 내 마음이 안 좋아서……."

마음이 안 좋다고? 안 좋다는 건 아직 멀었다는 얘기네. 더 나빠야 하는데.

"뭐가?"

"이렇게 된 게 다. 그래서 말인데, 내가 이미 과제를 끝냈거든. 가상 공장을 다 만들어서 이제 돌리기만 하면 돼. 그러니까 하노버 선생님한테 다시 나랑 짝을 하겠다고 말해도 난 괜찮아. 네가 전에 내 숙제를 도와준 적도 있으니까, 그거 갚는 셈 치고……."

나는 고개를 까딱이며 말을 골랐다.

"그래. 그런데 네가 얻는 건 뭐야?"

"네가 행복한 거?"

제러미는 까치발을 들었다가 내렸다가 도통 가만히 서 있질 못했다. 뭐, 늘 그러긴 했지만. 제러미는 뭔가 불편할 땐 특히 더 안절부절못했다. 때로는 자기 자신보다 곁에 있는 사람이 자기 모습을 더욱 잘 아는 경우도 있다. 어쩌면 제러미 자신도 모르는 모습을 내가 더 잘 알고 있는지도 몰랐다.

제러미는 계속 몸을 흔들며 말을 이었다.

"그러니까 네가 날 원하지 않는대도…… 괜찮을 거야. 아니, 안 괜찮더라도 어떻게든 살겠지."

"어떻게든 살겠지?"

이 상황에서 피해자는 한 명이면 족하다. 무적의 동양남, 넌 아니야.

"제러미, 네가 다 벌인 일이잖아."

"나도 알아!"

제러미가 소리쳤다. 몸은 이제 흔들리지 않았지만 목소리가 떨리고 있었다.

"내가 내 잘못을 모를 거라고 생각해? 넌 뭔가를 망친 적이 한 번도 없어. 누군가를 화나게 한 적도 없지. 넌 흠이라곤 없었잖아!"

"아니, 난 안 그래! 봤지? 넌 나를 전혀 모른다고."

"그럼 알게 해 줘! 잘해 보려고 해도 네가 받아 주질 않잖아."

제러미가 침까지 튀겨 가며 소리를 질렀다.

교실 문에서 멀리 떨어졌어도 사람들이 쳐다보는 건 어쩔 수 없
구나. 그래도 곧 수업 종이 울릴 터라 주변은 한산했다. 솔직히 이
젠 신경도 안 쓰였다. 누가 보든지, 앞으로 어떻게 되든지 이젠 될
대로 되라 싶었다.

제러미가 잘해 보려 한대도 노력할 만한 게 없지 않나? 우리 이
야기는 새로울 게 없었다. 그저 제러미가 다른 여자에게 빠졌을 뿐
이다. 내가 다시 돌아간들, 아무리 가상 현실 속의 여자라도 그 여
자의 존재가 사라지는 건 아니잖아. 어차피 처음부터 우리 관계가
탄탄해서 돌이킬 여지라도 있었다면, 이메일에 적힌 말 따위는 잊
으려고 애썼을 터였다.

"맬러리, 제발."

제러미가 흐느끼듯 속삭였다.

"난 이미 숙제를 끝냈어."

내가 조용히 말했다.

"지금 숙제가 문제야? 난 너만 생각한다고."

하고 싶은 말이 목까지 차올랐지만 억지로 삼켰다. 머릿속으로
계속 '나는 이성적인 스위스 사람이다.'를 되뇌었는데도, 결국 내
생각은 국경을 건너 독일로 향하고 말았다. 아니, 인접국 전체로 퍼
지고 말았다.

"그럼 왜 제니를 홈커밍 파티에 초대한 거야?"

제러미가 황당해하며 나를 물끄러미 쳐다보았다.

"왜 다들 그런 소리를 하는 거야? 너 하고 가지 못할 바엔 차라리 안 가고 말지."

제러미가 투명 장벽을 넘어 손을 뻗었고, 이번엔 나도 뿌리칠 방법을 몰랐다. 제러미가 내 볼을 만졌다. 엄지로 볼을 살짝 쓰다듬기까지 하자, 살짝 찌릿한 느낌이 들었다.

제러미의 눈빛은 헤어지기 전과 똑같았고, 바라보는 시선도 이전과 똑같았다. 하지만 제러미를 바라보는 내 눈빛과 시선이 달라졌다. 찌릿하든 아니든 좋지 않았다.

"그래서 무슨 말이 하고 싶은 거야?"

"홈커밍 파티에 내 파트너가 되어 줘."

나는 눈을 감았다. 작년 제러미가 내 방까지 이르는 복도에 장미 꽃잎과 달콤 쌉쌀한 사탕으로 수놓았던 기억이 떠올랐다. 제러미는 달콤 쌉쌀한 양념의 중국 요리도 준비해 두었는데, 중국 요리에 딸려 온 포춘 쿠키를 열자 홈커밍 파티의 파트너가 되어 달라는 쪽지가 나왔다. 올해엔 어떻게 될까? 제러미와 같이 갈 수도 있다. 처음엔 서로가 서먹서먹하겠지만, 어느 순간 예전의 우리를 떠올리게 하는 키스를 나눌지도 몰랐다.

홈커밍 파티에 혼자 갈 수도 있었다. 당연히 어색하겠지. 다른 사람들이 어색해하는 걸 보면서 나도 민망할 테고. 하지만 이전까지의 나를 버리고 새로운 나로 태어날 수 있는 계기가 될 수 있지 않을까? 새로운 내가 더 나으리라는 보장은 못 하겠지만. 어쨌든 지금은 확실한 감정보다 이런 어설픈 감정이 더 솔직한 거겠지.

"안 되겠어."

"그래, 그렇겠지."

제러미의 몸이 살짝 휘청거렸다. 언제나 자신감 넘치던 강한 모습과는 너무 달랐다. 꼭 울음을 터뜨릴 것만 같은 얼굴이었다.

"미안해. 전부 다."

진심이 담긴 사과였다. 나의 승리였다. 하지만 미안하다는 말 한마디로 변할 것은 없었다. 사과를 받았다고 해서 내가 제러미를 용서한다는 뜻도 아니었다.

"그래도 점심 정도는 같이 먹어 줄 수 있지? 얘기도 하고……."

제러미가 물었다.

"얘기는 충분히 나눴다고 생각해. 어쨌든 파트너로 제안해 준 건 고마워. 수업 때 보자."

나는 얼어붙은 알프스 산맥처럼 냉랭하고 무뚝뚝하게 답했다. 다시 녹아서 제러미를 받아들이고 우리로 돌아가는 일은 절대 없을 것이다. 우리는 끝났다. 사실 우리라는 건 존재하지도 않았다.

18

산업 혁명에 대한 토막 상식

1. 빈민 계층과 귀족 계층으로 나누어져 있던 사회에 중간 노동 계층이 생겨나기 시작했다.

2. 증기력이 발견됐다. 뜨거운 공기가 커다란 변화를 일으킨 셈이다.

3. 오늘날 가장 더러운 창고와 비교해도 이 시기 공장의 더러운 노동 환경에 비할 바가 못 될 것 같다.

4. '신기술 반대자'라는 단어는 컴퓨터를 싫어하는 사람들을 가리키는 말인 줄로만 알았는데, 알고 보니 이 시기 산업 구조 변화에 반대하며 공장 기계를 부수고 다니던 무리를 가리키는 말이었다.

나만 지루한가?

올리버네 집에서 퍼레이드 수레를 만들기로 한 날이지만, 귀찮은 역사 과제를 끝내야 했다. 게다가 시끌벅적하게 지내고 싶지도 않았다. 올리버의 목소리를 들으면 마음이 흔들릴까 싶어서 전화는 하지 않았다. 내일 더 열심히 도와주지, 뭐. 올리버는 이해해 줄 거야.

도서관에서 빌려 온 책에 얼굴을 파묻고 열심히 읽어 내려갔지만, 밤 열 시가 되도록 아무런 성과를 내지 못했다. 아니, 어떤 주제를 받았는지도 기억하지 못하고 있었다. 도대체 주제가 뭐였지? 그때 전화벨이 울렸다. 텅 빈 종이를 더는 노려보지 않아도 된 게 반가워서 얼른 전화기를 들었다.

"여보세요?"

"맬러리? 대체 오늘 어디 있었어?"

올리버다. 오늘 유일하게 얘기를 나누고 싶던 사람이었다. 올리버라면 내가 원하지 않는 이야기는 캐물을 것 같지 않았다.

"미안. 과제 리포트를 써야 해서……."

"뭐? 그럼 전화도 못 해 줘?"

"와, 정중하던 전화 예절은 다 어디로 갔어?"

"모르나 본데 지금 난 화가 나 있다고. 사람이 왜 그렇게 경솔해? 네가 먼저 시작한 클럽이잖아. 일은 내가 다 하고 있다고."

"나도 알아, 고맙게 생각하고 있어."

나는 잠시 말을 멈췄다. 올리버의 말에 가슴이 뜨끔했다. 올리버가 클럽 활동을 그렇게 진지하게 받아들이고 있었나?

"순전히 내 잘못이야. 정말 미안해. 전화는 했어야 했는데. 다른 애들은 다 왔어?"

"어, 정말 많은 사람들이 왔었지."

올리버가 빈정거렸다.

"그럼 다행이고."

"저기, 이만 전화 끊어야겠어. 나 혼자 수레를 완성해야 하거든."

"나도 돕고 싶어. 이 리포트만 제출하면 되니까 내일……."

"됐어. 과제나 열심히 해."

올리버는 과제를 펼쳐 두고 노래나 따라 흥얼거리며 발톱에 매니큐어를 칠하는 여자애를 대하듯 '과제'라는 단어를 강조해서 말했다. 마치 내가 열심히 수레를 만드는 바보들을 비웃기라도 한 것처럼 말이다. 도대체 왜 이러는 거지? 올리버는 세상에서 제일 털털한 애였는데. 물론 오늘 약속을 어긴 건 내가 경솔한 게 맞다. 하지만 난 원래 그런 애인 데다, 아무리 생각해도 올리버의 반응은 내 잘못에 비해 너무 과했다.

그래도 낮에 스스로를 스위스 사람이라며 최면 걸었던 여운이 아직 남아 있는 모양이었다. 울먹이지도 않았고, 왜 그러냐고 올리버에게 따져 묻지도 않았다.

"알았어. 과제에 열중할게. 그리고 꼭 수레 일 도우러 갈게."

"그래. 어디 두고 보자."

"그럼 끊을게."

나는 책을 확 던져 버렸다. 단순하게 살기도 참 어렵구나. 리스트의 항목들은 달성해 가고 있지만, 정작 인생에서는 뭐 하나 제대로 이뤄지는 게 없는 것 같았다. 이 리포트만 해도 그렇다. 인터넷을 이용했다면 벌써 한참 전에 끝냈을 일이었다. 그랬으면 수레를 만들러 가든, 노래를 듣든, 내 프렌드 스페이스 프로필에 올린 제러미의 사진을 모조리 지우든 여유가 넘쳐 났을 텐데.

다들 잠이 든 걸 확인하고 살그머니 복도로 나섰다. 대체 뭐하는 짓이냐는 마음의 소리를 애써 억누르며 엄마의 사무실로 들어가 컴퓨터를 켰다. 지니한텐 말하지 않았지만, 사실 사무실 컴퓨터의 암호를 알고 있었다. 몇 달 전에 키보드가 고장 나서 사무실 컴퓨터를 사용한 적이 있었는데, 그때 엄마가 암호를 입력하는 걸 슬쩍 봐 뒀다.

먼저 검색창에 '산업 혁명'이라고 입력했다. 그러자 순식간에 백만 가지 자료들이 주르륵 튀어나왔다. 고맙습니다, 감사합니다. 이제 명령만 하고 답을 얻으면 된다. '산업 혁명 리포트'라고 친 다음에 다섯 개의 리포트를 하나로 엮으면 되겠지?

은행을 터는 범죄자라도 된 듯 가슴이 두근거렸다. 사실 지금 리포트가 중요한 게 아니었다. 일단 여기까지 왔으니, 리스트를 시작한 뒤로 계속 미뤄 두었던 일을 먼저 처리하고 싶었다. 바로 프렌드 스페이스 확인이었다.

내 계정은 친구들과 지인들이 쏟아 놓은 글로 가득했다. 잔뜩 긴장한 손길로 스크롤을 내려 제일 가까운 친구 623명이 지난 이주 동안 적어 놓은 글부터 확인했다. 콜은 햄 샌드위치가 먹고 싶었고, 카일은 자이언츠 팀이 승리하기를 바랐고, 에마는 포옹을 원했다.

이게 사람들이 감정이나 생각을 인터넷에 쏟아 내는 방식이다. 그저 가벼운 이야기나 떠들 뿐, 내면 깊숙이 숨겨 둔 희망이나 두려움을 드러내는 일은 없었다. 분명한 건 직접 대면을 하지 않고도 사람들과 연결되어 있다는 느낌을 받을 수 있다는 점이었다. 나처럼 엄마의 사무실에 숨어 있는 상태로도 말이다.

아직 개인 쪽지함을 열어 볼 엄두는 안 나서, 다른 사람들의 계정을 훔쳐보기로 했다. 침을 한 번 꿀꺽 삼키고, 제러미의 계정을 클릭했다.

지난번 글 뒤로도 새로 올린 글이 많았다. '당신을 심슨 캐릭터에 비유한다면?'이라는 퀴즈는 사흘 전에 마감한 모양이었다. 오늘은 노래 가사가 올라와 있었다. 나는 '관계 상태'로 눈을 돌렸다. 여든두 개의 댓글이 달려 있었다.

이걸 읽는다고 답을 얻게 되거나 기분이 좋아지는 건 아니지만 왠지 읽고 싶었다. 스크롤을 내려 대충 훑어보다가 어느새 올리버와 제러미가 글을 달아 놓은 부분에 이르렀다. 지니가 왜 이건 말해 주지 않았지?

제러미 뮤이의 상태: 끝장!

올리버 킴벌: 세상에 누가 이런 말을 올려? 맬러리의 체면이 뭐가 되냐고. 너만 망신
　　　　　이니까 얼른 내려.

제러미 뮤이: 제발 내 여자한테 몰래 집적거리는 짓 좀 그만해 줄래? 여자보단 형제가
　　　　　우선이잖아?

질리언 해프터: 와, 형제 싸움이다!

피터 엉거: 맞짱 떠!

올리버 킴벌: 몰래 집적거린다고? 사람들이 정말 그렇게 말할 것 같아? 너랑 내가 사촌
　　　　　형제라는 건 기억하냐?

제러미 뮤이: 내가 묻고 싶은 말이야. 그리고 프렌드 스페이스란 게 원래 이런 곳이지.

올리버 킴벌: 그래, 고맙다. 사람들 성격 연구에 도움이 되겠어.

제러미 뮤이: 비꼬는 말인데도 못 알아듣고, 모지란 놈.

올리버 킴벌: 모자란 놈이겠지.

제러미 뮤이: 닥쳐.

올리버 킴벌: 정말이야, 공부 많이 됐어.

　이 대화를 어떻게 생각해야 하지? 올리버는 프렌드 스페이스를
싫어하는 줄 알았는데. 내 체면을 생각해 준 게 고맙기는 하지만,
내 전 남자 친구를 훈계하는 새로운 남자는 사양이었다. 나는 스
스로를 지킬 수 있는 당당한 여성이다. 뭐, 대체로 말이지.

　올리버의 계정은 사진도 없는 초기 화면 그대로였다. 친구는 네
명이었고, 내 쪽지함에 올리버가 보낸 친구 신청 쪽지가 와 있었
다. 클릭을 하면 내가 이곳을 들른 사실이 들통 날 테지만 뭐 어떠

랴? 올리버의 계정 전체를 꼭 보고 싶었다.

올리버가 좋아하는 것은 무명 밴드와 독립 영화, 디스크 골프처럼 스포츠 같지 않은 스포츠였다. 가입한 그룹 리스트에는 오렌지 파크 고등학교 그룹들이 길게 나열돼 있었는데, 그중 올리버가 직접 만든 그룹 이름을 보자마자 나는 웃음이 터졌다.

SNS로 여자 친구에게 결별을 통보하는 놈을 머저리라고 생각하는 사람들의 그룹

이 그룹의 회원은 올리버뿐이었다. 나는 얼른 그룹에 가입하고는, 감사 표시로 올리브 가지를 물고 있는 비둘기 아이콘을 선물했다. '오늘 클럽 일은 미안해.'라는 쪽지를 보태서.

그때 갑자기 화면에 채팅창이 떴다. 제러미였다.

제러미 뮤이: 맬러리?

나는 화면에서 뜨거운 용암이 분출되기라도 한 듯 화들짝 놀라서 창을 꺼 버렸다. 내가 무슨 짓을 한 거야? 여기엔 왜 들어온 거지? 다들 내가 인터넷에 들어온 걸 볼 수 있는 곳에. 지니는 또 얼마나 화를 낼까? 리스트를 위해 힘들게 버텨 왔는데, 앞으로 조금만 더 이겨 내면 목표 달성이었는데……

몸과 마음이 더럽혀진 기분이었다. 정화가 필요했다. 나는 리포트 검색으로 돌아가 몇 개의 리포트를 골라내 워드 파일에다 자르고 붙이기를 반복했다. 그러고 나서 눈으로 빠르게 훑으면서 어색한 문장은 내 어투로 고쳐 썼다. 워드 파일로 리포트를 작성하는 게 걱정되긴 했지만, 타자기를 운운하기에는 이미 리스트를 기만하고 있지 않은가. 별수 없이 좀 질이 떨어지는 종이에 인쇄를 하기로 나 스스로와 타협을 봤다.

일어서서 기지개를 켜다가, 엄마가 선반에 숨겨 둔 무언가를 발견했다. 작은 유화 액자 뒤에 숨겨진 건 내가 창고에서 찾아낸 반지 상자였다. 커프 링크스도 아직 그대로였다. 엄마가 어제 보냈다고 하지 않았나? 보내는 걸 깜빡했을 수도 있지, 뭐.

하지만 제러미의 비밀을 알아냈을 때처럼 이상한 직감이 들었다. 물건을 부치지 않은 것에서 왜 전 남자 친구의 바람이 떠올랐는지 모르겠지만, 어쨌든 엄마의 컴퓨터 속에 답이 있을 터였다. 하지만 그 답을 정말 알고 싶은 건지는 아직 확신이 안 섰다.

나는 사무실 안을 서성거렸다. 바람이라니, 이건 지니의 과도한 상상력에 영향을 받은 탓이다. 우리 부모님은 지금 행복했다. 제러미가 바람을 피웠다고 해서 세상 사람들이 다 거짓말쟁이일 리는 없었다. 특히 우리 부모님은 어린애들이 아니라 현명한 어른들 아닌가.

의자에 앉아 엄마의 컴퓨터에서 방문 기록을 살펴보았다. 지난주에 엄마가 방문한 웹 사이트 기록이 남아 있었다. 엄청났다. 지니

말이 옳았다. 엄마에겐 비밀이 있었다. 하지만 딴 남자는 아니었다.

엄마 컴퓨터에 심각한 바이러스가 있는 게 아니라면, 그날 내가 엄마 컴퓨터에서 본 것은 우연히 뜬 팝업 광고창이 아니었다. 거의 200군데에 달하는 온라인 쿠폰 사이트와 블로그 들이 방문 기록에 채워져 있었다. 이 사이트들을 돌아다니며 얼마나 많은 돈을 절약하는지 모르겠지만, 엄마는 온종일 이 일에만 매달리는 것 같았다.

가장 많이 들락거린 사이트는 '인기 만점! 알뜰 살림방!'이라는 블로그였다. 블로그에는 날씬한 여자가 쇼핑 카트를 모는 캐릭터 그림이 있었고, '이 주의 판매 상품'이라는 코너가 있었다. 두 딸에 관한 글과 골동품 판매를 안내하는 글, 만 사천 달러가 아니라 고작 육천 달러에 막 팔린 사파이어 커프 링크스에 대한 글도 있었다.

이건 우리 엄마 블로그잖아? 엄마가 블로그를 열었다고? 왼쪽에는 광고 배너가 늘어서 있었고, 글마다 수백 개의 댓글이 달려 있었다. 방문객이 칠천 명을 넘어서고 있었다. 심지어 '인기 만점! 알뜰 살림방!' 글씨가 새겨진 티셔츠까지 판매하고 있었다.

이건 혼외 불륜이 아니었다. 사업이었다. 하지만 아빠를 대신해서 운영하고 있는 웹 사이트와는 전혀 상관없는 사이트였다. 이건 엄마의 '제국'이나 마찬가지였다. 엄마는 하루에 다섯 개의 글을 올렸고, 이 글은…… 내 사적인 이별 사건을 공개적으로 논하는 글이었다. 더군다나 엄마의 간섭이 싫어서 내가 직접 얘기하지도 않았던 일인데 이렇게 다 까발려지셨다?

알뜰 살림꾼들에게,

이제껏 우리 가족이 어떻게 골동품을 매입하고 어떻게 거래상들을 찾아다니는지 말해 왔으니, 제 딸들을 잘 아시겠죠? 맬러리와 지니 말이에요. 그동안 여러분도 자제분에 대해 여러 말씀을 해 주셨지요. 정말 도움이 많이 되었어요.

그래서 오늘은 제가 여러분의 지혜를 얻고자 한답니다. 지난 주말에 맬러리의 사랑스러운 남자 친구가 이별을 고했다지 뭐예요. 저도 방금 지니에게 들었는데, 맬러리는 통 말을 안 하네요. 저렇게 입을 꾹 다물고 있는 걸 보니 아무래도 심하게 차인 것 같아요. 지니는 축구든 학교생활이든 아주 열심인데, 맬러리는 뭐 하나 좋아하는 게 없어 보이는 아이거든요. 그 애한테는 우리 집안 사업인 골동품을 빼고 나면 남자 친구밖에 없었어요. 이제 남자 친구도 없어졌으니, 그 많은 시간을 어떻게 보낼지 정말 걱정이랍니다. 맬러리한텐 낮은 자존감을 키워 줄 취미가 꼭 필요하다고 봐요.

전 정말 좋은 엄마가 되려고 무지 애를 쓴답니다. 오늘은 디즈니랜드에 데려갔어요! 그런데도 맬러리는 여전히 입을 꾹 다물고 있네요. 저희 엄마는 저에게 정말 관심이 없으셔서 저는 거의 방치된 채로 자랐어요. 그래서 제 딸들에게만큼은 최대한 신경을 쓰고 보살펴 주고 싶어요. 그런데 이렇게 딸이 절 밀어내기만 하니 너무 속이 상합니다. 제가 뭘 어떻게 해야 할까요? 어떻게 해야 엄마로서 느끼는 불안감을 잠재울 수 있을까요?

아무튼 내일은 '쇼핑의 여왕 캐시'를 블로그로 모셔서 할인 쿠폰 이용법을 들어 볼까 해요! 이 글에 댓글을 달아 주세요. 몇 분을 추첨해서 캐시의 최신 서적을 드릴게요.

사랑합니다,

여러분의 태미가.

자그마치 347개의 댓글이 달려 있었다. 347명의 사람들이 내 애정사에 대해 이러쿵저러쿵 떠들어 댄 것이다. 이 인터넷발 토네이도에 비하면 프렌드 스페이스는 작은 모래 바람에 불과했다. 내가 인터넷을 끊고 있는 동안 엄마는 '완전한 타인들'에게 나를 어떻게 대할지 묻고 있었다. 내가 더 적극적으로 살 필요는 있지만, 그렇다고 해서 자존감이 낮다니! 엄마는 나를 인생의 낙오자로 만들어 놓았다.

댓글을 보니 더 가관이었다. 다들 나를 잘 알고 있으며, 내가 왜 '세상과 단절된 채' 생활하는지, 내가 왜 '실수를 저지르고' 있는지 한마디씩 해 줄 권리가 있다고 생각하는 것 같았다. 다섯 번이나 결혼에 실패한 유명 여배우가 된 기분이었다. 겨우 고등학교에서 만난 첫 남자 친구와 헤어진 열여섯 살 소녀일 뿐인데 말이다.

게다가 엄마는 내 상처를 가지고 신파극을 만들었다. 내 사생활이 담긴 글을 이용해서 '쇼핑의 여왕 캐시'의 책을 선전하고 있었다. 뒷돈을 받고 있는 게 틀림없었다. 광고 창과 후원자들을 보라지? 엄마가 이걸로 얼마나 많은 돈을 벌고 있는지 모르겠지만 아빠한테 거짓말을 하고 있는 건 확실했다. 커프 링크스도 만 사천 달러에 팔렸다고 하지 않았나. 정말 아빠의 웹 사이트에서 뭔가를 팔긴 파는 건가? 아니면 그 사이트는 이 블로그를 숨기기 위한 위장 사이트에 불과한 걸까? 엄마는 늘 쪼들린다며 이것도 안 되고, 저것도 안 된다고 잔소리를 해 댔지만 실상은 훨씬 더 여유로운 게 아닐까? 어쩌면 블로그를 계속 운영하려고 짠순이 흉내를 내는 건 아닐까?

나는 엄마가 블로그에 올려 둔 사진을 노려보았다. 며칠 전 디즈니랜드에서 찍은 지니와 내 사진이었다. 사진만 보면 우리 가족은 세상에 더 없이 행복한 가족이었다. 물론 그날 부부 싸움을 벌인 일은 블로그에 언급도 없었다.

나는 창을 닫고 컴퓨터를 껐다. 이제까지 제러미가 한 짓보다 더 속상한 일은 없을 거라고 장담했는데, 지금 이 순간부터 '인기 만점! 알뜰 살림방!'이 그 자리를 차지하게 되었다.

19

오늘 보고 싶은 사람들

1. 아무리 생각해도⋯⋯ 없다.

목요일 아침 침대에서 일어나기가 싫었다. 아빠나 동생도 보기 싫었고, 특히 우리 유명하신 엄마는 더 보기 싫었다. 지난 일요일 저녁 파티 기억에 푹 빠진 지니는 일찌감치 일어나서 아침을 준비한다며 부산스럽게 움직였다. 지니가 만들어 주는 영양 가득한 요리를 아침부터 먹다간 콜레스테롤 수치가 천 단위로 상승할 것 같았다. 근데 콜레스테롤 수치가 천 단위로 측정되긴 하나?

지니는 주방장이라도 된 듯 부엌을 점령하고 있었다. 아빠는 신문을 읽고 있었다. 우리가 신문을 받고 있었던가? 엄마는 여느 목요일 아침과 다를 게 없다는 듯 골동품 잡지를 뒤적이고 있었다.

분명히 지난주엔 아빠가 쓸데없이 쓰레기 같은 물건에만 집착한 다며, 깔끔한 남자와 결혼했다면 지독한 냄새 속에서 살지 않았을 거라고 블로그에 써 놓지 않았던가?

"언니!"

지니가 경쾌한 목소리로 나를 불렀다. 엄마가 사다 준 레이스투 성이 앞치마를 두른 모습이었다.

"만찬회에 대해서 의논해야 하지 않을까? 사야 할 물품 리스트 좀 생각해 뒀어?"

이런, 또 리스트야?

"그럼."

"언니 손님들은 다 오겠대?"

"회답은 다 받았어."

내 손님들이라고 해 봐야 스타 그룹 친구 몇 명과 카딘이 전부였 다. 여기에 내가 초대할 용기를 낸다면 올리버가 추가될 터였다. 지 니는 친구 스물다섯 명을 초대했다. 잘사는 집안 아이들은 오려고 하지 않겠지? 훨씬 더 멋진 식당에서 먹고 싶을 테니까. 하지만 신 입생들은 자기네들끼리 우르르 몰려다는 걸 좋아하니, 또 모르겠 다. 어쨌든 공짜 식사 아닌가.

"오렌지 주스 좀 줄까?"

지니가 '갓 짜낸 주스'란 소리를 덧붙였다면 난 아마 돌아 버렸 을 거다.

"그냥 토스트면 돼."

나는 자리에 앉아 식탁을 손가락으로 드르륵드르륵 두드렸다. 지니한테 엄마에 대해 말하면 고자질이 되려나? 아빠는 알고 있는 건가? 신경이나 쓸까? 엄마가 우리에게 숨기는 게 있는데, 당연히 신경 써야지.

마음속 갈등이 커지고 있었다. 확실한 건 아직 준비가 덜 됐다는 거다. 내 감정을 다독일 시간이 필요했다. 우리 엄마가 어떤 사람인지 찬찬히 생각해 볼 시간도 필요했다.

"엄마, 오늘 엄마 차 좀 써도 돼요? 사기 충전 클럽 운영 문제로 할 일이 많아서요."

"사실……. 아니다, 네가 쓰렴."

엄마가 너그러운 미소를 지었다.

"어쨌든 난 오늘 집에서 일할 테니까."

물론 그러시겠죠. '인기 만점! 알뜰 살림방!'을 돌봐야죠.

나는 여전히 엄마와 눈을 마주치지 못하고 있었다. 눈을 마주치기라도 하면, 엄마가 내 불편한 심기를 눈치채고는 블로그에 '딸과의 냉전'이라는 제목으로 시를 한 편 써 올릴 것 같았다.

"오늘 버뱅크에 가서 병력 증명서를 떼 오려고 해. 거기 있는 중고 매장도 좀 둘러보고. 참, 오는 길에 당신이 좋아하는 라즈베리 초콜릿도 좀 사 올까?"

아빠의 말에 엄마가 활짝 웃었다.

"좋지. 일찍 돌아와. 일을 빨리 끝내면 오후에는 시간이 날 거야."

이 상황을 지켜본 지니는 미소를 감추지 못했다. 지니의 팬케이크가 우리 가족을 구해 낸 것이다.

제러미가 거짓말쟁이인 걸 알았을 때도 구역질이 났지만 오늘은 훨씬 심하게 속이 울렁거렸다. 아빠가 신문에서 눈을 떼지 않은 채 손을 뻗어 엄마의 손을 꽉 잡았다. 단순하지만 진정성이 담긴 스킨십이었다.

이 장면은 내가 복고풍 삶을 살고자 결심했을 때부터 꿈꿔 왔던 모습이었다. 가족이 다 같이 모여 아침을 먹는 것 말이다. 이전 같으면 식탁에 앉아서도 엄마와 나는 휴대 전화만 내려다 봤고, 지니는 텔레비전을 보며 시리얼을 들이켰다. 물론 아빠는 보이지도 않았다. 그런데 지금 이 낯설고 따스한 장면은 마치 1960년대 광고에서나 볼 수 있는 모습이었다. 나는 이 번들거리는 광고 사진을 찢고 바깥으로 나오고 싶었다.

"오늘 일찍 가야 해요."

내가 벌떡 일어나자 지니가 팬케이크를 뒤집으며 물었다.

"왜? 제러미 오빠랑 노천극장에서 만나기로 했어?"

"하하. 지니, 하나도 안 웃겨."

"다시 만나기로 했다면 상관하지 않을게. 제러미 오빠는 머저리고 언니는 완전 구제 불능이니까. 그래도 나한테 먼저 알려 줬으면 했어."

지니의 말에 엄마가 식탁 의자에서 홱 돌아앉으며 흥분한 목소리로 말했다.

"다시 만나기로 한 거니?"

야호! 또 블로그에 올릴 거리가 생겼네!

"아니에요. 당연히 아니죠."

지니가 얼굴을 찡그린 채 눈길도 주지 않는 걸 보니 농담이 아닌 모양이었다. 역시 침대에서 나오지 말 걸 그랬다.

"제러미한테 돌아가기로 했다면 당연히 너한테 제일 먼저 알렸겠지. 도대체 어디서 그런 헛소문을 들은 거야?"

"어디서 듣기는? 다들 봤단 말이야. 복도에서 둘이 서로 만지고 있는 걸."

"우린 이야기를 한 거야. 제러미가 날 만진 거고! 난 안 만졌어."

"거기다 제러미 오빠가 어젯밤 늦게 프렌드 스페이스 글을 모두 내렸다고. 둘이 다시 만나게 돼서 그런 거겠지."

"뭐? 그럼 이제 프렌드 스페이스에서는 내가 몸 파는 매춘부라고 떠들어 대겠네? 프렌드 스페이스야말로 복음과도 같은 진실이니까."

"그래, 어젯밤 늦게 언니가 들어온 것도 봤어. 참으로 진실하지."

"맬러리, 프렌드 스페이스에서 왜 너를 매춘부라고 떠들어 댄다는 거니? 도대체 무슨 말이야?"

엄마가 물었다. 매춘부 딸이라, 블로그에서 몇 주는 떠들어 댈 수 있는 먹잇감이네. 새로운 방문객이 늘겠는걸?

나는 지니에게 말했다.

"왜 화낼 이유도 없는데 나한테 그러는 거야? 넌 내 편이었잖아."

"난 언니 편이었고, 지금도 언니 편이야. 아침 일찍 일어나서 만찬회에 내놓을 요리를 연습했어. 사기 충전 클럽에도 가입했고. 그런데 언니가 몰래 인터넷에 들어가서 전 남자 친구에게 말을 걸었다는 사실에 화가 난 거야. 언니는 늘 그래. 먼저 시작해서 다른 사람을 다 끌어들여 놓고 혼자 그만둬 버리지. 언닌 의지박약이야."

"의지박약? 아니, 넌 어떤 상황인지 아무것도 몰라."

젠장, 나조차도 어떻게 돌아가는지 모르겠다. 하지만 이렇게까지 비난받을 짓은 하지 않았다. 지난 보름 동안 내가 얼마나 많이 변했는데. 게다가 내가 억지로 지니를 끌어들인 것도 아니었다. 리스트를 따른 덕분에 홈커밍 파티 파트너도 생기지 않았나?

"내가 왜 몰라? 언닌 어차피 다시 돌아갈 거야."

지니가 뒤집개를 내려놓았다. 다행이네. 저 뒤집개로 나한테 팬케이크를 던져 버리는 건 아닌가 걱정했는데.

"그래서 언니가 그 사촌이랑 어울려 다니는 거잖아. 제러미 오빠 정보를 얻으려고. 어젯밤에 둘이 싸운 건 알아? 올리버 오빠가 제러미 오빠한테 언니를 가만 내버려 두라고 하니까, 제러미 오빠가 언니를 홈커밍 파티에 데려가겠다고 맞받아치던데?"

"아니, 사실이 아니야."

"언니가 그걸 보고 있었다면 확실하게 정리해 줬을 텐데, 안 그래?"

"난 어젯밤에 리포트를 쓰고 있었어!"

내가 소리를 질렀다.

"사촌이라고? 맬러리, 사촌은 멀리하라고 했던 말 기억 안 나니?"

엄마가 깜짝 놀라서 끼어들었다. 아빠는 신문 뒤에서 눈썹만 까딱 올렸을 뿐이다. 여자들 싸움에는 끼어드는 법이 없었다.

나는 지니의 팔을 탁 때렸다. 어떻게 제러미가 올려놓은 글 하나로 이렇게 얼굴을 싹 바꿀 수 있지? 제러미는 분명 못 믿을 거짓말쟁이가 아니었나? 소문을 좀 들었다고, 사촌끼리 다투는 걸 좀 봤다고 이러는 게 이해가 안 갔다. 올리버와 제러미는 언제나 싸웠다. 지금 우리가 제일 경계해야 할 행동이 인터넷에서 돌아다니는 소문을 믿는 거 아니었나? 젠장, 지니가 뒤집개를 다시 집어 들고 팬케이크를 뒤집기 시작했다. 도대체 팬케이크가 뭐 그리 중요하다고? 고작 팬케이크 하나로 엄마 아빠의 위태로운 결혼 생활을 구할 수 있을 거라고 믿는 건가?

"그래, 이 언니가 남자 친구한테 배신당했을 땐 길길이 날뛰더니, 다른 사람이 바람을 피울 땐 태평하게 팬만 달구고 있구나?"

내 말에 지니의 얼굴이 새하얗게 질렸다.

욱하는 마음에 말을 내뱉어 놓고 나니, 내 입을 꿰매고 싶었다. 지니는 날 도와주고 생각해 주는 착한 동생이다. 내가 포기하려나 싫어서 화를 낸 것뿐인데. 그래도 내 동생이니 날 누구보다 믿어 줘야 하는 거 아닌가?

"누가 바람이 났는데?"

엄마가 새로운 소문인가 싶어 눈을 반짝였다.

"내 부엌에서 꺼져."

지니가 낮게 으르렁거렸다.

다른 상황이었다면, 지니가 앞치마를 두른 채 뒤집개를 휘두르며 이런 말을 하는 게 웃겼을 것이다. 지금은 이를 악물고 낮게 내뱉는 지니가 무서울 정도였다.

나는 얼른 책가방을 둘러메고 엄마의 자동차 열쇠를 든 뒤 서둘러 집을 빠져나왔다. 지니를 데려다주기로 했지만, 지니는 나를 잡으려고도 하지 않았다. 좀 잡아 주지. 사과하고 싶었는데. 지니의 매서운 눈빛과 차가운 말투가 떠올랐다.

누가 뭘 봤든, 인터넷에서 뭐라고 떠들든 내 입에서 나온 말이 아닌 이상 소문은 소문일 뿐이었다. 암, 그렇고말고. 진짜…… 그렇겠지?

20

내가 학교를 땡땡이친 날

1. 9학년 4월 - 하루는 엄마가 지니와 나를 학교에 보내지 않았다. 우리는 매니큐어를 바르고 잡지를 읽으며 중국 음식을 배달시켜 먹었다. 엄마는 사진을 삼천만 장쯤 찍었다. 아마 이 날의 모녀 모임은 블로그에 고스란히 기록되어 있을 거다. 우리를 이용해서 돈도 좀 벌었겠지?

2. 10학년 9월 - 제러미와 내가 막 사귀기 시작한 날이었다. 우리는 옥수수 밭미로로 놀러 갔지만 수요일 낮이어서 문이 닫혀 있었다. 어쩔 수 없이 들판을 서성이다가 사람들 무리에 섞이게 되었는데, 땡땡이친 걸 들켜서 일주일 동안 외출 금지를 당했다. 그래도 제러미가 손을 잡아 주며 데이트 신청을 했던 날이라 땡땡이친 보람은 있었다. 물론 그때만.

3. 10학년 2월 - 제러미 집에서 함께 영화를 보고 키스 타임도 가졌다.

4. 1학년 10월 - 바로 오늘이다.

일찍 학교에 도착했다. 하노버 선생님이 책상에 앉아서 차를 홀짝이며 시험지를 훑어보고 있었다. 나는 리포트를 내밀면서, 죽을 만큼 아픈데도 숙제를 제출하려고 등교했다고 말했다.

하노버 선생님은 리포트를 받으면서 어리둥절한 표정을 지었다.

"그래. 그런데 왜 이걸 주는 거니?"

"기억 안 나세요? 오늘까지 리포트 내라고 하셨잖아요."

굳이 인터넷을 사용했다는 말은 덧붙이지 않아도 괜찮겠지? 선생님들은 바쁜 분들이니, 세세한 사정은 그냥 넘어가겠지.

"하지만 이건 낼 필요가 없단다. 제러미가 너랑 같이 했다며 어제 가상 공장 숙제를 제출했거든."

하노버 선생님이 턱수염을 긁적였다.

"제러미가 뭘했다고요? 하지만 전 인터넷을 사용할 수 없다고 말씀드렸잖아요."

내 이야기에 하노버 선생님이 리포트를 훑어보았다.

"그럼 이건 인터넷을 사용해서 쓴 게 아니야? 그런데 출처 인용이 없구나. 참고 문헌은 어디 갔지?"

맞다, 참조 문헌이 있었지. 만약 내가 제러미의 숙제에 얹혀 간다면 빚이 하나 생기는 셈이고, 참고 문헌을 기입한다면 인터넷 사이트를 적어야 할 처지였다. 그렇게 되면 리포트 자체가 성립 불가능했다. 그냥 거짓말로 읽었던 책 이름을 써 낼까? 근데 리포트 내용이랑 안 맞잖아. 윽, 도저히 방법이 없네.

"저…… 내일 말씀드려도 되죠?"

나는 시계를 흘깃 쳐다보았다. 1교시 수업까지 십오 분이 남아 있었다.

"제가 지금 토할 것 같아서요, 죄송해요!"

"내일까지 꼭 제출해! 양호실에 가 보렴!"

하노버 선생님이 내 뒤통수에 대고 소리쳤다.

교내 어디에도 가기 싫었다. 엄마가 블로그를 하고 있는 집으로도 가기 싫었다. 아마도 오늘 아침에 지니가 앞치마를 두르고 요리하는 모습을 찍어 올려 놓고는 그 아래에 '모전 여전!' 같은 말이나 적고 있을 테지.

다른 학생들이 학교 주차장 안으로 들어오고 있는 와중에, 나는 주차장을 나섰다. 우회전을 하려는데, 마침 좌회전을 하던 올리버의 닛산 자동차와 딱 마주쳤다. 올리버가 교차로 중간에 떡하니 차를 세우더니 나를 향해 '빵' 하고 경적을 울렸다. 나는 '교차로 중간이니 말하기는 곤란하겠네.'라는 뜻으로 미안하다는 듯 미소를 지었다. 하지만 올리버는 내 미소를 '교차로 한가운데지만 잠깐 대화는 괜찮겠지.'라는 뜻으로 받아들인 모양이었다.

올리버가 창문을 내렸다.

"어디 가는 거야?"

"조퇴."

"어디 아파?"

"아니, 입시병이야."

"입시생도 아니잖아."

"그럼 고딩병 정도로 해 두지, 뭐."

순간 올리버가 크게 웃음을 터뜨렸다.

경적이 여기저기서 울렸다. 이 순간이 그대로 멈춰 버리면 좋겠다. 누군가를 웃기고 나서 이렇게 기분 좋았던 적이 없었다. 특히 오늘은 끔찍한 아침 시간을 보낸 뒤라서 더 그런 것 같다.

"몸은 괜찮아. 그냥 좀 쉬고 싶어서."

"그래, 어서 가서 고딩병 좀 다스려. 학교 끝나고 전화할게."

올리버는 작별 인사로 경적을 한 번 울리고 난 뒤 자동차를 틀었다. 그러니까 화는 완전히 풀렸단 말이지? 괜히 맘 졸였네.

딱히 갈 곳도 없고 자동차 기름도 반이나 남았는데, 그동안 미뤄 놨던 일이나 마무리 지을까? 이렇게 자유로운 날에는 리스트 완수에나 힘쓸 수밖에. 완벽한 기회라면 기회니까. 우선 홈커밍 파티 드레스부터 끝내면 되겠지?

할머니한테 들르기에는 시간이 너무 일렀다. 어쩔 수 없이 만찬회에 사용할 장식 용품부터 구입하기로 결정했다. 마트에는 복고풍 파티 용품이 구비되어 있었다. 조금 진부한 느낌이 들겠지만, 원래 파티 계획이라는 게 다 그렇고 그런 거 아닌가. 이 점은 1962년도에 살던 사람들도 마찬가지였을 것이다. 할머니를 찾아가는 길에 편의점에 들러 60년대에 썼을 만한 화장품도 구입했다. 가짜 속눈썹에 액상 아이라이너, 화려한 색상의 립스틱까지.

열 시쯤 할머니가 사는 실버타운으로 들어섰다. 어디 보자, 도서관에서 봤던 예절 책에서 약속 시간보다 빨리 도착했을 때 어떻게 하라고 했더라? 우선 전화로 알려야 했던 것 같아서 안내 데스크에 있는 구내 전화를 이용하려고 로비로 향했다.

로비에 들어서자마자 커다란 평면 텔레비전이 눈에 들어왔다. 탁자 위에는 쿠키와 레모네이드가 차려져 있었다. 리스트 실행 계획을 세운 뒤로 삼십 분짜리 시트콤과 리얼리티 쇼가 얼마나 그리웠는지 모른다. 마침 쿠키가 먹고 싶었는데, 여기저기 부스러기를 흘리고 다니는 것도 실례니까 텔레비전 앞에 자리 잡기로 했다. 텔레비전에서는 탤런트와 인테리어 장식가가 데이트하는 리얼리티 쇼가 나오고 있었다. 인테리어 장식가는 방을 60년대 복고풍으로 꾸미는 중이었다. 그래, 이건 조사 차원에서 보는 것뿐이야.

그때 회색 정장 차림의 여자가 로비로 들어왔다. 사십 대 후반에서 오십 대로 보였는데 짧은 곱슬머리를 하고 있었다. 실버타운에 들어오기에는 아직 젊지 않나? 여자는 안내 책자를 뒤적이며 안내 데스크에 직원이 나타나기를 기다리고 있었다. 나는 리얼리티 쇼로 눈길을 돌렸다. 예비 입주자보다야 리얼리티 쇼가 훨씬 더 흥미로우니까.

"비비안 브래드쇼를 찾아왔는데요."

여자의 말에 얼른 다시 고개를 돌렸다. 누굴 찾는다고? 나는 쿠키를 집으려는 척하며 자리를 옮겨 앉았다. 내 관심은 쿠키가 아니라 회색 정장의 여자에게 쏠렸다. 도대체 누구기에 우리 할머니를 찾지?

"방문인 명단에 계신 분인가요?"

안내 직원이 물었다.

"모르겠어요."

남부 억양이 짙은 목소리였다.

"지난주에도 왔었는데요. 아마 명단에 있을 거예요."

"확인해 보죠. 성함이 어떻게 되세요?"

"캔디스 빈트너요."

"명단에 없네요. 하지만 지난주에 오셨던 건 기억나는군요. 제가 전화로 확인해 볼게요."

회색 정장 차림의 '캔디스 빈트너 씨'는 안내 직원이 할머니에게 전화를 거는 동안에도 계속 안내 책자를 뒤적이고 있었다.

"캔디스 빈트너라는 분이 찾아오셨는데요?"

안내 직원이 전화를 끊으며 말을 이었다.

"여기로 내려오시겠대요."

캔디스가 고개를 끄덕이고는 구석 자리를 찾아가 앉았다. 이렇게 덩그러니 손님을 로비에서 기다리게 하다니, 할머니도 예절 책은 멀리하셨나 보다. 그건 그렇다 치고 저 캔디스라는 사람은 누구고, 왜 할머니를 찾아온 거지? 만약 이 상황이 〈뉴포트 비치 할머니들의 속사정〉이라는 리얼리티 쇼의 한 장면이라면, 저 여자는 우리 할머니의 심리 치료사거나 인생 상담사, 아니면 스타일리스트일 거다. 할머니들끼리 서로 속고 속이는 뒤통수 치기가 만연한 분위기 속에서 우리 할머니에게 값진 조언을 해 줄 그런 인물 말이다. 어쩌면 예전에 할머니와 테니스를 치던 여자가 할머니의 최대 적수로 등장할지도 모른다. 에두아르도의 사랑을 차지하기 위한 할머니들의 맞대결이라고나 할까? 우아, 리얼리티 쇼를 딱 삼 분 봤을 뿐인데 이렇게 자세히 머릿속에 그려지네?

엉뚱한 상상은 집어치우고 '캔디스 빈트너 씨'에게 집중하기로 했다. 캔디스는 레모네이드를 잔에 따르고는 마시는 둥 마는 둥 하고 있었다. 게다가 다리를 꼬고 앉아 있는데도, 긴장한 듯 다리를 심하게 떨고 있었다. 분명히 여기 어디에 안정제가 있을 텐데……. 갑자기 캔디스의 다리가 멈췄다.

"맬러리, 여기서 뭐하는 거니? 학교에 있어야 하지 않아?"

할머니는 하얀 셔츠에 카키색 바지를 입고 있었다. 세이브 더 칠드런에서 활동하실 때 입던 옷차림이었다. 캔디스 쪽은 흘깃 한 번 쳐다봤을 뿐 아무런 말이 없었다.

"홈커밍 파티 주간이라서 쉬는 날……. 아뇨, 실은 땡땡이쳤어요. 너무 힘든 날이라서요. 그냥 드레스나 끝내자 싶어서 들러 본 거예요."

"드레스라……."

할머니는 건성으로 내 말을 따라 하듯 중얼거리다가 우리 둘을 바라보며 입술을 매만졌다. 캔디스는 입을 벌린 채 나를 뚫어져라 쳐다보고 있었다. 치열이 고르진 않아 보였다. 흠, 우리 할머니의 리얼리티 쇼에 고정 출연하려면 치열부터 교정해야겠군요.

할머니는 잠시 말을 잇지 못하다가 마침내 입을 열었다.

"드레스 말인데, 내가 바빠서 생각만큼 시간을 내지 못하겠구나. 나중에 다시 얘기해도 될까?"

"그러죠, 뭐."

실버타운에서 바쁠 일이 뭐가 있다고? 말 그대로 은퇴인들의 보금자리 아니었나? 종일 여가를 즐기는 게 소일거리일 텐데? 돌아가는 상황이 며칠 전에 할머니가 나를 급히 쫓아내던 때와 비슷했다.

바쁘다는 건 핑계다. 확실히 느낄 수 있었다. 이 공간에 흐르는 팽팽한 긴장감 때문에 나는 튀어나오려는 말대꾸를 억눌렀다. 캔디스는 금방이라도 쓰러질 사람처럼 충격을 받은 모양이었다. 그래, 이 사람은 절대로 할머니의 심리 치료사나 스타일리스트일 리 없어. 그리고 홈커밍 파티 드레스는…… 몰라. 지금 그까짓 드레스가 대수겠어.

"맬러리, 여기 이 사람은 캔디스란다."

나는 캔디스에게 손을 내밀었다.

"전 맬러리예요. 할머니 손녀랍니다."

캔디스가 내 손을 잡았다. 식은땀으로 손은 차갑고 축축했다.

캔디스는 물기 어린 눈으로 나를 따스하게 바라보고 있었다.

"만나서 무척이나 반가워요, 맬러리 양."

"그런데 두 분은 어떻게 아는 사이세요?"

내 물음에 캔디스가 도움을 구하듯 할머니를 바라보았다. 할머니는 갑자기 말문이 턱 막힌 것처럼 보였다. 아주 힘든 결정을 내리는 것 같았다.

"어떻게 알고 말고 할 것도 없단다. 내가 지어 준 이름은 프란체스카였는데, 그 사람들이 캔디스라고 바꿨더구나."

"그 사람들이라고요?"

"양부모 말이다. 캔디스는 내가 낳은 딸이야. 네겐 큰고모가 되겠구나."

기억하는가? 우리 할머니가 이제껏 쌓아 올린 경력을 내려 놓고 실버타운으로 들어와 새 인생을 시작한 뒤로 결코 과거에 대해 말하고 싶어 하지 않았던 사실을? 특히 고등학교 시절에 대해서는 더 질색하셨지. 더군다나 나는 할머니가 가족들을 일부러 멀리하신다며 지레짐작하고는 괜히 속이 상해서 드레스를 만들어 달라며 더 엉겨 붙었다. 할머니가 그토록 떠올리기 싫어하는 시절을 강제로 상기시킨 셈이다. 내가 하는 일이 다 그렇지. 역시 난 글러 먹었어.

할머니는 간단하게 그간의 사정을 설명해 주셨다. 이미 캔디스 고모에게는 한 차례 털어놓은 이야기였다. 캔디스 고모는 인터넷으로 할머니를 찾아냈고, 일주일간 할머니를 만나러 온 거였다. 며칠 전 내가 할머니를 찾아왔을 때, 그렇게 정신없이 돌려보냈던 이유도 그날 처음으로 캔디스를 만나기로 했기 때문이었다. 오십 년 전에 입양 보낸 친딸을 처음으로 만나게 됐으니 누군들 안 그랬으랴.

간단히 말해서 할머니에겐 사귀는 남자가 있었고 11학년 봄에 관계를 맺었지만, 임신 소식을 듣자마자 남자가 줄행랑을 쳤다는 얘기였다. 그렇게 열일곱 살의 비비안은 친한 친구들과 가족을 두고 정든 고향 마을을 떠나 볼티모어에 사는 친척 집에서 아기를 낳았다. 기적적으로 고등학교를 졸업한 뒤 버클리 대학에 진학하게 되었고…….

이런 이유로 할머니의 졸업 앨범은 찾아볼 수가 없었던 것이다. 할머니가 왜 그토록 고등학교 시절 얘기를 꺼렸는지도 분명해졌다. 그동안 나는 얼마나 철없이 졸라 댔던가? 진짜 난 글러 먹은 인간이다.

할머니와 캔디스 고모는 밖으로 나가 브런치를 먹기로 했던 모양이었지만, 결국 다 함께 할머니의 방으로 향했다. 나는 아무것도 묻지 않았다. 아니, 물을 필요가 없었다. 답은 할머니의 혼수 함 속에 들어 있었다.

"이건 우리 증조할머니가 만든 퀼트 보란다."

할머니는 사연 깊은 퀼트 보를 침대 위에 깔고는 캔디스 고모에게 차를 내주었다. 차 덕분인지 캔디스 고모는 조금 안정을 되찾은 듯 보였다. 나는 '고모'에게 그다지 말을 많이 하지 않았다. 오늘 처음 만난 사이라, 지금 하는 말은 영원히 기억에 남을 터였다. 나는 제대로 된 말만 건네려고 말을 고르고 있었다. 게다가 여전히 얼떨떨한 상태여서 이 상황이 얼마나 경악할 만한 일인지 실감나지 않았다.

할머니는 스크랩북을 몇 권 끄집어내서 휙휙 넘겨 보기 시작했다. 그러다가 어느 페이지에서 멈추더니, 비닐을 떼어 내고 사진을 꺼냈다.

"찾았다. 자, 보렴. 네 사진이야."

할머니가 캔디스 고모에게 사진을 내밀었다. 캔디스 고모는 머뭇거리는 손으로 사진을 받아들고는 이내 흐느끼기 시작했다. 할머니는 캔디스 고모에게 손을 뻗지 않고 눈만 꼭 감고 계셨다. 아주 오랫동안 눈물을 참아 왔던 사람처럼 울컥 솟는 눈물을 억지로 삼키는 모습이었다.

"13개월 때의 너란다. 너희…… 어머니가 보내 주셨어. 그땐 입양이 되면 완전히 관계를 끊어야 했지. 사진으로나마 네가 자란 모습을 볼 수 있다는 게 꿈만 같았단다."

캔디스 고모가 이내 고개를 저었다.

"지금껏 간직하고 계셨다니 이것만으로도 너무 벅차요."

"아무렴, 유일한 딸내미 사진인데. 행여 갖다 버렸으려고? 입양 보내긴 했지만 마음속엔 늘 네가 있었단다."

할머니는 손을 뻗어 캔디스 고모의 손을 살며시 토닥였다. 두 사람은 손을 꽉 잡지도 않았고, 그 흔한 포옹도 하지 않았으며, 떨어져 지낸 동안의 이야기를 마구 쏟아 내지도 않았다.

지금 캔디스 고모가 어떤 생각을 하고 있을지, 나로서는 도저히 알 길이 없었다. 이름만 알고 있던 친엄마를 직접 만나는 건 상상도 가지 않는 일이니까.

"저기엔 또 뭐가 들어 있나요?"

캔디스 고모가 혼수 함을 가리키며 묻자, 할머니가 아기 담요며 낡은 인형 같은 것들을 꺼내기 시작했다. 그러다가 바닥이 드러날 즈음 입술을 깨물며 나를 불렀다.

"맬러리, 복고풍 드레스로 이건 어떠니?"

앨범 속 바로 그 드레스다. 색이 살짝 바래긴 했지만 소매가 봉긋한 하얀 드레스라, 엄청 멋진걸? 신이 나서 드레스 주름 펴는 걸 돕다가 문득 가슴이 뜨끔했다. 캔디스 고모가 씁쓸해하는 건 아닐까? 할머니와 함께 드레스를 만들어 본 적도 없는 거잖아. 입양되어 간 가족과는 정붙이고 살았을까? 지금 현실에 만족할까? 만약 할머니가 입양 보내지 않았더라면 할머니와 캔디스 고모는 어떻게 되었을까? 그랬다면 할머니는 할아버지를 만나 아빠를 낳고 엄청

난 활동도 하셨을까?

어느새 이기적이게도 내 머릿속은 '드레스를 입어 봐도 될까?'라는 생각으로 가득 찼다. 소녀 시절 할머니는 탄탄하고 늘씬한 지니의 몸매와 비슷했다. 내 몸에도 얼추 맞겠는데? 굳이 말하자면 가슴 쪽은 조금 줄여야겠지만. 아니, 좀 많이 줄여야겠다.

내가 욕실에서 드레스로 갈아입고 나오자, 할머니와 캔디스 고모가 살며시 미소를 지었다.

"가슴 쪽은 좀 줄여야겠는걸."

할머니가 말했다.

"할머니의 소중한 드레스인데, 감히 그럴 수는……."

"뜨는 부분만 살짝 박음질하면 쉽겠는데요? 여기 허리 쪽이 더 문제겠어요. 다른 천을 덧대 바느질한 부분이 울면 안 되잖아요. 어떻게 생각하세요?"

캔디스 고모가 낙낙한 드레스 가슴 부분을 손가락으로 가늠하며 말했다.

캔디스 고모의 질문에 할머니는 끝내 울음을 터뜨리고 말았다. 오십여 년 만에 만난 딸이 자신처럼 재봉에 능하다니. 두 사람은 열정적으로 의견을 내보이며 드레스 수선에 나섰다.

할머니는 뺨 위로 눈물이 흐르는 것도 의식하지 못한 채 시침핀을 드셨다. 두 모녀가 '맬러리를 위한 드레스' 만들기에 열중하고 있었다. 때로는 가만히 서 있는 것만으로도 참여가 된다는 걸 가습 깊이 깨닫게 된 순간이었다. 누군가가 나를 필요로 할 때, 그저 그 자리에 있어 주는 것 말이다.

21

남자가 당신을 좋아하는지 알 수 있는 다섯 가지 신호

1. 당신만을 위해 노래를 불러 주거나, 들을 때마다 당신이 떠오르는 노래가 있다고 말한다.
2. 의미 있는 선물을 직접 만들어 준다. 특히 털실 반지 같은 것 말이다.
3. 당신의 감정 변화를 재빨리 눈치챈다.
4. 당신을 더 자주 보려고 같은 클럽에 가입한다.
5. 키스한다. 이건 고민할 필요도 없는 신호다.

나는 할머니 집에 두 시간을 더 머물렀다. 할머니 집을 나서면서 캔디스 고모에게 남동생 가족을 만나 보는 게 어떻겠냐며 만찬회에 초대했지만, 고모가 토요일 저녁 비행기로 떠날 예정이어서 다음을 기약해야 했다.

아직 학교가 끝날 시간은 아니었지만, 땡땡이친 걸 엄마가 알든 말든 그냥 집으로 돌아왔다. 집 안은 지니가 아침에 만든 팬케이크 때문에 달달한 냄새로 가득했다.

12학년인 올리버는 4교시밖에 하지 않을 테니, 이미 집에 돌아와 있을 시간이었다. 올리버는 딱 세 번 신호가 간 뒤 전화를 받았다.

"회장 올리버 킴벌입니다."

"전화를 항상 그렇게 받아?"

"발신자 확인 기능이 있잖아. 이렇게 받으면 네가 좋아할 줄 알았는데?"

수화기 너머로 올리버가 미소 짓는 게 느껴졌다. 올리버가 이내 말을 덧붙였다.

"어젯밤엔 미안했어."

"뭐가?"

"전화로 그러는 게 아니었는데. 전화 예절에서 완전히 벗어난 짓이었어. 이글 스카우트 완장을 뜯어내야 할까 봐."

맞다, 처음으로 말다툼을 했지? 올리버의 프렌드 스페이스를 본 뒤로는 다른 건 머릿속에서 다 지워졌다. 굳이 말하지 않아도 서로 용서되는 일도 있는 법이다.

"괜찮아. 내가 먼저 연락 줬어야 했는걸. 어제 받았어? 내가……."

"비둘기 보낸 거? 벌써 봤지. 인터넷으로 그런 걸 받아 보기는 처음이야. 생각도 못 했어."

올리버가 만든 그룹에 대해서도 말하고 싶었지만 제러미 얘기까지 나올까 봐 입에 올리기가 꺼려졌다.

"근데 왜 전화했어? 비둘기 잘 받았는지 확인하려고?"

"지금 뭐하고 있었어?"

"지금?"

"응."

"막 집에 왔어. 수레 장식이나 끝내려고."

"잘됐네. 그 일 때문에 전화한 거야. 나도 돕고 싶어. 지금 가도 될까?"

"몸은 괜찮겠어?"

"당연하지. 마음의 휴식이 필요했을 뿐이야."

마음의 안정을 찾는 데는 할머니가 십 대 시절 낳은 딸과 만나는 일만 한 게 없지.

"주소가 어떻게 돼?"

나는 이를 닦고 립글로스를 바른 뒤 마스카라를 덧칠했다. 향수도 살짝 뿌렸다. 잠깐, 이건 내가 남자를 만나러 갈 때나 하는 행동인데. 오늘은 데이트가 아니잖아? 수레를 만들러 가는 것뿐이라고. 나는 얼른 자동차 열쇠를 집어 들고 문을 나섰다. 그때 엄마가 사무실 밖으로 고개를 빼꼼 내밀며 말을 걸었다.

"아침에 지니를 내버려 두고 갔지? 근데 지금 이 시간에 왜 집에 있는 거니? 학교 끝나려면 두 시간은 더 남았잖아."

"그냥 학교 가기 싫었어요."

"가기 싫었다고? 그게 다야? 싫다고만 하면 다 되는 거니?"

"그게 어때서요?"

"뭐라고? 너 엄마한테 이게 무슨 태도니?"

엄마는 옆구리에 손을 올리고 입을 꾹 다물었다. 이런 상황에서도 엄마는 아름다움을 잃지 않았다. 화가 날 때도, 슬플 때도, 행복할 때도 한결같았다. 엄마 스스로 완벽한 이미지를 유지하려고 부단히 애를 썼다. 이런 노력은 가족 전체로 이어져, 엄마는 우리가 사는 집이나 우리가 입는 옷, 우리가 어울리는 사람들에 유난을 떨었다.

하지만 아름답게 꾸며진 이 집은 정작 우리 게 아니었다. 큰아빠 소유의 집에 거의 공짜로 얹혀사는 거라고 내가 입이라도 뻥긋한다면 엄마는 죽으려 들지도 몰랐다. 중고 매장에서 구입한 옷을 볼 때마다 눈살을 찌푸리는 엄마니까. 낡아 보이는 옷이 엄마의 고상한 취향에 들어맞을 리가 없었다. 엄마의 블로그가 지향하는 목표도 '비싸게 보이는 물건 값싸게 사기' 아닌가.

"숙제하느라 밤을 꼴딱 새워서 피곤했다고요. 참, 엄마 컴퓨터 좀 사용했는데 괜찮죠? 지니가 장난으로 제 컴퓨터를 숨겼어요."

"비밀번호는 어떻게 알고?"

엄마는 반사적으로 물으면서 불안한 표정을 애써 감췄다.

"전에 슬쩍 본 걸 기억해 냈죠. 근데 방문 기록을 보니까 정말 흥미로운 웹 사이트들이 많던데요?"

"대체 방문 기록은 왜 확인한 거니?"

"그냥 뭐 좋은 게 있나 하고요. '인기 만점! 알뜰 살림방!'에서 정말 많은 걸 배웠어요. 특히 나 자신에 대해서요!"

엄마의 얼굴이 확 붉어졌다. 뭔가 걸리는 게 있긴 한가 보네.

왜 이렇게 엄마의 블로그에 화가 나는지 모르겠다. 할머니와 캔디스 고모처럼 오랫동안 멀리 떨어져 살지 않고, 엄마라는 존재가 가까이 있다는 사실만으로도 감사해야 할 일 아닌가. 거기다 우리 가족에게는 포근한 보금자리도 있었고, 지니가 손수 만들어 주는 음식도 있었다.

이 모든 걸 알면서도, 당장은 엄마가 나에 대해 쓴 블로그 글에만 신경이 쓰였다. 엄마가 나를 바라보는 시선이 날 마냥 아프게 했다. 근데 엄마는 왜 우리한테 엄마가 하는 일을 숨기는 거지? 세상 모든 사람에게 우리 가족의 속사정을 미주알고주알 털어놓고 있는 마당에 말이다.

자동차 열쇠를 내던지고 싶은 충동이 일었지만, 열쇠를 꽉 쥐며 마음을 억눌렀다.

"차 좀 쓸게요. 언제 들어올지는 모르겠어요."

"맬러리, 우리 잠깐 얘기 좀 하자꾸나."

"아뇨. 싫어요. 또 블로그에다 올리려고요?"

나는 서둘러 밖으로 나왔다. 지금쯤 엄마는 비밀번호를 바꾸느라 정신없을 테지. 조금이라도 숨겨야 할 테니. 아빠가 블로그에 대해 알게 된다고 해도 나만큼 속상해할까? 부부 사이에 문제를 더하는 계기가 될지, 엄마가 돈을 벌고 있다는 사실만으로 모든 문제가 무마될지 도무지 예상이 되지 않았다. 그래도 지니한테는 꼭 말해 줘야지. 엄마한테 딴 남자가 없다는 사실을 알면 마음을 푹 놓을 테니까. 하지만 지니가 첫 생리를 한 날에 대해 엄마가 블로그에 올린 글을 알게 되면 어떻게 될지 모르겠다.

자동차에 타자마자 올리버의 집 주소만 알 뿐, 가는 길은 모른다는 사실을 깨달았다. 이제까지 새로운 곳을 찾아갈 때면 엄마한테 물어보는 게 다였다. 물론 휴대 전화에 깔려 있는 내비게이션을 보며 찾아가기도 했지만, 지금은 둘 다 불가능했다. 젠장! 나는 운전대를 손으로 힘껏 내리쳤다. 그때 올리버가 묶어 준 푸른 털실이 눈에 들어왔다. 올리버라면 이렇게 길 위에서 분통만 터뜨리고 있진 않겠지.

나는 잠시 숨을 골랐다. 엄마는 엄마고, 내가 이렇게 흥분할 필요가 없었다. 나는 립글로스를 바르고 향수를 뿌린 채 학교 클럽 활동을 하러 가는 길이다. 그래, 이건 엄연히 공적인 활동이야. 나는 1962년도의 여학생이 할 만한 행동을 하기로 했다. 일단 주유소로 가서 길을 물어보는 것이다. 약도를 그려 달라고 해야지.

올리버네 집은 오렌지 카운티의 구도심 지역에 있었다. 이 지역은 전국에서 손꼽힐 정도로 잘 보존되어 있는 문화 지구였다. 교회와 도서관, 우체국 건물이 모두 수십 년 전의 모습을 그대로 유지하고 있었다. 근처에 채프먼 대학교가 있어서 대학생이 빌려 사는 집도 꽤 있었지만, 나무와 잔디를 정갈하게 잘 가꿔 놓은 집이 많았다.

올리버네 집은 빨간 지붕이 덮인 회색 건물이었다. 부동산 업자인 우리 아빠가 '명품'이라고 부를 만한 집이었다. 크기는 다소 작았지만 그 단점을 덮을 만큼 아기자기한 매력이 넘쳤다. '기성품'인 우리 집은 올리버네 집보다 크긴 했지만, 두 집 건너 한 집에서 볼 수 있는 흔한 디자인이었다.

어쨌든 올리버네 집에 도착했다. 그것도 혼자! 올리버는 현관에 나와 앉아 있었다. 뭔가를 만지작거리고 있는 모습에 갑자기 가슴이 턱 막혔다. 올리버가 나무 조각을 깎고 있다면 나는 옆에서 옥수수 껍질을 벗겨야 하는 건가. 전형적인 미국 중산층의 옛날 모습을 그대로 할 수 있겠는데? 그런데…… 나무가 아니라 실이잖아?

올리버는 한동안 입지 않던 오렌지색 학교 티셔츠를 입고 있었다. 학교 이름 위에 우리 클럽 이름이 검은 펜글씨로 더해져 있었다. 저 티셔츠를 보여 주려고 일부러 나와서 기다린 모양이었다. 물론 나라면 저런 티셔츠는 절대 입어 보지도 않았겠지만.

올리버가 나를 발견하고 씩 미소를 지었다.

"이렇게 그림 같은 집에서 살 줄 몰랐어."

"빌린 집이야. 엄마가 이혼을 한 뒤로 작지만 운치 있는 집을 원하셨거든. 집 아래엔 큰 쥐들이 득실댈지도 모르지만, 엄마는 이웃과 정원만 좋으면 된대."

"우리 동네는 집들이 하나같이 틀에 찍어 놓은 것처럼 비슷해서 우리 집을 그냥 지나칠 때도 있어."

"그래도 너희 집엔 어엿한 차고가 있잖아. 우린 헛간뿐이야. 맬러리, 너…… 볼이 빨간데?"

나는 얼굴을 더듬으며 대답했다.

"길을 좀 헤매서 그래. 찾느라 힘들었어."

"이사 온 지 얼마나 됐는데? 이 지역을 잘 몰라?"

"평소엔 늘 길 안내를 받아서 신경을 안 썼거든."

"우리 집은 내비게이션에도 안 뜬단 말이야? 맞다, 내비게이션 기기도 안 쓰지?"

올리버가 웃으며 고개를 절레절레 흔들었다.

"지금은 그렇지."

"어젯밤 프렌드 스페이스는 괜찮았고?"

내 볼이 다시 빨갛게 달아올랐다.

"그냥 잠깐의 일탈이었어."

"근데 정말 어디 아픈 건 아니지?"

올리버가 손으로 내 이마를 짚었다. 올리버의 손은 얼음장처럼 차가웠다. 진짜 어디가 아픈 건 아니었다. 그저 갑작스러운 행동에 당황해서 더 열이 오른 것뿐이었다.

나는 올리버를 밀어냈다. 접촉이라니 이런 상황에서는 절대 하면 안 될 행동이었다.

"그냥 오늘 하루가 너무 피곤해서 그래."

"겨우 한 시 십오 분밖에 안 됐어."

"알아. 오전에 일이 많았어."

"뭔데? 말해 봐."

나는 고개를 가로저었다.

물론 다 털어놓고 싶었다. 엄마가 인터넷에 블로그 제국을 차려 놓은 일과 그동안 있는 줄도 몰랐던 고모를 만난 일 전부 다. 하지만 이런 이야기는 굳이 할 필요도 없거니와, 올리버가 듣고 싶어 할 만한 이야기도 아니었다. 오랜 친구도 아니고, 갓 친해진 사이에 깊은 속사정까지 털어놓는 건 부담이 될 터였다. 게다가 이미 올리버 앞에서 추한 꼴을 너무 많이 보였다. 이런 문제까지 알리고 싶진 않았다.

제러미가 나에게 속을 다 털어놓지 못한 것도 어느 정도 이해가 갔다. 올리버가 이 모든 걱정거리 뒤에 숨어 있는 평범한 소녀의 모습만 봐 주길 바랐다. 사소한 문젯거리가 나란 사람을 규정하게 두고 싶지 않았다.

"너한테 주려고 뭐 하나 만들었어."

올리버가 주먹을 펴자 색색 가지 실이 보였다. 오렌지색, 검은색, 흰색 실 세 가닥으로 머리카락 땋듯 꼬아 만든 것이었다.

"이건…… '사기 충전' 용 실이야. 자동차에서 했던 말 기억나? 어떤 일이 있었는지 결코 잊지 않되, 고통은 잊으라는 거 말이야."

나도 자각 못 하고 있었는데, 지금 나에게 가장 필요한 걸 내밀다니 이럴 땐 무슨 말을 해야 하지? 가슴이 터질 것처럼 벅차서 이 마음을 어떻게 표현해야 할지 모르겠다.

"고마워."

올리버가 실을 내 손가락에 묶어 주었다. 나는 묶고 남은 기다란 실을 이로 끊어서 주머니에 쑤셔 넣었다.

올리버가 뒤뜰로 향하는 문을 손짓으로 가리켰다.

"가자. 베시를 보여 줄게."

"베시라고? 애완용 쥐라도 돼?"

내가 기대하듯 양손을 모으며 묻자, 올리버가 고개를 저었다.

"아니, 우리 퍼레이드 수레 이름이야. 네가 못 온 날에 무슨 일이 있었는지 궁금하지 않아?"

올리버가 나무 문을 활짝 밀어젖혔다. 뒤뜰은 생각보다 훨씬 더 깊숙하고 넓었다. 왼편에 소박한 채소 텃밭이 있었고 그 옆으로 조그마한 풀밭과 헛간이 보였다. 헛간은 콘크리트 바닥 위에 커다랗게 자리하고 있었다.

나는 올리버를 따라 헛간으로 향했다. 천장이 무너지지 않을까 걱정이 앞섰지만, 차고로 써도 손색 없을 만한 공간이었다. 올리버는 문을 열어 둔 채, 천장에 달린 전구를 켰다.

헛간에는 우리의 작은 퍼레이드 수레가 의기양양하게 빛을 뿜어

내고 있었다. 오렌지색 반짝이 장식이 바퀴를 덮고 있었고, 수레의 나무 바닥은 검은색 페인트로 칠해져 있었다. 여학생 글씨체로 '사기 충전 클럽! 밝은 미래를 향해! 아자!'라는 문구가 적힌 소포지도 붙어 있었다. 별이 그려진 나무판은 무대 배경처럼 세워져 있었고, 장난감 행성 모형들이 모빌처럼 달랑거리고 있었다.

올리버는 퍼레이드 수레가 대회에서 받은 상이라도 되는 듯 팔짱을 턱하니 낀 채 뿌듯한 표정을 지었다.

"어때? 끝내주지? 화려하진 않지만 눈길 좀 끌 거야. 반스네 엄마가 의상을 만들어 주시기로 했어. 네 여동생 지니가 아내인 제인 역을 맡을 거고, 페이지가 이름은 생각 안 나는데 아무튼 섹시한 딸 역할을 할 거야. 미안하지만 넌 애완견 아스트로 역을 하면 될 것 같아."

"그렇게 영광스러운 역할을 내가 맡아도 되겠어? 너는?"

"난 당연히 주인공인 조지 젯슨 역이지. 참, 하녀 로봇 역할도 있어."

"얼굴을 가릴 수 있는 의상만 준비된다면 기꺼이 할게."

"좋은 생각이야. 네 얼굴이 이 완벽한 수레의 유일한 오점이 될 수도 있으니까."

나는 주먹으로 올리버의 어깨를 쳤다. 이 수레가 정말 마음에 들었다. 어서 빨리 수레를 타고 행진하고 싶었다. '베시'는 지나치게 화려하지도 조잡하지도 않았다. 겨우 일주일 전에 기획된 수레

치고는 아주 근사했다. 할머니의 앨범에서 금방이라도 튀어나온 것처럼 고전적이고 미국적인 분위기를 자아내고 있었다. 당장이라도 이걸 타고 왓슨의 아이스크림 가게로 내달리거나, 주크박스에서 흘러나오는 음악에 맞춰 춤을 춰야 할 것만 같았다. 올리버는 내가 왜 이 모든 걸 원했는지 미리 알고 있던 사람처럼 퍼레이드 수레를 완벽하게 꾸며 놓았다.

"진짜 예쁘다!"

내 감탄 섞인 찬사에 올리버는 미소를 숨기려는 듯, 고개를 푹 숙이며 괜스레 바퀴를 발로 툭툭 찼다.

"그럴 거야. 블레이크 회장이 너무 속보이는 짓만 해서 학생회 행사엔 참여해 본 적이 없었는데, 실제로 해 보니 꽤 재미있더라고."

올리버가 손가락으로 나를 가리키며 경고의 말을 덧붙였다.

"지금 이 말 누구한테라도 전했다간 봐."

나는 손을 들어 올렸다.

"워워, 걱정 마. 아웃사이더 이미지는 잘 지켜줄게."

올리버가 용구 통을 뒤적거리더니, 반짝이 장식 용품을 던져 주었다.

"이걸 난간에 둘러야 해. 이제 일 좀 해 봐."

우리가 같이 장을 보러 갔을 때는 이 반짝이 장식을 산 적이 없었다. 올리버 혼자 다시 사러 갔거나 누군가에게 사 오라고 시켰을 터였다. 진짜 이 수레에 열정을 듬뿍 쏟았구나 싶었다. 올리버는 겉보기와 다르게 사려 깊은 남자였다.

우리는 삼십 분 동안 같이 일하면서 간간이 농담을 주고받았다. 웃음이 끊이지 않는 일터라고나 할까. 그래도 마무리 작업에는 심혈을 기울였다. 가끔 뭔가를 들어 올릴 때면, 올리버의 어깨가 내 어깨를 스쳤다. 그럴 때마다 이 헛간에 우리 둘뿐이라는 사실이 새삼 의식됐다. 올리버는 남자고 나는 여자다. 게다가 둘 다 만나는 사람이 없는 상태였다. 물론 그 사실과 우리가 여기에 있는 이유는 아무런 상관이 없었다. 따로 올리버에게 바라는 바도 없었다. 뭐, 지금 당장은 그렇다는 말이다.

나는 반짝이 장식을 만지작거리면서 지니의 말을 곱씹었다. 지니가 수레 꾸미기 작업을 하러 왔을 때, 제러미와 올리버가 싸우는 걸 봤다는 말이 떠올랐다. 어떻게 그 말을 꺼내야 할지 조심스러웠지만, 그래도 정확히 어떤 일이 있었는지 무지 궁금했다.

"그날 수레 작업하러 누구누구 왔었어?"

"그 질문 언제 하나 싶었다. 지니한테 들었지? 싸우는 거 봤다고?"

올리버가 주름 종이를 잘라 내며 말을 이었다.

"별일 아니었어. 그냥 사촌들 사이의 사소한 다툼 같은 거지. 그렇고 그런 싸움, 너도 잘 알잖아."

아니, 난 몰라. 그런 다툼은 본 적 없는걸? 평소에 두 사람이 같은 자리에 있어도 사소한 대화조차 나누는 꼴을 못 봤다. 게다가 우연한 싸움이 아니었을 거다. 제러미가 사기 충전 클럽 일을 도우러 왔을 리 없으니까.

"어떻게 된 건지 말해 봐. 뭐, 말하기 싫으면 안 해도 되고."

"제러미는 너를 볼 수 있을까 싶어서 들른 거야. 덤으로 내가 프
렌드 스페이스에 쓴 글에 화도 나 있었고."

내가 보기에도 올리버의 글이 공격적이긴 했다. 올리버가 그렇게
감정적으로 대응하는 건 처음이었다.

"네가 제러미한테 할 말이 있으면 알아서 할 거라고 생각해. 어
쨌거나 그날 넌 여기 안 왔고, 모인 사람은 겨우 다섯 명이었어. 상
황이 어색할 수밖에 없었지. 좀 당황스럽긴 했어."

"제러미랑은 어제 학교에서 이야기 다 끝냈어."

"나도 제러미한테 들었어. 홈커밍 파티에 함께 간다며?"

올리버가 주먹을 꽉 쥐었다.

"그러니까…… 내가 상관할 바가 아니란 거야. 너희 두 사람 일
이지. 그리고 제러미는 괴로워하고 있어. 네가 돌아오길 원하고 있
다고."

"이미 다 끝난 일이야."

"내가 왜 이렇게 화가 나는지 나도 모르겠지만, 제러미가 찾아
와서 한다는 말이……."

"뭐라고 했는데?"

내가 작은 목소리로 물었다.

"내가 이 클럽에 들어온 이유가 너랑 같이 있을 수 있어서라고."

올리버가 수레에서 훌쩍 뛰어내리며 덧붙였다.

"한마디로…… 헛소리지."

"헛소리?"

"응, 헛소리. 말도 안 되는."

"난 홈커밍 파티에 제러미랑 안 갈 거야."

올리버는 내 말이 아예 안 들리는 것 같았다.

"우리 엄만 대학 보내 줄 형편이 안 돼. 난 스포츠엔 젬병이고. 그래서 이러저러한 온갖 클럽을 들락거릴 수밖에 없어. 자원봉사도 많이 해야 하고. 내 미래가 어떻게 될지 모르겠지만, 기회가 될 때 스타 그룹 애들을 쫓아가지 않으면 미래를 기대할 수 없다는 건 잘 알아. 그래서 이 클럽에 들어온 거지. 너 때문이 아니야."

"내가 언제 그렇게 생각한대?"

올리버가 움찔했다.

"근데 홈커밍 파티에 안 간다고?"

"가긴 갈 거야. 제러미랑 같이 안 간다고."

"뭐, 네 맘대로 해. 나하고는 전혀 상관없는 일이니까. 난 클럽 일만 신경 쓸 뿐이야."

올리버가 손을 내밀더니 나를 번쩍 들어 수레에서 내려 주었다. 하지만 나를 내려 주고도 올리버는 내 옷을 놓지 않은 채 말했다.

"이건 옳지 않아."

"뭐가? 수레를 마무리하는 게?"

"아니. 우리가 여기 같이 있는 거 말이야."

올리버가 밖으로 나서려는 듯 헛간문 쪽으로 나를 끌어당겼다.

"여기에 우리 둘만 있어선 안 돼."

"별일 아니잖아. 우린 그냥 일하고 있는 건데, 뭐."

아주 대담한 거짓말이었다. 우리 둘 다 알고 있었다. 우리 둘 사이의 긴장감은 어떤 감각으로도 느낄 만한 것이었다. 언제부터 여기가 이렇게 더웠지?

"왜 그렇게 겁내는 거야?"

올리버는 말없이 나를 지그시 바라보았다. 그 눈빛에 모든 걱정과 생각이 날아가고 머릿속이 아연해졌다.

"내가 겁내는 이유는 너랑 있으면 이런 생각밖에 안 들기 때문이야."

올리버가 나를 가까이 끌어당기자 우리 두 사람의 몸이 닿았다. 팔, 배, 어깨, 다리, 마지막으로 입술까지. 처음부터 서로의 마음을 잘 알고 있었던 것처럼. 올리버의 몸이 묵직하게 느껴졌다. 다른 누군가가 아닌 나만을 위해 웃어 주는 올리버라서, '고통은 잊되 기억은 잊지 않기'를 상기시켜 주는 털실을 선물한 올리버라서 좋았다. 올리버도 나를 원하고 있었다니 간절히 바라던 소원이 이뤄진 것 같은 순간이었다.

올리버가 살짝 뒤로 주춤했지만 나는 올리버의 팔을 꼭 잡았다. 이렇게 가까이 있다면 현실이 들어설 공간은 없을 터였다. 이 순간에만 몸을 맡기고 싶었다. 하지만 안 된다. 나는 특별한 게 없는 그저 그런 여자애일지 모르지만, 이런 짓이 옳지 않다는 건 잘 알고 있다. 이렇게 빨리 올리버에게 나를 허락할 순 없었다. 올리버와 같이 있을 때면 내 마음은 스르르 녹아내렸다. 올리버를 원하지만 이건 안 될 짓이다.

나는 올리버를 꼭 붙잡았던 만큼 세게 올리버를 밀어냈다. 내가 잠시 숨을 고르는 사이, 올리버는 작은 소리로 말을 내뱉었다.

"젠장, 다 잊어. 내 잘못이야."

"괜찮았는데 왜?"

애써 헛웃음을 지어 보였지만 사실 올리버 말이 맞았다.

"이러려던 게 아닌데. 진짜야. 의도한 게 아니었어. 맹세해."

올리버가 수레를 발로 차자, 반짝이 장식이 획 흔들렸다.

나는 손을 들어 올렸다.

"올리버, 그만. 키스를 곱씹는 건 네 마음이지만 키스 상대 앞에서는 좀 삼가 줘."

올리버는 양손에 머리를 파묻고 서성거렸다.

"진짜 이러려고 널 부른 게 아니야. 난 그런 놈이 아니라고. 맬러리, 넌 내 사촌의 여자 친구고……."

"전 여자 친구지."

"제러미는 생각이 다르던데."

올리버는 서성거리기를 멈추고 혼잣말하듯 낮은 목소리로 읊조렸다.

"진짜 내 생애 최고로 한심한 짓을 했어."

나는 허리를 꼿꼿이 세웠다. 이 상황을 제대로 생각해 볼 필요가 있었다. 방금 전에 나한테 키스를 한 남자가 인생에서 제일 큰 실수라도 저지른 것처럼 절망하는 꼴을 보고 있자니, 나도 모르게 부아가 치밀었다.

"지금 너만 미치겠는 게 아니거든? 나도 이런 건 처음이라고, 엉?"

"미안해. 키스해서."

"사과하지 마!"

"알았어, 미안."

"네 탓만은 아니야. 나도 여기 같이 있었어. 넌 내가 아무 남자나 헛간으로 끌어들이면 그냥 끌려 들어가서 키스하고 다니는 여자라고 생각하는 거야?"

"아니. 그런데 헛간으로 끌어들이는 남자가 그렇게 많았어?"

올리버의 입꼬리가 슬쩍 올라갔다.

나는 올리버를 노려보려고 애썼다. 자고로 분노는 감정을 숨기는 데 가장 좋은 가면이다. 예상 못 한 남자와의 키스에 대한 불필요한 자괴감이나 애매모호함을 덮는 데는 최고였다. 애초에 이 키스는 해선 안 됐다.

올리버는 입을 손으로 가리고 있었지만 눈이 웃고 있었다.

"이 바람둥이야."

"내 탓만이 아니라며?"

"널 회장으로 추대했던 거 취소할래."

올리버는 튀어나오려는 웃음을 되삼키며 고개를 끄덕였다.

"맘대로 해. 수레는 오늘 밤 안으로 다 끝내 놓을 테니까 걱정 마."

"널 믿으라고? 잠은 다 잤네, 아휴."

나는 일부러 눈을 크게 뜨며 걱정스러운 표정을 지었다.

"바퀴에 구멍이 나고 반짝이 장식이 다 찢어져서 사기 충전은 커녕 사기가 저하되는 악몽을 꾼단 말이야. 꼭 예쁘게 잘 만들 거라고 맹세해."

"약속할게."

올리버의 얼굴이 다시 진지해졌다. 나는 왼손 새끼손가락을 내밀었다. 올리버는 지금 이 어두침침한 헛간 조명 아래에서 자기 얼굴이 얼마나 사랑스럽게 보이는지 알고 있을까? 그리고 나는 왜 올리버 생각이 궁금한 걸까? 위기의 순간이나 다름없는데.

올리버가 나를 자동차까지 바래다주었다. 분위기는 살짝 가벼워졌지만 둘 사이의 어색한 느낌은 사라지지 않았다. 올리버의 키스는 절망적일 만큼 완벽했다. 키스 외에는 모든 상황이 완벽과는 거리가 멀었기 때문이다. 물론 이제 누구하고나 키스할 수 있는 자유의 몸이지만, 기나긴 연애 뒤에 유예 기간은 가져야 하는 게 아닐까? 이러저러하게 스쳐 가는 짧은 인연들이야 상관없겠지. 하지만 올리버는 다르잖아? 올리버와는 날마다 이야기하고 싶고, 앞으로 몇 번이고 더 키스하고 싶으니까. 올리버와의 인연이 혼란스러운 이 순간뿐 아니라 훨씬 더 길게 이어지길 바란다.

정말 내가 다른 누군가를 원하고 있는 건가? 제러미와 처음 연애를 시작할 때도 모든 게 멋졌다. 그러니 올리버와도 끝이 나쁘지 않을 거라고 장담할 수 없었다. 어쩌면 올리버도 모든 남자들이 원하는 단 하나의 목적만 바라고 있는지도 몰랐다. 이제껏 즐거운 시간을 함께 보내고 아기자기한 전화 통화를 하고, 사촌의 전 여자친구에게 키스한 일을 후회하며 괴로워하는 모습을 보이는 것도 영리한 위장 전술일지 몰랐다.

나는 기다렸어야만 했다. 막 연애를 끝냈으니, 또 다른 관계에 뛰어들기 전에 충분한 애도 기간을 거쳐야 했다. 지금 느끼는 감정이 진짜인지 스스로 확신이 들 때까지 행동을 자제했어야 했다. 물론 이 감정이 정말 확실한 것 같긴 하지만. 올리버의 생각도 도통 모르겠다. 올리버가 뭘 원하든지 나 스스로 정확한 답을 찾기 전에는 아무것도 알고 싶지 않았다.

나는 희미하게 한숨을 내뱉었다. 얼마나 머리가 복잡했던지 그때까지 숨을 참고 있는 줄도 몰랐다.

"내일 퍼레이드 행사장에서 보자."

"내가 인원수에 맞춰 응원 도구도 다 챙겨 갈게."

"농담 말고."

"맬러리, 난 클럽 일에 대해선 농담 안 해. 절대로."

올리버가 자동차 문을 열어 주었다. 나는 창문을 내리면서 뭔가 공식적인 작별 인사말을 남겨야겠다는 생각이 들었다. 키스에 대한 얘기를 나누다 말고 곧바로 장난스런 대화로 넘어갔으니, 우리 관계를 마무리 짓는 말이 필요하긴 했다.

"그럼 갈게."

올리버가 자동차 보닛을 두드리고는 차가 빠져나갈 수 있도록 뒤로 물러섰다. 백미러로 보니 올리버가 손을 흔들고 있었다. 그래. 이거면 됐어.

자동차를 몰고 나오는 길이 올리버의 집이 아니라 올리버의 마음에서 멀어지는 길처럼 느껴졌다. 그래. 이 정도가 딱 좋아. 아니, 딱 좋은 게 아닌 건가?

22

나와 키스한 남자들

1. 트래비스 - 4학년 때, 그네 뒤에서.

2. 샘 - 5학년 때, 커다란 미끄럼틀 앞에서.

3. 제임스 - 7학년 때, 핸드볼장에서.

4. 네이트 - 9학년 때, 모닥불 앞에서. 우리는 한 달 동안 데이트를 했고, 총 일곱 번 키스했다.

5. 제러미 - 디즈니랜드의 놀이 기구, 제러미의 자동차와 방, 감독, 타코벨 매장 화장실 등 수많은 곳에서 수없이 많이.

6. 올리버 - 헛간에서.

지니는 부엌에서 요리책을 뒤적이고 있었다. 축구 유니폼에 앞치마를 두른 차림이었다. 아침에 싸우지 않았다면 좋았을 텐데. 당장 지니한테 털어놓을 말이 너무나 많았다.

나는 슬쩍 의자에 앉았다. 지니가 나를 힐긋 보더니 다시 요리책으로 눈길을 돌렸다.

"지니, 우린 지금 둘 중 하나를 선택할 수 있어. 아침에 벌였던 싸움을 다시 시작해서 서로 감정을 상하게 하거나 아니면 우리 둘 다 말실수 했다는 걸 인정하고 화해하거나, 그렇지?"

지니는 아무런 반응 없이 책장만 넘겼다.

"화해가 싫으면 휴전이라고 해 두지, 뭐. 그러면 내가 만찬회를 위해서 뭘 샀는지 보여 줄게. 같이 요리하면서 오늘 어떤 엄청난 일들이 있었는지도 말해 주고, 응?"

올리버 얘길 먼저 해야 할까? 할머니 얘길 하면 지니가 흥분해서 다른 얘길 들을 여유가 없을 텐데. 그 전에 엄마 컴퓨터부터 보여 줄까? 블로그를 보면 굳이 말로 설명할 필요도 없이 모든 게 자명해지겠지.

"또 언니 얘기나 하자고? 그것 참 새로운 제안이네."

변명하자면 전부 내 얘기만은 아니다. 사실 오늘 일은 나하고 거리가 먼 얘기였다. 다른 사람들의 문제를 내가 알게 된 것 뿐이다. 그런데 키스는 어떤 문제로 분류해야 하지?

드라마 같은 인생사에 시달리는 언니로서 내 얘기를 더 많이 나누는 건 어쩔 수 없는 일이다. 지니는 모두의 친구이자, 축구밖에 모르는 열혈 스포츠 소녀이니 내 얘기가 더 많을 수밖에. 그래도 앞으로는 내가 좀 더 배려해야 할 부분인 것 같다. 리스트에 적어

두지, 뭐. 할머니의 리스트가 아니라 나만의 리스트에.

"그럼 공평하게 네가 오늘 어떤 엄청난 일을 겪었는지 어디 한번 들어 볼까?"

지니가 요리책을 덮었다.

"이게 언니한테 내가 받을 수 있는 최선의 사과란 말이지?"

"야, 난 사과받지도 못했어."

"미안. 됐지?"

지니가 책을 옆으로 치우고는 몸을 앞으로 기대며 말을 이었다.

"있지, 나 오늘 진짜로 첫 키스 했어."

나는 잠시 할 말을 잃었다. 지니의 얘기를 먼저 들어 보자고는 했지만, 이렇게 큰 폭탄을 떨어뜨릴 줄은 생각도 못 했다.

"잠깐, 뭐라고?"

"나도 알아! 이게 믿겨져?"

지니가 비명을 꽥 질렀다.

"당연히 믿기긴 하지. 그치만 누구랑? 언제? 어디서?"

지니는 얼른 주방에서 돌아 나와 내 옆에 놓인 의자에 앉았다. 그러고는 팔을 이리저리 휘두르며 자세한 설명을 하기 시작했다.

"오늘 점심 도시락을 싸 갔거든. 내가 팬케이크에 두부 소시지 싸 먹는 거 얼마나 좋아하는지 알지? 시럽에 찍어 먹으면 진짜 맛있는 거 말이야."

"웩, 그래도 네가 좋아하는 건 잘 알지."

"근데 도시락을 사물함에 놓고 왔지 뭐야. 그래서 점심시간 전에 가지러 막 달려가는데, 복도에서 베넷과 마주친 거야."

"네가 먼저 베넷한테 키스한 거야?"

"언니, 내가 먼저 들이댈 사람이야? 어쨌든, 베넷이 사물함 앞에 서 있어서 파티에 대해 대화를 나누기 시작했어. 그때 우리 집 만 찬회에 도울 거리가 없느냐고 먼저 묻더라고. 진짜 다정하지 않아? 그러다 파티 때 누가 우리를 태워다 줄 수 있을지 고민하던 차에, 왜 부모님들 중에 학교 계단 앞에서 사진 찍고 싶어서 따라오는 분들도 있으니까……."

"지니."

"그런 와중에 점심시간 종이 울렸는데 베넷이 '파트너 승낙해 줘 서 정말 고마워.'라고 말하는 거야. 그러고는 내 턱을 잡고 바로 키 스했어. 교내 한복판에서 말이야. 너무너무 짧았지만 그래도 키스 전에 그런 멘트를 날리다니, 엄청 멋있지 않아?"

내 키스 이야기는 다음으로 미뤄야겠군.

"베넷이 좋아?"

"물론이지. 아니면 내가 키스하게 내버려 뒀겠어?"

"그렇다면 무지 잘된 거지. 와, 난 베넷한테 그런 용기가 있는 줄 은 몰랐네."

"난 알고 있었어! 언니, 베넷이 토요일 밤에도 키스할 거라고 생 각해? 오늘 나한테 키스했으니까 또 하고 싶겠지?"

논리적인 추론이지만 사랑에 논리적인 건 없다. 내일 당장 베넷이 배신할지도 모르는 일이다. 어쩌면 세상에서 가장 다정다감한 남자가 될 수도 있겠지. 누구처럼 보름 안에 실연의 아픔과 새로운 사랑의 설렘을 모두 다 맛볼 수도 있고. 하지만 지니가 이렇게 행복해하는 마당에, 지니의 미소를 지키기 위해서라면 어떤 말도 해줄 수 있었다.

"당연히 하고 싶겠지. 오늘 베넷은 네 반응만 살핀 거야."

"엄마도 그렇게 말했다고."

"엄마한테 말했어?"

나는 지니의 팔을 확 잡았다.

"미쳤어? 엄마가 얼마나 꼬치꼬치 캐물을지 잘 알잖아? 안 봐도 뻔해. 이제 더 집요하게 파고들걸? 곧 성교육에 들어가실 거야."

"내 몸에 대한 설명 말이야?"

"그건 시작에 불과해."

내가 지니의 팔을 다시 한 번 잡으며 말했다.

"어쩔 수 없었어. 집에 돌아오니까 엄마가 혼자 사무실에서 울고 있었단 말이야. 뭔가 새로운 화젯거리가 필요했다고."

"근데 아빠랑 뭔가 안 좋은 일이 있어서 울었던 거 아닐까?"

여기서 내가 '아니, 아빠 때문이 아니라, 전부 엄마 때문이야. 내가 엄마의 비밀을 알아 버렸거든.'이라며 진실을 밝힐 수는 없었다. 당연히 지니도 진실을 들을 권리가 있었지만, 오늘은 지니에게 엄청난 날이 아닌가. 여동생을 사랑하는 언니로서 지금 당장은 진실로부터 지니를 보호해 주고 싶었다. 사랑에서 우러나온 거짓말을 할 수밖에.

"나도 학교 갔다 와서 엄마를 봤는데, 생리 중인 데다 청바지 할인 행사를 놓치고 온라인 판매도 부진하다며 기분이 안 좋으시더라고. 복합적인 이유였을 거야. 장담하는데 엄만 괜찮으셔."

걱정 한가득이던 지니의 얼굴이 확 펴지면서 미소가 떠올랐다.

"근데 말이야. 베넷이 키스할 때 혀도……"

"하, 이제 진짜 연인이 다 되셨네! 혀까지 닿았으니까!"

나는 냉장고에서 꺼낸 딸기 요거트에 찻숟가락 두 개를 꽂았다.

"너도 이제 다 컸구나! 좋아. 이 언니가 혀 사용 법칙을 알려 주지. 제1 법칙은 적게 사용할수록 좋다는 거야."

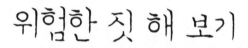

위험한 짓 해 보기

23

오늘 해야 할 일

1. 오렌지 파크 고등학교의 홈커밍 퍼레이드 행사 참가하기.
2. 미식 축구 경기 관람하기.

　학교생활로 치면 금요일은 식은 죽 먹기다. 더욱이 이번 주는 오후의 퍼레이드 행사 때문에 수업 시간을 삼십 분 단축해서 두 시에 끝마쳤다. 하노버 선생님은 내 리포트를 돌려주었다. 참고 문헌이 없어서 점수는 C-였다.

　나는 리포트 종이에 입을 맞췄다. 훨씬 더 안 좋은 점수였을 수도 있었는데. 나의 '디지털 안식기' 동안 포기한 것들 중에서 이 점수가 가장 오래 악영향을 끼칠 것 같다. 이제부터는 평균 학점을 B로 끌어올리는 데 최선을 다해야겠다. 그것도 운이 좋아야겠지만.

퍼레이드 행사에 스쿨버스를 타고 가는 학생은 11학년 중에 내가 유일했다. 물론 내가 원해서였다. 퍼레이드 행사에서 힘을 다 쏟아 내려면 잠시 고독이 필요했다.

오렌지 파크 고등학교의 홈커밍 퍼레이드 행사는 오렌지 카운티에서 큰 행사였다. 시내 거리에 바리케이드가 설치되고 초등학교와 중학교 모두 단축 수업을 해서 아이들이 구경하러 몰려나온다. 퍼레이드 행사에는 규모가 큰 클럽부터 학급에 이르기까지 퍼레이드 수레를 만들어 참여했다. 학교 밴드부와 응원단도 함께였다. 지역에서 캐딜락 자동차를 사고파는 중개상도 학교 임원들을 태우고 모두 퍼레이드에 참가했다. 퍼레이드 행사는 리스트에 없는 항목이지만, 이제야 '내 것'을 차곡차곡 쌓아 가기 시작한 참이라 이왕이면 열심히 해 보자 싶었다.

퍼레이드 행사는 모든 게 완벽해 보였다. 12학년들의 애니메이션 퍼레이드 수레는 우승 후보였고, 빈티지 옷가게 중 한 곳에서도 퍼레이드 수레를 만들어 1993년도 졸업생들을 태우고 참가했다. 영원히 끝나지 않을 축제일이자, 또 다른 '캘리포니아의 날'이었다.

학교 클럽 활동에 참여한 지 겨우 일주일밖에 안 됐지만, 이전에는 경험해 본 적 없는 커다란 그림에 속한 기분이 들었다. 이제야 내가 누군가의 여자 친구가 아닌 진정한 이 학교의 주인이라는 생각이 들었다. 더군다나 오늘은 오래된 학교 스웨터까지 입고 있었다. 세 번이나 세탁해도 없어지지 않는 쿰쿰한 먼지 냄새만 제외하면 꽤 멋진 차림이었다.

　행사에 참여해 보니, 흥분에 들뜬 학생들의 열기가 압도적으로 느껴졌다. 평소 같으면 제러미와 함께 구경꾼들 속에서 편안하게 구경하고 있었겠지. 거리에는 학급 티셔츠나 클럽 티셔츠를 입은 여학생과 버거킹 왕관을 쓴 남학생 들이 넘쳐 났다. 나만 홀로 동떨어진 기분도 들었지만, 사기 충전 클럽의 비서로서 이곳을 떠나지 않는 게 내 책무였다. 최근 인생에 일어난 수많은 일들처럼, 퍼레이드 행사도 무사히 해낼 수 있을지 알고 싶었다. 물론 군중 속에서 고독을 느끼는 건 비참한 기분이긴 했다.

　나의 '제러미 레이더'는 여전히 작동 중이어서, 제러미가 응원단 퍼레이드 수레 옆에서 아이작 스티븐스와 스티븐스의 10학년 여자 친구에게 말을 걸고 있는 게 보였다. 이상한 점은 우리가 한 공간에 있는데도 제러미의 향기가 얼마나 좋았는지, 얼마나 키스를 잘 했는지 전혀 생각나지 않는다는 사실이었다. 더는 추억이나 헛된 기대로 나 자신을 고문하지 않게 된 것이다. 제러미를 보는 건 아직도 쉽지 않았지만, 지독하게 괴로운 시기는 지나온 모양이었다. 나는 손가락에 묶인 털실을 매만졌다. 올리버가 옳았다.

　그런데 올리버는 어디 있지? 사람들을 쭉 훑어보다가, 겨드랑이에 응원 도구를 낀 채 우리 퍼레이드 수레에 한쪽 발을 턱 올리고 있는 올리버를 찾아냈다. 올리버의 옆에는 반스도 있었다. 사람들을 훑어보던 올리버와 반스는 금세 나와 눈이 마주쳤다.

사람들 사이를 뚫고 지나가느라 까슬까슬한 스웨터가 금세 축축해졌다.

"우아! 베시, 멋진데!"

올리버는 조지 젯슨의 복장을 하고 있었다. 하얀 셔츠에 청색 바지, 미끈한 오렌지색 가발까지 완벽한 미래 소년 차림이었다. 안경을 벗은 모습이 더 멋져 보였다.

"뭐야. 나도 이렇게 쫙 차려입었는데, 베시만 칭찬하기야?"

올리버가 심술난 표정으로 투덜댔다.

"당연히 너도 멋지지. 아니, 네 의상이 말이야."

나는 헛기침으로 목소리를 가다듬으며 말을 덧붙였다.

"누나, 전 아니란 말이죠?"

반스가 회색털이 숭숭한 가슴 위로 팔짱을 끼며 말했다. 반스는 애완견 아스트로 복장을 하고 있었다.

"멋진 가라테 만화 같은 걸 선택했더라면 더 좋았을 거예요."

올리버가 응원 도구를 반스의 손에 쥐어 주었다.

"가라테 만화라고? 절대 아니지. 반스, 날 믿어. 우주 가족 젯슨은 최고의 선택이야."

"그건 형 생각일 뿐이죠."

"그래, 내 생각이야. 어서 가서 주디랑 제인이나 데려와. 이제 곧 퍼레이드 시작한다고."

반스가 입을 쑥 내민 채 페이지와 지니를 찾으러 터덜터덜 걸어

갔다. 다리 사이로 꼬리가 흔들렸다.

"네 의상은 트럭에 있어. 준비됐어?"

올리버가 가발을 고쳐 쓰며 나한테 물었다.

"당연히 준비됐지. 네가 회장일지는 몰라도 이 클럽을 제안한 사람은 나라는 걸 잊지 마."

올리버가 반스네 가족이 몰고 온 트럭 문을 열어 주었다. 반스는 어느새 우리 클럽에 없어서는 안 될 존재가 되어 있었다. 트럭 안에는 푸른색으로 칠해진 냉장고 크기의 상자가 있었는데, 앙증맞게도 작은 흰 앞치마까지 붙어 있었다. 상자 옆에는 하녀 모자와 안테나 머리띠가 놓여 있었다.

"짜잔! 하녀 루비 의상이야."

"와, 이건 좀 많이 버거운데?"

"저 상자 안에 들어가면 돼."

나는 스웨터를 벗고 회색 티셔츠와 청바지 차림으로 올리버가 씌워 주는 상자 안에 몸을 집어넣었다. 양팔은 울퉁불퉁하게 파인 옆 구멍으로, 머리는 상자 위에 파인 구멍으로 쑥 빼냈다. 올리버는 하녀 모자와 안테나 머리띠를 씌워 주더니 머리카락까지 정리해 주었다. 올리버의 손길에도 전혀 움찔하거나 소름이 돋진 않았다. 절대, 조금도.

올리버와 나는 우스꽝스러운 만화 캐릭터 차림으로 서로를 가만히 쳐다보았다. 올리버가 머쓱한지 귀를 긁으며 말했다.

"맬러리, 어제 일 말인데."

"그건 됐어. 걱정하지 마."

"걱정 안 해. 그냥 분명히 해 두고 싶어서 그래."

올리버가 이마를 찡그리더니 이내 진지한 표정을 지었다.

사람들이 부산하게 움직이는 소리가 들렸다. 차들이 움직이면서 단체들도 서서히 모여들었다. 그 와중에 우리 둘만 미동도 없이 우두커니 서 있었다.

"내가 하고 싶은 말은……. 난 안 미안해."

"안 미안하다고?"

나는 커다란 상자에 갇힌 몸처럼 작고 억눌린 목소리로 되물었다.

"응, 안 미안해."

올리버가 강렬한 눈길로 나를 지그시 바라보았다.

그때 누군가가 내 팔을 확 잡고 돌려세웠다. 제인 복장을 한 지니가 기진맥진한 표정으로 입을 열었다.

"서둘러. 퍼레이드 수레들이 움직이기 시작했어."

온통 시끌벅적 요란스러웠다. 응원단 여학생들이 방방 뛰며 줄지어 섰고, 만화 캐릭터 차림의 학생들이 우르르 수레에 올라탔다. 하지만 올리버는 여전히 내 앞에 서서 대답을 기다리고 있었다.

미안하지 않다는 게 이 의상에 대한 이야기는 아니겠지? 발가락 끝까지 찌릿한 걸로 봐선 확실하다. 발가락은 거짓말을 하지 않으니까. 그렇다면 어제 키스가 생애 최고로 한심한 짓은 아니란 말이지? 나는 살며시 미소 지었다.

지니가 나를 수레로 떠미는 바람에 우리 둘만의 순간은 끝이 났다. 우리 대화가 앞으로 어떻게 흘러갈지 예상할 순 없지만, 다시 얘기해 보면 될 일이다. 올리버는 아직 대답을 기다리는지 나를 뚫어져라 쳐다보고 있었다. 밴드부가 앞장을 서고, 구경꾼들이 환호성을 지르고, 응원단의 여학생들이 수술을 흔들며 힘차게 행진하는데도 올리버는 꼼짝도 하지 않았다.

"올리버 회장님, 우리 언니 좀 그만 쳐다보고 어서 수레에 타요. 엉덩이 차 버리기 전에요!"

지니가 소리를 빽 질렀다.

반스네 아빠가 트럭에 시동을 걸었다. 마침내 올리버의 오른쪽 입꼬리에 미소가 걸렸다. 올리버는 힘 하나 안 들이고 우아한 자세로 수레에 훌쩍 올라탔다. 이 통통한 상자 로봇이 아니라 제인 젯슨이었다면 좋았을 텐데. 그러면 만화 속에서나마 결혼한 사이가 될 수 있었을 텐데. 아쉽다. 아예 홈커밍 파티에 같이 간다면 훨씬 좋지 않을까? 파트너도 없이 파티에 가면 얼마나 초라해 보일까.

'파트너 따윈 필요 없잖아.'

지니가 나한테 하는 소리인가 싶어 얼른 뒤를 돌아보았다. 하지만 지니는 트럭과 수레를 연결하는 발판 위에서 카딘과 웃고 있었다. 내 옆에는 아무도 없었다. 나는 그제야 마음의 목소리란 걸 깨달았다. 그래, 나한테 파트너는 필요 없다. 파트너로는 어떤 문제도 해결할 수 없으니까. 지금 당장은 남자 친구 대신 리스트가 더 중요했다. 올리버는 키스한 걸 후회하지 않을지 모르지만 나는 여전히 확신이 부족했다.

올리버가 응원 도구를 흔들었다. 다른 사람들도 환호성을 지르며 펄쩍펄쩍 뛰었다. 군중의 열기 속에 나는 혼자였다. 스쳐 지나가는 사람들의 얼굴이 보이지 않았다. 가만히 눈을 감고 마음을 가라앉혔다. 비록 일출 시간은 아니었지만, 내 안에서 어떤 깨달음이 피어오르는 걸 느낄 수 있었다. 주위의 소음이 사라졌고 의미 없는 생각은 달아났다. 나는 내 안의 목소리에 집중했다. 지금 이 순간, 나는 무언가를 깨닫기 위해 진지하게 노력하고 있었다.

24

지나가 요리책을 여러 권 뒤지고 인터넷으로 꼼꼼히 조사한 뒤,
심혈을 기울여 선정한 1960년대 초 스타일의 만찬회 메뉴

1. 칵테일 새우 전채 요리

2. 빵과 초록 사과를 곁들인 치즈 퐁듀 – 테이블을 준비해서 따뜻하게 데운 치즈
   를 담아 내놓을 예정이다. 치즈는 언제나 옳으니 가까이 두어야지.

3. 소시지 빵 '담요 속 돼지' – 필즈베리 크레센트 롤빵에 꼬마 소시지를 넣은 것
   이다. 아주 맛있지만, 이름 때문인지 내가 잠자고 있는 돼지를 슬쩍 소시지로
   만들어 버린 기분이 든다.

4. 젤리 '천국의 젤로' – 분홍색 젤로 가루에 차가운 생크림을 섞어 젤리로 만든
   뒤, 마라스키노 체리를 살짝 얹어 작은 컵에 담아낸다.

5. 슬라이스 햄과 치즈 볼을 올린 리츠 크래커

6. 크림치즈를 바른 셀러리 - 나는 딱 질색이다.

7. 삶은 달걀의 노른자를 맵게 양념한 '악마의 계란' 요리

8. 속을 채운 버섯 요리 - 버섯 요리라고 해서 다 건강식일 거라고 단정 지어선 안 된다. 속을 채우는 재료로 소시지와 크림치즈가 들어가니까.

9. 라이스 크리스피 영양 바 - 60년대 초에 라이스 크리스피가 있었는지는 잘 모르겠지만, 역겨운 셀러리의 맛을 지울 수 있는 음식으로 나한테는 엄청 고마운 메뉴다.

10. 셔벗 펀치 음료

그날 밤 우리 팀이 미식축구에서 졌다. 미식축구의 규칙은 잘 몰라서 얼마나 아깝게 진 경기였는지는 알 수 없었다. 그래도 매점에서 파는 팝콘은 진짜 맛있었다.

토요일 아침에는 가족 모두 지니의 축구 경기를 보러 갔다. 지니는 경기 내내 두 골을 넣었다. 경기가 끝나고 우리는 만찬회 준비를 위해서 두 시쯤에 집으로 돌아왔다.

60년대 초 칵테일 파티의 장점은 요리가 간단하다는 점이었다. 거창하게 요리라고 할 것도 없었다. 그저 장식 이쑤시개만 꽂아 내놓으면 멋지게 느껴지는 음식들이었다. 아무래도 나는 시대를 잘못 타고 태어난 모양이다. 꼬마 소시지가 고급 요리로 취급받는 시대가 있었다니. 그 시절이라면 내 깐깐한 음식 취향을 증명할 수

있었을 텐데.

지니에게 당장은 아무 이야기도 하지 않을 작정이었다. 만찬회와 홈커밍 파티가 다 끝난 일요일에 비밀을 풀어 놓아도 괜찮겠지. 안 그래도 첫 파트너 일로 걱정이 많은데, 캔디스 고모의 존재나 엄마의 블로그에 대한 이야기로 걱정거리를 늘리고 싶지 않았다. 아무래도 내가 다시 디지털 세계로 돌아가기 전까지는 비밀로 해 두는 게 낫다. 이본느 말대로, 문자 메시지로 알리는 게 훨씬 덜 어색할 테니까.

지니가 꼬마 소시지를 보며 얼굴을 찌푸렸다.

"다음번에는 좀 다른 시대를 골라 줄래? 프랑스 혁명 전 시대라든지, 내가 뭘 좀 먹을 수 있는 시대로 말이야."

"먹지 말라는 사람은 없는 것 같은데?"

"하필이면 핫도그 재료에 대한 다큐멘터리를 봤거든."

지니가 코를 찡그렸다.

"그래도 베넷은 고기라면 정신 못 차리니까 엄청 좋아할 거야."

"베넷은 오늘밤 네가 키스만 허락해 주면 뭐든 다 좋아할걸."

"그건 두고 봐야지."

지니가 애매모호한 표정으로 대답했다.

오늘로 리스트가 완료될 터였다. 이미 다섯 항목 중에서 세 가지를 달성했고, 오늘 밤 지니와 베넷이 알콩달콩한 시간만 보낸다면 '이성 교제' 항목도 무사통과였다. 그럼 '위험한 짓 해 보기' 항목만 남는 셈이었다.

네 시가 조금 지났을 때 초인종이 울렸다. 지니는 트랜스 지방에 손목까지 담그고 있는 중이라, 내가 문가로 달려갈 수밖에 없었다. 아무 생각 없이 휘파람까지 불며 현관문을 열었지만, 누가 찾아왔는지 알게 된 순간 숨이 턱 막혔다.

문밖에는 할머니가 커다란 상자를 들고 서 있었다. 아마도 내 드레스가 들어 있는 상자겠지. 할머니 옆에 캔디스 고모가 없었더라면 경비대 교대 의식처럼 아주 영광스러운 순간이었을 거다. 캔디스 고모에 대해서는 아직 지니한테 얘기도 못 했는데, 어쩌지? 당장 가서 장식 이쑤시개부터 숨겨야겠다. 지니가 이쑤시개로 날 찌르지 못하도록.

"맬러리, 집에 있었구나! 홈커밍 파티에 갈 준비하느라 집에 없을 줄 알았는데……. 이 드레스만 놓아두고 가려고 했단다. 네 엄마 아빠는 어디 있니?"

"만찬회 준비 중에 빠뜨린 재료가 있어서 사러 나갔어요. 지니는 집에 있고요."

할머니가 머리를 흔들었다.

"그럼 됐다. 지니까지 머리 복잡하게 만들 필요는 없잖니? 일단 파티는 마음 편하게 즐겨야지. 캔디스는 다 이해할 게야."

할머니가 캔디스 고모를 힐끗 건너다보며 말했다.

캔디스 고모는 기댈 데가 필요한 듯 조심스럽게 문틀에 한 손을 기댄 채 서 있었다. 평생 처음 남동생의 집에 왔고, 이제 곧 남동생을 만날 참인데 기분이 어떨까? 자신과 달리 친엄마가 손수 키운 남동생을 대면하는 것 아닌가. 나는 캔디스 고모가 결혼을 했는지, 아이는 있는지, 그 아이는 지금 자기 엄마가 친엄마를 만나러 온 사실을 아는지, 재봉 기술 말고도 캔디스 고모와 할머니 사이에 공통점이 있는지 아무것도 모르는 상황이었다. 어쩌면 캔디스 고모가 친엄마를 미워하고 있는지도 몰랐다.

지니한테 들킬까 싶어서 문밖으로 나가 등 뒤로 살며시 현관문을 닫았다. 할머니가 상자를 열자, 풍성하고 하늘하늘한 드레스가 보였다. 할머니는 팔을 뻗어 조심스레 드레스를 내보였다.

"네가 화낼지 모른다만, 허리 부분에 검은 장식을 덧댔단다. 캔디스가 도와줬어. 내가 처음부터 구상했던 디자인이지."

나는 할머니가 내민 드레스를 받아 들었다. 몸통 부분에는 검은 수정 구슬이 빗방울처럼 달랑거렸고 하얀 치마 위에는 검은 망사 천이 덧대어져 있었다. 복고풍 스타일이긴 했지만 어딘지 고풍스럽고 화려한 분위기를 풍기는 드레스였다.

캔디스 고모가 기다란 검정 장갑을 건넸다.

"이것도 찾아냈단다. 네 할머니가 그러시는데 60년대 스타일을 고집한다면서?"

두 사람은 현관에 서서 내 반응을 기다렸다. 하지만 나는 아무런 말도 할 수 없었다. 첫째는 드레스가 이렇게나 아름다운데 오늘 밤 홀로 파티에 참석하기 때문이고, 둘째는 할머니와 캔디스 고모가 우리 집까지 왔는데 나 말고는 아무도 고모의 존재를 모르는 게 안타까웠기 때문이다.

"감사합니다. 이렇게까지 해 주시다니."

"당연하잖니? 이렇게 오래 걸릴 줄 알았으면 수선이 아니라 원래 구상대로 새로 만들 걸 그랬구나."

할머니가 말했다.

"아뇨, 이게 더 좋아요."

나는 드레스 천을 손으로 쓰다듬었다. 왠지 모르겠지만 울컥 눈물이 솟았다. 이 드레스야말로 리스트의 정수였고 내가 바란 모든 것이었다.

"이게 훨씬 의미가 깊은 걸요."

할머니는 내 목소리가 잠긴 걸 눈치채지 못했다. 아니면 알면서도 모른 척해 주신 건가?

"이제 캔디스를 공항에 데려다줄 참이야. 보름 뒤에 또 오기로 했단다. 그땐 네 큰아빠 로드니도 오라고 해서, 우리 가족 모두 모여 다함께 저녁 식사나 하자꾸나."

"맬러리, 조금 벅차긴 했지만 널 만날 수 있어서 무척 기뻤단다. 홈커밍 파티에서 즐거운 시간 보내렴."

바로 지금이다. 캔디스 고모를 껴안아 드려야 하는데. 머리로는 알고 있지만 선뜻 행동으로 나오질 않았다. 친엄마와의 마지막 날을 조카 드레스 만들기에 쏟아 버린 고모가 아닌가. 이런 면에서는 나도 할머니처럼 감정 표현에 서툴렀다.

나는 그저 바보처럼 멍하니 서서 말했다.

"고모도요."

'고모도요.'라니 역시 난 글러 먹었다.

그때 현관문이 열리더니, 지니가 고개를 빼꼼 내밀었다.

"언니, 또 누굴 초대……. 할머니! 진짜 딱 필요할 때 잘 오셨어요. 어서 들어오세요. 젤리 틀이 잘 안 끼워져요."

내 얼굴도 할머니처럼 엄청 찔리는 표정이겠지? 캔디스 고모는 멍하니 지니의 머리만 쳐다보고 있었다. 지니는 고모와 머리 색이 똑같았다. 나는 할머니가 어떤 신호를 줄까 싶어서 빤히 쳐다보며 눈짓했지만 할머니는 아무 반응이 없었다.

지니도 멍청한 애가 아니니, 이제 곧 이 분은 누구냐고 물어 올 터였다. 나는 이미 훨씬 전에 했어야 할 일을 행동에 옮겼다. 내가 캔디스 고모의 팔에 얼른 팔짱을 끼며 말했다.

"지니, 진짜 놀랄 일이니까 각오하고 들어. 나도 방금 알게 된 사실인데, 이 분은 캔디스 고모야. 할머니가 그러니까……. 고등학생 때 낳아서 입양 보낸 딸이래. 이번에 친엄마를 찾아오게 됐는데 내 드레스에 구슬을 달아 주셨어."

이만하면 잘 넘긴 거겠지?

"정말이에요?"

지니가 깜짝 놀라 손으로 입을 가리면서 할머니에게 물었다.

"이 할미는 너희 생각만큼 완벽한 인간이 못 된단다."

할머니가 갈라진 목소리로 입을 열었다.

이제야 할머니가 이 사실을 비밀로 한 이유를 알게 됐다. 할머니는 우리가 비밀을 알게 되면 할머니께 실망할 거라고 생각하셨던 것이다. 하지만 사실 할머니의 맨 얼굴을 모두 알고 나니, 오히려 할머니를 더 존경하고 싶은 마음이 들었다.

할머니는 어딘가 신화적인 면이 있는 분이라, 언제나 남들보다 커 보였다. 하지만 할머니도 한때 나처럼 그저 평범한 소녀였다. 한심한 몹쓸 남자와 사랑에 빠져 버렸던 소녀 말이다. 게다가 할머니의 십 대 시절이 계획대로 흘러가지 못했다는 걸 보여 주는 '산증인'이 찾아와 오십여 년 전 할머니가 입었던 드레스를 아름답게 고쳐 주었다. 이 얼마나 운명의 장난 같은 일인가.

머릿속으로는 이 순간에 어울리는 멋진 말이 수없이 떠올랐지만, 입 밖으로 표현하기엔 왠지 한심하고 촌스러운 말처럼 느껴졌다. 내가 얼마나 캔디스 고모에게 감사하고 있는지, 또 할머니를 얼마나 강인한 여성이라고 생각하는지 말로 표현하기가 어려워서 가만히 할머니의 손을 잡았다. 지금 당장은 내 감정을 이런 식으로밖에 전할 수 없었다. 내 마음이 전해졌는지 할머니도 말없이 내 손을 꼭 잡아 주었다. 우리 사이에 말은 필요 없었다. 하긴 드레스가 수많은 얘길 해 주고 있지 않은가.

"당연히 완벽하시지 않은 부분도 있겠죠. 이미 할머니 테니스 실력도 봤는걸요. 그동안 말도 못하고 혼자 얼마나 힘드셨어요."

지니가 할머니를 껴안으며 말했다.

"정말 그랬단다. 지금이라도 털어놓게 되서 정말 기쁘구나."

할머니가 작은 목소리로 속삭였다.

할머니의 품에서 나온 지니가 이번에는 캔디스 고모를 껴안았다. 가타부타 말없이 포옹부터 한 것이다.

"반가워요. 마침 오늘 저녁 만찬회가 있어요. 같이하세요."

지니의 포옹에 캔디스 고모가 멈칫했다.

"여덟 시 비행기를 타야 한단다."

"잘됐네요! 두 시간이나 남았잖아요. 우리 아빠 만나 보셨어요?"

캔디스 고모가 고개를 저었다.

"맘에 드실 거예요. 동생이니까 맘에 안 드셔도 선택의 여지가 없긴 하네요. 배고프시면 복고풍 메뉴밖에 없지만 맘껏 드셔도 돼요. 저처럼 고깃덩어리로 속을 버리기 싫으시면 스무디를 만들어 드릴게요."

지니가 캔디스 고모를 놓아 주고서 내 팔을 한 대 내려쳤다.

"이건 나한테 말 안 한 벌이야."

지니는 다시 나를 내리쳤다.

"이건 할머니랑 고모를 안으로 모시지 않은 벌이고."

지니가 한 대를 더 때리려고 팔을 휘두르며 말을 덧붙였다.

"이건 언니의 멍청한 리스트에 대한 벌이야."

나는 양팔을 들어 올리며 지니의 주먹을 막았다.

"말하려고 했지. 하지만 네 첫 키스 기억을 망치고 싶진 않았어!"

"지금 첫 키스라고 했니?"

할머니가 미소를 지으며 묻자, 지니가 눈을 굴렸다.

"어서 안으로 들어오세요. 제 파트너가 오기 전에 다 말해 드릴게요. 그래도 걔 앞에서 티 내지는 마세요! 캔디스 고모, 저에 대해 엄청 빨리 알게 되셨네요."

바로 이런 점이 내가 여동생을 사랑하는 사만 삼백마흔다섯 번째 이유다.

만찬회에 참석해 본 적이 없어서 만찬회가 어떻게 돌아가는지 알 길은 없었다. 하지만 그동안 있는 줄도 모르고 지내던 고모가 현관에 나타나 할머니가 오십여 년 전에 입었던 드레스를 환상적으로 고쳐서 전해 주는 일로 시작하는 경우는 드물 게 분명했다. 더군다나 이십 분 뒤에 엄마 아빠가 돌아와서 까무러칠 만큼 놀라운 소식을 접하고, 수많은 질문을 쏟아 내는 광경은 더 드물겠지. 그렇게 눈물 속에서 끝없는 대화가 이어지는 동안, 다들 서둘러 셀러리를 자르고 펀치를 휘젓고 파티 음식에 이쑤시개를 꽂았다.

캔디스 고모가 떠날 시간이 되자 현관 앞에서 또다시 포옹 행렬이 이어졌다. 캔디스 고모는 아빠, 엄마, 할머니와 차례차례 작별 인사를 했다. 엄마는 벌써 캔디스 고모의 사진을 스무 장이나 찍었는데, 그중 하나는 할머니와 손을 잡은 캔디스 고모 손이 클로즈업된 사진이었다. 아마도 블로그에 올릴 다음번 얘깃거리가 아닐까? 아빠는 캔디스 고모가 문가에 버려진 신생아라도 되는 듯 머리를 계속 부볐다.

"우리 보름 있다 봐요, 형님!"

아빠가 개인적인 작별 인사를 하려고 캔디스 고모를 한갓진 데로 끌고 가자, 엄마가 크게 소리쳤다.

"지난번에 말한 리스트 말이다. 다 완수했니?"

할머니가 내 어깨에 머리를 기대며 물었다.

"거의 끝나 가요."

"네가 내 십 대 시절을 얼마나 이상적으로 생각하고 있는지 잘 알고 있단다. 내 소녀 시절 비밀 때문에 네가 꿈꿔 왔던 기대를 망쳐 버리지 않길 바랄 뿐이야."

망쳐 버리다니 말도 안 된다. 다만 60년대가 훨씬 단순하고 평화로운 시절이었다는 내 가설이 완전히 옳은 건 아니어서 짜증이 나긴 했다. 리스트만 따르면 훨씬 단순하게 살 수 있으리라 기대했는데, 오히려 어떤 면에서는 내 삶이 더 복잡해져 버렸으니까.

"열여섯 살로 산다는 건 지금이나 그때나 그다지 다를 게 없는 것 같아요."

"사춘기란 똑같이 반복되는 비극인 셈이지. 유일하게 변하는 건 배우와 무대 도구뿐이고."

나는 셔츠 아래 숨겨 놓은 할머니의 반지를 만지작거렸다. 할머니 말씀이 맞다. 컴퓨터나 휴대 전화 같은 도구들은 이 무대에서 중요한 갈등 요소가 아니었다. 중요한 점은 오십여 년 전 할머니도 나처럼 엉망진창인 감정을 겪었다는 사실이다. 인터넷은 없었을지 몰라도 사랑의 감정과 실연의 아픔은 시대를 가로질러 엄연히 존재하고 있었다. 이런 마당에 굳이 리스트에 목맬 필요가 있을까? 이제 와서 뭘 증명하겠다고?

아빠가 할머니의 미니쿠퍼 자동차 문을 열었다.

"어머니, 서두르셔야겠어요."

할머니가 내 머리에 입맞춤을 했다.

"공항이 멀어서 드레스 입은 모습은 못 보겠구나."

"사진 찍어 둘게요."

"그러는 게 더 낫겠다. 옛날 생각이 떠오르면 감당이 안 될지도 모르니까."

"할머니 드레스에 누가 되지 않도록 당당하게 행동할게요."

할머니가 젖은 눈으로 미소 지었다.

"맬러리, 넌 한 번도 나한테 누가 된 적이 없단다."

포옹이 또 한 번 이어졌고 할머니와 캔디스 고모는 길을 떠났다.

홈커밍 파티에 가려면 지니와 나도 삼십 분밖에 여유가 없었다. 파티에 갈 준비를 하도록 지니를 서둘러 위층으로 올려 보낸 뒤, 나는 흰 티셔츠에 면바지 차림으로 손님들을 맞았다. 아무리 복고풍 스타일 만찬회라고 해도, 아름다운 복고풍 드레스를 입고 있다가 얼룩이라도 생기면 안 되니까.

만찬회엔 지니의 친구들이 몰려와 있었다. 내 친구로는 페이지와 이본느, 카딘만 왔다. 올리버는 초대할 엄두도 내지 못했다. 퍼레이드 행사에서 나눈 마지막 대화도 엉겁결에 끝나 버렸으니 어쩔 수 없지.

베넷이 코르사주를 손에 들고 도착했을 때, 지니는 드레스 차림으로 계단을 내려와 베넷을 반겼다. 베넷은 넋을 놓고 지니를 쳐다봤다. 지니의 짧은 초록 드레스가 마음에 꼭 든 모양이었다. 아니면 짧은 치마 아래로 보이는 지니의 다리에 반한 것일지도.

내가 부엌에서 셀러리를 썰고 있을 때 카딘이 나를 찾아왔다. 놀랍게도 크림치즈 셀러리가 인기였다.

"네 드레스는 어디 갔어?"

"펀치를 마시다가 흘릴까 봐. 그건 그렇고, 너 엄청 예쁘다."

카딘은 잘난 체하듯 어깨를 으쓱했다.

"보름 전 라구나 학교 파티에서도 이걸 입었어. 올해만 네 번째 홈커밍 파티야. 학교들을 다 돌려면 드레스가 더 필요해."

"아니면 남자들을 좀 줄이든가. 어쩜 그렇게 인기가 좋아?"

"이제 자유의 몸이 됐으니 너도 남자들에게 둘러싸이는 건 시간 문제지. 작년에 넌 임자 있는 몸이었잖아."

"에이, 그럴 리 없어."

"어제 퍼레이드 수레 옆에 너랑 올리버 킴벌이 같이 있는 거 봤어. 올리버 입에서 금방이라도 침이 뚝 떨어질 것 같던데?"

"올리버는 응원 도구를 나한테 전해 준 것뿐이야."

"요즘은 그런 식으로 작업하니?"

"그런 게 아니라니까."

"알았어. 어쨌든 올리버랑 제러미가 싸운 이야기 좀 해 봐. 궁금해 죽겠어."

카딘이 식탁 위에 팔꿈치를 대고 말했다.

"나도 몰라. 그 자리에 없었어."

"난 거기 있었어. 분위기가 아주 험악했지. 맬러리, 네 명예를 지키느라 온갖 고성이 오갔다니까."

카딘은 셀러리를 크림치즈에 찍었다.

"진짜?"

나는 셀러리를 담던 손을 멈췄다.

카딘의 말을 흘려듣고 싶었지만, 더 자세한 얘기를 듣고 싶은 충동이 솟았다. 올리버가 무슨 말을 했을까? 헛간에서 키스 사건이 벌어지는 바람에 올리버에게 들을 수 없었던 이야기였다.

"어떤 고성?"

"처음엔 평범하게 시작됐지. 제러미가 파티에 다른 여자를 데려온다는 소식에 올리버가 엄청 화를 냈어. 헤어진 지 얼마 되지도 않았는데 그러면 네 입장이 뭐가 되겠느냐면서. 그런데 제러미 말은 그 아이오와 여자가 오지 않을 거라는……."

"일리노이야."

아니, 인디애나 주였던가? 내가 이런 걸 잊어버리다니 이상했다.

"아무튼 그랬더니 올리버가 그건 그 여자가 바빠서 그런 거 아니냐고 맞받아쳤고 제러미가……."

"잠깐, 뭐라고? 제러미가 취소한 게 아니라 그 여자 쪽에서 못 오겠다고 한 거야?"

카딘이 입을 다물었다.

"지니가 그 부분은 말 안 했어?"

나는 지니에게 화를 낼 수 없었다. 내가 엄마에 대해 말하지 못한 것과 똑같은 이유에서였겠지. 사랑과 보호의 차원에서. 어쨌든 난 또 제러미한테 '잡아 놓은 물고기' 취급을 받았던 거야? 제니가 약속을 취소해서 나한테 초대한 적 없다며 거짓말을 했고? 이젠 어이가 없다 못해 헛웃음이 나올 지경이었다.

"상관없어. 제러미랑은 헤어진 지 오래야. 마음대로 하라지."

"너도 그러란 말이야."

카딘이 셀러리 조각으로 나를 가리키며 말했다.

"내 말은 이젠 넌 자유의 몸인 데다, 옆에는 올리버 킴벌이라는 괜찮은 남자가⋯⋯."

"제러미의 사촌 형이지."

"그냥 너한테 관심을 보이는 멋진 남자일 뿐이야. 이미 끝난 관계는 다 흘러간 과거라고. 올리버한테 감정이 느껴지면 뭐라도 해봐. 사촌이든, 친구든, 형제든 그런 건 사랑에는 아무 장애도 되지 못해."

"어떻게 그래."

카딘의 파트너가 부엌을 빼꼼 들여다봤다.

"카딘, 지금 사진 찍고 있어."

"알았어. 금방 갈게, 자기."

카딘이 손을 휘휘 저으며 윙크했다.

"쟤가 네 자기야?"

"모두 내 자기들이지."

카딘과 나는 거실로 향했다. 그때 지니가 환한 얼굴로 달려왔다. 나는 지니의 뺨을 꼬집으며 지금 모습이 얼마나 사랑스러운지 말해 주고 싶었다.

지니가 코를 찡긋거렸다.

"언니, 언니 머리에 크림치즈 묻었어. 어서 빨리 준비해. 십 분만 있으면 내가 마련한 깜짝 선물이 도착한다고."

"제발 에두아르도는 아니길 빈다."

내가 농담을 건넸지만 지니는 벌써 친구들한테로 돌아가고 있었다. 에두아르도는 정말 아니겠지?

파트너끼리 사진을 찍기 전에 얼른 계단을 올라갔다. 어떻게든 그 순간만은 피하고 싶었다. 왠지 속이 울렁거렸다. 홈커밍 파티를 끝으로 지난 보름간의 리스트 실행 계획은 마무리된다. 보름이라는 시간은 아무것도 아니다. 보름보다 오래가는 감기도 많다. 하지만 내게 이번 보름은 특별했다. 거의 생존에만 몰두한 시간이었으니까. 그리고 오늘 밤 대단원의 막을 내리게 된다. 그 뒤로는 '행복하게 잘 살았답니다.'만 이어지길.

할머니의 드레스는 생각보다 꽉 꼈다. 힘껏 어깨를 들어 올려야만 지퍼를 올릴 수 있을 정도였다. 어깨 너머로 문에 달린 전면 거울이 보였다. 주근깨 박힌 등에 앙상한 팔, 사연이 담긴 눈동자를 지닌 소녀가 나를 쳐다보고 있었다. 오십 년 전 '세븐틴' 잡지에 실릴 만한 모습이었다.

"언니! 어서 나와! 깜짝 선물이 도착했어!"

지니가 소리를 질렀다.

엄마의 진주 목걸이를 빌리려다가 할머니의 반지 목걸이를 계속 걸기로 했다. 내 예상과는 전혀 다른 의미를 지닌 반지였지만, 어쨌든 '리스트'의 상징과도 같은 물건이니까. 이 리스트 실행 계획의 끝이 어떻게 될지 나도 모른다. 의외로 특별한 효과를 가져올지 아니면 다시는 할머니의 일에 오지랖 넓게 참견하지 말아야겠다며 후회로 끝날지 알 수 없다.

이제 옷장에 넣어 둔 구두 속에서 휴대 전화를 꺼낼 차례였다. 지니가 디지털 기기를 다 쓸어 갈 때도 이건 발견하지 못했다. 리스트 완수 뒤에 켜려고 꽁꽁 숨겨 둔 덕분이었다.

밖으로 나와 보니, 모두 집 앞에 주차된 흰색 리무진을 구경하고 있었다. 아빠는 뒷머리를 긁적였고 엄마는 미친 사람처럼 웃어 대고 있었다.

"베넷이 보내 준 거야?"

내 물음에 식구들이 내가 서 있는 쪽을 돌아보았다. 엄마는 놀라서 입만 벙긋거렸고, 아빠는 눈물을 글썽였다. 지니는 환하게 웃고 있었다.

"여기 복고풍 여왕이 당도했나이다."

지니가 장난치듯 말했다.

"정말 아름답구나."

아빠가 입을 열었다.

"어서 서둘러. 자매끼리 사진 좀 찍자꾸나."

엄마가 사진기를 들고 분주하게 움직였다.

이 사진이 엄마의 블로그에 올라갈 거란 사실을 잘 알고 있었지만, 나는 웃으며 자세를 잡았다. 내일 엄마랑 협상하면 되지, 뭐. 지금은 파티 때문에 긴장해서 아무런 생각도 할 수 없었다.

"근데 베넷은 어디 갔어?"

"자동차에 기름 넣는 걸 깜빡했대. 곧 올 거야."

"여기 리무진이 있는데 왜 기름을 넣어?"

"이건 내가 아니라 언니가 타고 갈 리무진이야."

"뭐?"

내가 놀라 소리쳤다.

아빠가 지니와 내 어깨에 팔을 두르며 끼어들었다.

"지니가 엄마와 나를 위해 깜짝 선물을 준비했더구나. 특별 데이트를 하라면서 말이야. 널 파티에 내려 주고 우린 시내로 갈 거야."

지니가 어깨를 으쓱하며 말했다.

"처음엔 베넷과 나를 위해 예약했는데, 생각할수록 우리한텐 필요 없겠더라고. 엄마 아빠한테 훨씬 더 유용할 것 같았어."

이것도 지니가 구상한 '부모님 결혼 생활 구제 계획'의 일환인가? 오늘 밤에는 진실을 털어놔야겠다. '20주년 기념 결혼식'을 준비한답시고 결혼식장을 빌리려 들기 전에.

리무진 기사가 나와서 차 문을 열어 주었다. 엄마와 아빠는 리무진 안으로 나를 끌어당겼다. 파티에 혼자 입장하는 것보다 한심한 일은 없을 거라고 생각했는데, 내가 잘못 생각했던 것 같다. 눈물 나게 고맙다. 내 동생!

25

홈커밍 파티에 가느니 차라리 하고 싶은 일들

1. 화장실 청소

2. 창고 안에 사는 바퀴벌레 시식

3. 기타 등등 끝도 없이 많다!

나는 리무진을 타고 학교로 향했다. 맞은편 자리에는 우리 부모님이 바싹 들러붙어 있었다. 벌써부터 속이 울렁거렸다. 구토를 대비해서 샴페인 통을 옆에 바짝 당겼다.

어느새 엄마와 아빠는 '데이트 복장'으로 갈아입은 모습이었다. 아빠는 반팔 셔츠에 나비넥타이와 청바지 차림이었는데 팔의 문신과는 잘 어울렸지만 나이에 비해 너무 젊어 보이는 느낌이었다. 엄마는 가슴이 훤히 드러나는 검정 드레스 차림이었다. 둘은 사치스러운 리무진 안에서 십 대 커플처럼 키득거렸다. 이거야말로 지니가 원하던 그림이겠지. 부모님 사이가 좋으면 자식으로서 응당 기뻐해야겠지만, 엄마의 블로그를 발견한 뒤로 엄마의 모든 행동이 눈에 거슬렸다.

나는 검게 코팅된 창문 밖을 응시했다.

"제발 오 분만이라도 떨어져 계실 순 없어요?"

"이렇게 붙어 있는 게 우리 관계에 얼마나 좋은데 그러니? 스킨십은 아주 중요해."

엄마가 말했다.

"블로그에 올릴 글 제목으로 아주 좋겠네요."

나는 이를 악물며 답했다.

"맬러리, 지금은 그 얘길 할 상황이 아니잖니."

"왜요? 아빠가 모르는 일이어서요?"

나는 허리를 곧게 세웠다. 절대로 열 내지 않겠다고 나중으로 미뤄 두자고 속으로 다짐했건만, 이 꽉 막힌 공간에서는 도저히 나 자신을 제어할 수 없었다. 완벽한 부부인 양 엄마와 아빠가 행복해하는 꼴이 보기 싫었다. 우리 앞에서는 매일 싸우는 주제에. 지니가 어떤 생각을 하는지, 내가 인터넷에서 뭘 발견했는지 알지도 못하면서.

"아빠, 엄마 블로그 읽어 봤어요?"

"엄마가 블로그를 운영하는 건 알지. 실제로 읽어 보지는 않았단다."

아빠가 머쓱한 표정으로 엄마를 쳐다보았다.

"괜찮아, 여보. 읽어 보지 않는다는 건 알고 있었으니까."

엄마가 어깨를 으쓱했다.

"그럼 지금부터라도 읽어 보세요. 엄마가 딸의 실연과 낮은 자존감에 대해 뭐라고 써 놨는지 알게 될 테니까요."

나는 아빠의 무심함에 화가 났다.

엄마는 조바심이 나는지 손목을 뒤틀고 있었다.

"아무 설명도 없이 그렇게 말하면 어떡하니? 난 네가 걱정돼서 글을 올린 거야."

"제일 친한 친구 분한테나 상담했어야죠. 인터넷의 이름 모를 수많은 사람들에게 내 얘기를 털어놓다뇨?"

나는 고개를 가로저었다.

"지난 보름 동안 제가 디지털 기기를 포기한 채 지냈다는 사실은 알고 계셨어요? 제러미와의 일로 인터넷에서 제 사생활에 대해 이러쿵저러쿵 하는 게 보기 싫어서요. 그런데 마음이 약해져서 딱 한 번 엄마의 컴퓨터에 손을 댔을 때, 엄마가 인터넷에 저에 대한 글을 써서 올린다는 걸 알았어요. 최악의 상황이었죠. 아무리 엄마라도 내 사생활을 인터넷에 올릴 권리는 없다고요."

"왜 우리 쿠폰 블로그에 맬러리에 대한 글을 쓴 거지?"

아빠가 물었다.

엄마는 아빠와 나를 번갈아 보면서 어디서부터 말을 해야 할지 망설이는 것 같았다. 마침내 엄마가 절박한 얼굴로 내게 말했다.

"맬러리, 정말 미안하구나. 절대 상처 줄 생각은 없었단다. 블로그 방문자 메시지들을 친구처럼 생각했고, 그저 조언을 얻고 싶었던 것뿐이야. 그 블로그 안에서만은 엄마나 아내가 아닌 나로 있을 수 있었어. 온전한 '나만의 공간'이란 말이지. 이해하겠니?"

나는 입술을 뭉갰다. 맞다, 나 립스틱 발랐지?

아무리 엄마만의 공간이라 해도 아무런 상의 없이 내 사생활을 마음대로 올려도 되나? 당연히 안 될 말씀이지. 나중에라도 이 점에 대해선 확실히 해 두어야겠다. 엄마는 인터넷 블로그를 나만의 공간이라고 생각하는 모양인데, SNS가 절대적으로 '나만의 공간'은 될 수 없는 법이다. 이번 일은 엄마가 경솔했다. 그래도 엄마한테 인터넷이 현실이나 다름없는 가치 있는 대상이라는 건 이해할 수 있었다.

"네, 이해는 해요."

"가끔 블로그가 얼마나 큰 세상인지 잊어버린단다. 아주 까맣게 잊어버리지. 그 수없이 많은…… 관객들을."

아빠가 머리를 저었다.

"그 블로그가 얼마나 큰데?"

'커프 링크스 판매에 대해 거짓말을 할 정도로 크죠.'

나는 속으로 답했다.

과연 엄마가 이 사실을 털어놓을까? 아빠는 '인기 만점! 알뜰 살림방!'이 얼마나 성공적으로 돌아가는지 모르고 있지 않은가.

"주로 할인 쿠폰에 대한 글을 올리지만, 당신이 파는 골동품을 '이 주의 판매 상품'으로 내걸 때도 있어. 사파이어 커프 링크스도 지난주 판매 상품이었지."

"당신이 블로그에서 만 사천 달러에 팔았다는 커프 링크스 말이야?"

"응, 금액은 좀 깎였지만."

"얼마나 깎였는데?"

"잘 몰라. 칠천 달러에서 팔천 달러 정도?"

아빠의 턱이 딱딱하게 굳어졌다.

"맬러리가 왜 이렇게 화를 내는지 알겠군. 당신은 우리한테 거짓말을 한 거야."

"여보, 난……."

"당신이 말한 그 돈을 이미 광고비에 써 버렸단 말이야."

아빠의 목소리가 커졌다. 화기애애하던 공간이 어색한 싸움터로 변했다. 하지만 아무도 차에서 내릴 수는 없었다.

"그 돈이 있다는 생각에 신용 카드로 트레일러도 질렀고, 매장을 확장하려고……."

"아빠!"

나는 아빠의 말을 잘랐다.

이 상황에서 내가 왜 엄마 편을 드는지 잘 모르겠지만, 아마도 '나만의 것'을 원하는 마음을 이해하기 때문일 거다. 엄마한테 악의가 없다는 건 알고 있었다. 엄마는 그저 엄마로서 다른 사람에게 도움을 청했던 것뿐이었다. 그 공간이 하필이면 할인 쿠폰을 제공하는 인터넷 블로그였지만.

"엄마한텐 돈이 있을 거예요."

엄마가 고개를 끄덕였다.

"몇 달 전에 광고 후원을 늘렸어. 지금은 거기서 수익을 올리고 있다고. 그러니까 너무 화내지 마. 누가 뭐래도 집안의 가장은 당신이야. 난 그저 여분의 돈을 벌 수 있는 기회를 찾아낸 거고……"

"가장의 위신이 꺾였다는 생각에 화내는 게 아니야. 당신이 블로그를 운영하는 게 뭐 어때서? 얼마나 벌어들이든지 거짓말을 할 필요는 없다는 말이야."

아빠가 엄마를 지그시 바라보며 말을 이었다.

"이건 뭐 당신한테 소리를 질러야 할지, 입맞춤을 해야 할지 모르겠군."

"제발 둘 다 참아 줘요."

내가 부탁했다.

"당신이 그렇게 사업에 열심인데 힘 빠지게 할 순 없었어."

엄마가 말에 아빠가 대답했다.

"내가 사업을 계속 해 나갈 수 있는 건 다 당신 덕분인걸."

엄마가 아빠의 어깨에 머리를 기댔다. 나는 엄마 아빠가 상황을 백팔십도로 반전시켜 다시 느물거리기 전에 얼른 막아섰다.

"문제가 하나 더 있어요. 두 분은 지니가 왜 이 리무진을 빌렸는지 아세요?"

"당연히 혼자 파티에 가는 너를 위해서지. 덜 속상하라고 말이야." 아빠가 답했다.

"아뇨. 우선 지니는 엄마가 바람을 피우고 있다고 생각해요. 종일 컴퓨터를 붙잡고 비밀스럽게 행동하신다면서요."

"아니, 왜 그런……."

엄마가 입을 열자 내가 손을 들어 막았다.

"이유는 뭐든 상관 없잖아요. 지니는 두 분이 곧 이혼할 거라고 걱정하고 있어요. 두 분이 요즘 자주 싸우시긴 했죠."

"우리가 그렇게 자주 싸웠나?"

아빠가 스스로 되물었다.

어느새 리무진이 학교 주차장으로 들어섰다. 나는 창문을 내리고 청명한 바람을 맡았다. 정장 차림을 한 아이들이 우르르 우리 차 앞에 몰려들었다. 재잘거리는 웃음소리에 긴장된 분위기가 누그러들자, 엄마가 아빠를 다독이며 입을 열었다.

"얘야, 우리 관계는 괜찮아. 괜찮은 것 이상이지. 그저 우리 감정을 아주 솔직하게……."

"이 대화를 들어야 할 딸은 제가 아니에요."

나는 리무진에서 빠져나와 열린 문 안으로 고개를 들이밀었다.

"이 리무진을 빌린 딸은 지니라고요. 확실히 두 분 사이에 지니의 걱정을 살 만한 뭔가가 있으리라 생각해요. 그러니 이 리무진을 타고 가는 동안 싸우든 어쩌든 다 털어 내 버리세요."

엄마가 작게 한숨을 내쉬었다.

"오늘은 네가 부모 같구나."

"그럼 다음 번 블로그 글 내용으로 어때요?"

나는 미소를 지으며 학교 체육관으로 발길을 옮겼다.

리무진이 서서히 출발하자, 엄마와 아빠가 선루프 창으로 고개를 불쑥 내민 채 소리쳤다.

"우린 널 사랑한단다! 네가 정말 자랑스러워!"

엄마와 아빠의 외침 소리는 이내 바람에 섞여 사라졌다. 그래도 함께 차를 타고 오길 잘했다.

부모님의 관계는 완벽하진 않았지만, 진정성 있는 관계이긴 했다. 모름지기 관계란 '완벽'이 아니라 '진정성'이 가장 중요한 법이다. 모든 관계에는 부족함이 존재한다. 서로 부딪치고 깨지며 진정성 있게 관계를 다져가야 한다. 노력이 멈추면 관계도 멈춘다.

이런 생각을 더 일찍 했더라면 제러미와의 관계도 나아졌을 텐데. 올리버라면 지금이라도 기회가 있는 게 아닐까? 올리버도 원할까? 내 마음은 어떻지?

나는 어깨를 펴고 드레스를 매만졌다. 친구들과 떼 지어 들어갈 수도 있었지만, 오롯이 혼자 파티에 입장하는 것만이 내가 얼마나 독립적이고 강한 여성인지를 증명할 방법 같았다. 마치 산업 혁명 시기에 열두 시간만 일하겠다고 주장하는 어린이처럼 말이다. 어머, 이렇게 교과 과목 응용이 이뤄지네?

얇은 카디건만 걸치고 있는 탓에 추위를 피하려면 얼른 파티장 안으로 들어가야 했다.

입장권을 내보이자 학생회에서 나온 여학생이 물었다.

"한 명이요?"

사무적인 목소리였지만 나는 괜히 움찔했다.

"네."

"그럼 즐거운 시간 되세요!"

즐거운 시간이라고? 나하고는 전혀 상관없는 이야기였다. 나는 파티장에 들어서기 전 복도에서 오 분 동안 서성거렸다. 학생회 여학생들이 이상하게 쳐다보든 말든, 어쩌란 말인가?

혼자 파티에 오다니, 나조차도 믿기지 않았다. 이건 그저 한심한 짓이 아니다. 이건…… 위험한 짓이다. 사회적으로 위험한 행동이라는 말이다. 어쨌든 리스트 실행 계획은 일종의 사회적 실험 아니었나? 이 상황을 '위험한 짓 해 보기'로 셈해도 되는 거겠지? 맬러리 브래드쇼, 파트너도 없이 홈커밍 파티에 당당히 들어서는 용기 있는 여자.

그래도 마지막으로 지니의 확인을 받아야 한다. 지금 나는 평생 처음으로 시작한 계획을 마무리까지 지으려는 참이다. 이 체육관의 문을 확 열어젖히고 들어올 수 있었던 원동력도 그런 자신감 덕분이었다.

파티장 입구에는 흰색과 은색 풍선으로 만든 아치가 세워져 있었고, 천장에는 왕관과 별이 주렁주렁 매달려 있었다. 홈커밍 파티 추진 위원회가 디즈니랜드의 허락을 받아 만화 캐릭터를 그대로 옮겨 놓은 듯 했다. 디즈니랜드와 가깝다보니, 여러 연줄이 동원되었을 터였다. 무대 가운데에 놓인 왕좌는 작년 여름 디즈니랜드 퍼레이드에서 본 기억이 있었다.

이제 한 발짝만 내디디면 파티장이다. 나는 깊게 숨을 내쉬며 발을 뗐다. 망치로 내리치는 것처럼 가슴이 두근거렸다. 그런데⋯⋯ 이게 다였다. 내 도착을 알리려고 음악이 멈추는 일은 일어나지 않았다.

제일 놀라운 건 아무렇지도 않다는 사실이었다. 아무도 나를 쳐다보거나 힐난하지 않았다. 오히려 내가 왔는지조차 몰랐다. 오로지 혼자만의 시간이었다. 만약 파트너와 함께 왔더라면 나에 대해 어떻게 생각하는지, 내 드레스는 괜찮은지, 파트너의 기분은 어떤지 신경 쓰느라 안달복달했을 게 분명했다. 지금 나는 내 드레스가 마음에 들었다. 이보다 더 좋을 수 없을 정도로. 의외로 혼자인 게 적성인 모양이었다.

둘러보니 지니가 테이블에 앉아 손가락으로 물컵을 휘휘 젓고 있었다. 베넷은 어디에도 보이지 않았다. 지니가 나를 보고는 불만스러운 표정을 지어 보였다.

"왜 이렇게 오래 걸렸어?"

"리무진 안에서 엄마 아빠랑 얘기 좀 하느라고."

지니의 표정이 확 펴졌다.

"그랬어? 어때? 좋아하시지?"

"엄청 좋아하셨지."

나는 지니가 손가락으로 휘젓고 있는 물컵을 바라보았다. 할머니의 고교 시절에는 펀치를 마셨을 텐데. 학생들이 물로는 취하지 못한다는 사실을 지난 오십 년 사이 학교에서 깨달은 모양이었다.

"지니, 엄마는 바람을 피우고 있지 않아."

물컵을 휘젓던 지니의 손가락이 멈췄다.

"언니가 어떻게 알아?"

"엄마가 비밀스럽게 인터넷을 하는 건 블로그를 운영하고 있기 때문이야."

"블로그라고?"

"그냥 블로그가 아니야. 할인 쿠폰 발행에 상품 거래까지 이뤄지는 사업이라고 볼 수 있지. 나도 그저께 발견했어. 내가 잠깐 컴퓨터에 손을 댔을 때 말이야."

"그게 뭐 어쨌다는 거야? 엄마의 블로그 때문에 그렇게 부부 싸움을 했다고?"

지니가 눈썹을 치켜올렸다.

"엄마랑 아빠는 싸워야 했기 때문에 싸운 것뿐이야."

지니가 냅킨에 물기를 닦고는 손을 가만히 포갰다.

"그럼 이혼 안 하실 거래?"

"지니, 내 생각에도 엄마 아빠 사이가 안 좋아진 건 맞아. 요즘 들어 키스든 싸움이든 너무 보란 듯이 감정을 드러내고 있으니까. 하지만 이번 계기로 네가 얼마나 가족을 위해 애쓰는지 엄마랑 아빠도 깨달으셨으니까 차츰 나아질 거야. 대화도 훨씬 많이 하시고 말이야."

"진짜? 이제 괜찮은 거지?"

"그래. 이 언니가 장담할게."

"사이좋은 비둘기 한 쌍은 안 사도 된단 말이지?"

"응, 그렇다니까."

지니가 고개를 끄덕였다.

"그럴 줄 알았으면 내가 리무진에 탈걸. 베넷을 길가에 버려 두고 올 수 있었을 텐데."

"데이트가 이상했어? 키스 안 한 거야?"

"키스했지. 근데 베넷이 가슴을 슬쩍 만지잖아. 그래서 내가 주먹으로 코를 한 방 먹여 버렸어."

지니가 사악하게 미소 지었다.

"농담 마."

"농담 아니야. 발라당 넘어지더라고. 피는 그렇게 많이 안 났어."

지니가 한숨을 내쉬었다.

나는 의자에 털썩 앉았다.

"이제 베넷이랑 영영 끝이구나? 네 연애도 가망 없고?"

"그런 셈이지."

지니가 작게 키득거리다가 코까지 킁킁대며 웃어 젖혔다.

"언니라도 베넷을 파트너로 삼고 싶으면 화장실에 가 봐. 아직 거기 있을걸?"

나도 지니와 함께 배를 잡고 웃었다. 내가 중매쟁이 짓을 한 결과였다. 내 여동생은 홈커밍 파티에서 파트너의 코피를 봤다. 아무리 봐도 건강하고 밝은 연애라고는 할 수 없었다. 이제 리스트고 뭐고 다 그만두자.

"언니, 정말 남자 친구를 사귀고 싶은 거라면 찬찬히 잘 찾아봐. 저기 올리버 오빠도 있어."

지니가 파티장 가운데를 가리켰다.

나는 지니의 손을 끌어내렸다.

"가리키지 마!"

"왜? 올리버 오빠도 여길 흘끔거리는데."

나는 얼른 고개를 들고 둘러보았다. 올리버가 사람들 사이에 뒤섞인 채 시끄러운 음악에 맞춰 풀쩍풀쩍 뛰고 있었다. 올리버만이 정식 나비넥타이에다 빨간 커머번드까지 허리에 두른 턱시도 차림이었다. 파트너와 색상을 맞춘 모양이었다. 카르멘은 짧은 드레스 차림이 깜찍했다. 록 스타 같아 보이기도 했다.

올리버가 나를 보며 손을 흔들었지만 나는 힘없이 어깨만 으쓱하고 말았다. 올리버는 다른 여자와 같이 파티에 왔고, 두 사람이 애인 관계가 아니라고 해도 중간에 끼어들고 싶은 마음은 털끝 만큼도 없었다. 지니가 이성 교제 항목을 달성할 수 없게 되었다고 해서 갑자기 내가 나서는 것도 이상하잖은가.

나는 우두커니 서서 주위를 훑어보기 시작했다.

"올리버 오빠랑 춤출 거야?"

지니가 물었다.

"아니, 제러미랑 출 거야."

"언니, 나 좀 봐. 언닌 이제 완전히 극복했어. 우리가 지금까지 얼마나 노력했는 줄 알아? 디지털 기기도 다 치우고 프렌드 스페이스 계정도 막아 놓고……."

"참, 내일 아침까지 네가 쓸어 간 물건들 모두 제자리로 돌려놔. 피규어까지 몽땅 다. 어쨌든 제러미랑은 춤 한 번 춰야 해."

"그 빌어먹을 리스트 때문에 언니가 전 남자 친구에게 뭔가를 확인해야 한다면, 나도 당장 베넷을 화장실에서 끌어내서 입 맞춰 버릴 거야."

나는 지니의 어깨를 토닥였다.

"마음은 진짜 고마운데 네 드레스에 코피가 묻으면 어떡해. 그러지 마."

나도 오기 전까지는 깨닫지 못했지만, 제러미는 내가 이 파티에 온 가장 큰 이유였다. 나는 제러미가 앉아 있는 테이블을 향해 사람들을 헤치며 걸어갔다. 제러미도 내가 다가오는 걸 지켜보고 있었다. 제러미는 옆에 앉은 여자의 의자 뒤로 팔을 둘렀다. 파트너란 뜻이네. 어떻게 감히 파트너를 데려올 수 있지?

"안녕, 제러미? 춤 한 곡 출래?"

제러미가 옆의 여자에게 귓속말로 뭐라고 속삭였다. 그러자 여자가 미소를 지으며 고개를 끄덕였다.

그 여자다. 제러미의 또 다른 여자, 제니. 진짜로 여기에 데려오다니. 나보다 예쁘지도 않네. 가늘고 지저분한 검은 머리에, 하품 나올 만큼 수수한 푸른 드레스 차림이었지만, 치열은 고르고 피부도 깨끗했다. 미운 게 당연하고 눈물까지 쏙 빼 버려야 할 텐데, 왠지 그런 마음이 들지 않았다. 사실 나와 제러미의 문제는 이 여자 때문에 벌어진 게 아니었다. 감춰져 있던 문제들이 터져 나오는 계기가 되었을 뿐이다.

물론 제러미가 바람을 피운 건 내 탓이 아니다. 제러미가 진정한 내 모습을 보지 못한 것도 내 잘못이 아니다. 하지만 나는 오랫동안 우리 관계가 완벽하다는 착각에 빠져 있었다. 첫사랑인 제러미에게 충실했지만 단지 그뿐이었다. 나는 제러미를, 제러미는 나를 더 잘 알려고 노력하지 않았던 것이다.

무대에는 아주 느린 곡이 흐르고 있었다. 제러미는 정중하게 내 허리에 살짝 손을 올리고 적당한 간격을 유지했다. 우리를 지켜보고 있을 자기 파트너를 고려한 행동이겠지.

"파트너 예쁘네."

"응."

"바빠서 못 오는 줄 알았어."

"바빠서? 아……. 쟤는 다른 애야. 하이디라고 어빈에 살아. 아빠들끼리 잘 알아서 거의 막판에 초대한 거지."

"그럼 제니는 결국 바빠서 못 온 게 맞구나?"

"이 이야기를 계속해야 하는 거야?"

"아니. 우리 사이엔 어떤 얘기도 할 필요가 없지."

내가 살짝 물러섰다.

"맬러리, 내가 무슨 말을 했으면 좋겠어? 이제 난 지쳤어. 모든 걸 다 털어놨다고. 그게 다야."

제러미가 한숨을 쉬며 머리를 옆으로 쓸어 넘겼다. 이 '멋쟁이 액션'을 얼마나 좋아했던가.

"그런 태도가 제일 싫어. '어쩔 거야? 그냥 받아들여.'라는 뜻이잖아."

"그런 뜻이 아니라, 어쨌든 우리 사이에 변할 건 없잖아?"

"너한테 하고 싶은 말이 있어."

나는 눈을 질끈 감았다. 가짜 속눈썹이 볼을 간질였다. 도저히 제러미를 바라보면서는 할 수 없는 말이었다.

"용서할게. 다른 여자를 좋아한 걸 포함해서 인터넷에서 있었던 일도 전부 다."

"나도 인터넷 건은 용서할게."

제러미가 크게 숨을 들이마시고더니 말을 내뱉었다.

"그건 네가 먼저 시작했잖아!"

나는 눈을 부릅뜨며 반박했다.

"넌 내 홈페이지에다 버젓이 '거짓말쟁이'라고 썼다고!"

"네가 진짜 '거짓말쟁이'였으니까 그렇지."

"알겠어. 인정할게."

느린 곡이 끝나감에 따라 우리의 관계도 비슷하게 흘러갔다. 이번에야말로 정말 끝이다. 실연이 더는 아픔으로 느껴지지 않았다. 서서히 상처에서 흉터로 변해 가는 거겠지. 흉터도 언젠가는 낫겠지만 지금은 그냥 간직하련다. 올리버 말대로, 기억은 잊지 않되 고통은 잊어버릴 테다.

"한 가지만 더 물어볼게. 네가 제니를 거절한 거야, 아니면 제니 쪽에서 취소한 거야?"

"제니도 오려고 했어. 하지만 여러 번 이야기해 본 결과, 그러지 않는 편이 좋겠다고 결정한 거야. 그냥 각자의 길을 가자고 하더라고. 나도 그래."

제러미가 힘없이 말을 이었다.

"제니는 네가 아니잖아. 난 사람이 아닌 아바타랑 사귄 거였어."

제러미가 한 말 중에 제일 심오한 소리였다.

"넌 같은 달에 여자 친구랑 온라인 여자 친구 모두에게 차였단 거네?"

내 물음에 제러미가 미소를 지었다.

"윽, 불쌍해서 못 들어 주겠네."

드디어 곡이 끝났다. 나는 허리에 올려진 제러미의 손을 밀어냈다.

"맬러리, 우리가 끝났다는 건 잘 알겠어. 근데 너 오늘 참 예쁘다. 약간 복고풍이긴 하지만."

"고마워."

제러미가 정중한 목소리로 말했다. 제러미는 자유자재로 목소리 조절이 가능한, 여전히 매력적인 남자였다.

"언제라도 돌아오고 싶으면 눈짓만 해. 바짝 엎드릴 테니까."

바짝 엎드린다고? 낭만적인 문구는 기대도 안 했지만, 진짜 가볍고 단순한 남자다. 나는 꿈 깨라는 말 대신 팔을 뻗어 친구로서 담백하게 안아 주었다.

"아마 그럴 일은 평생 없을 거야."

"그럼 올리버는?"

나는 포옹을 풀고 멀찍이 물러섰다. 적당한 거리 유지는 필수다.

"올리버는 필요할 때 함께 있어 주는 좋은 친구지."

"그게 다야?"

"나랑 올리버 사이에 뭐가 있건 그건 올리버와의 문제야. 넌 질문할 권리가 없어. 잘 가, 제러미."

나는 파티장을 또각또각 걸어 나갔다. 아무도 내 구두 소리를 듣지 못했다. 다들 춤추고 노느라 정신이 없었다. 내 발자국 소리를 들을 수 있는 사람은 나뿐이었다.

복도로 나가서 사물함에 이마를 기댔다. 지난 보름 동안 있었던 일들이 하나둘 떠올랐다. 제러미의 배신을 계기로 리스트 실행 계획을 세우게 됐고, 리스트 항목을 실행해 가다 보니, 우리 가족의 비밀이 다 드러나 버렸다. 그래도 리스트만큼은 가족의 비밀과 무관한 나만의 것이었다. 지금도 포기하지 않고 있는 소중한 나만의 것. 나는 드레스 안쪽에 숨긴 할머니의 반지를 만지작거리다가 줄을 확 당겨서 목걸이를 끊어 버렸다. 이 반지는 할머니가 한때 누군가의 애인이었다는 증거였다. 그것도 캔디스 고모의 아빠가 준 사랑의 증표였다.

시대와 방법이 달랐지만 할머니와 나는 똑같이 연애를 했다. 그저 할머니의 연애에 작은 실수가 있었던 것뿐이었다. 삶을 당당히 헤쳐 나간 할머니와 마찬가지로 나도 연애에 목멜 필요가 없었다. 내 인생의 주인은 나 자신이다. 혼자여도 괜찮다. 이제 조금씩 '안전 지대'를 벗어나 나만의 것을 늘려 가야지.

당장 리스트 종이가 없어서 아쉽지만, 펜으로라도 직접 써 보면서 리스트 완수를 자축하고 싶었다. 가만있어 보자. 사기 충전 클럽은 회장 비서가 됐고. 만찬회는 잘 열었고. 드레스는 끝내주고.
이성 교제는 혼자서도 든든하고. 위험한 짓은…… 지금 했잖아?

그럼 리스트는 다 완수된 건가? 나는 얼른 휴대 전화를 꺼냈다.
지난 보름 동안 걸려 온 통화나 문자 메시지 목록은 거들떠보지도
않았다. 내가 디지털을 멀리하는 동안 수많은 것들을 흘려보냈겠
지만, 잃은 게 있다는 생각은 들지 않았다. 아쉬운 게 있다면 한동
안 멈췄던 낱말 게임 점수 랭킹 정도 되려나?

나는 아빠의 휴대 전화번호를 누른 뒤, 신호를 들으면서 바닥의
타일을 따라 발로 원을 그렸다.

"맬러리니?"

"네, 지금 좀 데리러 오실 수 있어요?"

"벌써? 이십 분밖에 안 됐는데?"

"알아요. 하지만 제 파트너가 발을 계속 밟아서요."

"파트너라고?"

엄마의 고함 소리가 전화기를 통해 전해졌다.

"멋쟁이 왕자님이 다른 여자의 구두를 들고 나타났는데 마침 나
한테 딱 맞지 뭐예요. 발을 밟는 바보 같은 파트너지만 엄마 아빠
가 늦게 오시면 그냥 사랑의 도피를 하려고요. 그래도 괜찮겠죠?"

"맬러리, 속상해할 거 하나도 없어! 우린 네가 얼마나 자랑스러
운지……."

엄마가 다시 소리를 질렀다.

"엄마, 그냥 빨리 학교로 와 주세요."

나는 얼른 전화를 끊었다.

아직 21세기로 돌아오는 게 아니었어.

나는 할머니의 드레스가 사물함에 스치지 않도록 조심하면서 주저앉았다. 풍성한 드레스가 확 펼쳐졌다. 파티는 끝났고 바깥은 너무 추우니, 부모님이 끌고 오는 마차를 앉아서 기다리기에는 텅 빈 복도가 딱이었다.

휴대 전화가 다시 울렸다. 나는 발신자 확인도 하지 않고 얼른 전화를 받았다.

"엄마, 아깐 농담이었어요. 알죠? 복도에서 기다리고 있는데 어디 쯤이세요?"

"가까이에 있어. 어느 복도인지 말해 줘."

올리버의 목소리였다.

"누구시죠? 전 낯선 사람하고는 말 안 하거든요."

나는 짐짓 진지한 목소리로 농담을 건넸다.

"휴, 맬러리 너 진짜 이러기야? 알겠어. 여보세요, 전 올리버 킴벌입니다. 맬러리 양과 통화할 수 있을까요?"

시끄러운 음악 소리가 전화기 너머로 들렸다.

"스카우트 교관님이 시끄러운 곳에서는 통화하지 말라고 하지 않던가요?"

"잠깐만."

올리버가 문밖으로 나서는지 부산한 소음이 들려왔다.

"내가 거짓말 좀 했어. 사실 전화 예절은 예절 공훈 배지에 포함 안 되거든."

올리버의 목소리가 복도에 울렸다.

조금 뒤에 올리버가 나타나 손을 내밀고 나를 일으켜 세워 주었다. 하지만 내가 일어난 다음에도 올리버는 내 손을 놓지 않고 있었다. 나비넥타이는 풀어져 있었고, 허리에 둘렀던 빨간 커머번드도 없었다. 올리버가 입꼬리를 올리며 미소 지었다. 가슴이 터질 것만 같았다.

"커머번드는 어떻게 된 거야?"

나는 계속 휴대 전화에 대고 물었다.

"포커 게임 하다 잃었어. 이것저것 정신없는 밤이야."

"근데 왜 나한테 전화한 거야? 춤추러 가야 하지 않아?"

올리버의 미소가 약간 사그러들었다.

"오늘 밤 네가 얼마나 아름다운지 말해 주려고 전화했어. 다시 보니 천상의 아름다움인데? 나도 천국에 있는 기분이야."

올리버가 진지하게 말해서 농담으로 되받아칠 수도 없었다. 제러미의 가벼운 언사와는 극과 극이었다.

나는 휴대 전화를 내리며 다소곳이 대답했다.

"고마워."

올리버도 휴대 전화를 턱시도의 안주머니에 넣었다.

"사실 지난주 내내 이 번호로 전화했어."

"정말?"

나는 내 휴대 전화를 멀찍이 쳐다보면서 나중에 통화 목록을 살펴보리라 마음먹었다.

"왜?"

"휴대 전화를 다시 사용하는지 알아보려고. 보아 하니 디지털 세계로 돌아온 모양인데?"

"그런 것 같아."

"그럼 이제부터 문자 메시지도 주고받고 웃긴 사진도 보낼 수 있겠네? 프렌드 스페이스에도 올리고 말이야!"

올리버가 열두 살짜리 소녀처럼 들떠 외쳤다.

"좀 진정해, 올리버."

"어, 그래야지."

올리버의 목소리가 금세 진중해졌다.

"난 우리 사이가 아주 천천히 진행되길 원해. 지금으로서는 '동결 상태'를 유지하고 싶어. 몇 주일지, 몇 달일지 모르지만 당장은 헛간에서 벌어진 사건을 정리할 시간이 필요해."

올리버는 믿음직한 남자다. 그런 올리버를 알기 때문에 이런 말을 하기가 더 힘들었다.

"저번에도 말했지만 헛간에서의 일은 미안하지 않아."

"아니, 내가 미안해서 그래. 네가 옳았어. 멍청한 짓이었어. 난 더 좋은 관계를 원해."

나는 으슬으슬 추워서 양팔을 손으로 문질렀다. 내 바람대로 벌써 동결 상태가 된 모양이었다.

"지금 너한텐 파티장 안에서 널 기다리는 예쁜 파트너가 있고, 나도 리무진으로 날 데리러 올 부모님이 있어. 와 줘서 고마웠어. 올리버. 즐거운 시간 보내."

나는 뒤돌아섰다. 이 위험한 밤을 끝내고 나만의 삶에 집중할 차례였다. 할머니의 리스트는 마음에 묻고 나만의 리스트를 작성할 때다. 맬러리 브래드쇼의 리스트를.

올리버가 손가락으로 내 팔을 살짝 건드렸다. 확 잡아채던 헛간에서와는 전혀 달랐다. 올리버가 고개를 서서히 숙이고 내 뺨에 입을 맞추는 동안, 나는 올리버를 밀어내지 않고 가만히 있었다.

"맬러리, 동결 상태를 원한다고 했지? 그러면 난 빙하가 될게. 느린 걸 원한다고? 거북이 되지, 뭐. 하지만 매일 밤 휴대 전화를 머리맡에 두고 널 기다리는 일도 멈추진 않을 거야. 얼마나 오래 걸리든 네가 준비될 때까지 말이야. 스카우트의 명예를 걸고 맹세해."

올리버는 손을 내리고 잠시 나를 바라보다가 파티장으로 돌아갔다.

언제쯤이면 나 스스로 단단해질지, 올리버를 만날 준비가 될지 나조차도 모른다. 무얼 준비한다고 딱 부러지게 정할 순 없지만, 앞으로 천천히 시간을 들여 고민해 볼 가치는 있지 않을까? 더군다나 올리버 킴벌이 관련된 문제라면 말이다.

3개월 뒤

11학년 2월 맬러리의 목표

1. 골동품 분류 작업과 판매 및 물물 교환하기

2. 피규어 수집 – 이번에는 NBA 농구 선수들까지 확장해서 모을 예정이다.

3. 바느질 – 안 되면 말고.

4. 교내 사기 충전 클럽 활동

5. 지나가 만든 요리 먹기 – 두 번에 한 번은 유기농 음식으로 대체하자.

6. 중고 매장 쇼핑

7. 가족들과 함께 디즈니랜드 놀러 가기

8. 가짜 프렌드 스페이스 그룹 만들기

9. 테니스 치기 – 단, 할머니하고만. 할머니와 친다면 확실히 이길 수 있다.

10. 사람들이 진심으로 웃을 만한 농담 고안하기

11. 올리버 킴벌에게 수여할 가짜 공훈 배지 종류 생각해 보기 – 이미 '이야기꾼'

    '전화 노래의 달인' '할머니들의 아이돌' 분야의 공훈 배지는 수여한 바 있으니,

    '키스의 명인'은 어떨까?

12. 맬러리 브래드쇼의 인생에서 중요한 목표들 정복해 나가기

옮긴이의 말

바야흐로 사물인터넷(IOT, the Internet of Things)의 시대가 오고 있다. 사람끼리 연결된 SNS(Social Network Service)의 세계에서 사물과 사람이 다중으로 연결된 TNS(Things Network Service)의 세계로 진화하고 있다. 앞으로는 물리적인 모든 물건들Things까지도 인터넷으로 연결되어 네크워크를 구성하게 될 것이라는 말이다. 이렇게 눈부시게 발전해 가는 IT 세상에서 현대인이 인터넷을 끊고 빈티지한 옛 생활로 돌아간다는 것이 과연 가능한 일일까.

여기 우리의 주인공, 맬러리가 그 불가능해 보이는 미션에 도전하려고 한다. 열여섯 인생에서 처음으로 사귄 남자 친구가 SNS상에 '사이버 아내'를 두고 있다는 사실을 알고 격분해서.

휴대 전화도 인터넷도 없던 할머니의 소녀 시절이었다면 아예 상상도 못 했을 사건이라는 생각에, 맬러리는 '복고풍 생활'을 결정한다. 할머니가 소녀 시절에 작성해 둔 '리스트' 대로 살아 보겠노라며 말이다. 하지만 세상일이 어디 마음먹은 대로 되던가? 24시간 내내 끼고 살던 휴대 전화를 꺼 버리자 불편한 진실들이 하나둘 모습을 드러내며 맬러리의 삶을 이리저리 들쑤신다. 이런 과정 속에서 도리어 맬러리는 인생의 큰 깨달음을 얻게 된다. 바로 옛날이나 지금이나 삶의 중심은 그 누구도, 그 무엇도 아닌 자기 자신이라는 사실을.

어차피 세상은 급변하고 있고 도도한 기계 문명의 물결을 홀로 되돌릴 수는 없는 법이다. 이럴 때 중요한 건 흔들리지 않는 중심이다. 아무리 사물인터넷의 시대라고 해도 그 중심에는 자기 자신, 즉 인간 개개인이 뿌리를 내리고 있어야 한다. 중심이 튼튼하면 휘둘리지 않는다. 하지만 그런 단단한 중심을 세우려면 역설적으로 '휴대 전화는 잠시 꺼 두셔도 좋을' 듯하다.

가상 세계가 아니라 현실 세계에, 상상 속의 관계가 아니라 실제적인 인간관계에, 모니터 속의 이미지가 아니라 눈앞의 진짜 사람에게 집중할 때, 오히려 인터넷 세상이 더 풍부해질 것이다. 개개인의 일상생활 속에서 자연스럽게 생산되는 콘텐츠로 인터넷 세상을 가득 채운다면 말이다.

그런 의미에서 누구든 한 번쯤은 맬러리를 따라 '고잉 빈티지'를 결심해 보는 것도 의미 있지 않을까. 물론 약간의 불편함은 감수해야겠지만.

유수아

푸른봄 문학 ㉓

고잉빈티지

린지 레빗 지음 | 유수아 옮김

초판 인쇄일 2015년 8월 26일 | **초판 발행일** 2015년 8월 31일
펴낸이 조기룡 | **펴낸곳** 내인생의책 | **등록번호** 제10호-2315호
주소 서울시 영등포구 당산동 4가 80 당산 SKV1 Center W1801호
전화 (02)335-0449, 335-0445(편집) | **팩스** (02)6499-1165
전자우편 bookinmylife@naver.com | **홈카페** http://cafe.naver.com/thebookinmylife
편집장 이은아 | **편집1팀** 신인수 조정우 이다겸 김예지 | **편집2팀** 강성구
디자인 안나영 김지혜 | **경영지원** 김지연

ISBN 979-11-5723-189-8 43840
(CIP제어번호: CIP2015018800)